Sven R. Kantelhardt

Mönchsblut

Sven R. Kantelhardt

Mönchsblut

Die Chronik des Nordens

Kampf im Heidenland zwischen Hammaburg und Haithabu

Kantelhardt, Sven R.: Mönchsblut. Die Chronik des Nordens, Kampf im Heidenland zwischen Hammaburg und Haithabu. Hamburg, acabus Verlag 2021

5. Auflage 2021
ISBN: 978-3-86282-277-5

Dieses Buch ist auch als eBook erhältlich und kann über den Handel oder den Verlag bezogen werden.
ePub-eBook: 978-3-86282-279-9

Lektorat: Michaela Schümann, acabus Verlag
Korrektorat: Rieke Heinze, acabus Verlag
Satz: metiTec Satzsystem, me-ti GmbH Berlin
Umschlaggestaltung: © Marta Czerwinski, acabus Verlag
Umschlagmotiv: Slawisches Götteridol, © Fotografin: Kirsten Storm, mit freundlicher Genehmigung des Oldenburger Wall-museums, Oldenburg in Holstein
Karten: © Sven R. Kantelhardt

Bibliografische Information der Deutschen Nationalbibliothek: Die Deutsche Nationalbibliothek verzeichnet diese Publikation in der Deutschen Nationalbibliografie; detaillierte bibliografische Daten sind im Internet über https://dnb.de abrufbar.

Der acabus Verlag ist ein Imprint der Bedey und Thoms Media GmbH, Hermannstal 119k, 22119 Hamburg

---

© acabus Verlag, Hamburg 2021
Alle Rechte vorbehalten.
https://www.acabus-verlag.de
Gedruckt in Deutschland

Liste der Hauptpersonen

Ascha, Nichte des Abodritenfürsten Oklot
Burwido* (der Jüngere), Wilfriths jüngerer Bruder
Burwido, Großvater von Wilfrith, Burwido und Theodbald
Dietrich, Mönch, Wilfriths Lehrer
Erik III. von Haithabu*, seine Frau **Gisela*** (Tochter des Dänenkönigs Harald Klakk*) und seine Tochter **Ragnilde*** (die Reiche)
Oklot, Abodritenfürst
Herzog **Otto*** (der Erlauchte; Liudolfs Sohn), Herzog von Sachsen, Nachfolger seines Bruders Brun, der 880 bei Ebbekesdorp von Wikingern erschlagen wurde
Pribizlaus, Großfürst des Stammes der Wagrier
Erzbischof **Rimbert** von Bremen/Hamburg* (der Nachfolger von Bischof Ansgar*)
Stanislav, Wagrischer Heringsfischer und Händler
Thankmar, **Theodbald**, **Gertrude**, **Eilika**: Weitere Familienangehörige Wilfriths und Burwidos
Willehad, ein sächsischer Knecht
Wilfrith, Mönch und Chronist
Vlad, Wilze, ehemals Sklave bei den Abodriten und später Knecht auf einem sächsischen Hof

Bei den mit einem * gekennzeichneten Personen handelt es sich um historische Persönlichkeiten.

**Zum Gedenken an meinen Großvater
Wilhelm Wichers**

Prolog, Juli 881	8
Kapitel 1 – Nordalbingen, *anno domini* 880	10
Kapitel 2 – Die ersten Gerüchte	18
Kapitel 3 – Vorbereitung und Aufbruch	34
Kapitel 4 – Der Weg ins Abodritenland	52
Kapitel 5 – Von Wölfen und Vily	72
Kapitel 6 – Auf dem Eis	93
Kapitel 7 – Durchs Feuer	108
Kapitel 8 – Ein unerwartetes Wiedersehen	122
Kapitel 9 – Immer weiter führt der Weg	141
Kapitel 10 – Eine Seefahrt	160
Kapitel 11 – Starigard, die alte Burg	182
Kapitel 12 – Von der Sturmstillung	198
Kapitel 13 – Fürst Eriks hohe Halle	216
Kapitel 14 – Fremde Reiter	236
Kapitel 15 – Markbeißers letzter Biss	254
Kapitel 16 – Zu viel Stolz	264
Epilog, Dezember 881	269
Historische Anmerkungen	270
Medizinische Anmerkungen	272
Alte Maßeinheiten	272
Zur Schreibweise der Ortsnamen	273

Prolog, Juli 881

In der Schreibstube war es heiß und stickig. Wilfrith wischte sich mit dem Ärmel der Kutte den Schweiß von der Stirn. Er hatte es aufgegeben, den schweren Wollstoff hochzukrempeln, nach kurzer Zeit fiel er doch wieder herunter und klebte unangenehm an seinen verschwitzten Armen. Um ihn herum hörte er das Murmeln der Brüder, die ihre Texte beim Kopieren halblaut mitsprachen, um Fehler zu vermeiden.

Bis zur Vesper blieb ihm noch eine knappe Stunde, und vielleicht konnte er auch vor der Komplet noch etwas schreiben. Jetzt im August erleuchteten die Strahlen der Abendsonne die Schreibstube noch eine ganze Weile.

Im Winter herrschte im *scriptorium* ständig Dunkelheit und es wurde bitterkalt, obwohl es der einzige beheizbare Raum im ganzen Kloster war, abgesehen von Abtwohnung und Spital. Letzten Winter, erinnerte sich Wilfrith, hatte er ständig gefroren, aber da befand er sich auch gar nicht im Kloster, nicht einmal in Bremen. Zusammen mit wenigen Gefährten hatte er weit entfernt von den Ufern der Wirraha und Rimberts steinernem Dom[1], noch jenseits des sächsischen Limes[2], zahlreiche Abenteuer bestanden. Heimgekehrt nahm sich Wilfrith vor, das Erlebte niederzuschreiben, zur Erbauung und Mahnung kommender Geschlechter und zum Ruhme Gottes, des Allmächtigen.

Seine Gefährten hatte er deshalb immer wieder auf das peinlichste befragt und sie ermahnt, auch keine Einzelheit ihrer Sichtweisen des Erlebten zu verschweigen. Am Ende kam es ihm vor, als habe er die ganze Geschichte nicht nur einmal, sondern gleich mehrmals

---

[1] Rimbert war seit dem Tode des Hl. Ansgar 865 Erzbischof von Bremen. Er ließ den durch Feuer vernichteten Dom in Bremen (an der Wirraha, heute Weser/Werra) wieder aufbauen und zwar erstmals in Stein.
[2] Sächsischer Limes: *Limes saxoniae* bei Adam von Bremen. Die Grenze zwischen sächsischem und elbslawischem Siedlungsgebiet in Holstein, festgelegt unter Karl dem Großen. Der Limes bestand, anders als die bekannte römische Grenzbefestigung, nicht aus Wall und Graben, sondern lediglich aus einem Streifen von Urwäldern und Sümpfen.

erlebt und dabei noch manch Erstaunliches erfahren. Aber nun endlich lag das helle, feine Pergament vor ihm ausgebreitet, bereit seine Worte aufzunehmen; er würde seinen Reisebericht mit denen seiner Gefährten abwechseln, damit auch alle Sichtweisen vertreten waren. Doch so, wie die ewige Ordnung vorsah, dass, wenn die Sonne ihren Lauf vollendet, stets die Nacht und auf Sommer und Herbst stets der Winter folgte, musste auch in seinem Bericht eines dem anderen folgen, und so besann sich Wilfrith auf den Beginn der langen Reise.

Kapitel 1 – Nordalbingen, *anno domini* 880

Wilfrith

an schrieb bereits das Jahr 880 nach der Geburt Jesu Christi; doch die Sache seiner Anhänger stand alles andere als günstig. Zumindest hier in Nordalbingen, in der nördlichsten Mark des Frankenreiches, wo die bereits christianisierten Sachsen noch von heidnischen Nachbarn umringt wurden. Im Februar war Herzog Brun bei Ebbekesdorp[3] im Kampf gegen die Ascomannen[4] gefallen. Ein großer Teil der waffenfähigen Sachsen fand mit ihm den Tod. Die Ascomannen zogen zwar nach ausgiebigen Plünderungen wieder ab, doch in weiten Teilen des Landes waren Felder und Dörfer verheert, und wo noch alles stand, da fehlte es an Männern, um die Äcker zu bestellen und die Ernte einzubringen. Auch vor einem erneuten Ascomannenüberfall von See her oder von jenseits der Egdora[5] war man keinesfalls sicher. Als ob das alles nicht genügte, gebärdeten sich die abodritischen[6] Stämme der Wagrier und Polaben im Osten immer feindseliger, obwohl sie doch bereits vor vielen Jahren Knie und Häupter vor dem Kaiser[7] gebeugt hatten. Aber der Kaiser war nun lange tot, und daher mussten sich die Sachsen selbst helfen.

Und auch Wilfrith hatte beschlossen, seinen Teil der Hilfe beizutragen, denn seine Familie zählte zu den Betroffenen: Wilfriths Vater Thankmar und einer der Kleinknechte waren in der Schlacht von Ebbekesdorp gefallen, und Willehad, der Großknecht, kehrte allein und geschlagen zurück, um die Nachricht von der Niederlage und den herben Verlusten für den heimischen Hof zu überbringen.

---

[3] Am 2. Februar 880
[4] Ascomannen: altsächsische Bezeichnung für Seeräuber (Asc = kleines Schiff), hier dänische Wikinger
[5] Heute Eider
[6] Abodriten, Wagrier, Polaben: Die Abodriten waren ein elbslawischer Stammesverband im heutigen Mecklenburg und Ostholstein. Die Wagrier bildeten den nördlichen, die Polaben den südlichen Teilstamm.
[7] Kaiser Ludwig der Fromme 814-840

Eigentlich hätte Thankmar nur mit einem Knecht zum Aufgebot des Herzogs erscheinen müssen, denn zu seinem Hof gehörten nur zwei Hufen Land. Doch damit war er immerhin ein ‚Schöffenbarfreier', ein zum Schöffenstand im Grafengericht zugelassener Freier. Und Wilfrith wusste, dass sich sein Vater, der immer der Sünde des Hochmuts gefrönt hatte, daher gern wie ein Edler aufführte. Und welcher Edle zog nicht wenigstens mit zwei Knechten in den Krieg?

Immerhin war der Hof mitten im Stormarngau, zwischen der Hammaburg[8] und dem sächsischen Limes, vor den herumstreifenden Ascomannen relativ sicher.

„An der Elbe und um Bardewik[9] im Bardengau haben die Ascomannen fürchterlich gewütet. Dörfer und Felder sind verwüstet und ganze Höfe verwaist", hatte ein geflohener Knecht in Bremen berichtet. Wilfrith war unter dem Eindruck seiner Worte, die er nach der Messe mitbekommen hatte, zu Erzbischof Rimbert geeilt.

„Heiliger Vater, da mein leiblicher Vater in Ebbekesdorp im Kampf gegen die Heiden Hand und Herz verlor, wie ich von meiner Familie erfuhr, bitte ich Euch inständig um Eure huldvolle Gnade zu einer Reise in die Heimat. Da ich nicht bei Ebbekesdorp kämpfen konnte, will ich meinen Anverwandten nun wenigstens als Mönch in der Trauer und mit meinen Händen bei der Feldarbeit beistehen, denn sie sind nun zu wenige und können auch keine fremden Knechte anheuern, da alle gefallen oder geflohen sind."

Und Rimbert hatte ihm seinen Segen erteilt.

So kam es, dass Wilfrith den gesamten Sommer über auf dem elterlichen Hof weilte.

Inzwischen begann sich das Laub der Bäume bunt zu verfärben und die Wildgänse zogen in langen Reihen über den tiefblauen Himmel.

---

[8] Das heutige Hamburg
[9] Die Stormarn waren einer der drei Teilstämme der nordalbingischen Sachsen (neben Dithmarschen und Holsten). Die Barden waren ein südelbischer Teilstamm, dessen Name an die Langobarden erinnert, die während der Völkerwanderung nach Norditalien aufbrachen. Bardewik, heute Bardowick, ist der alte Hauptort dieses Gaus.

Wilfrith saß unter dem leicht vorspringenden Reetdach des großen Haupthauses im Schatten und ruhte sich aus. Seine Hände waren von der ungewohnten Arbeit schwielig und zerschunden, aber er schaute doch zufrieden über die fast abgeernteten Äcker seines älteren Bruders. Vor ihm schlängelte sich ein kleiner Weg zwischen den Feldern nach Südwesten, dem Lauf eines Baches folgend. Dort lagen der Hof des Nachbarn Willebrod und dann das Kirchdorf Sirksfelde. Im Westen und Nordwesten schloss dichter Wald an den Grund des Hofes an. Nach Nordosten hin wurde die Bewaldung dünner und bald wichen die letzten Birken harten Halbgräsern, um schließlich dem Torfmoos Platz zu machen. Das Duvenseer-Moor begann.

Wilfrith sah keinen Grund zur Klage. Gott, der ewige Vater, hatte in seiner Barmherzigkeit Thankmars Hof nach der Katastrophe von Ebbekesdorp vor weiterem Unheil bewahrt. Auch das Wetter war ein deutliches Zeichen des himmlischen Segens. Der gesamte September war sonnig gewesen und versprach in einen goldenen Oktober zu münden. Nach dem eher feuchten Sommer bescherte das eine gute Ernte. So musste sich Wilfriths älterer Bruder Theodbald, nun der neue Herr auf Thankmars Hof, auch keine Sorgen machen, wenn zur Erntedankfeier der Zehnt ins nahe gelegene Kirchdorf gebracht werden musste. Der Bischof hoffte durch die Verbindung von Feier und Abgabe die Verbitterung der Bauern zu beschwichtigen und hatte seine Priester angewiesen, den Zehnt am Erntedanktag für den späteren Weitertransport zum Bischofssitz zu sammeln.

Schließlich kam der Michaelistag[10] und damit zugleich der Tag des Erntedankfestes heran. Wilfrith freute sich darauf, endlich wieder ein geweihtes Gotteshaus betreten zu können. Er hatte während der Feldarbeit seine Pflichten schleifen lassen, meist ganz

---

[10] Das Michaelsfest ersetzte das alte Erntefest der Sachsen. Vor deren Missionierung opferten sie in der Woche der Tagundnachtgleiche Wotan, dem Göttervater. Auf der im Jahre 813 in Mainz abgehaltenen Synode ersetzte Kaiser Ludwig der Fromme dieses Fest durch das des Erzengels Michael, der von da an Schutzpatron des Kaiserreiches wurde.

auf Prim, Terz, Sext und Non, die kleinen Horen, verzichtet und nur die drei großen Stundengebete verrichtet.

Mit Ausnahme des alten Burwido, des inzwischen wohl über 70 Winter zählenden Großvaters Wilfriths, der sich aus der ‚Fränkischen' Kirche nicht viel machte, und Willehad, der während des Kirchbesuchs der anderen auf den Hof aufpassen sollte, waren auch die übrigen Mitglieder der Familie seit dem frühen Morgen in heller Aufregung. Weniger, weil sie sich, wie Wilfrith, auf die heilige Messe freuten, als vielmehr wegen der Gelegenheit, Nachbarn und Freunde zu treffen. Der bäuerliche Alltag und die weiten Entfernungen zwischen den Höfen ließen sonst wenig Zeit für solche Abwechslungen. Besonders die jungen Leute fieberten dem Fest entgegen. Alle hatten für den Gang zur Kirche ihre besten Gewänder angelegt. Die junge Elisabeth, die einzige der drei Schwestern Wilfriths, die noch auf dem Hof lebte, trug ein Kleid aus blauem Leinen, das wie die ‚guten' Kleider aller Frauen zweimal um die Taille gegürtet wurde. Besonders stolz war sie aber auf ihre Fibel, an der ein kleiner Silberring mit einem Biberzahnamulett hing. „Trägst du wieder dieses Heidending?", schnauzte ihre Schwägerin Eilika, Theodbalds Frau und damit die neue Hausherrin, sie denn auch an.

„Ich habe sie von Großmutter geerbt! Du hast ja keine Ahnung, was für ein guter Mensch sie war, da du sie gar nicht mehr kennen gelernt hast!", antwortete Elisabeth trotzig. Von einer Angeheirateten, die erst seit drei Jahren auf dem Hof lebte, wollte sie sich nichts sagen lassen.

„Aber auch deine Mutter ist sich nicht sicher, ob nicht ein heidnischer Zauber darauf liegt", beharrte Eilika. Die neue Rolle als Hausherrin hatte sie noch nicht vollständig verinnerlicht, und gegenüber der jungen Schwägerin gebrauchte sie oft noch die Unterstützung und Autorität ihrer Schwiegermutter.

Wilfrith schmunzelte bei dem Gezanke. Zum einen wusste er, dass seine Schwester tatsächlich sehr an ihrer Großmutter gehangen hatte, zum anderen sollte das ungewöhnliche Schmuckstück die Blicke der jungen Burschen sicher nicht magisch, sondern auf ganz natürliche Weise auf die richtige Spur lenken. So waren junge

Mädchen nun einmal, Schmuck und Haarflechten und solche Dinge. Und als getaufte Christin wäre Elisabeth ohnehin vor allen Zauberkräften geschützt.

Endlich gab Theodbald das Zeichen zum Aufbruch.

Beim Hofe Willebrods, des Nachbarn, schloss sich dieser mit Familie und Gesinde dem kleinen Zug an. Lediglich Vlad, ein Knecht, dessen langer dunkler Haarschopf im Gegensatz zum blonden Haar der Sachsen schon von weitem verriet, dass er keiner von diesen war, sondern einem der Stämme jenseits des *limes saxoniae* angehörte, blieb zurück, um das Anwesen zu bewachen.

„Wie ich sehe, hat der Herr Eure eine Hufe Land reichlich mit Gaben gesegnet?", hörte Wilfrith die Stimme seiner Mutter Gertrude spitz fragen, als sie den Wagen mit den Abgaben des Nachbarhofes sah.

Auch wenn Willebrods erstgeborener Sohn bei Ebbekesdorp geblieben war, zählte seine Sippe fast genauso viele Seelen wie die Leute vom Thankmarshof. Wilfrith wusste, dass der Erfolg der Nachbarn, trotz eines kleineren Hofes und weniger Land, seiner Mutter ein Dorn im Auge war.

Ohne Groll hatte sie den großen Schlüsselbund, das Zeichen der Hausherrin, an ihre Schwiegertochter abgetreten, und aus Trauer um ihren gefallenen Ehemann die bunten Tücher und den Schmuck gegen eine einfache dunkle Kappe eingetauscht, aber den eitlen Stolz, der auch Thankmar zu Eigen gewesen war, hatte sie trotz allem nicht verloren.

„Ja, das war auch notwendig, nach all dem Leid, was wir dieses Jahr ertragen mussten", antwortete die Nachbarin, und nach kurzem Nachdenken fügte sie noch hinzu: „Du Arme musstest doch sogar deinen Platz hinter dem Herd räumen, nicht wahr?"

Wilfrith stöhnte bei diesen Sticheleien innerlich auf. Beide Frauen hatte doch das gleiche Unglück getroffen, was machten sie sich nun gegenseitig noch das Leben schwer? Und das noch dazu am heiligen Michaelistag auf dem Weg zur Kirche! Gleich würden sie das Sakrament empfangen, mit unreinen Herzen und unreinen Lippen.

Doch dann nahm das Gespräch zwischen den Nachbarinnen eine glücklichere Wendung und Wilfrith wurde von seiner jüngeren Schwester abgelenkt: „Ist die Kirche nicht wundervoll? Habt ihr in Bremen auch Gebäude aus richtigen Steinen? Und wie süß die Glocke klingt, wie der Gesang der Engel!"

Wilfrith konnte Elisabeth gut verstehen, die Kirche in Sirksfelde war zwar klein, bestand aber aus echtem Stein und Mörtel, wie nur ganz wenige Gebäude im Sachsenland. Einige der größeren Blöcke in der Kirchenmauer waren mit Runen gezeichnet. Man hatte sie von dem alten Götzentempel genommen, in dessen verfallenem Ringwall sich nun die Kirche erhob, und in die Mauern des Gotteshauses eingefügt, um ihre Zauberkraft zu bannen. Dennoch glaubten nicht wenige der Kirchgänger, dass gerade diese Runen dem Gebäude eine besondere Macht verliehen.[11] Die Kirche war St. Michael geweiht, wie fast alle im Sachsenlande. Der Führer der Himmlischen Heerscharen, der einst den Teufel aus dem Himmel gestürzt hatte, war nicht nur nach Wilfriths Geschmack. Für solch ein kriegerisches und von heidnischen Nachbarn hart bedrängtes Volk wie den nordalbingischen Sachsen war er als Heiliger genau der Richtige. Sogar Wilfriths Großvater, der ältere Burwido, äußerte einmal, als über die Kirche gesprochen wurde, der heilige Michael sei wohl niemand anderes als der Held Siegurd, der vor langen Zeiten den Drachen Fafnir fällte und durch dessen Blut unverwundbar wurde. Michael sei sicher nur der fränkische Name. In seinen Augen war das ein hohes Lob, und er konnte gar nicht verstehen, warum sein Enkel Wilfrith das nicht hatte gelten lassen. „Mit dem Drachenblut wurde Siegfried zwar unverwundbar für irdische Waffen, aber gegen die wahren Angriffe, die auch die Seele bedrohen, kann nur das Blut unseres Erlösers schützen. Er hat es freiwillig für uns gegeben, und es hilft mit Gewissheit. Kein Lindenblatt kann den betrügen, der sich da hinein taucht!", hatte er gepredigt, doch auch jenes Mal vermochten seine Worte den Großvater nicht zu überzeugen.

---

[11] Die steinerne Kirche in Sirksfelde hat es nie gegeben, Reste des Ringwalls existieren aber heute noch.

Der kleine Kirchenraum fasste an diesem Festtag kaum die Besucher, die, vom guten Wetter begünstigt, von allen umliegenden Höfen herbeiströmten. Vor dem Altar stand Chlotar, der Priester, ein Franke. Seine sächsische Ehefrau Gundula saß stolz und aufrecht mit ihren drei Kindern in der ersten Reihe.[12] Hinter Chlotar, über dem Altar, hing der einzige Schmuck der Kirche, ein etwa zwei Fuß hohes Kruzifix. Christus war mit dicken Eisennägeln an ein einfaches Holzkreuz geheftet. Die Arme hatte er rechtwinklig ausgebreitet, und zusammen mit den sanften Gesichtszügen sah es so aus, als wollte der Heiland noch im Augenblick des Todes die ganze Welt umarmen. Dies erschien den meisten Männern ziemlich seltsam. Das Silber des Messgeschirrs, das im Glanz der dicken Kerzen aus feinstem Bienenwachs funkelnd auf dem Altar stand und seiner Bestimmung harrte, wirkte da schon einem Heiligtum angemessener. Viel Zeit blieb allerdings nicht für solche Betrachtungen, denn die Predigt fiel kurz aus. Bald folgte das übliche Hokuspokus und die Hostien wurden verteilt.

„Der Priester hat nicht Hokuspokus gesagt, sondern *Hoc est corpus meum*, das ist Latein und bedeutet: Dies ist mein Leib!", zischte Wilfrith verärgert, als er einen entsprechenden Kommentar seines Banknachbarn aufschnappte. Eigentlich hatte er sich vorgenommen, sich nicht in seiner Andacht stören zu lassen. Seine Nachbarn zuckten nur gelangweilt die Achseln: Für sie konnte es genauso gut bei Hokuspokus bleiben.

„Nichts für ungut, Bruder, aber dieser Franke sagt bestimmt Hokuspokus, weil das kürzer ist und er so schneller an den Zehnt kommt", flüsterte eine Stimme hinter ihm. Wilfrith biss sich auf die Unterlippe, er kannte diese Haltung seiner Landsleute: Die Bauern waren mit der Abgabe noch immer nicht einverstanden. Der Glaube an den christlichen Gott und die Heiligen war eine Sache, aber das Geld eine ganz andere. Sie sahen darin eine fränkische List, um den unterworfenen Sachsen noch mehr Güter abzupressen. Die alten Götter hatten schließlich auch kein solches Opfer verlangt.

---

[12] Der Zölibat war noch nicht den gewöhnlichen Priestern, sondern nur Mönchen vorgeschrieben.

Wie dem auch war, nach dem kurzen Gottesdienst blieb mehr Zeit, um Neuigkeiten und Klatsch auszutauschen, und das wurde von allen bereitwillig genutzt. Irgendwoher tauchten Bier und Met auf, und unter deren Einfluss lockerten sich auch die Zungen der zuvor schweigsamen Männer. Am meisten Aufsehen unter den Bauern erregte ein Händler namens Guntlof aus der Hammaburg, der Verwandte in der Gegend besuchte. Wilfrith hörte, dass er gerade erst aus dem Norden zurückgekehrt war, vom dänischen Haithabu. Zuvor hatte er sogar die Wagrier in Starigard und Liubice[13] aufgesucht. Doch hatte er sich nicht getraut, auf direktem Wege nach Westen heimzukehren, denn das Grenzgebiet am sächsischen Limes war ihm zu unsicher. Er entschied sich für die Route über das Meer zu den Dänen und von dort weiter auf dem Landweg nach Süden.

„Auch wenn mich das einen vollen Monat gekostet hat, bin ich doch froh, mit heiler Haut wieder in die Hammaburg gekommen zu sein. Einigen anderen Sachsen ist es im Land der Abodriten übel ergangen!", berichtete er gerade, als Wilfrith dazu trat.

---

[13] Haithabu, zur Zeit Wilfriths eine dänische Stadt, die Vorgängersiedlung des heutigen Schleswig, Liubice ist das slawische Alt-Lübeck, Starigard ist der alte slawische Name für das heutige Oldenburg in Holstein.

Kapitel 2 – Die ersten Gerüchte

Wilfrith

aithabu ist eine riesengroße Stadt, umgeben von hohen Wällen und tiefen Gräben", setzte Guntlof die Schilderung seiner Erlebnisse fort. „Allein das Stadtgebiet bedeckt gut drei Hufen Land, mindestens! An die 20 Knorren[14], aber auch einige Langschiffe und slawische Boote lagen im Hafen. Und auf den Straßen spricht man nicht nur Nordisch, sondern auch Sächsisch, Wagrisch und andere Dialekte. Nicht, dass ich alles verstehe, aber jemand, der so weit rumgekommen ist wie ich, weiß sich schon zu helfen. Mit Latein", sagte er mit einem Seitenblick auf Wilfrith, der der Mönchssitte entsprechend geschorene Haare und die graubraune Kutte der Benediktiner trug, „werdet ihr dort nicht weit kommen."

Die meisten seiner Zuhörer waren Bauern aus der Umgebung und viele von ihnen hatten noch nicht einmal die Hammaburg mit eigenen Augen gesehen. Sie staunten entsprechend über die Schilderung des Händlers, so etwas war doch kaum zu glauben! Doch Guntlof war ein Vetter von Worad, dem Herrn auf dem Duvenseehof, einem richtigen Edlen, und deshalb mussten sie ihm wohl vertrauen. Worad selbst saß nur dabei und lächelte zufrieden in sein Methorn hinein.

„Erzähl uns doch auch, was du jenseits der Grenze im Slawenland erlebt hast!", bat eine der jungen Frauen. Guntlof, der sich in der Rolle des Erzählers und noch mehr in der des Abenteurers gut gefiel, entsprach bereitwillig ihrer Bitte. „Nach Haithabu bin ich von Starigard aus gekommen. Die Strecke lässt sich gut an der Küste entlang fahren. Ich fuhr mit Mieszko, einem Wagrier, den ich schon von früheren Geschäften her kannte. Er tauscht Pelze und Honig bei den Dänen gegen Eisenwaren ein. Die Geschäfte damit laufen im gesamten Osten immer noch bestens. Die Abodriten würden für Eisen auch ihre Großmütter verhökern! Bei Starigard im Norden

---

[14] Die kleineren und breiteren Handelsschiffe der Wikinger.

brauchte ich dann keine Angst mehr haben, als Sachse erkannt zu werden. Und Mieszko beißt sich lieber die eigene Zunge ab, als seinen Geschäftsinteressen zu schaden, der alte Gauner. In Liubice habe ich lieber noch behauptet, Däne zu sein, denn wir Sachsen stehen bei denen derzeit nicht hoch im Kurs. Weiter südlich bei den Polaben in Racisburg oder Michilinburg,[15] geradewegs von hier nach Sonnenaufgang zu, sollen sie sogar ein paar Sachsen gefangen und einige Händler massakriert haben! Wer weiß, was die Bande ausbrütet. Ich hoffe nur, dass bald wieder ein mächtiger Herzog aufsteht und unseren Nachbarn zeigt, wo sie hingehören."

Bei den letzten Sätzen wurde Wilfrith unruhig. Sachsen gefangen und ermordet? Geradewegs hinter dem *Limes saxoniae*? Er dachte an den letzten Brief seines alten Lehrers und Mitbruders Dietrich, der ihm auch wie ein Vater gewesen war und mit dem er immer noch in Kontakt stand. Der alte Mönch hatte Wilfrith in dem Kloster in der Hammaburg unterrichtet, bevor jener nach Bremen ins Kloster abberufen wurde. Dietrich hatte sein altes Ziel, die Missionierung der slawischen Stämme jenseits des Limes, nie aus den Augen verloren. Gerade im vergangenen Jahr, zum Fest der heilbringenden Geburt Christi[16] hatte er das letzte Mal von ihm gehört. Dietrich schrieb, er bräche im Januar 880 nun endlich auf. Die Sümpfe wären dann zugefroren und so ein bequemeres Reisen möglich. Er meinte, er habe bereits zu lange für die Vorbereitungen gebraucht, nun sei es höchste Zeit loszuziehen. Er würde schließlich auch nicht jünger. Der Abt in der Hammaburg und Stellvertreter des Erzbischofs habe ihm schweren Herzens seinen Segen erteilt. „Aber komm zurück, ehe der nächste Winter anbricht", hatte er ihm aufgetragen.

All das beschrieb Dietrich in seinem Brief, und mit seiner Freude, endlich losziehen zu können, hatte er damals auch Wilfrith angesteckt.

Eigentlich wollte sich Dietrich nach der Rückkehr von dieser ersten Erkundung wieder melden, denn er hoffte immer noch, auch

---

[15] Heute Ratzeburg und Mecklenburg
[16] Die Bezeichnung Weihnachten kam erst im 12. Jahrhundert auf.

Wilfrith für seine Arbeit zu gewinnen. Doch dann kam der Ascomanneneinfall und die Schlacht bei Ebbekesdorp und Wilfrith hatte Bremen mit der bequemen Schreibstube verlassen müssen, um seiner Familie beizustehen. Eigentlich hätte er hier doch etwas von der Rückkehr Dietrichs mitbekommen sollen, überlegte er. Wenn nun diese gefangenen oder gar getöteten Sachsen ... Nein, das durfte nicht sein. Das konnte der Herr Jesus Christus, dessen Reich in Zeit und Ewigkeit und schon gar nicht am sächsischen Limes ein Ende hatte, doch nicht zulassen! Dietrich war so ein frommer Mann. Das mussten selbst die Wilden spüren. Solch eine Freveltat wagten sie bestimmt nicht. Und wenn sie es doch wagten? War nicht auch der heilige Bonifatius bei Dokkum vor erst 100 Jahren von den Friesen erschlagen worden, mit der erhobenen Bibel über seinem Haupte? Und die beiden Ewalde, die wie Hunde mit Knüppeln totgeprügelt wurden, als sie in Westfalen predigten? Und der erste Bischof in Sachsen, der selige Willehad, war er nicht, nur eine Woche, nachdem er seine Kirche in Bremen geweiht hatte, von den wütenden Heiden mit der Märtyrerkrone geschmückt worden? Und das, so dachte Wilfrith mit Schaudern, war noch nicht einmal 100 Jahre her. Die letzten Untaten hatten seine eigenen Landsleute vor nicht ganz 40 Jahren begangen, als die Stellinga-Aufstände tobten. Angestachelt von König Lothar, der sich zwar christlich nannte, dem es aber nur um seine Macht und nicht um den wahren Glauben ging! Wilfrith unterbrach seine Gedanken und die Rede des Kaufmanns, der inzwischen von seinen Abenteuern in Liubice berichtete: „Was weißt du noch über diese unglücklichen Sachsen? Was suchten sie im Land der Abodriten und kannst du dich vielleicht an ihre Namen erinnern?"

„Tja, das ist eine schlimme Geschichte, aber ich gebe zu, wenn man nicht so schlau und erfahren ist wie ich, kann es wohl jedem jenseits der Grenze so ergehen. Also, wo war ich? Ach ja, ich hatte mich als Däne verkleidet, das gelingt mir gut, da ich ja neben dem Wagrischen auch das Nordische ganz gut beherrsche. Ich wurde also von den finster dreinblickenden Spießgesellen zum Hochsitz Häuptling Pribizlaus' gebracht. Genau in die Mitte der Wallburg.

Mensch, Guntlof, dachte ich mir, wie willst du hier je wieder herauskommen ..."

„Entschuldige Guntlof, aber es ist mir wichtig. Fällt dir noch irgendetwas über diese gefangenen Sachsen ein?", unterbrach ihn Wilfrith erneut.

„Hm, so wichtig? Naja, ein Priester soll dabei gewesen sein und ein Händler, aber einen Händler haben sie auch abgeschlachtet. Ich weiß sonst leider nichts Genaues. Ich war ja nur bei den Wagriern und nicht im Gebiet der Polaben, bei denen sich das Ganze abgespielt haben soll. Auch wenn sich ein direkter Handel mit ihnen sicher lohnte.

Was aber ein Priester dort wollte, kann ich mir beim besten Willen nicht vorstellen. Die Abodriten sind doch allesamt finstere Heiden. Und Namen ... Ich fürchte, selbst wenn man mir welche genannt hätte, wären sie alle unverständlich, denn wir haben doch dieselben Probleme mit deren Namen wie sie mit unseren. Tut mir leid, dass ich dir nicht weiter helfen kann. Warum ist es dir so wichtig, Mönch?"

„Ach, ich hatte nur so eine Ahnung, wahrscheinlich irre ich mich. Aber einige leben noch, sagtest du?"

„Soviel ich vernommen habe, ja. Doch das ist nun schon zwei Monate her, und bis Gerüchte von den Polaben zu den benachbarten Wagriern dringen, dauert es sicher auch einige Tage."

Das war nun wirklich alles, was Guntlof von den unglücklichen Sachsen berichten konnte. Vermutlich hatte er lediglich mit seinem Freund Mieszko beim Zechen darüber geplaudert, in Haithabu oder höchstens in Starigard, aber sicher nicht weiter im Süden, überlegte Wilfrith. Dennoch könnte an den Gerüchten etwas dran sein. Die Zeiten passten zusammen. Vor drei Monaten, das war dann also Anfang Juli. Da war Dietrich sicher noch im Slawenland, es sei denn, er hatte, als er von der Niederlage bei Ebbekesdorp vernahm, seine Sachen gepackt und war heimgekehrt. Wie es jeder vernünftige Mensch getan hätte. Andererseits, was konnte man in dieser verrückten Zeit, in der Teufel und Heiden so grimmig gegen die Herde der Heiligen wüteten, schon vernünftig nennen? Vielleicht fürchtete Dietrich, dass die Dänen erneut die Hammaburg angreifen könnten und fühlte sich bei den Polaben oder Wagriern oder noch weiter im Osten sogar sicherer? Egal. Es würde auf keinen Fall schaden, wenn er nach der Ernte in die Hammaburg reiste, um seine alten Freunde und Brüder zu besuchen und sich gleichzeitig nach Dietrich zu erkundigen. Im Winter wurde seine Hilfe ohnehin nicht mehr so dringend benötigt. Außerdem wäre es eine gute Gelegenheit, noch einmal seinem alten Kloster einen Besuch abzustatten, bevor er nach Bremen zurückkehrte.

Am Abend, nachdem alle vom Erntedankfest heimgekehrt waren, wollte Wilfrith die geplante Reise mit seinem älteren Bruder Theodbald besprechen. Doch er kam nicht dazu, da Theodbald vom langen Tag und vielleicht auch vom Met zu müde war und sich sofort mit seiner Frau in die Kammer hinter der großen Diele des Haupthauses zurückzog. So legte Wilfrith sich in seine alte Kammer, die nun seinem Bruder Burwido gehörte, mit dem er sich jetzt den Strohsack teilte. Sie lag in dem kleinen Nebengebäude, in dem außer einigem Ackergerät nur das Kleinvieh seine Stallungen hatte. Im Winter wurde es hier so kalt, dass man ins Haupthaus zum ständig brennenden Herdfeuer und zu den Rindern und Pferden umziehen musste, doch noch war es warm, und Wilfrith konnte durch eine kleine offene Luke gelegentlich die Geräusche der Tiere auf der Weide hören. Neben ihm schnarchte sein jüngerer Bruder laut und regelmäßig. Er hatte sicher eine gehörige Portion Met abbekommen.

Die Nacht war sternenklar und der halbe Mond schien durch die Luke und erleuchtete die Kammer fast taghell. Wilfrith dachte an alte Zeiten und an seinen Lehrer Dietrich.

In Hammaburg hatte die Schlafhalle der Klosterschüler, das *dormitorium*, auch ein Fenster, durch das der Mond scheinen konnte. Der zehnjährige Wilfrith hatte sich oft gefragt, ob man den Mond von zu Hause genauso sehen könnte, und vor Heimweh wurde ihm dabei ganz weh ums Herz. Er weinte oft, bis er in den frühen Morgenstunden kurz vor der Matutin erschöpft in den Schlaf sank. Viele der anderen Jungen waren schon größer und die meisten von ihnen kamen aus der näheren Umgebung, so dass sie ihre Verwandten öfter sahen. Wilfrith war sich damals sehr alleine vorgekommen. Eines Nachts im Januar, in der es auch sternenklar war, aber kein Mond schien, der ihm als Verbindung nach Hause dienen konnte, hielt er es nicht mehr aus. Vorsichtig, um niemanden aufzuwecken, stand er in der Dunkelheit auf, zog sich an und schlich aus dem *dormitorium*. Er wollte nach Hause zu seinen Eltern laufen. Er konnte sich zwar nicht mehr genau an den Weg erinnern, aber das war ihm in diesem Moment egal, der würde ihm schon wieder einfallen, wenn er ihn vor sich sah. Draußen war es eisig kalt, so dass er es sich fast anders überlegte, doch dann stapfte er entschlossen durch den Schnee. Das Tor der kleinen Benediktinerabtei war aber verschlossen und der eiserne Riegel so kalt, dass seine Hände fast daran kleben blieben. Er mühte sich ab, doch vergeblich, das kalte Eisen bewegte sich keinen Fingerbreit. Mutlos sank er neben der Tür in den Schnee. Es war so kalt, dass er schon gar nicht mehr merkte, wie sehr er fror. Da legte ihm plötzlich jemand von hinten einen weichen, schweren Umhang über die Schultern. Es war Dietrich. Er hatte wohl schon eine ganze Weile schweigend in der dunklen Ecke neben dem Tor gestanden und ihn beobachtet. Wilfrith hatte ihn gar nicht bemerkt. Er war sehr erschrocken, als er sich erwischt sah. Auf das Fortlaufen standen harte Strafen und die Lehrer waren bei Leibe nicht alle so sanft und liebevoll wie ihre Lehre.

Dietrich fragte Wilfrith jedoch scheinheilig, ob er wohl auch die Sterne anschauen wollte. Vielleicht auch nicht schein- sondern tatsächlich heilig, hatte Wilfrith sich später überlegt. Jedenfalls fand Dietrich, das Betrachten der Sterne wäre eine sehr nützliche Angewohnheit, es half ihm stets, die Größe Gottes zu erkennen. Auch erfüllte es ihn mit Frieden, wenn er unruhig war. Außerdem konnte man mit den Sternen seinen Weg finden.

„Kennst du den Nordstern?", hatte Dietrich gefragt. Langsam wurde Wilfrith wärmer, und ja, natürlich, er kannte den Nordstern und konnte ihn Dietrich auch zeigen. Dieser schien sehr zufrieden und zeigte Wilfrith noch viele andere schöne Sternbilder und erzählte Geschichten. Darüber vergaß Wilfrith ganz, dass er eigentlich nach Hause laufen wollte. Am nächsten Morgen beim Frühgebet schielte er ängstlich zu Dietrich hinüber, denn er befürchtete, nun doch noch bestraft zu werden. Doch jener sah nur andächtig vor sich hin, dann lächelte er einmal ganz kurz in Wilfriths Richtung, so dass dieser sich fast schon schämte, an der Verschwiegenheit seines Lehrers gezweifelt zu haben. In den folgenden Nächten schlich sich Wilfrith noch öfter heimlich aus dem Schlafsaal, aber nicht mehr um nach Hause zu laufen, sondern um Dietrich zu treffen und mit ihm über Sterne und fremde Länder zu reden. Er hatte immer noch Heimweh, nur dachte er immer seltener daran. Und als er im Sommer zu Besuch zu Hause auf dem väterlichen Hof war, bekam er fast ein wenig Heimweh nach Vater Dietrich. Nach und nach war dieser ihm zu einem wirklichen zweiten Vater geworden, nicht nur der Anrede nach. Und durch diesen zweiten Vater hatte er dann auch seinen dritten Vater dort oben hinterm Sternenzelt gefunden und erkannt, welch ein Glück es war, als Priester in seinen Dienst treten zu dürfen.

Und dieser Dietrich war nun in den Händen der Abodriten – „NEEIN, verdammt noch mal!" Mit einem Schrei fuhr Wilfrith von seinem Lager auf. Neben ihm fiel Burwido vor Schreck vom Strohsack auf den gestampften Lehmboden. „Nein, bei allen Heiligen", verbesserte sich Wilfrith rasch, und wurde rot, weil er sich für sein Fluchen schämte.

„Was ... Wo – äh, wer sind ... Werden wir überfallen?", stammelte Burwido, so unsanft aus seinem metverhangenen Schlaf gerissen.

„Ich muss in die Hammaburg", murmelte sein Bruder, mehr zu sich selbst, als um die Frage zu beantworten.

„Was, jetzt sofort?"

„Nein, du hast recht, morgen früh wird auch noch reichen, legen wir uns also wieder schlafen."

Damit legte sich Wilfrith hin und tat, als ob nichts gewesen wäre. Burwido grummelte noch eine Weile etwas von total verrückten Pfaffen, schlummerte dann aber auch rasch wieder ein. Am nächsten Tag erwachten die meisten Familienmitglieder etwas verspätet, der junge Burwido, bleicher als üblich, erschien erst, als die Magd Wulfhild zur Morgensuppe rief.

„Ich werde einige Tage in die Hammaburg reisen, um mein altes Kloster und die Brüder wiederzusehen", verkündete Wilfrith bei der Mahlzeit.

„Was willst du denn da?", wunderte sich Theodbald. „Wir haben doch noch so viel zu tun und du weißt doch, dass uns seit dem Frühjahr zwei Reitpferde fehlen, so dass ich dir keines ausleihen kann!"

„Das Wetter sieht stabil aus, und du hast ja noch Burwido und die Knechte, um das restliche Heu einzubringen", antwortete Wilfrith. „Das Laufen macht mir übrigens nichts aus, unser Herr ist mit seinen Jüngern auch meist gelaufen."

Wilfrith sah, dass Theodbald dieser unerwartete Verlust einer Arbeitskraft nicht passte, aber dieser schluckte einen weiteren Kommentar herunter. Wilfrith war ihm schließlich keine Rechenschaft schuldig und Theodbald musste schon für die bisher geleistete Hilfe dankbar sein.

Wilfrith, August 881

Wilfrith blinzelte und sah von seiner Arbeit auf. Die Sonne stand tief im Westen, und ihre Strahlen fielen nun fast waagerecht ins *scriptorium* und blendeten ihn. Ja, Theodbald war schon gegen seine Reise in die Hammaburg gewesen. Aber was hatte damals eigentlich sein jüngerer Bruder gesagt? Wilfrith biss sich nachdenklich auf die Unterlippe und versuchte sich daran zu erinnern, was Burwido ihm später berichtete. Dann tauchte er die Feder entschlossen in die Tinte. Die letzte halbe Stunde vor Sonnenuntergang würde er noch zu nutzen wissen.

Burwido, September 880

Der junge Burwido war sich nicht ganz sicher, ob er nicht schon früher einmal von Wilfriths Plan, nach Hammaburg zu reisen, gehört hatte. In der letzten Nacht etwa, oder war das ein Traum gewesen? Aber es fiel ihm schwer genug, sich darauf zu konzentrieren, die dünne Morgensuppe aus Milch und Hafer bei sich zu behalten, zumindest würde er die nächsten Tage einen Bogen um den Met machen. So musste sich also Willehad jeden Morgen fühlen, dachte Burwido bei sich, denn der Hüne vertrug, für einen Sachsen ganz und gar ungewöhnlich, keine warme Milch. Da meldete sich Wilfriths Stimme wieder zu Wort und riss seine Gedanken fort von Milch und Met.

„Der Weg nach Hammaburg ist nur eine knappe Tagesreise und ich kenne ihn von früher her noch bestens. Außerdem sind die Straßen derzeit im Gegensatz zu unseren Grenzen sicher", erläuterte er gerade. „Ich werde nur ein wenig Brot und einen Tonkrug voll frischen Wassers mitnehmen. Wenn ich gleich nach dem Frühstück aufbreche, komme ich bequem vor Sonnenuntergang an. In einer Woche bin ich wieder bei euch."

Als Wilfrith schließlich aufbrach, schaute Burwido ihm neidisch hinterher. Er selbst musste einmal mehr bei der Familie und der Feldarbeit zurückbleiben. Er wollte nicht so werden wie sein ältester Bruder, der mit einem einfachen Bauerndasein zufrieden schien. Theodbald kam ihm immer vor wie eine seiner eigenen Milchkühe. Ruhig, geduldig, fleißig. Sich selbst verglich er lieber mit einem jungen Pferd, wild und frei, mit dessen Zureiten er sich am liebsten beschäftigte.

Wilfrith

Am Abend bemerkte Wilfrith Rauchfahnen, die vor ihm aus einer Niederung aufstiegen, dann sah er die Hammaburg auf ihrem flachen Geestrücken zwischen Alstra und Bilena[17] liegen. Die Wälle der Burg bildeten ein massives Rund. Große Teile der Befestigung und alle Häuser im Inneren waren neueren Datums. Als der Dänenkönig Horik vor nunmehr 35 Jahren die Stadt mit angeblich mehr als 600 Schiffen angegriffen und überrannt hatte, war von der Innenstadt und besonders den kirchlichen Einrichtungen nur ein Schutthaufen übrig geblieben;[18] als hätte sich der Zorn der Wikinger

---

[17] Heute Alster und Bille
[18] Im Jahre 845

nur gegen die christliche Seite der Stadt gewandt. Lediglich in der ungeschützten Händlerstadt, die außerhalb der Tore, direkt am Hafenfleet zur Elbe hin, lag, gab es noch einige ältere Schuppen. Diese waren von den Dänen verschont worden. Vielleicht war Horik ähnlich gesinnt wie Guntlofs Händlerfreund Mieszko und zerstörte nichts, mit dem sich handeln ließ, besonders, wenn die Händler keine Christen waren, überlegte Wilfrith. Jedenfalls wurde Horik dann elbaufwärts doch noch von einer sächsischen Streitmacht geschlagen und wieder aus dem Land geworfen. Die Hammaburg hatte sich aber nie ganz von dem Angriff erholt. Der Heilige Ansgar war damals den Dänen nur mit knapper Not entronnen und hatte in der Folge den Sitz des Erzbistums nach Bremen verlegt. So war es bis heute, 15 Jahre nach seinem Tod, geblieben. Auch der Handel mit dem Osten hatte sich in den letzten Jahren nicht gut erholt und lief nun meist auf anderen Wegen, über Bremen oder direkt nach Köln und Mainz.

Wilfrith erreichte eines der mächtigen Tore gerade noch, bevor es bei Sonnenuntergang geschlossen wurde. Der außen sehr steile, mit Baumstämmen abgestützte Wall ragte drohend vor ihm auf und warf seinen Schatten weit nach Osten, Wilfrith entgegen. Volle acht Schritte ragte das von einer Palisade gekrönte Bollwerk in den Himmel und der breite Graben ließ es noch wuchtiger erscheinen. Das Tor war eher ein tiefer Einschnitt, der durch den, gut 15 Schritte breit aufgeschütteten, Erdwall führte. Ein Übergang aus Bohlen mit Brustwehr und zwei niedrigen Holztürmen vervollständigten das Ost- oder Stormarner Tor. Bei Wilfriths Eintreffen war die Sonne im Westen schon tief gesunken, so dass sie als rötlicher Ball gerade am Ende des Torwegs stand und ihm mit den letzten Strahlen entgegen leuchtete. Auf der Innenseite war der Wall flacher und grasbewachsen, Schafe weideten darauf. In der Stadt hatte man nur die wichtigsten Wege mit Brettern oder sogar mit Steinpflaster belegt. Normalerweise war es um diese Jahreszeit oft feucht und die viel befahrenen Wege entsprechend schlammig, aber diesmal war der sandige Geestboden festgetreten und hart getrocknet. Zwischen der Mauer und den ersten flachen Holzhäusern blieb eine breite freie Fläche. Das rührte hauptsächlich daher, dass noch immer weniger Menschen in der Stadt lebten als vor dem Dänensturm, zum Teil war es aber auch mit Absicht so angelegt, damit im Belagerungsfall Menschen und Vieh aus der Umgebung hinter den Mauern Zuflucht suchen konnten. Auch konnten fremde Händler hier ihre Zelte aufschlagen, wenn sie zum Markt in die Hammaburg kamen. Doch zu dieser Jahreszeit war die Fläche bis auf die paar grasenden Schafe leer.

Wilfrith begab sich direkt ins Zentrum zur Marienkirche. Daneben befand sich das Haus des Vogts und seiner Dienstmannen, den stattlichen Königshof hatte man noch nicht wieder aufgebaut. Direkt neben der Kirche, nur durch die schmale Pfaffengasse getrennt, lag die kleine Benediktinerabtei, das eigentliche Ziel Wilfriths. Er ging zum Türhüter, um sich eine Unterkunft für die Nacht zuweisen zu lassen.

„Bruder Wilfrith! Dass du dich noch einmal hier in unserem bescheidenen Kloster blicken lässt! Ich dachte, du bist nun in Bremen bei unserem Erzhirten und wärst längst Prior oder Abt!", witzelte der alte Türhüter.

Er hatte diesen Dienst schon versehen, als Wilfrith noch ein schüchterner, aber äußerst eifriger, Novize war. Wilfrith verzog säuerlich den Mund. Die Art, wie der Bruder über den heiligen Erzbischof sprach, war respektlos, und auch die Anspielung auf eine Stellung als Abt oder Prior waren ihm unangenehm. Wilfrith sah sich selbst, und natürlich auch den Türhüter, als in der Kirchenhierarchie völlig unbedeutend an.

„Komm herein, die Brüder sind gerade zur Vesper im Kapitelsaal. Da kannst du mir noch ein bisschen von Bremen erzählen. Und auch hier hat sich einiges getan. Du wirst staunen wie viele neue Brüder wir inzwischen haben."

Wilfrith, der eigentlich lieber direkt in den Kapitelsaal geeilt wäre, um sich seinen Brüdern im Gebet anzuschließen, ließ sich etwas widerwillig von dem alten Türhüter in dessen Stube ziehen.

„Nun erzähl doch erst einmal, was es alles Neues gibt", drängte sein Gastgeber. Wilfrith seufzte tief und berichtete dann ergeben einige Anekdoten von Erzbischof Rimbert. Der war im flämischen Kloster Thurolt herangewachsen und hatte, als Erzbischof Ansgar nach langem Siechtum verstarb, dessen Nachfolge angetreten.

Eigentlich war ein Schweigegelübde doch ein Segen, den man viel zu selten würdigte, sinnierte Wilfrith dabei. Doch dann fiel ihm wieder der Grund seiner Reise ein.

„Weißt du eigentlich, was aus Bruder Dietrich geworden ist?", unterbrach er daher seinen Bericht über die Vorzüge der erzbischöflichen Küche.

„Du meinst den alten Vater Dietrich, mit seiner Vorliebe für die Heiden? Ja, der ist Anfang des Jahres losgezogen, um doch noch einen Abodriten zu taufen. Ich habe schon lange nicht mehr daran geglaubt, dass er es jemals wagen würde. Der Herr beschütze seine Wege."

Damit war gesagt, was der alte Türhüter zu diesem Thema zu sagen wusste und Wilfrith hätte sicher noch bis in die Nacht hinein mit seinem Bericht über Bremen fortfahren müssen, wenn ihn nicht sein ehemaliger Banknachbar, Bruder Teudt, gerettet und mit zum Nachtmahl genommen hätte. Von ihrem alten Lehrer Dietrich hatte aber auch Teudt keine Nachricht erhalten.

„Dafür kann ich dir etwas anderes zeigen, wenn wir mit dem Essen fertig sind", versprach er. „Wir haben gerade ein neues Buch aus Bremen bekommen, um es auch hier zu vervielfältigen. Die von Alkuin überarbeitete Bibel! Oder kennst du sie schon?"

„Nein, als ich im Frühjahr von Bremen zu meiner Familie aufbrach, war sie noch nicht da, die Brüder in Bremen müssen unermüdlich gearbeitet haben, wenn ihr nun schon eine Kopie bekommen habt!", antwortete Wilfrith. „Sie müssen das Buch auseinandergenommen und die einzelnen Passagen gleichzeitig kopiert haben, sonst hätten sie es unmöglich geschafft."

Das Essen bestand aus Kohlsuppe mit Brot, dazu Wasser. Nicht so üppig wie auf dem reichen väterlichen Hof, aber daraus machte sich Wilfrith nichts, er freute sich bereits darauf, mit Bruder Teudt die neue Bibel zu begutachten. Alkuin von Tours war der oberste und berühmteste der Gelehrten des Großen Karls gewesen, ein gebürtiger Sachse, aus dem Königreich Northumbria in Britannien. Nach der Vesper eilten die beiden Mönche daher ins *scriptorium* und versenkten sich bis zur Komplet, dem letzten der Stundengebete, welches den Tag im Kloster beschloss, in das Studium des neuen Buches.

Am nächsten Morgen wurde Wilfrith zum Abt gerufen. Ekbert, der in der Hammaburg die Interessen Erzbischof Rimberts vertrat, war seine Ankunft gemeldet worden. Er war inzwischen über 50 Jahre alt und brauchte sich die Tonsur nicht mehr scheren zu lassen. Der kahle Kopf wurde nur von einem kurzen grauen Bart eingerahmt. Er war klein und mager. An seiner asketischen Gestalt fielen eigentlich nur die flinken, fast stechenden Augen auf.

„Was gibt es Neues aus Bremen zu berichten? Bringst du mir eine Botschaft von Erzbischof Rimbert?", begrüßte er Wilfrith.

„Ich bin seit Monaten nicht an der Wirraha gewesen", entgegnete dieser. „Als ich erfuhr, dass mein Vater, mein leiblicher Vater, bei Ebbekesdorp fiel, eilte ich gleich zu meiner Familie. Mit dem Segen Erzvater Rimberts selbstverständlich", fügte Wilfrith hastig hinzu, als er Ekberts Augenbrauen missbilligend in die Höhe schnellen sah.

„Deine Familie ist nun die klösterliche Gemeinschaft, Bruder Wilfrith", tadelte der Abt, aber mit nur noch leicht gefurchter Stirn. „Schön, dass du das nicht ganz vergessen hast und uns hier besuchst. Willkommen in der Hammaburg."

Wilfrith brachte nun kurz und stockend sein Anliegen vor. In der Gegenwart des Abtes fühlte er sich immer noch wie der junge Novize von einst.

„Dietrich ist, wie er dir in seinem Brief ankündigte, tatsächlich am Tage des heiligen Marcellus[19] aufgebrochen. Noch vor dem letzten Einfall der Ascomannen und der Schlacht von Ebbekesdorp", gab Ekbert Auskunft. „Zwei erfahrene Händler, die schon oft zu den Polaben und sogar noch weiter östlich, bis zu den Wilzen, gefahren sind, haben ihn begleitet. Außerdem hat er den jungen Bruder Wentz als Gehilfen mitgenommen. Wentz zählt zwar erst 16 Jahre

---

[19] Der 16. Januar

und ist noch Novize, aber er stammt aus einem der Abodritendörfer etwas aufwärts an der Bilena.[20] Die sächsischen Brüder aus Britannien, allen voran der heilige Bonifatius, welche uns die erlösende Botschaft unseres Herren Jesus Christus von jenseits des britannischen Ozeans[21] in die alte Heimat trugen, sind für Wentz ein leuchtendes Vorbild. Er eifert ihnen nach, um auch seinen Stammesbrüdern das Evangelium zu bringen", berichtete Ekbert weiter.

„Seitdem habe ich nichts Neues von ihnen gehört, aber das ist nicht weiter verwunderlich. Zunächst mussten wir uns auf eine Belagerung durch die Ascomannen vorbereiten. Da hatten wir weder Zeit noch Wege, um mit Dietrich in Verbindung zu treten. Allerdings sollten die Händler nun bald wieder in der Hammaburg eintreffen. Und du wirst sehen, auch Dietrich kehrt bestimmt in Kürze heim oder sendet uns zumindest einen Bericht. Er ist sehr zuverlässig.

Dein Platz dagegen befindet sich nun in Bremen am Bischofssitz und nicht bei den Abodriten. Ich hoffe, du machst mir beim Erzbischof keine Schande. Ich habe dich schließlich selbst empfohlen!"

Wilfrith zog unwillkürlich den Kopf ein, aber so einfach wollte er sich doch nicht geschlagen geben.

„Zürne nicht, ehrwürdiger Vater, dass ich noch mehr rede. Ein Händler namens Guntlof, hier aus der Hammaburg, der gerade erst in Haithabu war, hat berichtet, dass die Abodriten einige Sachsen gefangen oder gar getötet haben. Einer soll sogar ein Mönch gewesen sein!"

„Ja, solch dunkles Gerede habe ich auch vernommen", räumte Ekbert ein. „In so finsteren Zeiten wird immer viel geredet. Aber seit unserer Niederlage in Ebbekesdorp hat sich kein sächsischer Händler und auch kein Abgesandter des Herzogs über die Grenze

---

[20] Auch westlich des *limes saxoniae* gab es einige Abodritendörfer. Die Abodriten waren von Karl dem Großen auf dem Land deportierter Sachsen angesiedelt worden, nachdem sie auf dem Sventanefeld bei Bornhöved einen Sieg über die nordalbingischen Sachsen errungen hatten, und damit den letzten Widerstand gegen die, mit ihnen verbündeten, Franken brachen.
[21] Auch Friesischer Ozean, heute die Nordsee

gewagt. Alles, was du gehört hast, sind also bloß haltlose Gerüchte."
Er machte eine wegwischende Handbewegung. „Du wirst in Bremen sicher rasch von Dietrichs Rückkehr erfahren." Mit diesen Worten erhob sich Ekbert, als Zeichen, dass das Gespräch beendet war.

Wilfrith schluckte und nahm all seinen Mut zusammen. „Ach siehe, ich habe mich überwunden, mit Dir zu reden, eine Sache will ich noch vorbringen. Mitten in der Nacht hat mich plötzlich Schrecken und eine dringende Angst um Dietrich ergriffen. Was, wenn mir einer der Heiligen ein Zeichen geben wollte?", spielte er seine letzte und stärkste Karte. Ekbert sah ihn skeptisch an, nahm aber wieder Platz. Die Heiligen ließen es sich durchaus nicht gefallen, wenn man ihre Visionen nicht ernst nahm.

„Mit Sicherheit ausschließen lässt sich das nicht", sagte er langsam. „Auch wenn dir keiner der Heiligen in Person erschienen ist, oder?", fragte er scharf.

„Nein, ehrwürdiger Vater", antwortete Wilfrith betreten.

„Dennoch, die Wege des Herrn sind schwer zu ergründen, insbesondere wenn man noch mitten darauf unterwegs ist", murmelte Ekbert mit tief gefurchter Stirn.

„Aber was will dir der Herr mit dieser Vision mitteilen, wenn es überhaupt eine war? Gerüchten zufolge ist Graf Otto, der zweite Sohn des alten Herzog Liudolf, von seinen Gütern im Eichsfeld aufgebrochen, um die Nachfolge seines gefallenen Bruders Brun anzutreten. Aber bis der seine Macht gefestigt hat und den sächsischen Heerbann wieder aufbieten kann, werden noch viele Monate oder sogar Jahre vergehen. Und was bis dahin mit den Gefangenen im Abodritenland geschehen kann, vermag nur der Herr allein zu sagen." Er hatte sich wieder erhoben, aber diesmal nicht als Zeichen, dass die Audienz beendet war, sondern vor Erregung. Die Arme hinter dem Rücken verschränkt, lief er vor Wilfrith auf und ab.

„Wir müssen nach Dietrich suchen!", drängte Wilfrith, der nun fast selbst daran glaubte, einen heiligen Auftrag zu erfüllen. Wenn er Ekbert in die Enge getrieben hatte, dann musste ihm wohl tatsächlich einer der Heiligen beigestanden haben!

Ekbert wollte zunächst nichts dergleichen wissen: „Das ist viel zu gefährlich und außerdem kannst du nicht alleine gehen, du sprichst ja kaum die Sprache der Abodriten!" Doch Wilfrith wollte sich von seiner Idee nicht mehr abbringen lassen. Schließlich einigten sie sich, dass es wohl das Beste sei, noch bis zum Fest der Geburt der unbefleckten Jungfrau im letzten Monat des Jahres zu warten. Vielleicht hatte sich Dietrich ja tatsächlich nur verspätet, oder die Wege waren im Moment aufgeweicht und unpassierbar. Falls bis dahin keine Nachrichten von dem Missionar eingetroffen sein sollte, dürfte Wilfrith in Gottes Namen losziehen. Doch müsste er sich vorher noch taugliche Gefährten suchen. Wilfrith blieb nach der Unterredung mit dem Abt noch zwei weitere Tage bei seinen Brüdern in der Hammaburg, dann kehrte er wieder auf den väterlichen Hof zurück.

Kapitel 3 – Vorbereitung und Aufbruch

Burwido

er Oktober verging und der November begann, ohne dass man etwas Neues von Dietrich oder überhaupt von jenseits des Sachsenwaldes gehört hätte. Wilfrith besprach seine Pläne abends im Familienrat, wenn alle um das Herdfeuer versammelt waren und ihr Abendessen verzehrt hatten. Die ersten Novemberstürme zerrten dann am Reetdach des Hofes und es klang, als jage der einäugige Wotan auf seinem achtbeinigen Ross über die Fluren und Gaue, um bereits für die geweihten Nächte nach der Wintersonnenwende zu üben.[22] Die Frauen beschäftigten sich dann mit Spinnen und allerlei anderer Handarbeit und die Männer schnitzten irgendwelche kleineren Gegenstände, oder taten gar nichts und ruhten von ihrem Tagwerk aus. Theodbald war über das Vorhaben verärgert, die Arbeitskräfte würden ihm fehlen, auch wenn er sie im Winter nicht mehr so dringend benötigte.

„Außerdem bist du zu unerfahren. Im Kloster lernst du doch nicht, wie man mit den Wilden jenseits des Limes umspringen muss. Dieser Dietrich, dein Lehrer, hat das doch gerade vorgeführt!"

Der junge Burwido hingegen war ganz Feuer und Flamme. Endlich bot sich eine Gelegenheit, den Hof und die eintönige Arbeit zu verlassen und sich vielleicht sogar in einem richtigen Kampf zu bewähren! Wie gern wäre er schon im Februar mit Thankmar gegen die Ascomannen gezogen, schließlich zählte er bereits 18 Winter und war sogar noch etwas größer gewachsen als Theodbald, wenn

---

[22] Der einäugige Wotan (dem nordischen Odin entsprechend) ritt dem alten Glauben zufolge in den geweihten Nächten (Weihnachten und zwischen den Jahren) mit seinem wilden Heer über die Flure. Die gekreuzten Pferdeköpfe an den sächsischen Höfen sollten ihn dann an die vom Hof geleisteten Pferdeopfer erinnern und gnädig stimmen. Die teilweise in Norddeutschland noch heute verbreitete Ansicht, es könne Unglück bringen, zwischen den Jahren Wäsche aufzuhängen, rührt von der Angst her, Wotans Jagd könne sich darin verfangen und ungehalten werden.

auch schmaler gebaut. Von der aufbrausenden Art und dem übertriebenen Stolz seines Vaters hatte er mehr geerbt als seine beiden Brüder zusammen, und ganz sicher mehr als einem Drittgeborenen anstand. Auch sonst stand Burwido der Sinn eher nach dem Kriegshandwerk als danach, die Felder seines Bruders zu beackern. Als jüngster Sohn würde er ohnehin nichts von dem Land erben, was sollte er sich also damit plagen, es zu bestellen? Einmal wollte er sich sein Leben und vielleicht auch Lehen im Dienst eines Grafen oder gar des Herzogs verdienen. Doch sein Vater hatte ihn bisher nicht losziehen lassen, und dann wurde seine Arbeitskraft dringender denn je auf dem Hof gebraucht. Nun eröffnete sich endlich eine Gelegenheit, aus dem eintönigen Alltag zu entkommen.

„Wir können den armen Vater Dietrich doch nicht einfach bei den Wilden lassen und so tun, als wüssten wir nichts davon! Schließlich ist er ein sächsischer Stammesbruder! Die Abodriten denken wohl, sie könnten sich erlauben, was sie wollen, nur weil wir keinen starken Herzog mehr haben?", ereiferte er sich daher.

„Wenn es denn unbedingt sein muss", lenkte Theodbald schließlich schweren Herzens ein, „dann müsst ihr aber Willehad mitnehmen. Er ist erfahrener als ihr beide zusammen und nicht so leichtsinnig. Außerdem ist er einer der stärksten Kämpfer in ganz Stormarn", fügte er mit einem Seitenblick zu dem Genannten hinzu, wohl um ihn für den Auftrag zu begeistern. Das bedeutete zwar noch zwei Hände weniger auf dem Hof, aber Theodbald traute seinen beiden Brüdern und insbesondere dem jungen Burwido ganz offensichtlich nicht genug Besonnenheit zu, um unversehrt heimzukehren. Burwido war das nur Recht, denn der hünenhafte Willehad, der schon an mehreren Schlachten teilgenommen hatte, zählte zu seinen großen Vorbildern.

„Dann sind wir schon zu dritt", stellte Wilfrith befriedigt fest. „Zusätzlich benötigen wir noch jemanden, der die abodritischen Dialekte versteht."

„Der Einzige, der in der Gegend dafür in Frage kommt, ist Vlad, der Knecht vom Willebrodhof", bemerkte Burwido.

Vlad war Wilze und als solcher von Geburt an ein Erzfeind der Abodriten. Schon als jene im Bündnis mit König Karl in der Schlacht bei Bornhöved über die noch freien Sachsen siegten, hielten die Wilzen mit den Nordalbingern.[23] Vlad selbst war bei einem Überfall auf sein Heimatdorf gefangen und versklavt worden. Irgendwann war es ihm dann gelungen, zu fliehen und sich nach Westen bis auf sächsisches Gebiet durchzuschlagen. Dort fand er vor gut sechs Jahren bei Willebrod Arbeit und Brot. Auch hatte er sich inzwischen taufen lassen, allerdings eher der Umstände halber, als aus Überzeugung.

„Vlad kann die Abodriten genauso wenig leiden wie wir", berichtete Burwido weiter. „Er wird alles tun, um ihnen Schaden zuzufügen. Lass mich nur mit ihm reden, dann ist er sicher dabei", fügte er an Wilfrith gewandt hinzu.

Gleich am nächsten Morgen lief Burwido zum Nachbarhof hinüber. Sein Auftauchen war dort nicht weiter ungewöhnlich, und so hielt ihn lediglich Willebrods zweiter Sohn auf, um sich nach dem Befinden Elisabeths zu erkundigen.

„Wie immer", antwortete Burwido kurz angebunden und stürmte gleich weiter, bis er Vlad schließlich im Stall beim Ausmisten der Pferdeboxen traf.

Der Wilze hatte seine dunklen Haare zu einem Pferdeschwanz gebunden und wischte sich mit dem Handgelenk den Schweiß von der Stirn. Als Burwido ihn ansprach, stützte er sich auf die Mistgabel und hörte sich schweigend an, was der junge Nachbar ihm mit leuchtenden Augen erzählte. Sobald die Sprache auf die Abodriten kam, zogen sich Vlads Augenbrauen finster zusammen. Als Burwido geendet hatte, sah er Vlad gespannt an. Der runzelte zunächst nur die Stirn und beobachtete mit zusammengekniffenen Augen, wie eine Schwalbe durch das niedrige Tor ihren Weg aus dem Halbdunkel des Stalles hinaus in die Sonne fand.

Schließlich spuckte er auf den Stallboden und antwortete, mehr zu sich selbst, als an Burwido gewandt: „Ich habe mir geschworen, dass ich einmal in den Osten zurückkehren werde, mit meinem

---

[23] Im Jahre 791

Bogen in der Faust." Dann hob er den Kopf und blickte seinem jungen Nachbarn direkt in die Augen. „Nun ist die Gelegenheit gekommen. Ich gehe mit."

Burwido war begeistert, das klang nicht nach langweiligen Verhandlungen. Willebrod dagegen teilte diese Hochstimmung genauso wenig wie Theodbald. Er war in den Stall getreten und hatte das Ende des Gespräches mit angehört.

„Was beredet ihr da für Sachen?", wollte er von Burwido wissen. „Wir müssen einen verschleppten Mönch aus den Händen der Abodriten befreien und Vlad hat eingewilligt, mit uns zu ziehen!", antwortete der Angesprochene aufgeregt. Willebrod schnappte kurz nach Luft, dann lief er rot an.

„Ich höre wohl nicht recht?!", schrie er den verdutzten Burwido an. „So ein Unsinn, pack dich fort an deine Arbeit und lass meinen Knecht die seine in Frieden erledigen!", setzte er nach.

Vlad war ein zuverlässiger und fleißiger Knecht, den er nicht gerne verlieren wollte. Burwido fühlte, wie ihm vor ohnmächtiger Wut Tränen in die Augen stiegen. Was hatte er denn getan, dass ihn Willebrod wie einen Hund vor die Tür wies? Der Abt in der Hammaburg hatte doch alles so beschlossen! Er versuchte verzweifelt, seine Tränen zurückzuhalten, aber er fühlte bereits ein heißes Brennen in den Augen. Um sich nicht vollständig zu blamieren, rief er: „Darüber sprechen wir noch!", drehte sich um und lief hinaus. Als er sich schließlich wieder unter Kontrolle hatte, beschloss er, dass es doch besser wäre, wenn sein Bruder Wilfrith mit dem Nachbarn redete. Schließlich war Wilfrith der Vertreter des Abtes der Hammaburg, und der hatte die ganze Fahrt zu verantworten, nicht er.

Wilfrith

Mitte Dezember, einige Zeit nach einem unerfreulichen Gespräch mit Willebrod, bei dem ihn sein jüngerer Bruder zu Hilfe gerufen hatte, und in dem er seine ganze Autorität als geweihter Kanonikus und Abgesandter des heiligen Abtes der Hammaburg einsetzen musste, machte sich Wilfrith nochmals auf den Weg an die Elbe.

Zum einen wollte er das Fest der Geburt Christi gemeinsam mit seinen Brüdern begehen, zum anderen würde er Abt Ekbert nochmals nach Neuigkeiten von Dietrich fragen.

Ekbert hatte inzwischen auch den Rat Erzbischof Rimberts aus Bremen eingeholt und empfing seinen ehemaligen Mönch in ernster Stimmung.

„Der ehrwürdige Rimbert ist nicht begeistert von deinem geplanten Wagnis", eröffnete er Wilfrith. Den traf die Enttäuschung wie ein Schlag vor die Stirn. Er ließ die Schultern hängen und konnte im Augenblick gar nichts sagen. Aber Ekbert fuhr nach einer kurzen Pause fort: „Er erlaubt den Zug aber. Vielleicht gelingt es dir auf diesem Wege auch, Neuigkeiten zu sammeln, die für die Missionierung der Abodriten von Bedeutung sind. Rimbert ist, genau wie dem seligen Ansgar, sehr daran gelegen. Vater Rimbert hat dir auch ein Paket und Geld überbringen lassen, damit du Dietrich, wenn möglich, freikaufen kannst." Dabei deutete er auf den Tisch in einer Ecke seines Gemaches, auf dem ein in Wachstuch geschlagenes Paket und eine lederne Geldrolle lagen.

„Es ist ein ganzes Zählpfund Silber, ein *pondus Caroli*, nimm es an dich und verwahre es sorgsam", fügte Eckbert hinzu als er sah, wie Wilfrith erstaunt und unschlüssig stehen blieb. Wilfrith hatte gar nicht an Geld gedacht, bisher hatten all seine Sorgen dem Widerstand Ekberts gegolten. Trotzdem war er über die Möglichkeiten, die dieses Geld versprach, hoch erfreut.

Die Fahrt ins Abodritenland war also beschlossen. Das Aufbruchsdatum wurde auf den 30. Dezember festgesetzt, genau einen Monat nach dem Fest des Heiligen Andreas. Das war ein passendes Datum, befand Eckbert, denn Andreas hatte sich als erster Missionar zu den wilden Skythen gewagt, um ihnen das Evangelium zu verkünden. Er würde Wilfrith dem besonderen Schutz dieses Heiligen anbefehlen, wenn er nun an die Gefilde des Skythenmeeres[24] aufbrach.

Das Datum hatte auch eine praktische Bewandtnis: Die Seen und Moore des sächsischen Limes waren dann zu Eis erstarrt und

---

[24] Auch Balthicus genannt, heute die Ostsee

einfacher zu passieren als im Frühjahr oder Sommer. Insgesamt sollte die Fahrt nur einige Tage dauern. Wilfriths Plan war noch undeutlich und wenig ausgereift.

Vor Ort, im Gebiet der Polaben, wollte er in Erfahrung bringen, ob noch Gefangene am Leben seien. Entweder sollte das Vlad, der sprachkundige Knecht des Willebrodhofes, durch Befragung oder Bestechung einiger Bauern herausbekommen, oder Wilfrith wollte versuchen, selbst einen Gefangenen zu machen und ihn zwingen, die notwendigen Dinge zu verraten. Anschließend mussten sie die Gefangenen, falls möglich befreien oder, besser noch, freikaufen und dann auf direktem Wege heimkehren.

Sein Gottvertrauen war im Gegensatz zu dem Plan umso fester. Nachdem er den Abt verlassen hatte, warf er sich in der Kapelle auf den Boden.

„König der Könige", betete er im Stillen, „höre auf das Lallen Deines unwürdigen Dieners, und sieh herab auf den Dir immer treuen Dietrich, schirme und schütze ihn im Abodritenland und vergelte ihm im reichsten Maße seine guten Taten!"

Auf dem Heimweg zum väterlichen Hof dachte Wilfrith dann aber doch genauer über die benötigte Ausrüstung und einen Plan nach. Auf Lasttiere wollte er verzichten, da sie abseits aller Wege vorankommen mussten. Jeder bräuchte einen Proviantbeutel für etwa eine Woche. Zusätzlich ein paar Decken und einen warmen Mantel, denn die Nächte würden bitterkalt werden. Außerdem noch einige Decken für Dietrich, da er bei der Befreiung voraussichtlich keine eigene Ausrüstung mitnehmen konnte. Eine Axt für Feuerholz und einen Bronzetopf, sowie Feuerstein, Zunder und ein paar Seile benötigten sie ebenfalls. Dazu kamen ein Messer und ein Sax[25] für jeden von ihnen.

„Was hältst du von Schilden und Schwertern?", fragte er Willehad am nächsten Morgen. In diesen Dingen fehlte ihm die Erfahrung.

„Keine Schilde, die sind zu unhandlich und man kann sie sowieso nur beim Zweikampf oder im Schildwall brauchen. Zwei Speere pro

---

[25] Das breite, einschneidige Kurzschwert, von dem sich angeblich der Name der Sachsen ableitet.

Mann sind besser. Die können wir zum Jagen nutzen und um uns gegen wilde Tiere oder zur Not auch gegen Verfolger zu wehren", riet der erfahrene Krieger.

„Speere brauche ich nicht. Ich habe den hier", sagte Vlad am Abend zu Wilfrith, und streckte ihm seinen Bogen entgegen.

Er war nach getaner Arbeit zum Thankmarshof herüber gekommen, um sich über die neuesten Entwicklungen zu unterrichten. Wilfrith hatte keine Einwände. Er wusste, dass der Langbogen, die gefährlichste Waffe aller Völker jenseits des Limes, in Sachsen aus gutem Grund gefürchtet war. Lediglich die Fürsten der Abodriten und Wilzen sowie deren Leibwachen bevorzugten, wie ihre sächsischen Nachbarn, Äxte, Lanzen oder gar die seltenen und teuren Schwerter aus fränkischem Stahl.

Burwido

Burwido betrachtete kritisch seine Ausrüstung. Zwei Speere und ein Sax zumindest. Eigentlich wünschte er sich eine volle Rüstung mit Schild, Kettenhemd und Helm, hoch zu Ross. Aber die Besten Rüstungen des Hofes waren bei Ebbekesdorp geblieben und sein Bruder und Willehad waren sich zu Burwidos Leidwesen einig: Keine schwere Bewaffnung und keine Pferde, lieber rasch durch das Dickicht des Sachsenlimes hindurch schlüpfen und einem Kampf ausweichen. Bis er einmal wie ein richtiger Krieger im Sattel in den Kampf ziehen dürfte, würde es wohl noch lange dauern, falls es überhaupt je möglich sein würde.

Dennoch rief zwei Tage vor der festgesetzten Abreise der alte Burwido, der in seiner Jugend ein hoch gerühmter Krieger gewesen war, aber nun nicht einmal mehr für die Feldarbeit taugte, ja fast nicht einmal mehr alleine laufen konnte, seinen jüngsten Enkel und Namensvetter zu sich. Als dieser in die Kammer des alten Recken trat, hatte der sein langes Schwert auf den Knien vor sich liegen.

„Dies ist Markbeißer, er diente unseren Vätern schon seit vielen Generationen. Dein Vater wollte ihn nicht haben, weil er fürchtete, ein heidnischer Zauber könnte an ihm heften. Und er hat recht damit, denn es heißt, dass Saxnot, der einhändige Schwertgenosse,[26] selbst über der Esse wachte, als diese Klinge geschmiedet wurde. Es ist ein gutes Schwert. Immer noch scharf und gut ausbalanciert. Siehst du wie die Giftzweiglein glitzern? Nur die besten Schmiede verstehen es, das Eisen so zu formen."

Auf der Klinge des Schwertes waren über die ganze Länge feine Rillen zu erkennen, die an ein Fischgrätenmuster oder einen Tannenzweig erinnerten. Sie zeigten, dass der Schmied bei der Herstellung mehrere Streifen aus sehr hartem, aber sprödem und weicherem, flexiblen Eisen nebeneinander gelegt und dann gegenläufig zu zwei Spiralen verdreht hatte. Diese Spiralen bildeten den Kern der Klinge. Dadurch ließen sich die Eigenschaften beider Grundstoffe kombinieren. Beim Schleifen nutzten sich die weichen Eisenstreifen dann etwas stärker ab als der harte, spröde Stahl, so entstand das charakteristische Muster auf der Klinge.

„Das letzte Mal habe ich Markbeißer vor fast 40 Jahren bei den Stellinga-Aufständen gebraucht. Das war noch etwas, wovon dein Vater nichts wissen wollte. Du weißt, es ging damals darum, unseren alten Glauben wiederherzustellen und die verhassten Franken aus dem Land zu werfen."

„Wilfrith hat mir davon erzählt, aber dass du dabei warst, wussten wir beide nicht. Der Geheimbund wollte die Edlen aus dem Land werfen und den Zehnten loswerden, sagt man heute. Und dabei habt ihr euch von Kaiser Lothar vor den Karren spannen lassen, der durch den Aufstand seinen Bruder Ludwig schwächen wollte, obwohl doch alle beide nur elende Franken waren!"

„Rede man nicht von Dingen, von denen du nichts verstehst, Junge. Nicht jedem von uns ging es nur ums Geld. Nein, wir wollten das alte Recht und den alten Glauben wiederhaben. Dein Vater wäre selbst immer gern ein Edler gewesen, deswegen hat er das nie verstanden, aber ich sage: Nicht Herr und nicht Knecht. So, jetzt nimm das Schwert und mache mir keine Schande damit, denn die Augen von Heldenvätern schauen nun aus Walhalla auf dich herab."

---

[26] Saxnot war eine der drei Hauptgottheiten der Sachsen. Sein Name leitet sich wohl vom Sax – dem sächsischen Kurzschwert – ab und meint soviel wie Schwertgenosse (er entspricht wahrscheinlich dem nordischen Tyr).

Etwas verlegen nahm der junge Burwido das Schwert und sah an der Klinge entlang. Sie war an die zweieinhalb Fuß lang und noch immer gerade. Die Scharten und Schmarren in den Schneideblechen waren sorgfältig geglättet worden. Heft und Schwertknauf bestanden aus Eisen, der Griff dazwischen, so breit, dass er ihn bequem mit der Rechten fassen konnte, war mit Holzplättchen belegt. Darin hatte der Schmied Runen eingegraben, deren Deutung aber selbst dem alten Großvater unbekannt war. Sein Enkel wog das Schwert erst in einer Hand, dann legte er es auf beide Zeigefinger und schob sie langsam zusammen. Sie trafen sich eine Handbreit vom Heft entfernt unter der Klinge. Ja, gut ausbalanciert war sie.

„Das kann ich doch gar nicht annehmen", stammelte der junge Burwido überwältigt. „Dein gutes Schwert!"

„Ich bin sowieso zu alt, um es zu führen. Und deine Mutter würde es, wenn ich denn einmal in die Runde meiner Väter trete, noch wegwerfen, in all ihrer unsinnigen Angst vor heidnischem Zauber. Was unseren Vorvätern nicht geschadet hat, das wird auch uns nicht schaden. Aber ich darf es nicht zu laut sagen, sonst hört es deine Mutter. Dass dann mein Abendessen magerer ausfallen wird als sonst, stört mich nicht. Ich schmecke sowieso nicht mehr viel, aber sie redet dir dann sicher ihr ganzes Pfaffengewäsch ein."

Da der Alte aber schon fast taub war, wurde die Unterhaltung beinahe schreiend geführt und Gertrude, die gleich neben des Großvaters Kammer am Herdfeuer stand, musste wohl doch alles gehört haben. Als ihr Sohn mit dem Schwert aus der Kammer ihres Vaters trat, hatte sie tränennasse Augen. Sie umarmte ihn und konnte erst gar nichts sagen.

Solche Gesten körperlicher Nähe waren Burwido eigentlich zuwider, aber er ließ es diesmal ergeben geschehen. Dann hauchte seine Mutter: „Vergiss nicht, wer das Schwert zieht, wird durch das Schwert umkommen, hat der Pfarrer gesagt, und meinem lieben Thankmar ist es nun auch so ergangen. Jetzt geh und pack dies Ding weg. Vor eurer Abreise will ich es nicht mehr sehen."

Burwido blickte sich rasch um. Hatte auch niemand gesehen, dass er sich wie ein Kind umarmen ließ? Etwas beschämt zog er mit dem Schwert ab. In seiner Kammer ließ er es durch die Luft sausen und strich nochmals liebevoll mit den Fingern über die Klinge, bevor er es sorgfältig zu den anderen Ausrüstungsgegenständen legte.

Wilfrith, September 881

Wilfrith sog scharf die Luft ein und sah auf die letzten Zeilen, die er gerade zu Pergament gebracht hatte. Dass sein Großvater abergläubisch war, wusste Wilfrith schon lange, aber nach allem was Burwido ihm später berichtet hatte, war er tatsächlich noch tief im Irrwahn heidnischer Abgötterei gefangen! Wie konnte er nur so verstockt sein! Ärgerlich stopfte Wilfrith die Feder ins Tintenglas und zerbrach prompt die Spitze des Kiels.

Wilfrith, Dezember 880

Abends erhielt der alte Burwido trotz allem einen besonders vollen Teller. Gertrud stellte ihn jedoch wegen des alten Glaubens zur Rede. Darauf antwortete er: „Ein alter Häuptling der Friesen hat euren Bonifatius einmal gefragt, wo seine Väter seien. Im Himmel oder in der Hölle, da sie doch nicht getauft wurden? Bonifatius meinte natürlich in der Hölle, wie die Priester eben meinen, und da sagte ihm der Häuptling gerade ins Gesicht: Dann will ich auch lieber mit meinen Vorfahren in der Hölle sitzen, als allein im Himmel."

Seine Tochter Gertrude wandte sich entsetzt von ihm ab, und Wilfrith bemerkte etwas bissig: „Du musst dich eben entscheiden, ob du mit deinen Vorfahren in der Hölle schmoren, oder mit deinen Nachkommen in Himmelsauen weilen willst, denn wir nehmen sicher nicht dieselbe Rücksicht auf dich!"

Das Abendessen verlief danach schweigend. Jeder hing seinen Gedanken nach und auch die bevorstehende Abreise der Gefährten drückte auf die Stimmung.

Burwido

Endlich kam der 30. Dezember, der ersehnte Tag der Abreise.

Burwido war schon weit vor Sonnenaufgang auf den Beinen, die Aufregung ließ ihn nicht schlafen. Sicher zum zehnten Male vergewisserte er sich, dass Markbeißer gut eingefettet war und rasch und lautlos aus der Scheide glitt. Das übrige Gepäck hatten sie schon am Vortag zusammengepackt. Irgendwann, nach Burwidos Ansicht erst Stunden später, standen auch die anderen Hausgenossen auf. Die Morgensuppe nahmen sie schweigend in der klammen Küche vor dem gerade wieder angefachten Herdfeuer ein. Dann erschien Vlad. Willebrod begleitete seinen Knecht noch bis zu Thankmars Hof. In der Diele betete Wilfrith mit allen für Bewahrung auf dem Weg und einen glücklichen Ausgang des Unternehmens. Dann drückte Gertrude ihre beiden Söhne an sich. Ein Wort des Abschieds brachte sie nicht heraus, aber die Tränen liefen ihr an beiden Wangen herab. Der junge Burwido fühlte zu seinem Ärger auch seine eigenen Augen feucht werden. Deshalb wandte er sich schnell ab, damit bloß niemand etwas bemerkte. Sein Abschied von Theodbald, Elisabeth und den Knechten und Mägden fiel daraufhin sehr kurz aus. Das unsinnige Geheul nach dem Streit mit Willebrod auf dessen Hof trieb ihm immer noch die Schamesröte ins Gesicht, so oft er daran dachte.

Wilfrith

Theodbald hatte derweil Willehad noch einmal zur Seite gezogen.

„Unser Vater hat dir stets vertraut und so werde auch ich es halten. Sorge du mir nur dafür, dass meine beiden Brüder wieder heimkehren! Das ist das Einzige, was bei dieser verrückten Fahrt zählt!"

Willehad hatte ihm daraufhin schweigend die Hand gedrückt.

Dann stapften die Vier in die dunkle Nacht hinaus, dem Sonnenaufgang entgegen. Es war sternenklar und bitterkalt. Jeder hatte sich in seinen Mantel gehüllt und ihn auch vor den Mund geschlagen, um die schneidend kalte Morgenluft nicht direkt einatmen zu müssen.

Zunächst kannten sie den Weg noch genau, so dass sie rasch vorankamen. Auf den Lichtungen begann etwas Nebel aufzusteigen, doch zwischen den Stämmen des Mischwaldes konnte man noch ganz gut sehen. Deshalb hielten sie sich stets am Rand des Waldes. Nach etwa eineinhalb Stunden begann ganz langsam der Horizont vor ihnen heller zu werden. Die ersten Sterne verschwanden im lichten Grau des Morgens und endlich kam die Sonne über den Horizont. Die vier Wanderer waren auf einer kleinen Lichtung an einem zugefrorenen See stehen geblieben, um die ersten wärmenden Strahlen nicht zu verpassen. Der Wind hatte den Schnee großteils von dem Eis des Sees gefegt, so dass sich die Sonnenstrahlen bunt glitzernd tausendfach auf der blanken Eisfläche spiegelten. Nun, wo das Knirschen des Schnees unter ihren Sohlen aufgehört hatte, lag der ganze Wald in einer tiefen Stille. Kein Windhauch regte sich.

Willehad räusperte sich nach einigen Augenblicken.

„Lasst uns noch eine halbe Stunde weitermarschieren, bis die Sonne an Kraft gewinnt und dann kurz rasten und etwas essen." Der Vorschlag wurde wortlos angenommen und der Marsch direkt über den zugefrorenen See fortgesetzt. Eine Umgehung hätte unnötige Zeit gekostet, da das Gewässer mehr als eine Wegstunde lang war. Sein nördliches Ufer verlor sich in dichtem Wald, das südliche Seeufer war dagegen weitgehend frei von höherem Bewuchs. Die Breite betrug nur gut 250 Schritte.

„Seht nur", sagte Burwido, „hier liegt das Eis fest auf dem Grund. Das Wasser ist höchstens einen Fuß tief!" In der Tat handelte es sich wohl eher um zwei Seen, die jetzt im Winter wegen des hohen Wasserstandes zusammengeflossen waren. Im Sommer waren sie offenbar durch eine schmale Landbrücke getrennt. An den Rändern der schmalen Landbrücke, wo die Wassertiefe zunahm, stoben bei jedem Auftreten der Gefährten kleine Fische unter dem Eis ins tiefe Wasser. Jeder hinterließ eine kleine Schlammwolke im sonst klaren See.

Am gegenüberliegenden Ufer stieg das Gelände sanft an und bald begann wieder der Wald. Im Verlauf der nächsten halben Stunde wurde er immer dichter und schwieriger zu durchqueren, so dass die vier Gefährten bald auf einer kleinen Kuppe anhielten. Sie setzten sich im Kreis auf ein paar Steine und Willehad packte etwas Trockenfleisch und Brot aus.

„Endlich mal was anderes als die ewige Morgensuppe", meinte er zufrieden. Als junger Mann hatte er immer damit geprahlt, mehr Met als Milch zu vertragen, was den damals noch sehr kleinen Burwido tief beeindruckt hatte. Der Speiseplan des Hofes konnte allerdings an gewöhnlichen Tagen auf diese Vorliebe Willehads keine Rücksicht nehmen.

„Was meint ihr", fragte Burwido, „wann werden wir auf die ersten Abodriten treffen?"

„Heute Nachmittag werden wir wahrscheinlich schon das erste Dorf jenseits des Limes erreichen", sagte Willehad.

Vlad meinte nur: „Alle Abodriten sind Hunde", und Wilfrith fragte sich im Stillen, ob es wirklich eine gute Idee gewesen war, Vlad als Dolmetscher mitzunehmen.

„Wir werden sie früh genug zu Gesicht bekommen. Ich bin mir sicher, Gott führt unsere Wege. Er hat einst Dietrich geschickt, um mich zu retten, nun schickt er mich, um ihn zu befreien. Alles nach seinem Plan", sagte er.

Burwido

Burwido stieg bei diesem frommen Gerede die Galle hoch.

„Das will ich sehen! Du hast gut reden von Plan und Führung", erwiderte er unwirsch. „Du mit deiner Liebe zu den Büchern, der nicht aus der Schreibstube raus will, ja, dafür bist du gut geführt. Und Theodbald auch, der den Hof erbt. So eine Führung ist einfach und da ist alles klar. Aber mich führt niemand und ich muss selbst sehen, wo ich bleibe. Und wenn wir sonst nichts haben als die Führung Gottes, dann hätten wir lieber zuhause bleiben sollen. Großvater sagte manchmal, dass die Geschicke der Vorväter von den drei Schicksalsfrauen am Fuße der Weltesche als lange Wollfäden gesponnen werden. Alles steht fest, ein unausweichliches Schicksal und kein gütig führender Vater, der sich erbitten lässt.

Selbst Wotan, Saxnot und der Donnerer[27] können den sie umwebenden Fäden nicht entfliehen. Sie versuchen, die Zeit bis zum Anbruch der Götterdämmerung, der letzten großen Schlacht,[28] mit allen Mitteln hinauszuzögern; aber letztendlich werden auch ihre Fäden, wenn sie fertig sind, von den Schicksalsfrauen abgeschnitten. Ich glaube aber weder das eine, noch das andere. Hilf dir selbst, dann hilft dir auch Gott. Sieh nur genau hin, wie es hier jenseits deiner Klostermauer zugeht, dann wirst auch du erkennen müssen, was für ein Unsinn deine Führung ist!"

Er hatte dem frommen Bruder sowieso schon immer die Meinung sagen wollen, und hier waren sie endlich einmal unter sich, ohne die ewig nörgelnde Mutter und Schwägerin.

Wilfrith

„Du sagst es, wir wollen sehen", meinte Wilfrith, überrascht von der Heftigkeit seines jüngeren Bruders. „Am Ende der Reise wollen wir noch einmal darüber reden. Denn es ist nie einfach, Gottes Wege zu erkennen, wenn man noch mitten darauf unterwegs ist." Damit endete die Unterhaltung, Willehad und Vlad hatten offenbar keine Lust, sich auf dieses geistliche Gespräch einzulassen.

Nach der kurzen Rast nahmen sie den Weg wieder auf. Das Gelände wurde immer schwieriger. Bald schon mussten sie sich den Weg mit Axt und Sax frei schlagen. Endlich, am Nachmittag kamen sie an ein paar kleine Felder. Hinter einem schmalen, aber dichten Waldstück stiegen zwei dünne Rauchfahnen auf. Nun schlichen sie nur noch mit der allergrößten Vorsicht weiter, um nicht gehört oder entdeckt zu werden. Bald schon konnte Wilfrith zwischen den Zweigen ein kleines Dorf oder großes Gehöft erkennen. Das Anwesen war von schwachen Palisaden umgeben. Einen Graben gab es nicht. Die Häuser waren deutlich kleiner als die Höfe zuhause und standen in einem kleinen Kreis zusammen. Die Wände

---

[27] Donar, oder Donnerer, war neben Saxnot und Wotan der dritte Hauptgott der Sachsen (entspricht dem nordischen Thor).
[28] Nach der nordischen Mythologie endet die Welt in einer letzten Schlacht (im Nordischen Ragnarök) zwischen den Göttern und ihren in Asgard bzw. Walhalla versammelten Helden gegen die Heere des Bösen.

bestanden aus Holzpfosten und mit Lehm beschmiertem Reisiggeflecht. Die Dächer waren niedrig und mit Stroh gedeckt. An den leicht nach außen geneigten Giebeln waren keine gekreuzten Pferdeköpfe zu erkennen, sondern jeweils nur eine angespitzte Stange. Es handelte sich um eine abodritische Siedlung. Menschen oder Vieh konnte Wilfrith nicht ausmachen, aber verschiedene Stimmen und Tiergeräusche drangen gedämpft aus den Häusern bis zum Waldrand hinüber. Wenn die kleine Gruppe weiterging, würde sie unweigerlich von den Hunden der Dorfbewohner entdeckt werden.

„Sind das nun Wagrier oder Polaben?", fragte Burwido.

„Polaben, auch alles Hunde", antwortete Vlad und ergänzte dann doch noch: „Die Wagrier wohnen weiter im Norden. Wir sind hier aber nah an der Grenze der Stammesgebiete."

Nach einer Weile fügte er dann leise, zwischen zusammengebissenen Zähnen, hinzu: „Wir müssen nun aufpassen, der Wald hier ist kein christlicher Wald wie bei euch Sachsen. Hier gibt es viele Dämonen und Götter!"

„Auch dafür sind wir gut gerüstet", sagte Wilfrith ernst und fasste sich unwillkürlich an das kleine Holzkreuz, welches er stets um den Hals trug.

„Wie nun weiter?", wollte Willehad wissen. „Ich schlage vor, wir beobachten zuerst, wieviele es sind. Wenn hier nicht mehr als zehn Männer wohnen, denke ich, sollte Vlad einmal zu ihnen gehen und sich erkundigen. Er kann sich als Wagrier aus dem Norden ausgeben. Mit der Überraschung auf unserer Seite sollte es uns Übrigen bei Gefahr gelingen, ihn rauszuhauen und zu verschwinden."

„Und was soll er ihnen erzählen, was ein Wagrier aus dem Norden mitten im Winter hier treibt?", wollte Wilfrith wissen.

„Keine Ahnung, du bist doch der Gelehrte", entgegnete Willehad trocken. Da aber niemand einen besseren Vorschlag hatte, zogen sie sich zunächst wieder tiefer in den Wald zurück. Es reichte, wenn jeweils einer auf Beobachtungsposten blieb. Zuerst war Vlad an der Reihe. Die Anderen suchten eine Bodenmulde in einigen hundert Schritt Entfernung vom Waldrand als Lagerplatz aus.

Burwido

Während Willehad und Wilfrith einen Haufen Reisig als Unterlage sammelten, denn bei dieser Witterung konnte man nicht auf dem nackten Boden schlafen, versuchte Burwido eine kleine Grube für das Feuer auszuheben. Bei dem gefrorenen Boden erwies sich das aber als ziemlich schwierig, zuerst brach ihm die Spitze seines Messers ab, dann schnitt er sich fast noch selbst in den Finger. Schließlich war die Grube dann aber doch einen halben Fuß tief und Burwido beschloss, dass das reichen musste. Seine Gefährten hatten derweil die Decken auf der Reisigunterlage verteilt und schauten ihm interessiert zu. Dann warteten sie alle zusammen auf die Dämmerung, um ein kleines Feuer zu entzünden. Bei Tageslicht und der herrschenden Windstille konnte man die Rauchsäule sonst möglicherweise vom Dorf aus sehen.

Nach zwei Stunden, als die Sonne nur noch knapp über dem Horizont stand, ging Burwido, um Vlad abzulösen. Die Schatten der Bäume zeichneten lange Streifen in den Wald. Er sah einige Spuren von Kaninchen im Schnee, aber zu hören war nichts. Nicht einmal die Vögel regten sich. Burwido fand den schon ziemlich ausgekühlten Vlad und gab ihm Anweisungen, wie er zum Lager finden konnte. Vlad hatte bisher drei Männer und fünf Frauen gezählt und beschrieb Burwido kurz ihr Aussehen, damit er sie möglichst nicht noch einmal mitzählte. Danach verschwand er schnell Richtung Lagerplatz. Den Abend über sah Burwido noch zwei Männer kurz nach draußen eilen, um ihre Notdurft zu verrichten, ansonsten passierte gar nichts. Als es dunkel geworden war, kehrte auch er ins Lager zurück, wo die Gefährten in seiner Grube bereits ein kleines Feuer entzündet hatten. Sie saßen dicht um die Flammen geschart und berieten, was Vlad am nächsten Tag erzählen sollte.

Wilfrith

„Was kann man bei dieser verdammten Kälte schon Sinnvolles machen?", wollte Vlad wissen. „Grundlos geht da kein Mensch vor die Tür und erst recht nicht beim Nachbarstamm spazieren. Das werden sie sich denken und wenn ich keinen vernünftigen Grund vorbringen kann, müssen sie mich für einen Dieb oder Kundschafter halten."

„Was du dann ja auch bist", warf Wilfrith ein.

„Erzähl ihnen doch was von Führung", witzelte Burwido und setzte sich dicht neben die massige Gestalt Willehads.

„Mensch, genau, das ist die Idee!", erwiderte Wilfrith und überging den spöttischen Unterton in der Stimme seines Bruders.

„Du vergisst, dass die Abodriten noch gar nicht bekehrt sind", meinte Burwido sarkastisch.

„Nein, natürlich nicht, aber sie glauben doch auch an etwas, jeder Mensch glaubt an irgendetwas. Sag mal, Vlad, gibt es nicht irgendwelche heiligen Pflichten bei den Abodriten? Einen Gott, der den Menschen manchmal aufträgt, hierhin oder dorthin zu gehen oder dieses oder jenes Heiligtum zu besuchen?"

„Einen Wahrsager? Svarozic, der Kriegsgott, sagt den Ausgang von Schlachten voraus. Die Priester müssen ein Pferd beobachten, wie es über Lanzen schreitet. Meinst du so etwas?"

„Ja genau. Nur offenbart Svar ..., wie auch immer, seinen Priestern manchmal auch etwas, was nichts mit Schlachten zu tun hat? Etwas was dich dazu bringen könnte, hier im Winter herum zu laufen?"

„Aber ich folge doch gar nicht mehr Svarozic ..."

„Nein, das sollst du auch auf gar keinen Fall ... Du sollst nur sagen ... Hm. – Du hast Recht, ganz richtig ist das nicht. Aber es ist eine Kriegslist, zumindest etwas Ähnliches", überlegte Wilfrith.

„Wie wäre es denn, wenn er einfach sagt, er müsse dem Vater seines Freundes berichten, dass dieser verstorben sei? Und er musste ihm noch versprechen, es sofort zu tun?", schlug Burwido vor. Seine Stichelei tat ihm offenbar leid und er versuchte hilfreich zu sein.

„Ja, das könnte klappen", überlegte Willehad. „Vlad sagt, sein Freund, irgend so ein abodritischer Name, sei bei einem Unfall gestorben. Er hat einen Baum gefällt und der erwischte den Freund. Nun hat er ein schlechtes Gewissen und muss es den Eltern beichten. Weil das Gewissen so sehr schlecht ist und er sich vor dem

Geist seines Freundes fürchtet, hat er sich gleich, noch im tiefsten Winter, aufgemacht. Nun mag er sich hier nur etwas aufwärmen. Nur warum kommt er hier so abseits von allen Wegen entlang? Und zu welchem Ort will er?"

„Ja, das klingt gut. Ich will nach Stralige,[29] das ist ein kleiner Ort irgendwo weiter im Süden, ich kam dort einmal vorbei während meiner ... ist ja egal, jedenfalls war ich schon einmal dort, und ich sage einfach, ich suche einen gewissen Mirko, den Pfeilschmied, den Vater von Miroslav Mirkowitsch. Und ich habe mich eben verlaufen", entschied Vlad.

Nachdem das geregelt war, verebbte das Gespräch. Burwido konnte ein Gähnen nicht unterdrücken und Wilfrith und Vlad taten es ihm nach. Der Tag war anstrengend und voller neuer Ereignisse gewesen.

„Lasst uns das Feuer löschen und ruhen", schlug Willehad daher vor. Die Gefährten legten sich eng aneinander auf das Lager aus Reisig, um sich gegenseitig zu wärmen und wickelten sich in die mitgebrachten Decken und Mäntel ein. Dabei mussten sie die Köpfe mit einwickeln, um die Wärme der Atemluft nicht entweichen zu lassen und so immer die schon vorgewärmte Luft einzuatmen. Auch durfte man sich nachts nicht mehr bewegen, um nicht versehentlich eine Decke abzuschütteln und dann zu unterkühlen.

---

[29] Sterley

Kapitel 4 – Der Weg ins Abodritenland

Wilfrith

Am Morgen erwachte Wilfrith vor seinen Gefährten. Er setzte sich auf, nahm einige Zweige, stocherte in der fast verloschenen Glut des Feuers und dachte nach, über die alten Zeiten mit Dietrich, über die bevorstehenden Abenteuer und über das kurze Gespräch mit seinem Bruder vom Vortag. Nein, ein Vorbild im Glauben war der junge Burwido wirklich nicht. Und auch Vlad schien hier im Slawenland wieder öfter an seine alten Götter zu denken. Vielleicht war es wirklich gefährlich, sich aus dem christlichen Gebiet heraus zu wagen. Was konnte einem nicht alles passieren? Aber dann könnte er auch gleich in der Schreibstube sitzen bleiben, und obwohl es ihm dort sehr gefiel, fühlte er sich manchmal ganz deutlich hinaus zu den Menschen gerufen. Weg von den erbaulichen Büchern und hin zu all diesen ungläubigen und uneinsichtigen Toren. Und nun sogar direkt zu den Heiden! Der junge Burwido hatte ja gar keine Ahnung, wie unangenehm Ratschluss und Führung des Schöpfers und Vollenders manchmal sein konnten! *Wer weiß, ob Dietrich vielleicht nur in Bedrängnis geraten musste, damit ich, Wilfrith, endlich von meinem bequemen Platz hinter dem Schreibpult hervorkomme*, fragte er sich. Solche Sorgen musste sich der alte Burwido mit seinen Schicksalsfrauen wenigstens nicht machen!

Nacheinander erwachten auch die übrigen Gefährten. Vlad zuerst, er setzte sich schweigend neben Wilfrith und schaufelte etwas sauberen Schnee in den Bronzetopf. Dann legte er ein paar trockene Zweige in die Glut und stellte den Topf obenauf. Das Zischen des Schnees, der noch außen am Topf klebte und nun direkt in das wieder entfachte Feuer fiel, weckte schließlich auch Burwido und Willehad. Inzwischen leuchtete der östliche Horizont in einem lichten Grau und die Sonne musste jeden Augenblick hinter den Wäldern jenseits des Dorfes aufsteigen. Wilfrith sprach ein kurzes Morgengebet, was seine Gefährten schweigend hinnahmen.

Vlad

Vlad erschien das Gebet des christlichen Mönches wie ein trotziger, aber sinnloser Versuch. Hier im Lande der Abodriten herrschten andere Götter. Sie sorgten dafür, dass über diesem Land die Sonne wieder aufging, wie jetzt gerade, und die Eindringlinge würden unter ihrem hellen Schein nicht lange verborgen bleiben.

Das Frühstück bestand nur aus Brot und ein paar Dörrpflaumen, dazu gab es lauwarmes Schmelzwasser, aber selbst dafür fehlte es Vlad an Appetit. Er schluckte einige Bissen missmutig und mit trockenem Hals herab. Ihr karges Mahl wurde von zwei Raben beobachtet, die in einiger Entfernung auf einer alten Eiche saßen. Vlad betrachtete sie misstrauisch. Waren das vielleicht die Späher und Boten Peruns, des großen Donnergottes? Die Eiche war sein heiliger Baum, und es hieß, dass es Raben seien, die ihm Nachricht von den Geschehnissen in der Welt brachten. Sollten sie vielleicht seine Priester warnen, dass Fremde ins Land eingedrungen waren? Er warf einen Schneeball nach den Vögeln. Obwohl der Ball in einiger Entfernung von ihnen an einen Baum prallte, flogen sie mit protestierendem Gekrächze auf und verschwanden.

„Man kann nie wissen", grummelte er. Seine Begleiter sahen sich fragend an.

Wilfrith

Willehad trat diesen Morgen als Erster den Beobachtungsposten an. Im Lager packten seine Gefährten derweil ihre wenigen Habseligkeiten zusammen. Nun begann wieder das Warten. Die Wanderung vom Vortag war wenigstens noch abwechslungsreich gewesen, Warten war einfach nur kalt, trotz des noch glimmenden Feuers.

„Wie wäre es mit einer Partie Königstreffen?", fragte Burwido schließlich. Wilfrith hatte gegen den Vorschlag nichts einzuwenden, Vlad blieb, wie meist, schweigsam. Burwido malte ein Quadrat mit neun mal neun Feldern in den Schnee. Dann sammelte er 16 kleine Holzstückchen. Das waren die Angreifer, und acht kleine Steine, die

Verteidiger des Königs. Zuletzt noch einen etwas größeren, schönen, glatten Stein, den König selbst.

Der König wurde in die Mitte des Spielfeldes gestellt, seine acht Krieger, je zwei in einer Reihe, rechts, links, über und unter ihn, so dass sie ein Kreuz in der Mitte des Spielfeldes bildeten. Die Stöckchen wurden so verteilt, dass sie das Kreuz an allen vier Armen bis zum Spielfeldrand verlängerten, also noch je zwei Angreifer pro Kreuzarm. Dann kam noch jeweils einer zu beiden Seiten des äußersten Angreifers am Spielfeldrand. Die Spielfiguren durften sich wie der Turm beim Schachspiel bewegen. Lediglich der König konnte nie mehr als drei Felder auf einmal rücken, diagonale Bewegungen waren verboten. Eine Figur war geschlagen, wenn sie an zwei gegenüberliegenden Seiten von gegnerischen Kriegern eingekreist wurde, es sei denn, sie rückte selbst in eine Lücke zwischen zwei Gegnern, das war erlaubt. Angreifer und Verteidiger durften gleichermaßen schlagen, nur der König nicht. Gezogen wurde abwechselnd und man durfte nicht aussetzen. Gewonnen hatten die Angreifer, wenn sie den König schlugen oder dazu zwangen, auf seinen Thron in der Mitte des Spielfeldes zurückzukehren. Der König hatte dann gewonnen, wenn es ihm gelang, bis zum Spielfeldrand durchzubrechen.

Wilfrith bekam die Königstreuen und Burwido übernahm die Angreifer, die Ascomannen, wie er sagte. Am Anfang erschlug Burwido einen Verteidiger nach dem andern, doch dann gelang es Wilfrith, seinen König durch eine Lücke in den Scharen der Angreifer zum Spielfeldrand in Sicherheit zu bringen.

„Nun sind mir auch noch drei deiner Krieger entkommen", stöhnte Burwido, „ich bin wohl noch nicht ganz wach."

„Wenn das nur auch Herzog Brun mit unserm Vater in Ebbekesdorp gelungen wäre", sagte Wilfrith nachdenklich. „Hätte Herzog Brun nur noch einen Tag mit dem Beginn der Schlacht gewartet, dann wäre sie auf das Fest des Heiligen Ansgar gefallen! Auf dem Boden seines eigenen Erzbistums hätte er die Christen sicher nicht in die Hände der Heiden gegeben."

„So entkamen nur jene Krieger, die keinen Gefallen am Kampf hatten. Sie verließen ihren Herrn und Herzog, der ihnen doch so oft Waffen oder Pferde geschenkt hatte. Krieger, die die Schlacht nicht lieben und alle Schwüre brachen, die sie mit dem Methorn in der Hand einmal stolz gesprochen hatten!", ereiferte sich Burwido. „Wie ist eigentlich Willehad davongekommen? Er sagte immer, er habe den Herzog fallen sehen, aber wie konnte er aus der Umzingelung der Dänen entrinnen?"

„Ich weiß es auch nicht, er hat nie viel darüber gesprochen, ein wenig seltsam ist das schon", meinte auch Wilfrith, „am besten, wir fragen ihn noch einmal selbst, wenn er von der Wache zurückkommt."

Etwa eineinhalb Stunden später kam Willehad wieder ins Lager. Er war sich inzwischen ziemlich sicher, dass im Anwesen fünf Männer und drei Halbwüchsige lebten. Dazu eine ganze Reihe Frauen. Damit schien der Plan vom Vortag ohne zu große Gefahr durchführbar.

Vlad legte seinen Sax ab, da dieser bei den Abodriten als typisch sächsische Waffe bekannt und gefürchtet war. Dann verabredete er mit seinen Gefährten ein Notzeichen und begab sich in der Deckung des Waldes nach Norden. Er wollte in einem weiten Bogen den Weg erreichen, der von Nordosten auf das Anwesen zuführte. Die drei Sachsen schlichen zu ihrem Lauerposten, die Waffen griffbereit und auch das Gepäck neben sich, für eine rasche Flucht geschnürt. Beim langen Stillsitzen wurde ihnen, trotz der wärmenden Strahlen der Sonne, die inzwischen hoch am Himmel stand, im Schatten des Waldes ziemlich kühl.

Es dauerte fast eine Stunde, bis die Gefährten Vlad auf dem Weg im Nordosten entdeckten.

Erst eine ganze Weile später bemerkten auch endlich die Dorfbewohner Vlads Gestalt auf dem verschneiten Weg. Einer der Jungen, der irgendwelche Verrichtungen im Freien, aber hinter den Palisaden tätigte, so dass Wilfrith nicht genau erkennen konnte, was er trieb, erblickte ihn zuerst. Er machte seine Kameraden durch Rufe und Zeichen aufmerksam. Alle Dorfbewohner streckten kurz ihre Köpfe aus den Häusern. Besuch war zu dieser Jahreszeit wohl tatsächlich ungewöhnlich. Die Sachsen konnten sich nun überzeugen, dass es sich, wie schon am Vortag vermutet, tatsächlich um fünf Männer und insgesamt zehn Frauen und Mädchen handelte, allerdings zählte Wilfrith nun vier Jungen.

Da Vlad offensichtlich alleine kam und ganz friedlich vor sich hin stapfte, verschwanden die meisten Dorfbewohner wieder in ihren Häusern. Nur drei der Männer und zwei Jungen gingen ihm ein paar Schritte entgegen. Einer von ihnen vertrieb drei große Hunde, die laut bellend auf Vlad zuschossen, mit einigen gezielten Schneebällen. Dann erreichte Vlad die fremde Gruppe. Es entspann sich ein kurzes Gespräch, von dem Wilfrith und seine zwei Gefährten nur einige Brocken hörten, die sie aber ohnehin nicht verstanden. Schließlich machte der älteste der drei Männer eine einladende Geste in Richtung des Dorfes. Vlad verschwand zusammen mit den Fremden hinter den Palisaden. Die Hunde sprangen inzwischen fröhlich um ihn herum und versuchten ihn zu beschnüffeln. Nachdem die Dorfbewohner mit Vlad verschwunden waren, vergingen über zwei Stunden, ohne dass irgendetwas Bemerkenswertes geschah. Die drei Gefährten auf ihrem Lauerposten begannen sich langsam Sorgen zu machen. Außerdem schimpften sie reihum über die Kälte, die ihnen beim stillen Liegen langsam zusetzte. Dann endlich erschien Vlad wieder mit den drei Männern, die ihn auch begrüßt hatten.

„Der hat sich aber verdammt viel Zeit gelassen", knurrte Willehad.

„Es sieht aus, als hätten sie sich gut verstanden", meinte Wilfrith zuversichtlich. Die vier Slawen gingen zunächst ein paar Schritte genau in Richtung der wartenden Sachsen. Dann verneigten sich die drei Abodriten plötzlich.

„Was soll das denn?", wollte Willehad wissen. „Haben sie uns etwa entdeckt?"

„Oder hat er ihnen erzählt, hier lauere eine sächsische Streitmacht und sie fürchten sich nun?", meinte Burwido. Aber da wandten sich die drei Abodriten mit Vlad bereits, dem Weg folgend, nach Osten.

Burwido

„So ein Mist, musste er die mitnehmen?", wollte Burwido wissen. „Was sollen wir denn nun machen? Warten, oder ihnen folgen?"

„Ich denke wir sollten ihnen in sicherem Abstand folgen", meinte Willehad, „ich für meinen Teil habe sowieso genug davon, bei der Kälte hier herumzuliegen!"

Steifgefroren wie sie waren, krochen sie einige Schritte in den dichteren Wald zurück und erhoben sich dann vorsichtig. Burwido spürte beim Aufstehen seinen rechten Fuß nicht mehr und begann ihn zuerst zu schütteln. Dann riss er den Schuh vom Bein und betastete besorgt seine Zehen. Die Anderen sahen ihn fragend an. Er spürte immer noch nichts und erst langsam, dann immer schneller, stieg Panik in ihm auf. Doch schließlich begann sich ein leises Kribbeln in seinem Fuß auszubreiten. Nach einigen weiteren Minuten Massierens und Einreibens mit Schnee kehrte das Gefühl wieder vollständig in die Zehen zurück. Seine beiden Begleiter lachten und Burwido wusste nicht recht, ob er sich mehr wegen seiner Dummheit, den Fuß nicht etwas bewegt zu haben, oder wegen seiner Anstellerei, als er die Taubheit bemerkte, schämen sollte. Schweigend zog er den Schuh wieder an und die drei Gefährten nahmen in gehörigem Abstand die Verfolgung der vier Slawen auf. Das war gar nicht so einfach, denn die griffen auf dem Weg kräftig aus. Die Sachsen dagegen mussten durch den Wald laufen, darauf achten, nicht auf knackende Zweige zu treten, stets bereit, sofort hinter Bäumen Deckung zu suchen, falls sich einer der Verfolgten umdrehte. Wenigstens wurde ihnen bei diesem anstrengenden Waldlauf warm und Burwido beobachtete amüsiert, wie Wilfrith sogar richtig zu dampfen begann.

Endlich blieben Vlad und seine Begleiter auf einer Anhöhe stehen und betrachteten das Tal zu ihren Füßen. Dann verabschiedeten sich die drei Abodriten von ihrem Gast und machten auf dem Weg kehrt. Die Sachsen verharrten gespannt, jeder hinter einen Baum gedrückt. Aber die Abodriten waren nicht misstrauisch und schritten, ohne ihre Umgebung weiter zu beachten, zurück in Richtung ihres Dorfes.

Vlad dagegen war inzwischen weiter gegangen und hinter der Anhöhe verschwunden.

„Hoffentlich wartet er da irgendwo", meinte Burwido, als die Abodriten hinter der nächsten Wegbiegung außer Hörweite waren.

Vlad

Vlad hatte sich, nachdem er seine Gefährten verlassen hatte, zunächst in der Deckung des Waldes nach Norden gewandt. Er war so rasch ausgeschritten, wie es die eng stehenden Bäume und der Schnee erlaubten, um warm zu werden. Bei dem einsamen Marsch durch den Wald hatte er seine Gedanken schweifen lassen; wie oft war er früher früh und alleine durch den gerade erwachenden Wald geschritten. Damals, in seiner Heimat am Ufer der Peene.

Vlad war, obwohl er erst 17 Winter zählte, bereits ein erfolgreicher Jäger gewesen. Sein Pfeil verfehlte selten ein Ziel. Der Langbogen war die wichtigste Waffe bei den Völkern jenseits des sächsischen Limes, aber sogar im Vergleich mit anderen jungen Wilzen und Abodriten zeigte Vlad ein ungewöhnliches Talent. Einmal war es ihm gelungen, drei Enten aus einem auffliegenden Schwarm zu schießen, bevor sie hinter dem Waldrand am gegenüberliegenden Flussufer verschwanden. Er war so erfolgreich, dass die jüngste Tochter des Häuptlings ein Auge auf ihn geworfen hatte.

Doch eines Tages, als er ermattet von einem mehrtägigen Jagdausflug zurückkehrte und vom Wiedersehen mit der schönen Lubina träumte, änderte sich sein Leben für immer. Er hätte vorher sehen oder auch riechen müssen, dass etwas nicht stimmte, aber er war so in seine Tagträume vertieft, dass er nichtsahnend auf die Lichtung mit dem Dorf stolperte. Die Lichtung, wo sein Dorf gestanden hatte. Jetzt lagen nur rauchende Trümmer und verkohlte Leichen vor ihm. Zunächst hatte er nicht verstanden, nicht verstehen können, was passiert war. Doch die Wahrheit drängte sich ihm mit jedem Blick auf die Trümmer, mit jedem Atemzug, bei dem er den Geruch von Brand und Tod einatmete und mit jedem Pulsschlag, der in seinen Ohren dröhnte, auf. Statt des üblichen regen Treibens herrschte auf der Lichtung jetzt eine Totenstille. Er wusste nicht, wie lange er zwischen den Ruinen umher geirrt war. Irgendwann beschloss er, den Spuren der Verwüstung zu folgen und in Erfahrung zu bringen, wer noch lebte. Doch er, der Jäger, der an den Spuren des fliehenden Wildes sogar ablesen konnte, ob eine Hirschkuh trächtig und wie alt sie war, lief den Abodriten, die er verfolgte, direkt in die Arme. Sie waren betrunken, aber immer noch kampftauglicher als er. Und Lubina hatte überlebt, er hörte abends ihr Schreien ...

Schwer atmend blieb Vlad stehen und es war nicht der rasche Marsch, der ihn erschöpft hatte. Er kniete nieder und schaufelte sich zwei Hände voll Schnee ins Gesicht. Langsam wurde die Umgebung wieder klar. Nein, wenn er den Abodriten schaden wollte, musste er nun einen kühlen Kopf bewahren, und was geschehen war, konnte er nicht mehr ändern. Er setzte seinen Weg nach Norden fort.

Bald machte der Waldrand eine Biegung nach Westen und Vlad beschloss, sich hier, wo er vom kleinen Dorf aus nicht gesehen werden konnte, aus der Deckung auf den Weg hinaus zu wagen. Rasch legte er die wenigen Schritte über eine verschneite Grasfläche zurück. Dort atmete er nochmals tief durch, ging in Gedanken die Geschichte durch, die sie sich ausgedacht hatten, um die Abodriten zu täuschen und wandte sich nach Süden. Als er in Sichtweite des Dorfes kam, schlugen die Hunde an. Drei Männer und zwei Jungen in einfacher Kleidung lösten sich schließlich vom Dorf und kamen ihm entgegen. Als er die Gruppe der Abodriten vor dem Dorf erreichte, stellte er sich kurz vor, doch bevor er seine Geschichte beginnen konnte, wurde er von dem Ältesten ins Dorf gebeten.

„Es ist kalt hier, Fremder, und du hast sicher schon einen langen Weg hinter dir. Komm doch herein und wärme dich etwas auf. Dann kannst du uns auch alles berichten, was du an Neuigkeiten mitbringst." Vlad wollte vorher noch seine Geschichte erzählen, denn er sollte ja vorgeben, er bringe schlechte Nachrichten in das Dorf.

„Bin ich hier richtig in Stralige? Und ist Mirko, der Vater von Miroslav, unter euch?"

„Nein, da bist du hier falsch, aber trotzdem sollst du unter meinem Dach ein wenig ausruhen. Ich habe meiner Frau bereits aufgetragen, einen Kessel Dickmilch aufzusetzen, komm doch herein!" Und auch die anderen Männer ermunterten ihn, einzutreten. Vlad war von der Freundlichkeit sehr überrascht. Sie war ihm fast unangenehm, denn sie passte gar nicht in sein Feindbild von den verhassten Mordbrennern und Sklaventreibern. Man führte ihn in das größte der Häuser, auch hier – wie daheim – war der Stall in einer Seite des Gebäudes untergebracht. Sie gingen aber gleich weiter durch eine niedrige Tür in einer Reisigwand in den Wohnraum dahinter. Dieser Teil des Hauses bestand nur aus einem einzigen Raum, wie es auch bei den Wilzen üblich war. An der Außenseite lief eine Bank um den ganzen Raum herum. Sie diente tags zum Sitzen und nachts zum Schlafen für alle Hausbewohner. In der Mitte befand sich eine Feuerstelle auf einem Sockel aus Feldsteinen. Ein großer Kessel mit dampfender warmer Milch hing an einer eisernen Kette von der Decke herab, genau über dem Feuer. Die Frau des Hauses begrüßte ihn schüchtern. Alle Männer des Dorfes drängten herein und setzten sich neugierig um Vlad. Doch keiner sprach, bevor die Hausherrin ihm nicht eine Tonschale mit heißer Milch gereicht hatte.

„Ich will nicht trinken, bis ich zuvor meine Sache vorgebracht habe", unterbrach Vlad das Schweigen.

„Trink zuerst von unserem bescheidenen Willkommenstrunk und dann sag, was du auf dem Herzen hast, denn so ist es bei uns Sitte", sagte der Alte ruhig, aber bestimmt.

Vlad, der sich gut an diese Sitte erinnerte, sie als Sklave nur selbst nie genossen hatte, fügte sich und nahm einen großen Schluck aus der Schale. Die Wärme des Getränks tat ihm nach der eisigen Nacht gut. Es spürte, wie die heiße Flüssigkeit seine Speiseröhre hinunter glitt und vom Magen aus langsam seinen Körper erwärmte. Im Dorf gab es offenbar keine Sklaven und Vlad war fast versucht, seine Gastgeber als Menschen anzuerkennen.

Nein, er war noch nicht in Stralige, dies war Kulpin, sagte man ihm, nachdem er seine Geschichte erzählt hatte. Und von dem Pfeilschmied Mirko, den er suchte, hatten seine Gastgeber noch nie etwas gehört. Křesćan, denn so hieß der Älteste des Ortes, versuchte Vlad wegen des angeblichen Unfalls mit Miroslav zu trösten: „Wenn die Götter beschlossen haben, seinem Leben ein Ende zu setzen, dann kannst du es nicht ändern. Du warst nur das Werkzeug, dich trifft keine Schuld."

Dann konnte er ihm auch praktischen Rat geben, wie er nach Stralige kommen sollte: „Am besten du bleibst heute bei uns und ziehst morgen weiter. Zunächst wieder nach Osten, bis du an einen großen See kommst, mit einer Insel darin. Dort liegt Racisburg.[30] Da kannst du auch die berühmte heilige Eiche besuchen und dir von den Priestern zu deinem weiteren Weg raten lassen. Dann musst du noch etwa eine halbe Tagesreise nach Süden. Stralige ist ein kleiner Ort, aber in Racisburg wird man dir den genauen Weg weisen können."

Bei dem Gedanken, dass er noch eine Nacht hier im Warmen verbringen könnte, während seine drei Gefährten sich im Wald einen ‚Ast froren', musste Vlad heimlich grinsen.

„Nein", sagte er aber dann, „ich muss heute noch weiterziehen, ich habe bei meinem Leben geschworen, die Nachricht so schnell wie möglich zu überbringen und mich dem Urteil des Vaters zu stellen."

„Dann wirst du uns aber doch wenigstens nicht die Ehre verweigern, unser Mittagsmahl zu teilen?", wollte Křesćan wissen.

Nun, ein paar Stunden schadeten den Sachsen sicher nicht, überlegte Vlad. Laut sagte er: „Ich danke Euch für die Gastfreundschaft. Auch wenn ich Euch nichts anbieten kann, bleibe ich gern, vielleicht kann ich es Euch ja irgendwann später einmal vergelten."

Es gab eine kräftige Brühe mit Mehlklößen. Und zur Feier von Vlads Besuch wurden zwei kürzlich erlegte Rebhühner gebraten, die

---

[30] Ratzeburg

sonst sicher auf mehrere Tage verteilt in der Suppe gelandet wären. Der Braten duftete ganz ausgezeichnet. Vlad hatte schon fast vergessen, wie gut die Kräuter schmeckten, die hier bei den Slawen zum Würzen dienten. Es erinnerte ihn an seine Kindheit. In Sachsen war das Essen meist fade und nur mit Salz gewürzt.

„In Liubice wurde mir berichtet, hier in Eurem Land seien ein paar sächsische Händler gefangen gesetzt oder erschlagen worden?", fragte er beiläufig zwischen zwei Bissen von seiner Rebhuhnkeule.

„Ja, eine dumme Sache, wenn du mich fragst. Daraus wird nur Ärger entstehen. Die Sachsen sind zwar im Moment geschwächt, weil sie mit den Dänen zu tun haben, sagt man. Aber das kann sich rasch ändern und wer weiß, wie schnell sie wieder ein Auskommen mit den Dänen finden. Die kann man doch sowieso kaum auseinander halten, aber da kennt ihr euch im Norden ja besser aus als wir. Außerdem sagt man, der Sachsengott lasse nicht mit sich spaßen. Das haben die Sachsen ja am eigenen Leib und Land erfahren. Erst erschlugen sie seinen Missionar, einen Bonifatic, der im Guten zu ihnen kam. Doch die Rache ließ kein halbes Jahrhundert auf sich warten. Und der mächtige König Karl erzwang mit dem Schwert, was dieser Bonifatic mit Worten versuchte. Wer weiß, ob nicht bald nach diesem sächsischen Priester auch ein großer König als Strafgericht über uns kommt!", erwiderte Křesćan.

Er führte bisher fast die ganze Unterhaltung selbst, während die anderen nur manchmal ein paar Worte der Bekräftigung oder ein beifälliges Gemurmel äußerten und sonst respektvoll schwiegen.

„So habe ich das noch nie gesehen", sagte Vlad und staunte, dass dieser Älteste offenbar mehr über seine sächsischen Nachbarn wusste als er selbst, obwohl er seit vielen Jahren bei ihnen lebte.

„Was weißt Du denn genau über diese Fremden?", wagte er weiter zu bohren.

„Einer der Häuptlinge in einer kleinen Burg am Scaalsee[31] ist schuld. Ein wahrer Hitzkopf, ich habe ihn bei unserer Versammlung in Racisburg schon öfter gesehen. Er kann einfach keine Ruhe

---

[31] Der Schaalsee im Kreis Herzogtum Lauenburg

geben. Ich glaube, es waren vier oder fünf, und einer war ein Priester, sagt man. Die meisten sind tot und wenn noch welche leben sollten, dann sicher nicht für lange. Und wir, die wir direkt hinter der Grenze wohnen, bekommen dann wieder als Erste die Rache zu spüren, Perun möge es verhindern!"

Viel mehr wussten Vlads Gastgeber nicht zu berichten. Vlad erfuhr lediglich noch, dass dieser Scaalsee nur etwa zwei bis drei Stunden südöstlich von Racisburg begann, und dass die Burg des ‚Hitzkopfes' am westlichen Ufer auf einer Halbinsel zu finden war. Nach dem Essen führten Křesćan und die beiden Männer, die Vlad zusammen mit ihm begrüßt hatten, ihren Gast vor die Palisaden. Inzwischen wusste Vlad, dass diese beiden die Söhne des Ältesten waren. Křesćan hatte darauf bestanden, seinen Gast noch eine Strecke zu begleiten. Bevor sie sich Richtung Racisburg wandten, verneigten sich Křesćan und seine Söhne in Richtung des Waldes. Vlad wollte wissen, was es damit auf sich hatte.

„Das Stück dort ist ein heiliger Hain Peruns, einige heilige Eichen wachsen darin und er hat eine davon mit seinem Blitz gezeichnet", erklärte Křesćan.

Vlad lief ein kalter Schauer den Rücken herunter, denn das bezeichnete Waldstück war genau jenes, in welchem er mit seinen Gefährten übernachtet hatte. Und war nicht auch die Eiche, von der er die Raben verscheucht hatte, vom Blitzschlag getroffen?

Doch seine Begleiter bemerkten Vlads Zögern nicht und setzten sich wieder in Bewegung. Hinter dem Dorf führte der kleine Weg nach Osten und bald wieder in den Wald hinein. Etwa eine halbe Wegstunde weiter erblickten sie von einer Anhöhe aus den See von Racisburg. Er erstreckte sich auf einer Länge von über zwei Wegstunden ziemlich genau von Norden nach Süden. Dabei war er aber nur etwa 1200 Schritte breit. Ganz im Süden erkannte Vlad die Insel, auf der Racisburg und die heilige Eiche stehen sollten. Glücklicherweise verabschiedeten sich hier seine Begleiter.

„Nun kannst du den Weg nicht mehr verfehlen", sagte Křesćan. „Besuche uns doch wieder auf deiner Heimreise und berichte, wie es dir ergangen ist."

Danach drehten sie sich um und machten sich wieder auf den Heimweg.

Vlad konnte die Erkenntnis, dass zumindest diese Abodriten Menschen waren, genau genommen sogar recht freundliche Menschen, nicht mehr von sich weisen. Er tröstete sich mit dem Gedanken, dass sie sicher nur eine Ausnahme bildeten, und dass so etwas schließlich bei jedem Volk vorkommen konnte. Er nahm zum Schein den Weg Richtung Racisburg wieder auf, blieb jedoch nach einigen hundert Schritten stehen und sah sich um. Seine drei abodritischen Begleiter war er los, nun musste er nur die sächsischen wiederfinden. Hoffentlich waren sie so schlau gewesen, ihm zu folgen, sonst müsste er den ganzen Weg zum Dorf zurücklaufen. Er beschloss, zunächst eine kleine Pause zu machen und abzuwarten. Dazu setzte er sich auf einen Stamm und sah hinunter zum See. Bald schon hörte er das Schnaufen von Wilfrith hinter sich und begann zu lächeln.

Wilfrith

Burwido schlich sich an und packte Vlad plötzlich von hinten an der Schulter. „Hab ich dich erwischt, Kundschafter!", rief er mit verstellt tiefer Stimme.

Zu seiner Enttäuschung fuhr Vlad aber nicht zusammen, sondern wandte ihm nur sein grinsendes Gesicht zu.

„Würde mich nicht wundern, wenn gleich ein paar Dorfbewohner mit Opfergaben für den Donnerer um die Ecke kommen, so laut war euer Getrampel!"

Darüber mussten auch die Sachsen lachen. Sie setzten sich zu Vlad auf den Baumstamm und Willehad holte wieder etwas Brot und Trockenfleisch aus seinem Beutel.

„Während du uns erzählst, was du so lange in diesem Dorf gemacht hast, wollen wir uns etwas stärken", sagte er.

„Pah, Trockenfleisch? Da war mir der saftige Rebhuhnbraten im Dorf lieber", sagte Vlad.

Die anderen starrten ihn einen Augenblick ungläubig an. Dann sagte Burwido langsam, mit einem seltsamen Tonfall:

„Du hast, während ich mir im Wald fast den Fuß abgefroren habe, drinnen gemütlich Rebhuhn getafelt?"

„Ja, natürlich, und auch noch heiße Suppe und Milch", entgegnete Vlad, und grinsend fügte er hinzu: „Eine Ablehnung wäre zu auffällig gewesen!"

Doch da stürzten sich die drei Sachsen schon mit Geheul auf ihn und stopften ihm die Kleidung mit Schnee voll. Nach einer kurzen Rauferei lagen alle lachend im Schnee. Vlad musste danach allerdings seine Kleidung ausziehen und den Schnee abklopfen.

„Eigentlich wäre die warme Milch ja schon Strafe genug gewesen", schnaufte Willehad gut gelaunt und wandte sich dem Trockenfleisch zu. Während sich die Sachsen stärkten, erzählte Vlad kurz, was er Neues in Erfahrung gebracht hatte.

„Aber", schloss er, „sie konnten mir leider nicht mit Sicherheit sagen, ob überhaupt noch jemand von den gefangenen Sachsen lebt. Und wenn ja, dann drängt die Zeit. Der Häuptling, der sie gefangen hat, scheint ein grausamer Kerl zu sein."

„Vier oder fünf und einer davon ein sächsischer Priester", sagte Wilfrith. „Das müssen sie sein! Lasst uns beten, dass sie noch leben und dann hingehen und nachsehen!"

Die Sonne stand inzwischen schon tief im Westen. Sie beschlossen, noch bis in Sichtweite von Racisburg weiterzumarschieren und die Stadt dann in der Nacht in südlicher Richtung zu umgehen.

Vlad

Vlad hatte seinen Gefährten nichts von seinen Befürchtungen bezüglich der Raben und des heiligen Hains erzählt. Aber er war doch recht froh, dass er nicht nach Racisburg hinein, zu der heiligen Eiche und in den Tempel des furchtbaren Donnergottes, gehen musste. Doch was hülfe das am Ende? Mit jedem Schritt, den sie sich weiter vom Sachsenland entfernten, wären sie mehr der Macht der alten Götter ausgeliefert. Jenen grausamen, unberechenbaren Göttern, die von den Abodriten ihren Teil an Pferdefleisch und Opferblut forderten und auch erhielten, während sie selbst als Feinde der Abodriten und im Namen eines fremden, den alten

Göttern feindlichen Gottes kamen – auf Gnade brauchten sie da nicht zu hoffen!

Wilfrith

Nach einer knappen Stunde erreichte der Weg den See. Wilfrith konnte die gefrorene Fläche vor sich durch die Bäume erkennen. An dieser Seite lagen das Seeufer und ein guter Teil des Eises schon in tiefem Schatten, nur das gegenüberliegende Ufer glänzte noch in den letzten Sonnenstrahlen. Am Ufer angekommen, sahen sie linker Hand, in vielleicht einer halben Wegstunde Entfernung, ein kleines Dorf liegen. Rechts erhob sich die Insel in der Mitte des Sees; die Insel mit der Götzen-Eiche jenes Unholdes, den die Slawen Perun nannten.

Die vier Gefährten zogen sich wieder etwas tiefer in den Wald zurück, um die Dunkelheit abzuwarten. Hier gab es neben den Buchen und Eichen auch Fichten, deren Zweige dicht am Stamm immer trocken waren, so dass sie sich einige abreißen konnten, um sich, darauf sitzend, gegen den dicken Stamm einer alten Buche zu lehnen. Willehad bestand darauf, dass einer von ihnen Wache halten sollte, um die anderen beim Herannahen von irgendwelchen Gefahren rechtzeitig zu warnen. Wilfrith nahm vier Zweige, von denen einer kürzer war als die übrigen drei. Jeder musste einen auswählen. Burwido zog den Kürzeren.

Burwido

Während seine Gefährten sich in ihre Mäntel und Decken wickelten, ging Burwido ein paar Schritte auf und ab, um sich warm zu halten und nicht einzuschlafen. Bald hörte er das friedliche Schnarchen seiner Gefährten von der dicken Buche herüber klingen.

Bisher war alles bestens verlaufen. Und eigentlich hatte ihm das Abenteuer soweit sogar Spaß gemacht, sicher mehr Spaß als zu Hause den Dreschflegel zu schwingen. Langsam wurde es um ihn herum dunkler im Wald.

Plötzlich hörte er ein Geräusch hinter sich, nicht weit entfernt, vielleicht zehn oder zwanzig Schritte. Er blieb wie angewurzelt stehen und hielt den Atem an, um besser lauschen zu können. Sein

Herz begann zu rasen, seine Hand tastete nach Markbeißer. Als sie sich um das kühle Eisen des Griffes schloss, wurde Burwido wieder ruhiger. Noch lag er nicht im Arm der Walküren, und die Schicksalsfrauen hatten seinen Faden noch nicht zertrennt! Er war bewaffnet und er war gefährlich. Da, schon wieder ein leises Rascheln, dicht hinter ihm. Mit einem Ruck drehte er sich um – und sah einem Eichhörnchen direkt in die Augen. Dies schien noch bedeutend erschrockener als er. Es ließ seine Nuss fallen und verschwand auf dem nächsten Baum. Burwido atmete mit einem Seufzen wieder aus und steckte das halb gezogene Schwert zurück in die Scheide.

Bei so einer Wache begann man Dinge zu hören, die es gar nicht gab. Er wartete noch etwa eine halbe Stunde, bis es ganz dunkel geworden war, dann weckte er seine Gefährten. Wilfrith reckte sich genüsslich und meinte: „Hättest du nicht noch eine Stunde warten können, ich bin noch so müde."

Burwido schnaubte nur verärgert.

„Während ihr geschlafen habt, habe ich ein Untier von euch ferngehalten!"

Er klang aber nur wenig überzeugend und seine Gefährten blieben entsprechend unbeeindruckt. Nach einer kurzen Stärkung mit Brot und etwas Schmelzwasser zogen die Vier los. Sie mussten damit rechnen, dass zumindest an der Brücke zur Insel einige Wachen aufgestellt waren. Deshalb entschied sich Willehad, abseits des Weges durch die Büsche zu gehen. Dort kamen sie aber nur langsam voran, da sie jeden Lärm vermeiden wollten. So dauerte es über eine halbe Stunde, bis sie in die Nähe der Brücke kamen. Bei Burwido hatte sich gleich zu Anfang ein Schuhriemen gelockert, was er aber erst bemerkte, als der tiefe Schnee seine Hose am Unterschenkel hochschob und der Schnee in den Schuh eindrang. Nun quatschte der Schneematsch in seinem Schuh bei jedem Schritt und der harsch gefrorene Schnee schürfte seinen ungeschützten Unterschenkel auf. Burwido verfluchte Willehads Vorsicht, denn bei der Brücke war niemand zu sehen. Doch dann entdeckte er hinter der ersten niedrigen Palisade, welche die Brücke zum Land hin abschirmte, den aufsteigenden kondensierenden Atem einer Wache im hellen Mondlicht und schluckte seinen Ärger hinunter.

Wilfrith

Die Gefährten bewegten sich nur noch sehr langsam, von Baum zu Baum, jede Deckung nutzend. Nach einer weiteren halben Stunde etwa hatten sie den Brückenkopf hinter sich gelassen. Nun konnten sie wieder etwas rascher ausschreiten. Einen Weg gab es hier nicht mehr, so dass ihnen wenigstens die Versuchung erspart blieb, ihn zu benutzen. Am Süd-Ende des Sees angekommen, hielt Willehad, der vorangegangen war, an, um die anderen aufschließen zu lassen und das weitere Vorgehen zu beraten.

„Wir könnten uns am Nordstern orientieren und direkt nach Südosten gehen. Irgendwann werden wir schon auf diesen Scaalsee treffen", schlug Wilfrith vor.

„Und wenn wir nach sechs Stunden immer noch keinen See getroffen haben, laufen wir eben wieder zurück?", wollte Willehad wissen. „Nein, ich hatte vorhin von der Anhöhe aus den Eindruck, die Insel habe noch eine weitere Verbindung zum Ostufer des Sees. Von dort wird auch ein Weg weiterführen. Wir sollten nun solange genau nach Osten gehen, bis wir einen Weg in südöstlicher Richtung treffen. Dem können wir dann folgen, er wird uns zu dem anderen See führen. Kleinere Ortschaften umgehen wir in ausreichendem Abstand im Wald. Bei dem hellen Mondlicht müssten wir sie ja sehen, bevor uns die Hunde riechen."

Nach kurzem Hin und Her wurde dieser Vorschlag Willehads angenommen. Der Schnee lag zwischen den Bäumen teilweise noch mehr als knietief, so dass sich auch außer Burwido niemand mehr für einen Marsch durch den Wald erwärmen konnte. Bald erreichten sie einen kleinen Weg, der aber nicht nach Südosten, sondern nach Südwesten führte. Nach kurzer Beratung überquerten sie ihn und setzten ihre Wanderung durch den Wald nach Osten fort. Es dauerte noch fast eine weitere Stunde, bis sie tatsächlich auf einen zweiten Weg trafen, der nun auch endlich nach Südosten führte. Da es länger nicht geschneit hatte, waren darauf allerhand

Fuß- und Hufspuren zu erkennen, hin und wieder lagen auch einige hartgefrorene Pferdeäpfel herum. Offenbar wurde der Weg regelmäßig genutzt und man musste sich wegen der Fußspuren keine Gedanken machen. Bald erreichten sie einen einzelnen Hof. Hinter den umgebenden Palisaden schlug ein Hund an. Erschrocken blieben die Gefährten stehen und warteten mit angehaltenem Atem. Wilfrith schlug das Herz bis zum Halse hinauf, doch nach einer Weile verstummte das Tier von selbst wieder und sie setzten ihren Weg mit doppelter Vorsicht fort. Später, Wilfrith schätzte nach dem Stand des Mondes, dass es gegen Mitternacht sein müsse, kamen sie an ein kleines Dorf, dass sie aber gleich weiträumig umgingen. Hinter dem Dorf erstreckte sich ein kleiner länglicher See.

„Zu klein für den Scaalsee", entschied Vlad und so marschierten sie weiter den Weg entlang.

An dem nächsten Hof lag ein weiterer kleiner See. Und dann kam auf der linken Seite noch ein Gewässer.

„Vielleicht sollten wir lagern und uns das Ganze mal bei Tag besehen?", schlug Wilfrith vor.

Doch Willehad meinte, man müsse wenigstens den See finden, dann könnte man den morgigen Tag zum Ausspähen der Burg nutzen. Nach einer kurzen Rast machte sich die kleine Gruppe also wieder auf den Weg. Sie mussten aber nicht mehr weit laufen. Fast direkt im Anschluss an den letzten kleinen See begann ein deutlich größerer. Er war durch viele Halbinseln gegliedert, so dass man seine volle Ausdehnung nicht überschauen konnte. Die gesuchte Burg sollte, laut Křesćan, am Westufer liegen und der Weg führte auch am Westufer entlang. Die Gefährten nahmen den See also zur Linken und setzten ihren Marsch nach Süden fort. Unvermittelt begann auch auf der rechten Seite ein Gewässer.

„Sind wir etwa schon auf einer der Halbinseln?", wollte Burwido wissen.

Die anderen konnten ihm aber auch keine Auskunft geben und so schlichen sie weiter. Der See zur Rechten hörte nach wenigen hundert Schritten wieder auf, er war also nicht mit dem gesuchten

Scaalsee verbunden. Stattdessen entdeckte Wilfrith in den Feldern, die sich nun auf dieser Seite erstreckten, einige kleinere Hügel. Das mussten Grabhügel sein. Er kannte sie auch aus dem Sachsenland, wo sie oft in kleinen Gruppen zusammen standen. Nach den Erzählungen seines Großvaters stammten sie aus der grauen Vorzeit. Bevor der große Franke Karl diesen heidnischen Brauch verboten hatte, hatten die Sachsen einmal im Jahr auf solchen Hügeln Festmähler zu Ehren der Ahnen veranstaltet. *Ob wohl all dieses Land einmal sächsisch gewesen ist und seine Vorfahren unter diesen Hügeln ruhen? Oder waren es die Abodriten, und haben sie vormals etwa auch jenseits des Sachsenwaldes gesiedelt? Oder liegen unter den Hügeln die Helden eines ganz anderen Volkes, dessen Lieder und Taten für ewig verklungen sind?* überlegte Wilfrith.

Doch bald löste wieder dichter Wald die Felder ab und die Hügel entschwanden seinen Augen und Gedanken. Der Weg rückte nun wieder näher an das Seeufer heran. Nach einer weiteren knappen Stunde Gehstrecke konnten sie hinter einigen Feldern ein Dorf ausmachen. Eine Palisade schützte sicher 15 bis 20 Häuser. Aber wichtiger noch: Am Ende des Dorfes, wohl direkt am Seeufer gelegen, erhob sich ein etwa 70 Schritte langer, vielleicht 14 Schritte hoher und von einer Palisade gekrönter Wall. Ganz eindeutig eine Burg! Die vier Gefährten waren am Ziel ihrer Reise.

Hochzufrieden folgte Wilfrith seinen drei Gefährten in die Deckung des Waldes, um das Dorf zu umgehen. Die genaue Topographie war im Dunkeln schwer zu erkennen. Die Halbinsel, auf der das Dorf lag, war auf der Südseite zwar wieder von Wasser umgeben, es handelte sich aber nur um einen relativ schmalen Arm des Sees, vielleicht 500 oder 600 Schritte breit. Gegenüber lag ein deutlich höherer, dicht bewaldeter Landstrich. Am Südende dieses schmalen Gewässerarms war schon das nächste kleine Dorf auszumachen.

Ist das das Ende des Sees, oder handelt es sich bei dem gegenüberliegenden Land nur um eine weitere Halbinsel?, fragte sich Wilfrith. Aber der Mond war inzwischen untergegangen und langsam verschwanden die ersten Sterne am Osthimmel im Grau der Dämmerung. Es würde nicht mehr lange dauern, bis in den Dörfern die ersten Hähne krähten. Und die weitere Erkundung musste erst einmal warten.

Willehad

Nachdem sie den Scaalsee erreicht hatten, führte Willehad die Gefährten nach Westen in den dichten Wald hinein. Genau wie seine Schutzbefohlenen fühlte er sich müde, erschöpft und durchgefroren, aber sie mussten noch ein gutes Stück von der Straße weg. Bald fand er aber einen Lagerplatz in einer kleinen Mulde, der ihm geeignet erschien.

„Wir brauchen wieder eine Wache", stellte Willehad fest, als er sah, dass seine Gefährten sich gleich an das Vorbereiten des Lagers machten.

Wie konnten die Jungen nur so leichtsinnig und faul sein? Er fluchte innerlich über seinen eigenen Stolz. Wie hatte er sich nur ködern lassen, an dieser völlig sinnlosen Fahrt teilzunehmen? Er hielt die missmutigen Blicke von Vlad und Wilfrith aus, Burwido schien selbst dafür zu müde.

„Wir sind hier tief im Feindesland, dicht bei einer abodritischen Burg! Wir müssen eine Wache aufstellen", bekräftigte er und brach drei kleine Zweige ab.

Burwido musste diesmal kein Los ziehen, da er ja schon zu Beginn der Nacht gewacht hatte. Willehad selbst war der Unglückliche, er setzte sich missmutig neben seine drei Gefährten, die sich in gewohnter Manier auf einem rasch errichteten Zweigbett in ihre Decken wickelten. Zunächst fiel es ihm sehr schwer gegen den Schlaf anzukämpfen, doch dann versuchte er, sich an den Text alter Lieder zu erinnern und summte sie vor sich hin. So ging es besser. Nach drei Stunden, es war bereits Tag, weckte er schließlich Vlad zur Wache und rollte sich erschöpft in seine Decke.

Kapitel 5 – Von Wölfen und Vily

Wilfrith

icht lang vor Mittag erwachte schließlich auch Willehad mehr oder weniger erholt aus seinem Schlaf. Die zwei Brüder und Vlad hatten schon am Morgen beraten, ob man es wagen könnte, ein Feuer zu entzünden, sich aber dagegen entschieden. Willehad bekam also nur etwas Brot und Trockenfleisch zum Frühstück serviert, welches er mit aufgetautem Schnee herunterspülen musste. Nach dieser kargen Mahlzeit schlichen die vier Männer zum Waldrand, um Straße und Dorf bei Tageslicht in Augenschein zu nehmen. Vlad erbot sich, erneut auf Erkundungstour zu gehen. Die Erfahrungen vom Vortag hatten ihm Mut gemacht. Er wollte seine Geschichte von Miroslav und Mirko nochmals aufwärmen, falls sich dazu eine Gelegenheit ergäbe. Wilfrith hätte selbst auch gern einen aktiveren Anteil an der Erkundung genommen und sein Bruder hatte ebenfalls eine enttäuschte Miene aufgesetzt, aber weder er noch Burwido sprachen abodritisch, und so fiel ihm kein gutes Argument ein, warum er sich aus dem Wald wagen sollte. Vom Waldrand aus konnte man aber tatsächlich nicht viel mehr in Erfahrung bringen, und je schneller sie alles auskundschafteten, desto schneller könnten sie handeln.

„Du hast Recht, so kommen wir nicht weiter, ich werde dich hier vom Waldrand aus beobachten. Wenn es Probleme gibt, rufst du einfach oder gibst ein Zeichen", erbot sich Burwido.

Wilfrith war dankbar dafür. Das ewige Wacheschieben und die fürchterliche Kälte gingen ihm langsam auf die Nerven.

So trottete er mit Willehad zurück in Richtung Lager. Als sie an einer jungen Buche mit einigen knollig veränderten Blättern vorbeikamen, blieb er stehen.

„Oh, Galläpfel!", rief er freudig aus und pflückte die von der Gallwespe befallenen Blätter.

„Was willst du denn damit?", fragte Willehad verwundert.

„Daraus kann man hervorragende schwarze Tinte machen. Wir verwenden sie in der Schreibstube", gab Wilfrith bereitwillig Auskunft.

Willehad schüttelte ungläubig den Kopf.

„Wir sind hier mitten im Slawenland, mindestens eine Tagesreise von der Heimat entfernt und wollen einige Gefangene aus den Klauen eines düsteren Polabenhäuptlings retten, und du denkst ans Tinte sammeln?! Dazu fällt mir nichts mehr ein, ihr Priester seid wohl von einer andern Welt?"

„Wir brauchen ziemlich viel von der Tinte, weißt du", erwiderte Wilfrith etwas kleinlaut, fast wie um sich zu entschuldigen.

Trotzdem verstaute er die Galläpfel sorgfältig in seiner Kutte.

Vlad

Nach zwei Stunden gebückten Herumlaufens und Spähens hatte Vlad unter anderem herausgefunden, dass es sich bei dem Landstrich vor ihnen tatsächlich um eine Halbinsel handelte. Von dort müsste man, so schätzte er, Dorf und Burg hervorragend beobachten können. Das nördliche Ende der Halbinsel war dicht bewachsen, versprach also gute Deckung, während es nur durch wenige hundert Schritte Eis von der Burg getrennt war. Keine Bäume oder Hügel störten den freien Blick und das Dorf war zum See hin nicht einmal durch eine Palisade abgeschirmt. Zudem war die Halbinsel etwas höher gelegen, so dass man von einem der Bäume auf der Anhöhe möglicherweise sogar hinter die Palisaden der Burg spähen könnte. Lediglich an der Basis der Halbinsel lagen einige kleinere Felder, die zu dem Dorf am Süd-Ende der Bucht gehörten. Die Gefahr einer zufälligen Entdeckung war demnach gering.

Doch Vlad hatte auch etwas ganz anderes beobachtet: Er entdeckte einen stolzen Katzenadler,[32] der vom Wald in Richtung des Sees flog. Dann stieß plötzlich ein Rabe auf ihn herab und gleich darauf noch einer. Insgesamt waren es drei schwarze Schatten, die den Greif krächzend umkreisten und abwechselnd auf ihn ein-

---

[32] Mäusebussard

drangen. Eigentlich war der Raubvogel viel größer und stärker, aber es schien, als könne er der Übermacht, wenn überhaupt, nur mit Mühe entkommen. Vlad verfolgte das Geschehen mit angehaltenem Atem. Ob es wohl ein Zeichen war, eine letzte Warnung Peruns an ihn? Die Raben waren schließlich seine Boten, und ähnelte der Greifvogel nicht dem römischen Reichsadler? Er hatte sich offenbar in das fremde Gebiet der Raben gewagt. Waren sie am Ende wie der Katzenadler und deuteten die Angriffe der Raben auf ihr eigenes Schicksal hin? Andererseits war Willehad der Einzige unter den Gefährten, der an einen stolzen Adler erinnerte, befand Vlad. Doch dann wurde er aus seiner Erstarrung gerissen. Ein einzelner Bauer verließ das kleine Dorf und kam geradewegs auf ihn zu. Vlad gab sich einen Ruck und befreite seine Gedanken von dem unheilvollen Orakel. Den Bauern würde er aushorchen. *Dreistigkeit siegt*, dachte er sich und machte in der Deckung des Waldes einen weiten Bogen nach Süden. Dann sprang er hinter einer Wegbiegung auf die kleine Straße. Als zöge er ganz selbstverständlich seines Weges, näherte er sich dem Bauern und grüßte ihn fröhlich. Das Herz schlug ihm aber dabei bis zum Halse hinauf und er hoffte inständig, dass der Bauer es nicht hören könnte.

Offenbar war in dieser Jahreszeit auch hier ein Fremder etwas Besonderes, jedenfalls fragte der Bauer, kaum dass Vlad in Rufweite war, gleich neugierig, wo er wohl herkäme und wohin er wolle.

„Ich bin ein Händler aus Starlige und möchte nach Racisburg", log er.

„Außerdem sollen mir die Priester dort bei der heiligen Eiche ein paar Fragen beantworten", seufzte er mit einem sorgenvollen Blick zum Himmel, der keinesfalls nur gespielt war.

Während er sprach, fiel ihm auch noch siedend heiß der verräterische Sax ein, der unschuldig von seiner linken Hüfte baumelte. Der einfache Mann musterte Vlad interessiert. Offenbar schenkte er der Waffe aber keine besondere Beachtung. Er war in Redelaune und sogar sehr stolz, dass er dem fremden Händler allerhand Neuigkeiten erzählen konnte, von denen dieser offenbar noch gar nichts gehört hatte. Zum Beispiel konnte er berichten, dass in der

Burg Fürst Oklot regierte. Ein rauher Herr. Endlich ein Abodrite, der genau in Vlads Feindbild passte. Und ja, er hatte tatsächlich einige der fremden Trottel gefangen, die sich hierher in ein Land gewagt hatten, das sie nichts anging. Zwei wurden gleich damals im April niedergemacht, weil sie Gegenwehr leisteten, und ein weiterer war ein Verräter.

„Stell dir vor, es war ein christlicher Abodrite, der diese sächsischen Hunde hergeführt hat!", berichtete der Bauer empört. „Oklot hat dem Kuttenträger den ohnehin schon kahlen Schädel ‚picken' lassen."

Das hieß, man schlug ihm den Kopf mit einem Schwert in Form eines Kreuzes auf, ganz wie er es ja auch um den Hals trug, erinnerte sich Vlad.

„Wenn man genau hinsah, konnte man die blutigen Hautfetzen mit seinem Herzschlag auf und ab wippen sehen!", prahlte der Bauer weiter.

„Dann hat Oklot die Hunde aus dem Dorf geholt. Oh, und Fürst Oklot hat große Hunde, sie sind so wild und machen so einen Lärm, dass Oklot sie nicht auf der Burg haben will, sondern im Dorf bei seinem Jagdmeister lässt! Die haben den Verräter um die Burg gehetzt, aber sie blieben an der Leine, damit sie ihn nicht zu schnell erwischten. Erst nachdem er fünfmal gestürzt und wieder aufgestanden war, hatte man sie dann doch losgelassen. Die waren vielleicht sauer ... Aber dieser verweichlichte Mönch hat trotzdem nicht mal drei Runden um die Burg geschafft! Ha, ha, ha – ja, so geht er mit Verrätern um, unser großer Oklot."

Da es ein Abodrite gewesen war, den Oklot so grausam hatte hinrichten lassen, fand Vlad diese Behandlung eigentlich ganz angemessen, auch wenn dieser den Sachsen geholfen hatte und ein Christ gewesen war ... Er konnte sich aber einen entsprechenden Kommentar verbeißen und ließ den Bauern weiter plaudern.

„Das war recht lustig anzusehen, wie der Verräter plötzlich wieder wach wurde und schreien, betteln und zucken konnte, als die Hunde ihn erwischten. Obwohl er doch vorher zu faul war, um auch nur die dritte Runde um die Burg zu vollenden."

Er war sichtlich stolz darauf, dass er nicht nur dabei gewesen war, sondern die grausame Prozedur auch ohne Übelkeit ertragen hatte.

Wenn dieser Oklot wüsste, was du gerade tust, dachte Vlad, *sähe ich gerne, wie lustig du das Schauspiel dann selbst fändest.*

Jedenfalls war der Letzte und am würdigsten Erscheinende der Fremden noch am Leben und der Häuptling und die Ältesten waren sich offenbar uneinig, wie man ihn weiter behandeln sollte. Einstweilen wurde er von Oklot in der Burg gefangen gehalten. Genaueres wagte Vlad nicht zu erfragen, er sprach noch etwas über den Handel und das Wetter und verabschiedete sich schließlich von dem Bauern, hochzufrieden mit dem, was er in Erfahrung gebracht hatte.

Dieser letzte Überlebende musste doch Dietrich sein, überlegte er. Mit seinen gut 50 Jahren und als Mönch dürfte er bei der Gefangennahme nicht viel Gegenwehr geleistet haben, und der Hingerichtete war zweifellos der unglückliche Wentz gewesen, der sein Volk so gern bekehren wollte. Er brannte darauf, seinen Gefährten von den Neuigkeiten zu berichten. Nachdem er einige hundert Schritte der Straße in Richtung Oklots Burg und Racisburg gefolgt war, schlug er sich hinter der nächsten Wegbiegung wieder in den Wald. Erst nach gut hundert Schritten fiel ihm ein, dass er seine Spuren vom Weg her besser verwischen sollte. Eilig raffte er etwas Reisig zusammen und holte sein Versäumnis nach.

Wilfrith

Im Lager waren die drei Sachsen zunächst erschüttert über das grausige Schicksal des armen Wentz. Vor allem Wilfrith trauerte um seinen tapferen, jungen Ordensbruder. Wenn es im Kloster hieß, ein Vorkämpfer des Glaubens sei als Überwinder mit der strahlenden Märtyrerkrone geschmückt worden, klang das immer so erhaben und überlegen. Aber das Schicksal des jungen Missionars wollte einfach nicht zu solch einer großartigen Beschreibung passen. Es schmeckte eher nach bitterer Verzweiflung, Schmutz und Schmerzen. *Wieso läßt Christus, der die Sonne des Rechts ist, nur zu, dass seinen Dienern solch himmelschreiendes Unrecht widerfährt?*

Vielleicht, weil er es sogar selbst von dem sündigen Menschengeschlecht für dessen Rettung erduldet hat?

„Was nun?", eröffnete einmal mehr Willehad die Diskussion und riss Wilfrith aus seinen trüben Gedanken.

„Vielleicht sollte ich einfach zur Burg gehen und mit Oklot über den Freikauf von Dietrich verhandeln?", schlug Vlad vor.

„Das ist zwar sehr tapfer von dir, aber leider auch sehr töricht", meinte Wilfrith.

„Von diesem grausamen Fürsten ist wohl kaum zu erwarten, dass er seine Gefangenen einfach frei gibt. Ich würde ihm eher zutrauen, dass er dich auch noch gefangen setzt und das Geld ganz einfach so einsackt. Dann wirst du entweder als Verräter sterben, falls du dich als Abodrite ausgibst, oder, wenn du dich als Sachse oder gar Wilze zu erkennen gibst, gar als feindlicher Kundschafter hingerichtet!"

„Wir sollten das Dorf etwas genauer auskundschaften und dann einen Befreiungsplan entwerfen und zuschlagen!", schlug Burwido lebhaft vor.

„Ich habe auch die Gegend ausgekundschaftet", berichtete Vlad weiter. „Von der Halbinsel, die wir hier vor uns haben, müsste man das Dorf gut beobachten können, ohne allzu große Gefahr zu laufen, selbst gesehen zu werden. Sie ist geradezu ideal dafür gelegen."

„Ein guter Vorschlag", meinte Wilfrith.

Doch Willehad gab zu bedenken: „Auf so einer Halbinsel sitzen wir, falls man uns bemerkt, wie die Ratten in der Falle! Das sollten wir bleiben lassen."

„Vielleicht sollte immer nur einer dort auf Lauer liegen?" schlug Burwido vor.

„Dann müsste mindestens einmal täglich jemand hinüber und ein anderer zurück zu unserem Hauptlager schleichen. Diese Ortswechsel sind sicher die gefährlichsten Augenblicke bei der ganzen Sache, man kann nur allzu leicht gesehen werden. Auch wird irgendwann der Bauer von seiner Begegnung mit Vlad sprechen und man wird sich wundern, warum er nie am Hauptdorf vorbeikam. Und wenn dann noch irgendwo geheimnisvolle Gestalten auftauchen, dann schöpft Oklot bestimmt Verdacht!", entgegnete

Willehad. Auch Vlad musste beipflichten: „Der Zugang auf die Halbinsel ist sehr schmal und dort liegt auch noch das kleine Dorf. Da sollten wir besser nicht öfter dran vorbei als nötig. Früher oder später werden sie uns sonst erwischen."

„Seht ihr", sagte Willehad, „es hat keinen Zweck. Außerdem, was bringt uns das Auskundschaften? In dem Dorf sind 20 Häuser, in jedem Haus vielleicht zwei oder drei Schwerter und in der Burg auch noch mal 20. Wir können da nichts ausrichten. Lasst uns heimkehren und dem Abt berichten. Dann kommt hoffentlich bald der neue Herzog und kann mit Macht die Herausgabe Dietrichs einfordern!"

„Wer weiß, wann und ob der Herzog kommt? Und sicher hat er erst einmal andere Sorgen, als wegen eines einzelnen Gefangenen bei den Abodriten einzufallen! Nein, wir müssen die Sache jetzt regeln", meinte Wilfrith bestimmt.

Burwido wurde noch heftiger: „Du bist ja nur zu feige!", warf er Willehad vor, „wir können den armen Dietrich doch nicht im Stich lassen. Außerdem sind wir so dicht dran, da können wir doch nicht aufgeben!"

„Besser einen Tag lang feige, als ein Leben lang tot", gab Willehad verärgert zurück.

„Wer einen Tag lang feige ist, der ist immer ein Feigling! Wie bist du eigentlich damals bei Ebbekesdorp davongekommen? Da warst du wohl auch lieber einen Tag lang feige, was?", erhitzte sich Burwido.

Willehad lief im Gesicht rot an.

„Nein, da bin ich nicht weggelaufen! Das ist eine Lüge. Ich hatte mir auf dem Gewaltmarsch zum Schlachtfeld den Fuß in einem Kaninchenbau vertreten und wurde zurückgelassen, weil ich nicht mehr so schnell laufen konnte. Als ich zum Schlachtfeld kam, konnte ich nicht mehr zum Herzog durchkommen und musste von einer Anhöhe das Ende mitansehen. Ich hätte damals alles darum gegeben, neben meinem Herzog zu kämpfen!"

„Den Fuß vertreten?", schrie Burwido. „Das kannst du ja nicht mal einem Pfaffen in der Beichte verkaufen!"

„Frieden jetzt!", rief Wilfrith dazwischen.

In seiner Stimme lag eine Härte, die Burwido von seinem Bruder nicht gewohnt war und die ihn verstummen ließ.

„Über deine letzte Bemerkung werde ich noch mal später mit dir sprechen. Nun hilft es uns nichts zu streiten, und bei deinem Geschrei haben wir bald Oklots ganze Bande auf dem Hals. Das wäre dann zwar die Gelegenheit für Tapferkeit, aber die wird auch so noch kommen."

Burwido und Willehad sahen sich feindselig an, sagten aber beide nichts mehr.

Wilfrith seufzte innerlich. Wie konnten sie hier im Feindesland, weit hinter dem Limes bestehen, wenn sie nicht einig und fromm zusammenhielten? Wahrscheinlich war es so, wie Vlad gemutmaßt hatte. Die Dämonen, die von den Abodriten als Götter verehrt wurden, säten diese Zwietracht in die Herzen seiner Gefährten. Und in geistlicher Hinsicht waren die allesamt viel zu schwach, um diesen listigen Feuerpfeilen des Teufels zu trotzen! Von nun an lag die Verantwortung ganz auf seinen Schultern. Er selbst musste die Gruppe mit fester Hand führen. Doch woher sollte er die notwendige Umsicht und Weisheit nehmen, er, Wilfrith, der Bücherwurm und Stubenhocker? Er bemerkte, wie ihn seine Gefährten abwartend ansahen, als erwarteten sie seine Entscheidung. Er musste sich zusammenreißen. Ohne ihn war Dietrich verloren. Aber eigentlich stand er ja nicht allein. Nein, ganz im Gegenteil, der siegesgewisse Held Gottes, Jesus Christus selbst, stand ja hinter ihm! So hatte er es zumindest in seinem Evangelium versprochen. Seltsam, hier, im dunklen und kalten Wald, fiel es ihm sehr viel schwerer, sich auf diese Zusage zu stützen, als daheim im Kloster. Hatte sein starrköpfiger Bruder am Ende Recht, und hier, außerhalb der Klostermauer, wehte ein anderer Wind?

„Heute Nacht werden wir uns auf diese Halbinsel begeben und dann beobachten. Unser Herr und Erlöser wird uns rechtzeitig zeigen, was wir als Nächstes tun sollen", verkündete Wilfrith schließlich mit einer Stimme, von der er hoffte, sie klänge felsenfest.

Nach Einbruch der Dunkelheit begaben sich die Gefährten im Schutze des Waldes bis zu einer Stelle direkt gegenüber von dem kleinen Dorf und dem Zugang zur Halbinsel. Dann warteten sie noch etwa drei Stunden ab, bis alles ruhig war und keine Geräusche mehr aus dem Dorf zu ihnen herüberdrangen. Vlad, der die Gegend bei Tage besehen hatte, lief als Erster über den Weg und kauerte sich am Seeufer hinter einer Weide zusammen. Die anderen folgten ihm nacheinander gebückt in seinen Fußstapfen, wobei ihnen wieder der klare Wintermond half. Schließlich waren alle bei der Weide angelangt. Nun ging es weiter, und zwar auf dem Eis des Sees. An dieser Seite war er durch den Wind von allem losen Schnee befreit und so konnten sie darauf laufen, ohne deutliche Fußspuren zu hinterlassen. Sie hielten sich dicht am Ufer, da man sie sonst auf der glatten Eisfläche im Mondlicht meilenweit hätte sehen können. Als sie etwa auf Höhe des kleinen Dorfes waren, erklang plötzlich ein lang gezogenes Heulen.

„Verdammte Drecksköter!", stieß Burwido hervor.

Es gesellten sich noch mehrere heulende Stimmen dazu.

„Das Geheule kommt nicht vom Dorf, sondern von der anderen Seite des Sees", bemerkte Vlad. „Und das sind auch keine Köter, sondern Wölfe", fügte er dann hinzu.

Nun begannen die Hunde im Dorf mit ihrem Gebell auf das Geheule zu antworten.

„Mist, das kann doch wohl nicht wahr sein", meinte Willehad, „lasst uns schnell hinter den Waldrand kommen, bei dem Lärm hört man nicht, wenn wir rascher laufen, aber gleich, wenn die Dörfler aufstehen, sehen sie uns hier mitten im Mondlicht spazieren!"

Die Vier rannten los und hielten erst einige Schritte, nachdem der Waldrand am Ufer das Dorf verdeckte, an. Wilfrith kam als Letzter an und atmete am schwersten.

„Na, zuviel Schreibarbeit gemacht?", begrüßte ihn Burwido, der schon wieder halbwegs Atem geschöpft hatte.

„Analphabet", schnaubte Wilfrith nur verächtlich, und Burwido hatte keine Ahnung, was er damit meinte.

Die Vier schlichen weiter am Waldrand entlang.

„Hoffentlich trauen sich die verdammten Wölfe nicht aufs Eis, dann haben wir auf der Halbinsel wenigstens vor denen Ruhe", meinte Willehad.

„Nicht, dass ich mich vor ihnen fürchte", fügte er mit einem ärgerlichen Seitenblick auf Burwido hinzu.

„Wer weiß, ob das wirklich Wölfe sind", meinte Vlad leise.

„Ihr kennt doch die Geschichten von den Werwölfen? Hier im Slawenland gibt es keine Werwölfe, aber die Vily. Das sind wilde Sturmgeister. Mal erscheinen sie als Wölfe, dann Schwäne oder dann wiederum als wunderschöne Frauen. Tags lebt so eine Vila im Wasser, nur in der Dämmerung und nachts kommt sie hervor. Manchmal verhexen und entführen sie junge Männer, dann stellen sie ihnen drei Fragen und wenn der Unglückliche auch nur eine einzige falsche Antwort gibt, ist sein Leben verwirkt!"

„Erzähl doch keinen Unfug", meinte Wilfrith, aber auch seiner Stimme fehlte die gewohnte Sicherheit.

Ihm lief beim nächsten Heulen der Wölfe ein kalter Schauer über den Rücken und die Gefährten drängten sich unwillkürlich dichter zusammen.

Nach etwa einer Viertelstunde Wegstrecke bog die Küste der Halbinsel nach Westen ab. Wenn es sich bisher um eine recht steile, bewaldete Küste gehandelt hatte, so folgte nun ein Stück, wo dem hohen Terrain ein flacherer Streifen Land vorgelagert war. Zum Ufer hin wurde es von einem breiten Gürtel aus hohem, wehendem Schilf abgeschlossen. Zwischen dem Schilf war noch eine Menge Schnee liegen geblieben, und so mussten sich die vier Wanderer, vom andern Ufer aus gesehen, deutlich vor dem Hintergrund abheben.

„Lasst uns lieber an Land zwischen den Bäumen weitergehen", schlug Willehad daher vor.

Bald fanden sie auch einen Wildwechsel im Schilfgürtel, so dass sie durch das dichte Gewächs ans Land gelangen konnten. Dort setzten sie ihre Wanderung fort, immer der Uferlinie folgend. Nach einer weiteren halben Stunde rückte das höher gelegene Land wieder dichter an den See heran, außerdem bog der Gewässerrand etwas nach Norden ab. Die Vier folgten weiter der Eiskante, bis sie schließlich die Nordspitze der Halbinsel erreichten. Hier bog die Küste in einem spitzen Winkel nach Süden ab, und die gegenüberliegende Halbinsel mit der Burg wurde sichtbar. Die Gefährten folgten dem Ufer, bis sie die, der Burg am nächsten gelegene, Stelle erreichten. Sie hatten die Halbinsel nun fast einmal umrundet. Das kleine Dorf lag, wie der Vogel fliegt,[33] noch etwa eine Viertelstunde Wegstrecke von ihnen entfernt im Süden. Die zurückspringende Küstenlinie ließ die tatsächliche Strecke über Land aber wohl auf fast eine halbe Wegstunde ansteigen, schätzte Wilfrith. Das große Dorf mit der Burg lag vielleicht 700 Schritte entfernt, genau gegenüber auf der anderen Seite des Gewässerarms, der die beiden Halbinseln trennte. Wall und Palisaden reichten fast bis an die Eiskante heran. Wachen konnte Wilfrith von hier aus nicht entdecken. Er hatte inzwischen die Führung übernommen und schlich an der Spitze der Gefährten gut 100 Schritte in den tieferen Wald hinein. Obwohl die Bäume dicht standen, suchte er eine Mulde, die sie noch weiter vor Blicken von der Burg schützen sollte, ganz wie es Willehad zuletzt getan hatte. Schließlich würden sie hier einige Tage lagern müssen, bis sich eine Gelegenheit zur Befreiung bot und diesmal wollte er nicht wieder auf ein Feuer verzichten müssen. Die erste Wache übernahm Wilfrith selbst. Dazu stieg er über den steilen, gerade noch gangbaren Hang auf den hochgelegenen Inselteil. Dort, etwa 30 Schritte über dem Lager, machte er es sich im Schutz einer Fichte bequem. Es war kurz nach Mitternacht. Die Wölfe waren verstummt. Er spähte angestrengt zur Burg hinüber und versuchte sich vorzustellen, wie Dietrich dort in seinem Gefängnis lag. *Ob er wohl ahnt, dass Rettung naht? Ob er sein sonst so unerschütterliches Gottvertrauen auch in dieser schrecklichen Situation bewahrt hat? Zuerst musste er mitansehen, wie seine beiden Händler-Freunde beim Versuch, sich und ihn zu verteidigen, niedergemacht wurden. Ob er wohl versucht hat, sie vom Kampf abzuhalten? Und dann musste er sicher auch zusehen, wie sein treuer Gehilfe zu Tode gequält wurde. Scheußlich.*

---

[33] Luftlinie

Und eigentlich, dachte Wilfrith weiter, *hätte ich der Gehilfe sein sollen. Ich wäre als Ausländer wenigstens nicht als Verräter bestraft worden. Der arme junge Wentz. Und alles, weil ich, Wilfrith, zu bequem gewesen bin, meine Schreibstube zu verlassen. Das war auch scheußlich.* Von düsteren Gedanken beherrscht, ließ er seinen Blick von der Burg zu den Sternen wandern. Ja, die Sterne. Zeigten sie nicht, wie klein und unbedeutend der Mensch vor dem ewigen Gott war? Hatte nicht eben jener Dietrich, der dort drüben irgendwo im Dunkeln in Ketten lag, ihn genau das gelehrt? Ja, der allmächtige Vater konnte in seiner großen Barmherzigkeit auch das Versäumnis seines geringsten Kanonikus wieder richten. Irgendwie. Langsam fand Wilfrith wieder Ruhe und begann ein langes stummes Gebet.

Als etwa fünf Stunden später Burwido heraufkam, wunderte sich Wilfrith, dass es schon Zeit für die Ablösung war. Eigentlich hätte er seinen Bruder schon zwei Stunden früher wecken können. Burwido war schließlich von selbst aufgewacht und wollte nach dem Rechten sehen, da ihm die Zeit bis zur Ablösung doch sehr lang vorgekommen war. Auf die besorgte Frage seines Bruders, was denn los gewesen sei, antwortete der Mönch mehr zu sich selbst: „Der Mensch lebt nicht vom Brot allein, und offenbar auch nicht vom Schlaf."

Plötzlich fühlte er aber die Müdigkeit wie Blei in den Gliedern und wankte dankbar zum Lager hinab, wo er auch sofort in einen tiefen, traumlosen Schlaf sank.

Burwido

Burwido ging nun ein wenig auf und ab, um sich warm zu halten. Schließlich begann es im Osten wieder zu dämmern. Durch das hellere Grau angezogen, schweifte sein Blick Richtung Sonnenaufgang, und er musste an die Wölfe denken, die dort am jenseitigen Ufer in der Nacht geheult hatten.

Als es heller wurde, konnte er das jenseitige Ufer erkennen. Es war ebenfalls großteils mit Schilf bewachsen und dahinter erhoben sich Hügel, die noch deutlich höher waren als sein derzeitiger

Standort. Alles, was hinter diesen Hügeln lag, blieb seinen Blicken verborgen. Auch das gegenüberliegende Seeufer wurde durch zahlreiche Buchten und kleine Inseln gegliedert. Es erstrahlte nun im Licht eines blutroten Sonnenaufgangs. Nach Norden konnte Burwido die Rauchsäule eines weiteren kleinen Dorfes und nach Osten sogar derer zweier erkennen. Er kam nicht umhin, die Schönheit dieses Landes zu bewundern. In seiner Fantasie hatte er sich das Gebiet hinter dem Limes immer als einen düsteren Morast voll keulenschwingender Wilder vorgestellt, doch was er bisher gesehen hatte, war ein genauso schönes Land wie Nordalbingen. Etwas weniger dicht besiedelt, aber doch mit wohlgeordneten Dörfern, Höfen und Wegen. Und lauter fremden Gottheiten und den Vily, die halb Wölfe, halb schöne Mädchen waren. Doch in Bezug auf die Schönheit der Mädchen war Burwido noch skeptischer als bei den Wölfen und Göttern. Schöne Mädchen wenigstens würde man bei den Abodriten mit Sicherheit nicht finden.

Schließlich krähten in den umliegenden Dörfern die Hähne und Burwido konzentrierte sich wieder auf das Dorf mit der Burg. Zunächst sah er eine große Menge Leute aus den Häusern kommen und in eine Ecke des Dorfes eilen, offenbar um ihre Notdurft zu verrichten. Einige kamen auch mit Beilen an den See und öffneten eine nur mit dünnem Eis überzogene Stelle, um Wasser zu schöpfen. Burwido versuchte, die Menschen zu zählen, kam aber immer wieder durcheinander und gab es schließlich auf. Auch aus der Burg kamen einige Frauen, um Wasser zu schöpfen. Die wenigstens konnte er zählen, es waren fünf. Anscheinend gab es in der Burg eine eigene Latrine, denn sonst kam niemand hinter den Palisaden hervor. Erkennen konnte er dort nur vier Gebäude. Eines war relativ flach und unscheinbar, es handelte sich wohl um ein Wirtschaftsgebäude. Dann war da noch eine große Halle, die musste den Hochsitz des Fürsten Oklot beherbergen. Und gleich daneben, etwas kleiner aber noch höher, mit zwei Pfählen vor dem Eingang, ein Gebäude, welches wohl einen Tempel darstellte. Das letzte Haus konnte Burwido nicht recht einordnen. Vielleicht ein Versammlungshaus für die Führer oder Ältesten? Bald darauf kamen Vlad und Willehad herauf, Willehad, um ihn abzulösen, Vlad nur, um auch einen Blick auf Dorf und Burg zu werfen. Sie nutzten sorgfältig jeden Baum als Deckung, um von der Burg aus nicht gesehen zu werden. Wilfrith schlief noch unten im Lager. Nach der Besichtigung ging Vlad wieder mit Burwido hinab ins Lager, um ihm beim Frühstück Gesellschaft zu leisten, er selbst hatte schon mit Willehad gegessen.

„Vermutlich ist Dietrich in der Burg untergebracht", überlegte Vlad. „Oklot kann so besser seinen Mutwillen mit ihm treiben und es ist auch sicherer."

„In seinem Haus wird er ihn aber kaum zu Gast haben", spottete Burwido.

„Nein, und auch im Tempel ist es unwahrscheinlich, die bestehen meist nur aus einem einzigen Raum", meinte Vlad.

„Bleiben also das Wirtschaftsgebäude und das Versammlungshaus", schloss Burwido.

„Ich denke, dass es sich eher um eine Unterkunft für Krieger handelt als um ein Versammlungshaus. Die Versammlungen finden direkt in Oklots Halle statt, ein eigenes Gebäude für Beratungen wäre unüblich", erklärte Vlad.

„Dann müsste Dietrich wohl dort untergebracht sein", mutmaßte Burwido.

„Nicht unbedingt. Ich glaube sogar eher in dem Wirtschaftsgebäude, denn in der Halle der Krieger gibt es üblicherweise auch nur ein oder zwei Räume und es wäre zu unpraktisch, den Gefangenen immer dabei zu haben. Nein, ich denke, er wird im Wirtschaftsgebäude irgendwo in einer kleinen Kammer eingesperrt sein."

Wilfrith

„Damit wissen wir schon eine ganz Menge", stellte Wilfrith fest, der bei dem Gespräch erwacht war und die letzten Sätze schweigend mit angehört hatte.

„Wir wissen sogar noch etwas: In der Burg sind keine Hunde, die sind vermutlich irgendwo in der Nähe des Tores untergebracht", berichtete Vlad stolz.

Während Wilfrith sich umständlich aus seinen Decken wickelte und aufsetzte, ergänzte er noch: „Nun müssen wir nur Dietrich selbst noch herausbekommen. Und das möglichst ohne dass Oklot etwas bemerkt."

Wilfrith suchte sich aus seinem Beutel ein Stück Brot und nahm dankbar einen Schluck Schmelzwasser aus dem Topf, den Vlad ihm reichte. Ein paar Dörrpflaumen vervollständigten die Mahlzeit.

„Dann können wir wieder heimkehren. Die Vorräte reichen gerade noch aus", fügte er mit einem forschenden Blick in den schon deutlich geleerten Proviant-Beutel hinzu.

Bei Licht betrachtet, lag das Lager in einer idyllischen Landschaft. Hier, am Fuß der Anhöhe, standen um sie herum vor allem Buchen und einige Fichten. Zum Ufer hin überwogen dann Erlen und Birken. Ganz an der, zur Burg herüber zeigenden, Spitze der Halbinsel stand der Stamm einer alten Eiche, gänzlich verwittert und mehrmals vom Blitz getroffen. Aus ihrem knorrigen Stumpf ragten ganze Schichten ineinander verwachsener Baumpilze hervor. Der größte maß sicher mehr als einen Fuß. Weiter seewärts, dort, wo die Wurzeln der vordersten Bäume das letzte dunkle Erdreich festkrallten, endete das Land abrupt mit einer kleinen Stufe. Vor dem Wald erstreckte sich ein schmaler Schilf- und Röhrichtgürtel. Das Wasser, oder zu dieser Jahreszeit das Eis, war hier sehr flach und bedeckte einen fast weißen, leicht gewellten Sandgrund. Aus verschiedenen Richtungen konnte man das Klopfen von mindestens drei Spechten hören. Ausmachen konnte Wilfrith von seinem Platz aus aber nur einen einzigen. Er arbeitete unermüdlich an einem abgestorbenen Ast einer alten Buche, hoch über ihrem Lagerplatz. Ansonsten vernahm man nur das Rauschen des schwachen Windes in den Zweigen der Bäume am Seeufer.

Als Willehad schließlich von seiner Wache zurückkehrte, konnte er nicht viel Neues zu dem bereits Bekannten hinzufügen, und an der Reihe war wieder Vlad. Der Rest des Vormittags verging mit

Nichtstun und einer weiteren Partie Königstreffen. Diesmal hatte Burwido die Königstreuen und Wilfrith die Angreifer. Burwido verlor schon wieder und verlegte sich lieber darauf, ein paar Schlingen für Kaninchen auszulegen. Im Schnee zwischen dem Schilf hatte er ihre Spuren gesehen und schließlich auch ein paar Löcher am Rand des Hanges entdeckt. Und tatsächlich war er mit den Schlingen erfolgreicher als beim Spiel. Stolz konnte er nach einer Stunde ein kleines Kaninchen präsentieren.

„Die Frage des Abendessens ist geklärt", verkündete er großspurig.

Von der Burg her wehten einige Geräusche herüber, es war ein leichter Wind aus dieser Richtung aufgekommen und einige helle Wolken zogen über den Himmel.

Kurz nach Mittag kam Vlad herunter ins Lager.

„Da kommen zwei über das Eis auf unsere Halbinsel zugelaufen", berichtete er seinen Gefährten aufgeregt.

Alle folgten ihm mit der gebührenden Vorsicht zum Beobachtungspunkt. Tatsächlich kamen zwei Gestalten auf sie zu. Die beiden wirkten allerdings recht unbekümmert.

„Ob sie uns entdeckt haben?", flüsterte Burwido.

„Nein, ich glaube nicht, sonst würden sie es anders anstellen", entgegnete Willehad.

Es schien sich um einen alten Mann und einen jungen Knaben zu handeln. Mitten auf dem Eis hielten sie an. Der Alte nahm eine Axt und schlug ein Loch in das Eis, dann setzten sich beide neben dem Loch auf mitgebrachte Felle.

„Was zum Kuckuck machen die dort?", wollte Burwido ungeduldig wissen.

In diesem Moment holte der alte Polabe eine Angelschnur aus der Tasche, steckte etwas, vermutlich einen Wurm, auf den Haken und ließ die Schnur ins Loch gleiten.

„Eisangler", erklärte Vlad unnötiger Weise.

Wilfrith atmete erleichtert auf.

„Nachts könnten wir, genauso wie die beiden da, über das Eis zum Dorf gelangen. Zum See hin gibt es keine Palisaden um das

Dorf, so dass nur der Burgwall zu überwinden ist, und die Wache am Dorfeingang kann uns hinter dem Burghügel auch nicht sehen", überlegte Wilfrith.

„Soweit könnte das schon klappen, vorausgesetzt, es zieht weiter zu und wird dunkel genug", nickte Willehad. „Wir müssen aber über das Eis kriechen, damit uns niemand gegen die Schneewehen hier an unserem Ufer ausmachen kann, denn bei der Burg gibt es bestimmt noch eine Torwache und die kann in unsere Richtung blicken."

„Aber was dann? Wir können ja wohl kaum einfach an das Burgtor klopfen und sie bitten, Dietrich herauszugeben", wandte Vlad ein.

„Nein, dem Tor dürfen wir uns nicht nähern, das ist sicher die ganze Zeit über bewacht", stimmte Willehad zu. „Da ist es schon leichter, die Palisaden zu übersteigen. Das müsste uns gelingen, wir werfen ein Seil mit einem Stein darüber und ziehen uns daran hinauf. Der Erste nimmt noch ein Seil mit, das er oben festknotet, um sich auf der anderen Seite wieder runterzulassen. Auf dem Rückweg nehmen wir beide Seile wieder mit."

„Also kriechen wir über das Eis, klettern über die Palisaden, gehen in das Haus, finden die richtige Kammer und kehren dann seelenruhig wieder zurück in unser Lager, ohne dass irgendjemand etwas bemerkt?", fragte Burwido skeptisch und auch etwas enttäuscht, da der Plan keinen Raum für Kämpfe ließ.

„Die Wache dreht sicher hin und wieder Runden und entdeckt dann unser Seil oder uns selbst. Dann wird das Suchen in dem Wirtschaftsgebäude auch nicht so ruhig abgehen, dass keiner aufwacht. Das geht doch alles nicht!"

Darauf wusste zunächst niemand eine Antwort.

„Und wenn wir sie ablenken? Wir könnten irgendwo im Dorf Lärm schlagen, dann rennen alle dort hin", schlug Vlad nach einer Weile vor.

„Ich bezweifle, dass die Wachen in der Burg ihren Posten verlassen, selbst, wenn es irgendwo brennt", meinte Willehad.

Daraufhin folgte erneut ein nachdenkliches Schweigen.

„Und wenn es in der Burg brennt? Zum Beispiel im Götzentempel?", fragte Wilfrith mit leuchtenden Augen.

„Das könnte klappen", sagte Vlad gedehnt und schluckte. „Sollten wir nicht lieber das Wachhaus anstecken?", fügte er dann hinzu.

„Ja, das liegt am weitesten vom Wirtschaftsgebäude entfernt, genau gegenüber", pflichtete Burwido bei.

„Wenn ihr meint, dass es dem Zweck eher dient, dann eben das Wachhaus", sagte Wilfrith und in seiner Stimme klang etwas wie Enttäuschung mit.

„Nein, um Feuer zu legen, müssen wir bei der Kälte im Inneren anfangen", meldete sich Willehad zu Wort, „draußen liegt überall Schnee. Außerdem könnte man meilenweit sehen, wenn wir im Freien eine Fackel anstecken. Aber die Wachen werden uns wohl kaum in ihren Wohnraum stapfen lassen, um in aller Ruhe Feuer zu legen und dann wieder zu verschwinden. Der Tempel wird, wie Vlad vorhin sagte, leer stehen. Das ist unser Ziel."

„Wenn wir alle in der Burg sind, geht also einer zum Tempel und setzt ihn in Brand. Dann warten wir, bis alle aufgeregt hinrennen und dringen ins Wirtschaftsgebäude ein. Wenn wir dort noch jemanden antreffen, wird er überwältigt oder niedergemacht. Bei dem Lärm, der dann draußen herrschen wird, könnte das klappen. Wenn wir Dietrich gefunden haben, sehen wir zu, dass wir wieder über die Palisade kommen. Und dann geben wir Fersengeld", fasste Burwido den Plan zusammen.

„Wenn wir alle zuerst in die Burg einsteigen, dann müssen wir uns aber verstecken, während alle aus den Häusern zum Brand rennen. Und wer weiß, ob es dort gute Verstecke gibt", gab Willehad zu bedenken.

„Sollte nicht besser erst einer eindringen und Feuer legen und die Übrigen folgen erst, wenn es bereits brennt?"

„Aber dann schauen auch alle aus dem Dorf zur Burg und sehen uns über die Mauer klettern", bemerkte Wilfrith.

„Wir haben ja, nachdem wir eingestiegen sind, und bevor wir das Feuer legen, ausreichend Zeit, nach einem Versteck zu suchen!

Lasst uns lieber gleich alle einsteigen. Das heißt, wenn wir überhaupt alle mitkommen sollten. Genügen nicht zwei Mann?"

„Wenn es im Haus zum Kampf kommt, ist es besser, wir wären zu viert. Außerdem müssen wir rasch verschwinden und finden vielleicht später nicht mehr zusammen", wandte Willehad dagegen ein und seine Gefährten mussten zustimmen.

„Nur, wenn man uns vom Dorf aus in die Burg einsteigen sähe, wenn es da bereits brennt, dann wird man uns auch sehen, wenn wir wieder aussteigen, nachdem es bereits brennt!", meldete sich Burwido wieder zu Wort.

„Naja, wenn wir Glück haben ...", begann Wilfrith.

„Nein, das stimmt, was er sagt", unterbrach ihn Willehad. „Wir können vielleicht ein Stück entkommen, aber nach einigen hundert Schritten auf dem Eis ist uns bestimmt die ganze Bande auf den Fersen. Und wenn wir gerade ihren Tempel angesteckt haben, werden die sicher nicht gut aufgelegt sein!"

Danach herrschte wieder bedrücktes Schweigen.

„Da, er hat Einen", sagte plötzlich Vlad und zeigte in Richtung der beiden Eisangler. Alle Köpfe drehten sich in die Richtung, wo der alte Abodrit einen kleinen Fisch aus dem Wasser zog.

„Ich hab's!", rief plötzlich Burwido.

„Ein Loch im Eis! Wir machen einfach in der Nacht einen Graben im Eis. Der friert dann bis zum Morgen und über den folgenden Tag nur ganz dünn zu. In der Mitte lassen wir einen kleinen Steg. Und wenn wir flüchten, wissen nur wir, wo dieser Steg ist. Unsere Verfolger aber stürzen fast alle in den Graben. Dadurch werden sie solange aufgehalten, bis wir irgendwo auf der andern Seite im Wald verschwunden sind!"

Der Plan fand allgemeinen Beifall. Und so wurde beschlossen, noch in dieser Nacht das Eis etwa 250 Schritte nordöstlich der Siedlung zu bearbeiten. Die Flucht sollte nämlich nicht wieder auf die Halbinsel, sondern in die dichten Wälder auf der Nordseite führen. Auf der kleinen Halbinsel bestand nach dem Unternehmen kaum eine Aussicht, lange verborgen zu bleiben.

Burwido

Nach der Beratung war Burwido wieder an der Reihe zu wachen, seine Gefährten kehrten vorsichtig ins Lager zurück. Eine weitere Stunde und zwei Fische später gingen der alte Eisangler und sein junger Begleiter wieder ins Dorf zurück. Burwido atmete auf und ging im Schutz der Bäume ein wenig auf und ab. Vom langen Knien taten ihm die Beine weh. Schließlich setzte er sich wieder hin und durchdachte nochmals ihren Plan. Ja, es könnte klappen. Und wenn es das tat, dann war das eine tolle Leistung, sicher einem Kampf vergleichbar. Und die List mit dem Eis war seine Idee gewesen. Er bedankte sich im Geiste bei dem alten Eisangler, der ihn zufällig auf die Idee gebracht hatte – oder vielleicht waren es doch die Schicksalsfrauen am Fuße der Weltesche, die sich endlich seiner annahmen?

Zwei Stunden später hörte Burwido Vlad vom Lager heraufkommen. Burwido schaute sich um, die Sonne stand bereits tief im Westen und die Bäume zeichneten lange Schatten auf den Waldboden, es war tatsächlich Zeit für die Ablösung. Plötzlich knackte ein Zweig irgendwo im Gehölz, nicht aus Vlads Richtung, sondern hinter ihm. Vlad und Burwido fuhren herum. In einiger Entfernung sahen sie eine Gestalt fast lautlos durch das Holz streifen. Vlad lag sofort hinter einem Baum. Doch Burwido reagierte nicht so schnell. Er stand einen Augenblick wie angewurzelt da und starrte die Gestalt an. Es war ein junges Mädchen. Ihre langen blonden Haare trug sie nach polabischer Sitte offen. Sie hatte ein breites, offenes Gesicht, mit den für ihr Volk typischen, hohen Wangenknochen, was Burwido aber keinesfalls entstellend fand. Im Gegenteil, sie war sehr anmutig. Ihre Kleidung bestand aus einem langen roten Gewand und einer dunklen Weste. Sie drehte den Kopf für einen ganz kurzen Augenblick in Richtung der beiden Fremden, doch blickte sie sofort wieder zu Boden. Burwido hatte sich fast im gleichen Augenblick hinter eine kleine Fichte fallen lassen. Die beiden Wachtposten lagen nun wie versteinert in Deckung und beobachteten das Mädchen. Sie sammelte offenbar irgendetwas auf dem Waldboden ein, wofür sie den Schnee beiseite fegte. Dabei bewegte sie sich so leise über den Schnee, dass man fast den Eindruck hatte, sie schwebe. Schließlich wandte sie sich wieder dem Dorf zu und verschwand im Gehölz.

Burwido hörte sein eigenes Herz rasen. Zum einen, weil er fast gesehen worden war, zum anderen fühlte er sich seltsam.

„Sie hat dich gesehen", zischte Vlad.

„Sie muss dich einfach gesehen haben, so wie du da standest, wie eine sächsische Eiche!"

„Nein, sie hat mich nicht gesehen", widersprach Burwido.

„Sonst hätte sie doch anders reagiert, wäre weggelaufen oder hätte geschrien. Überhaupt war sie seltsam. So still und anmutig. Ich fühle mich irgendwie nicht gut."

„Was? Wie meinst du das, du fühlst dich nicht gut?"

„Ich weiß auch nicht, ganz seltsam", erwiderte Burwido.

„Oh, aber ja, das muss es gewesen sein!", rief Vlad etwas lauter. „Erst die Wölfe, und nun ein schönes Mädchen, das lautlos über dem Schnee wandelt, hier mitten im Wald. Und dann fühlst du dich auch noch seltsam. Das war eine Vila! Und sie hat versucht, dich zu verhexen! Ein Glück, dass du nicht mitgegangen bist. Vielleicht hat es nicht geklappt, weil du getauft bist!"

„Ich bin mir nicht ganz sicher, ob es nicht geklappt hat", murmelte Burwido.

„Ich gehe jetzt lieber ins Lager zurück und sage den anderen Bescheid. Wenn sie mich doch gesehen hat, bekommen wir vielleicht bald Besuch!"

Kapitel 6 – Auf dem Eis

Wilfrith

Auch Wilfrith und Willehad waren nach Burwidos Mitteilung sehr besorgt. Aber was blieb schon anderes übrig, als abzuwarten? Erst nachdem die Dämmerung hereingebrochen war und sich immer noch nichts regte, wurden sie wieder etwas ruhiger.

Vlad würde bei der Wache nun auch verstärkt auf die Halbinsel hinter sich achten. Er schien sich gar nicht sicher, ob ihm eine Polabin, die sie verraten könnte, oder eine Vila mit noch ganz anderen Möglichkeiten lieber gewesen wäre. Doch es wurde schließlich Nacht, ohne dass er etwas Verdächtiges bemerkte. Die vier Gefährten versammelten sich im Lager und warteten auf den richtigen Moment, um mit den Arbeiten auf dem Eis zu beginnen. Sie hatten keine Zeit zu verlieren, vor allem wenn ihre Anwesenheit nun doch noch verraten würde. Den Tag über war der Himmel glücklicherweise nach und nach vollständig zugezogen. Weder der zunehmende Mond noch irgendwelche Sterne konnten die dicke Wolkendecke durchdringen und so machten sich die Vier schließlich in tiefster Dunkelheit an ihre finstere Aufgabe.

Einer nach dem anderen krochen sie über das Eis zu der bestimmten Stelle. Vlad, der eine sehr gute Nachtsicht hatte, schlich voraus. Etwa 300 Schritte nordöstlich der Burg angekommen, hielt er inne und bedeutete seinen Gefährten, dass sie vor Ort waren. Leise begannen sie, zuerst den Schnee zu entfernen und dann mit ihren Messern das Eis zu bearbeiten. Mit der Axt wäre es sicher schneller gegangen, aber die konnten sie nicht einsetzen, weil man sich dazu erheben musste und wegen des Lärms, den die Axthiebe verursachen würden. Das Eis war sicher einen halben Fuß stark, aber, da es inzwischen etwas wärmer geworden war, nicht mehr ganz so hart wie am Vortag. Nach etwa einer halben Stunde waren sie von Schnee und Schweiß völlig durchnässt, wegen der harten Arbeit fror Wilfrith jedoch nicht so stark wie befürchtet. Trotzdem kam ihm die Idee, ein paar Decken unterzulegen. Er bedeutete Vlad neben ihm, ruhig weiterzuarbeiten und kroch zurück zum Lager. Dort holte er für sich und seine Gefährten vier Decken. Dankbar nahmen seine Gefährten die angebotene Unterlage an. Darauf ließ es sich doch etwas besser liegen und die Arbeit schritt schneller voran. Schließlich verblassten bereits die ersten Sterne im Osten, aber die Arbeit war vollbracht, ein Graben von gut vier Fuß Breite und an die 40 Schritt Länge zog sich quer über das Eis. In der Mitte hatten sie einen etwa acht Fuß breiten Steg stehen lassen. Wilfrith betrachtete zufrieden ihr Nachtwerk, dann begann er, die herausgelösten Eisstücke wieder in den Graben zu werfen, damit sich eine Schicht über der tückischen Lücke bilden konnte. Obenauf fegten sie den Schnee in die Spalte. Mit etwas Glück bemerkte bis zur nächsten Nacht niemand etwas. Nach einer letzten Inspektion des Grabens folgte Vlad als Letzter seinen Gefährten in Richtung Land. Kurz vor Beginn der Dämmerung erreichten die Vier schließlich ihr Lager auf der Halbinsel. Leider war es zu spät, um nun noch ein Feuer zu entzünden. Der Rauch würde unweigerlich von der nahen Burg aus entdeckt werden. Es blieb ihnen nichts anderes, als die feuchte Kleidung auszuziehen und sich in ihren Decken dicht aneinander zu legen, um sich zu wärmen. Hoffentlich könnten sie die ganze Geschichte heute Nacht vollenden und Dietrich befreien, hoffte Wilfrith. Auch die Gefährten wirkten übermüdet und erschöpft.

Willehad übernahm die erste Wache nach der Nacht auf dem Eis, doch auch er wickelte sich auf dem Beobachtungsposten in seine Decke. Bald schon kroch die aufgehende Sonne mit ihren roten Strahlen über die Hügel und Wälder im Osten. Die Sicht war trübe und die Luft inzwischen deutlich wärmer als am Vortag, dafür aber auch feuchter; die feuchte Kälte zog durch die Decken bis auf die Haut. Der Graben war vom Beobachtungsposten aus als feuchter Streifen im Schnee zu erkennen. Mit etwas Glück fiel er aber von der niedriger gelegenen Burg aus nicht auf oder ging als gewöhnlicher Riss im Eis durch.

Kurz vor Mittag begann es dann zu regnen. Erst fiel ein leichter Nieselregen, aber mit der Zeit wurde es immer schlimmer.

Der Schnee auf dem Land und See verwandelte sich langsam in einen nassen Matsch. Was im Lager an Ausrüstung bisher noch trocken geblieben war, sog sich nun mit kaltem Wasser und Schlamm voll. Auch die wiederangezogene Kleidung wurde eher feuchter als trockener. Die Stimmung war entsprechend miserabel. Willehad wurde kurz vor Mittag von Vlad abgelöst, aber auch im Lager konnte er keinen Schlaf finden, er zitterte vor Kälte. Ihm gegenüber saß Burwido in einer großen Pfütze. Das Wasser lief an seinem Umhang herunter und tropfte vom Rand seiner Kapuze. Wilfrith hatte sich unter eine Fichte zurückgezogen und lehnte nun eng an ihrem Stamm, um sich ein wenig vor dem Regen zu schützen. Doch das Wasser begann bald auch dort am Stamm herab zu laufen. Inzwischen lief Willehads Nase ähnlich stark. Kurz nach Mittag kam Vlad ziemlich niedergeschlagen von seinem Posten herab. Er meinte, bei dem Wetter gingen nicht einmal Hunde vor die Tür, und damit auch keine Abodriten. Eine Wache wäre also überflüssig. Aber was er sonst noch zu berichten hatte, bestätigte Willehads schlimmste Sorgen: Der Graben hatte sich nun tatsächlich in einen Riss verwandelt und war über den ganzen See hinüber aufgebrochen. Und auch an anderen Stellen begann das Eis zu tauen. Dadurch war nicht nur der Fluchtweg zum Nordufer abgeschnitten, nein, man konnte vermutlich bald gar nicht mehr über das Eis zur Burg gelangen! Der ganze Plan drohte buchstäblich ins Wasser zu fallen.

Die Stimmung verhielt sich umgekehrt zur Temperatur und gelangte an einen Tiefpunkt.

„So ein dämlicher Unfug, hier in dies schlammige Loch zu kriechen", schimpfte Willehad.

Wilfrith ahnte, dass er versuchen würde, den Plan zu kippen und seine Gefährten von der Aussichtslosigkeit ihres Vorhabens zu überzeugen.

Den Rest des Tages schauten die Vier abwechselnd von der Höhe auf den See, aber jedes Mal war das Eis in einem schlechteren Zustand. Am Abend schließlich musste auch Wilfrith eingestehen, dass ihr Plan am Wetter gescheitert war.

Er konnte es nicht fassen. Hatte der Himmel sie verlassen?

Vlad meinte, dass Perun, der Donnergott, seinen Tempel so vor den Frevlern geschützt habe.

„Natürlich nicht, es ist doch ganz normal, dass es auch einmal taut", protestierte Wilfrith, aber auch ihn selbst überzeugten seine Worte nicht ganz.

Auch Burwido fing an zu nörgeln: „Na, wo ist nun deine Führung? Von wegen, Gott wird uns zeigen, was wir tun sollen. Schön in der Scheiße sitzen wir!"

Wilfrith hielt es für besser, nichts darauf zu erwidern. Was sollte er auch sagen? Ja, sie saßen tatsächlich schön in der ‚Scheiße', wie sich sein Bruder bildhaft ausdrückte.

Willehad

Willehad unterdrückte mühsam ein Niesen. Man hätte es sonst sicher am anderen Ufer gehört. Der alte Krieger verfluchte im Stillen Wilfrith, Dietrich, den Abt der Hammaburg, Burwido und Theodbald, der ihn auf diese irre Reise geschickt hatte.

„Jetzt können wir nicht einmal ein Feuer anmachen in der Nacht. Alles ist total durchnässt!", klagte er heiser.

„Ich hab ja gleich gesagt, wir sollten heimkehren. Und die Verpflegung wird auch knapp. Mal sehen, ob wir zuerst erfrieren, verhungern oder von den Abodriten geschnappt werden."

Trotz seines Triumphes fühlte er sich elend, der Hals brannte inzwischen bei jedem Krächzen, seine Nase lief ununterbrochen und die Ohren drohten zu zerplatzen. Was hatten sie überhaupt in diesem Schlammloch verloren? Er war einfach zu alt für so etwas. Und dann noch dieser Jungspund, der ihm Feigheit vorhielt. Gerade ihm, Willehad, dem Krieger, mit dessen Kraft sich beim Thing der Stormarnen kaum einer messen konnte; ihm, dem es schon zweimal gelungen war, eine Bresche in einen feindlichen Schildwall zu schlagen! Doch das Schlimmste daran war, wie oft er sich selbst schon gefragt hatte, ob er damals im letzten Februar nicht noch zum Heer Herzog Bruns hätte gelangen können. Wie oft hatte er Für und Wider in Gedanken durchgekaut! In der Schlacht, in vorderster

Reihe des Schildwalls, nur durch einen Fingerbreit Lindenholz vom Feind getrennt, bedurfte es mehr als der bloßen Anwesenheit. Kraft und Gewandtheit waren entscheidend, ein einziger Hinkefuß, der nicht vorwärts schritt, wenn es geboten war, sondern auf dem verletzten Fuß hinterher stakte, konnte das ganze Heer gefährden. Aber ein letzter Zweifel blieb und diesen Stachel hatte Burwido mit seinen Anschuldigungen nun wieder tiefer ins Fleisch getrieben.

„Wenigstens was das Feuer angeht, ist es nicht so schlimm", unterbrach Vlad Willehads düstere Gedanken, „hier stehen doch jede Menge Birken. Und Birkenholz brennt, auch wenn es nass ist. Sagt bloß, dass ihr das noch nie gehört habt?"

Willehad hatte das tatsächlich noch nicht gehört. Aber er machte sich gleich an die Arbeit, es auszuprobieren helfen. Nasser werden konnte er ohnehin nicht mehr und etwas Bewegung würde vielleicht gut tun.

Nach einer Menge Schimpfen und Verwünschungen gelang es Vlad dann tatsächlich, ein kleines Feuer zu entzünden. Es qualmte eigentlich mehr, als das es brannte, aber das war in der Dunkelheit und bei dem wolkenverhangenen Himmel nicht zu sehen, und etwas Wärme spendete es trotzdem. *Endlich Wärme*, dachte Willehad. Der Regen ging wieder in ein leichteres Nieseln über und es gelang ihnen sogar, ein paar der Decken etwas zu trocknen. Um neuen Mut und Kraft zu schöpfen, schlug er vor, heute etwas größere Portionen zu verzehren, was alle wortlos annahmen, und auch der kleine Schneehase konnte endlich über dem Birkenfeuer gebraten werden. Wenn es nach seinem Willen ginge, mussten sie sowieso nicht mehr lange von ihren Vorräten leben, sondern konnten bald heimkehren.

„Was macht deine Erkältung?", erkundigte sich Burwido, mit vollem Mund an Willehad gewandt.

„Wird mich schon nicht umbringen", knurrte Willehad kurz angebunden.

Musste der Jungspund ihn immer auf irgendwelche Schwächen ansprechen? Auch die übrigen Gefährten waren nicht zu Gesprächen aufgelegt und so verging die Nacht in Ruhe.

Burwido

Nach dem guten Essen fühlte sich Burwido, obwohl seine List gescheitert war, deutlich besser. Nun, eigentlich war nichts Schlimmes passiert. Lediglich Willehad schien eine starke Erkältung davongetragen zu haben. Burwido spürte das Bedürfnis, sein Verhältnis zu dem alten Krieger zu normalisieren. Seitdem er ihm Feigheit vorgeworfen hatte, sprachen sie nur das Nötigste miteinander. Eigentlich gehörte der starke und erfahrene Krieger Willehad seit seiner Kindheit zu seinen großen Vorbildern und die Vorstellung von Feigheit passte nicht dazu. Er hatte sich daher an den Hünen gewandt, um sich nach dessen Erkältung zu erkundigen, aber nur eine trotzige Antwort erhalten. Leicht beleidigt wickelte sich Burwido in seine Decke und schlief trotz der Kälte bald erschöpft ein.

„Mein Gott, ich danke Dir für die Wärme und dafür, dass Birkenholz auch brennt, wenn es feucht ist!", weckte ihn am nächsten Morgen Wilfriths Gebet.

Der ist ja wohl unbelehrbar, dachte sich Burwido. Es wäre besser, er könnte seinem Gott nun für den Erfolg bei der Befreiung Dietrichs danken. Er schluckte einen entsprechenden Kommentar aber hinunter, es reichte schließlich, dass er sich mit Willehad zerstritten hatte.

Wilfrith, September 881

Wilfrith schaute von seinem Pergament auf. Nachdenklich nahm er das Ende der großen Gänsefeder zwischen die Lippen. Hatte Willehad das so empfunden? Seine Selbstzweifel hatte er Wilfrith gegenüber lediglich angedeutet, aber dann sah er wohl doch wieder den jungen Sohn Thankmars und nicht den Mönch vor sich und hatte geschwiegen. Burwido für seinen Teil hatte Wilfrith alles haarklein genau so berichtet. Nun, er wollte den Ereignissen nicht vorweggreifen und wendete seine Feder wieder dem zu, was vor ihrem Eindringen in die Burg geschah.

Wilfrith, Januar 881

Das Wetter war immer noch bewölkt und die Temperaturen stiegen weiter an. Das Eis löste sich zunehmend auf und der Schnee um das Lager herum zerschmolz zu schmutzig-weißen Haufen.

Nach dem Frühstück schaute Willehad demonstrativ in seinen Proviantbeutel.

„Reicht maximal noch für zwei Tage", kommentierte er. „Danach werden wir auf das angewiesen sein, was wir fangen oder sammeln können."

Viel würde es nicht sein, musste Wilfrith ihm in Gedanken zustimmen. Außer den Spechten hörte man kaum Vögel und eine Angelschnur hatten sie nicht mitgenommen. Beeren, essbares Getreide und junge Triebe gab es zu dieser Jahreszeit nirgends zu sammeln. Vielleicht fand man ein paar Wurzeln.

„Wir können auf dem Rückweg ein Huhn stehlen", überlegte Burwido laut, „oder gleich einen der kleineren Höfe überfallen."

„Wir sind auf einer heiligen Mission im Auftrage des Erzbischofs und Abt Ekberts unterwegs", antwortete Wilfrith empört. „Da können wir uns nicht wie einfache Strauchdiebe benehmen!"

„Ja, ja, ich weiß, dein Gott wird uns führen und füttern", bemerkte Burwido, nun doch gegen seinen guten Vorsatz verstoßend. Wilfrith biss sich auf die Lippe, sagte aber nichts.

„Diebe ziehen die Aufmerksamkeit auf sich", sprang aber Willehad für ihn ein. „Das können wir uns zu allerletzt leisten."

Burwido fügte sich der Übermacht der Argumente. Was die Nahrung betraf, blieben die Aussichten also dürftig. Auch der Befreiungsplan mit dem Eis musste bei der derzeitigen Wetterlage begraben werden. Was also tun? Sollten sie wirklich aufgeben? fragte sich Wilfrith. Und auch Burwido schien über das weitere Vorgehen zu grübeln.

„Wir könnten im kleinen Dorf ein Boot stehlen und damit übersetzen?", schlug er schließlich vor.

„Bis das Eis soweit abgetaut ist, dass man wieder Boot fahren kann, dauert es mindestens noch eine Woche", behauptete Willehad siegessicher.

„Außerdem müsste es ein recht flaches Boot sein, damit man uns nicht vorher sieht. Und es muss doch groß genug sein, um uns vier und Dietrich zu fassen!", gab Vlad zu bedenken.

„Wenn es weiter so regnet oder wenn Nebel aufzieht, könnte es schon klappen. Das Eis taut schnell, gestern Morgen war es noch stabil und trocken und seht euch nur an, wie es jetzt aussieht. Lasst uns doch einmal in Gedanken durchgehen, wie die Befreiung ablaufen könnte. Wir rudern einfach etwas mehr von Norden heran, so dass man uns vom Burgtor aus nicht entdecken kann, und außerdem ist am Ufer kein weißer Schneesaum mehr vorhanden, vor dem wir uns gut erkennbar abheben würden", beharrte Burwido verzweifelt, weil er seine Felle davonschwimmen sah.

„Wir sollten heute Nacht zumindest schon mal ein Boot auskundschaften", stimmte Wilfrith ihm zu und wieder einmal beendete seine Entscheidung die Diskussion.

Der Tag verlief danach ruhig, mit Schlafen und dem Bau einer provisorischen Unterkunft aus Fichtenzweigen. Burwido legte noch ein paar Schlingen für Kaninchen aus. Er hatte sich erboten, am Abend zusammen mit Vlad auf Erkundung zu gehen, denn diesmal waren keine abodritischen Sprachkenntnisse erforderlich.

Burwido

Gut zwei Stunden nach Einbruch der Dunkelheit brachen Vlad und Burwido auf. Unterwegs kontrollierte Burwido, wohl zum zehnten Mal an diesem Tag, seine Schlingen. Und tatsächlich hatte sich auch diesmal ein kleines Kaninchen in einer der Fallen verfangen. Da er nicht noch einmal zum Lager zurückkehren wollte, steckte er es unter seinen Umhang.

Die beiden Kundschafter gingen die halbe Wegstunde am Waldrand hinter dem breiten Schilfgürtel des Seeufers verdeckt, bis sie die ersten Felder des kleinen Dorfes erreichten. Von da an bewegten sie sich nur mit größter Vorsicht. Vlad schlich voran und Burwido folgte ihm dicht auf den Fersen. Der Wind blies aus Nord-Nordwest, und da sie sich von Nordosten her näherten, würde er ihre Witterung nicht zu den Hunden im Dorf tragen. Ganz am Südende der Bucht, direkt vor den Palisaden des Dorfes, lichtete sich das Schilf und ein kleiner Steg führte in den See hinaus. Doch wo waren die Boote? Im See schwammen sie nicht. Aber bei der Witterung war das auch nicht zu erwarten. Sie mussten hier irgendwo am Ufer herumliegen, denn weit tragen mochte sie sicher auch niemand. Schließlich sah Burwido drei breite Fischerkähne auf der anderen Seite des Steges am Ufer liegen und zog an Vlads Ärmel, um ihn darauf aufmerksam zu machen. Vorsichtig schlich Vlad weiter, um sie genauer in Augenschein zu nehmen. Schließlich lag nur noch ein kurzes freies Stück zwischen den beiden Spähern und den Booten. Das Schilf war hier im Bereich des Steges entfernt worden.

„Wir sollten den einsehbaren Platz einzeln und rennend überwinden. Dann ist die Gefahr, dass man uns entdeckt, am geringsten. Ich gehe zuerst und gebe dir ein Zeichen, wenn du nachkommen sollst", raunte Vlad Burwido ins Ohr. Gleich darauf hastete er gebückt los und warf sich hinter eines der Boote. Beide schauten aus ihren Verstecken eine Weile in Richtung Dorf und wagten kaum zu atmen. Doch alles blieb ruhig. Schließlich winkte Vlad zu Burwido hinüber und dieser rannte, genau wie Vlad vor ihm, über die freie Stelle und warf sich neben seinem Gefährten hinter das erste Boot. Beide erstarrten, als im Dorf ein Hund anschlug.

„Schnell weg hier", flüsterte Burwido.

„Wohin denn? Über die freie Stelle können wir nun nicht mehr zurück", entgegnete Vlad. „Los, rutsch unter das Boot, da können wir uns verstecken!"

Dann hörte Burwido, wie jemand auf seinen Hund einredete, aber der wurde von diesem Erfolg offenbar noch angestachelt und kläffte weiter. Weitere Stimmen ließen sich im Dorf vernehmen. Offenbar stand jemand auf, um nach dem Rechten zu sehen. Unter dem Spalt des Bootes hervor konnte Burwido beobachten, wie der Kopf eines Mannes über den Palisaden sichtbar wurde. Dann verschwand er wieder. Burwido wollte gerade aufatmen, da öffnete sich das Tor der Palisaden. Kaum war der Mann durch das Tor getreten, da schoss der Hund an ihm vorbei und auf den Vorplatz. Die Nase am Boden wandte er sich geradewegs dem Boot zu, unter dem die beiden Gefährten lagen. Geistesgegenwärtig klemmte Burwido die Füße unter die Bank im Heck des Fahrzeugs, packte die vordere Ruderbank mit beiden Händen und zog sich wie im Liegestütz vom Boden hoch. Vlad verstand sofort und tat es ihm gleich. Burwido konnte nun die Pfoten des Hundes durch den Spalt zwischen Dollbord und Boden erkennen. Auch eine Schnauze tauchte auf, als der Köter herumschnüffelte. Nun wurden auch die Füße des Mannes sichtbar. Der Hund begann wieder zu kläffen. Der Mann stocherte mit seinem Stock unter dem Dollbord des Bootes herum. Burwido spürte, wie der Stock ihn an der Flanke streifte, dann aber abglitt und unter ihm unsicher weitertastete.

„Gleich sind wir geliefert", zischte Vlad zwischen den Zähnen zu ihm herüber.

Da kam Burwido plötzlich eine Einfall, er hakte sich mit dem rechten Ellebogen unter der Ruderbank ein, so dass er die linke Hand einen Augenblick frei bekam. Dann zog er rasch das tote Kaninchen aus dem Mantel. Es war höchste Zeit, denn er hörte wie der Mann niederkniete, wohl um selbst unter das Boot zu schauen. Diesen Augenblick nutzte Burwido, um das tote Kaninchen unter das Dollbord zu quetschen. Der Hund biss sofort zu und zog es heraus.

Burwido hörte, wie der Mann etwas rief, was wohl ein polabischer Fluch war. Danach gab es einen dumpfen Aufschlag, er hatte seinen Knüppel verärgert nach dem Hund geworfen. Dieser jaulte kurz auf und rannte wie ein Pfeil mit dem Kaninchen im Maul davon. Der Mann folgte ihm, Flüche murmelnd, Richtung Dorf. Vlad und Burwido ließen sich auf den Boden fallen. Burwidos Arme zitterten. Er war sich nicht sicher, ob von dem anstrengenden Festhalten im Boot oder vor Anspannung.

„Ein Glück, ich konnte mich kaum noch länger halten", flüsterte auch Vlad.

„Wir sollten aber noch eine Weile hier bleiben, bis im Dorf wieder alles ruhig ist", fügte er hinzu.

Bisher waren die beiden noch gar nicht dazu gekommen, sich unter dem Boot umzusehen, das holten sie nun in Ruhe nach. Das

Fahrzeug war am Bug und Heck auf je einen kleinen Stamm aufgebockt und hing dazwischen in der Luft. Trotzdem war der Untergrund vor dem Regen geschützt und trocken. Daraus schloss Burwido, dass das Boot noch immer dicht war. Neben der Bank im spitz zulaufenden Heck und der Ruderbank gab es noch eine kleine Bank im Bug. Insgesamt war das Boot etwas über vier Schritte lang und in seiner Mitte konnten zwei bis drei Personen nebeneinander auf der Ruderbank Platz nehmen. Zwei grob geschnitzte Riemen und ein kurzes Stechpaddel lagen über den Bänken. Weitere Ausrüstungsgegenstände fehlten.

„Es scheint so, als hätten wir das Richtige gefunden", meinte Burwido und Vlad schnaufte zustimmend.

„Nur schade um den Hasen. Das nächste Mal müssen wir vorsichtiger sein, soviel Glück haben wir nicht wieder", meinte er. Burwido fand, dass ihre Rettung weniger mit Glück als mit seiner Geistesgegenwart zu tun hatte, sagte aber nichts.

Vlad

„So, nun können wir es wieder wagen", flüsterte Vlad eine knappe Stunde später.

Zu seinem Erstaunen erwiderte Burwido gar nichts und bewegte sich nicht einmal. Er hörte nur seine ruhigen gleichmäßigen Atemzüge.

„Was ist denn los?" wollte er wissen, doch dann bemerkte er, dass sein junger Gefährte eingeschlafen war.

Na so was, dachte er bei sich, die Ruhe möchte ich haben. Aber vielleicht hat er ganz Recht, hier ist es immerhin trocken. Trotzdem wagte es Vlad nicht, in tiefen Schlaf zu fallen. Falls noch ein Hund anschlug, wachte er schon wieder auf, dachte er sich, aber es half nichts, hier konnte er einfach keine Ruhe finden. Zudem machten sich die beiden zurückgelassenen Gefährten mit Sicherheit langsam Sorgen. Nach einer weiteren guten Stunde stieß Vlad Burwido mit dem Ellenbogen an. Der fuhr erschrocken aus dem Schlaf hoch – und stieß mit dem Kopf heftig gegen die Ruderbank.

„Wünsche wohl geruht zu haben", sagte Vlad gut gelaunt.

„Aua, verdammt – was – oh, ich muss wohl kurz eingenickt sein", sagte Burwido etwas verlegen und rieb sich die Stirn.

„Kurz eingenickt ist gut. Du hast geschlafen wie ein Igel im Winter", meinte Vlad. „Nun müssen wir aber wirklich wieder los, auch wenn es hier schön trocken ist."

Beide krochen steif unter dem Boot hervor. Dann horchten sie etwa eine halbe Minute angespannt, doch nichts geschah. Diesmal lief Burwido als erster und erreichte ohne Probleme die Deckung hinter dem Schilfgürtel. Vlad folgte ihm lautlos. Der Hund hatte wohl seine Lektion gelernt, jedenfalls blieb im Dorf alles ruhig. Als die beiden nach kurzem Marsch zum Lager kamen, fanden sie zunächst niemanden vor. Dann kamen Willehad und Wilfrith mit gezogenem Sax aus dem Dickicht.

Wilfrith

„Wir haben uns schon Sorgen gemacht. Willehad meinte, gleich stürmt eine Rotte von Abodriten das Lager!", begrüßte sie Wilfrith. Vlad berichtete kurz von den Erlebnissen und den Ergebnissen der Erkundung.

„So, ein Boot haben wir also gefunden, nur schade um das Kaninchen", meinte Wilfrith danach.

Willehad blickte düster vor sich hin, sagte nichts und machte sich mit Stahl und Zunder an dem Birkenholz zu schaffen. Bald brannte ein kleines Feuer. Burwido musste die erste Wache beim Feuer übernehmen, und Vlad fand, dass es ihm recht geschah, denn er hatte ja als einziger schon etwas geschlafen.

Burwido

Burwido hatte sich dicht an das kleine Feuer gehockt. Die Erkundung war aufregend und erfolgreich gewesen. Und die allgemeine Stimmung schien sich nun doch zu Gunsten einer Befreiungsaktion zu neigen. Also war ihr Abenteuer noch nicht vorbei und er bekäme vielleicht doch noch eine Gelegenheit, sich auszuzeichnen. Die Schicksalsfrauen schienen tatsächlich ihren Blick auf ihn gerichtet zu haben. Er horchte angestrengt mit geschlossenen Augen auf die

Geräusche der Umgebung. Doch außer dem Wind in den Baumwipfeln und dem unregelmäßigen Tropfen auf den Blättern hörte er nur hin und wieder das leise Knacken des feuchten Birkenholzes im Feuer. Er öffnete wieder die Augen und sah in die Glut, dann schob er ein paar Äste nach und zog den Mantel enger um seine Schultern. In der nächsten Nacht wäre es vielleicht endlich so weit.

Wilfrith

Als Wilfrith später in der Nacht aufwachte, war sein Bruder beim Feuer eingeschlafen. In der verkohlten Asche konnte man nur noch ein leichtes Glimmen wahrnehmen. Er stand auf und schob etwas Holz nach. Dann deckte er seinen Bruder zusätzlich noch mit seiner eigenen Decke zu und übernahm wortlos die Wache. Heute Nacht würde sowieso nichts mehr passieren. Und es war kein Wunder, dass der Kleine erschöpft war. Vielleicht war es nicht richtig von ihm gewesen, ihn auch in diese missliche Lage zu bringen, aber wie sollte er es denn alleine schaffen, Dietrich zu befreien? Wie so oft fand er Trost in einem stillen Gebet.

In der Nacht geschah, wie vorhergesehen, tatsächlich nichts Besonderes mehr. Einmal bemerkte Wilfrith einen Waldkauz, der ihn von einer Buche am Rande des Lagers mit einem Auge anblinzelte, aber für ihn waren solche Begegnungen nicht mit Bedeutung gefüllt, wie sie es für Vlad vielleicht gewesen wären. Am nächsten Morgen schliefen alle lange und Wilfrith ließ sie schlafen. Wenn es den Tag weiter so rasch taute, könnte man vielleicht schon an diesem Abend losschlagen, und dann sollte jeder ausgeruht sein.

Burwido

Burwido schaute sich überrascht um. Dann, als ihm einfiel, dass er eigentlich dort am Feuer Wache halten sollte, erschrak er. Doch Wilfrith warf ihm einen beruhigenden Blick zu und sagte nichts. Ein warmes Gefühl der Dankbarkeit stieg in Burwido auf. Seine Wache zu verschlafen, war ein ernsthaftes Vergehen, doch der Mönch machte noch nicht einmal eine bissige Bemerkung, wie er selbst es sicher getan hätte. Manchmal war es doch gut, einen Mönch als Bruder zu haben.

Das Tauwetter hielt an. Den Tag über lugte sogar einige Male die Sonne hervor und unterbrach die heftigen Regenschauer. Burwido kroch dann, manchmal von einem seiner Gefährten begleitet, aus dem Unterstand hervor und beobachtete das Eis.

„Es taut tatsächlich weiter. Inzwischen ist das Eis ganz von Wasser bedeckt und löst sich nach und nach auf. Die nächste Nacht wird der See noch nicht passierbar sein, aber dann, dann ist es soweit!" berichtete er begeistert, erhielt aber nur ein verhaltenes Husten von Willehad und ein nichtssagendes Grummeln von Vlad zur Antwort.

Abends verschwand die blasse Sonne im grauen Dunst über den weiten Wäldern im Westen. In dieser Nacht war wieder das Jaulen der Wölfe zu hören, diesmal eher etwas weiter im Norden als beim letzten Mal. Vlad sah scheu zu Burwido hinüber, als fürchte er, der Zauber der Vila könnte doch noch Wirkung zeigen. Auch Burwido erinnerte sich noch gut an den Moment, als ihn die vermeintliche Vila um ein Haar bemerkt hätte, auch wenn er nicht an ihr übernatürliches Wesen glaubte. Wie lange war das nun eigentlich her? Zwei Tage erst? Es kam ihm bedeutend länger vor.

„Wo sie nun wohl ist, und was sie wohl gerade tut?", fragte er Vlad leise und er brauchte nicht hinzuzufügen, von wem er sprach.

Wilfrith

In der folgenden Nacht wurde nach üblicher Manier das Feuer entzündet und noch etwas Verpflegung aus den Beuteln verteilt.

„Vielleicht können wir ja in dem Wirtschaftsgebäude neben Dietrich auch etwas zu Essen auftreiben", meinte Burwido dabei hoffnungsvoll.

„Ich bin schon froh, wenn wir Dietrich finden", entgegnete Wilfrith.

„Und ich, wenn wir wieder aus diesem Wespennest draußen sind", befand Willehad, der sich aber offenbar mit seinem Schicksal abgefunden hatte.

Auch diese Nacht verlief ereignislos. Am nächsten Morgen zog Burwido das letzte Frühstück aus seinem Beutel. Auch die Reserven seiner Gefährten waren nun vollständig aufgebraucht. Doch Burwido schien es wenig zu bekümmern. Dafür entwickelte sich das Wetter weiter günstig. Die Eisdecke war nun vollständig zerbrochen und es trieben nur noch einzelne Schollen auf dem See. Diese wurden vom Wind Richtung Osten an das Ufer gedrückt, so dass das Wasser vor der Burg fast vollständig eisfrei war. Die Gefährten packten ihre Habseligkeiten zusammen, um am Abend alles rasch in das Boot zu laden. Burwido reinigte seine Waffen sorgfältig und überprüfte die Seile. Sie hatten abgemacht, bis Mitternacht zu warten, dann sollten Vlad und er das Boot holen, denn sie kannten die Gegend bereits von ihrer ersten Erkundung. Anschließend würden sie die Gefährten und das Gepäck hier an der Spitze der Halbinsel einladen und zwischen Mitternacht und Morgengrauen, sobald der erste Nebel aus dem See aufstieg, sollte das eigentliche Unternehmen beginnen.

Kapitel 7 – Durchs Feuer

Burwido

Etwa eine Stunde vor Mitternacht weckte Willehad seine Gefährten. Burwido und Vlad machten sich wortlos auf den Weg. Diesmal versuchten sie nicht, den einsehbaren Platz vor dem Bootssteg rennend zu überqueren, sondern legten die entscheidende Strecke ganz langsam, lautlos kriechend, zurück. Sie erreichten das Boot, ohne dass einer der Hunde anschlug. Zuerst nahm Vlad die Ruder und das Paddel heraus, dann drehten sie das Fahrzeug gemeinsam vorsichtig um und ließen es durch das Schilf in den See gleiten. Vlad legte die Ruder und Paddel leise ins Boot und watete ins Wasser. Erst ein ganzes Stück vom Ufer entfernt war es tief genug, um einsteigen zu können, ohne den Kahn sofort auf Grund zu setzen. Burwido folgte ihm, peinlich darauf achtend, kein verdächtiges Plätschern zu verursachen. Nach wenigen Schritten knickte er mit dem rechten Fuß um, gerade noch rechtzeitig konnte er das Gewicht auf den anderen Fuß verlagern, fast wäre er der Länge nach gestürzt. Er unterdrückte einen Fluch. Das Wasser war so kalt, dass man kaum noch seine Füße spürte, geschweige denn die Steine am Seegrund. Endlich war es tief genug, dass auch er einsteigen konnte. Vorsichtig rollte er sich über die Bordwand. Die Wellen schwappten leise gegen das Boot, aber sonst blieb alles ruhig. Nun hatte die Befreiungsaktion begonnen. Ein Zurück gab es nicht mehr. Am Morgen mussten die Menschen im Dorf das Fehlen des Bootes und das geknickte Schilf bemerken und Alarm schlagen. Das Wissen um diese Gefahr ließ ihnen von nun an keine andere Wahl, als den Plan mit aller Entschlossenheit auszuführen, daran konnte nun auch Willehad nichts mehr ändern.

Burwido saß auf der Bank im Heck und trieb das Boot mit einigen vorsichtigen Paddelschlägen vom Ufer weg. Weiter draußen auf dem See konnte er dann richtig durchziehen, denn das Plätschern des Stechpaddels würde im Dorf nicht mehr von dem der kleinen Wellen im Schilf zu unterscheiden sein. Sie hielten sich dicht am Land und erreichten nach einer kurzen Fahrt ihre Kameraden bei der vom Blitz gezeichneten Eiche.

Vlad

Bei dem Anblick des alten Baumes erschauerte Vlad einmal mehr. Ließ Perun sie diesmal gewähren? Waren das Schicksal des Katzenadlers und das plötzlich hereinbrechende Tauwetter nicht deutliche Warnungen gewesen? Er blieb einen Moment unschlüssig im Boot sitzen, als Burwido und Willehad schon damit begannen, das kleine Fahrzeug ans flache Ufer zu ziehen. Als habe er Vlads düstere Gedanken erraten, forderte Wilfrith seine Begleiter auf, gemeinsam für das Gelingen der nächtlichen Unternehmung zu beten. Der Mönch sprach einige Worte und alle schlossen mit einem, wenn auch teils sehr dünnen, „Amen." Burwido und Willehad wurden gleich wieder aktiv und machten sich ans Verstauen der Ausrüstung im Boot. Ganz unten die Decken, Kochgerät und die Ersatzkleidung. Darauf die sechs Speere, Vlads Bogen, der Köcher mit den Kriegspfeilen und Markbeißer. Die nächste Lage bildeten die Seile und eine Fackel, die sie aus einer der Decken und einem Stock gefertigt hatten. Vlad stand derweil untätig am Ufer, es schien ihm, als könnte er die Eiche in seinem Rücken spüren. Seine Kehle war ausgetrocknet und sein Herz hämmerte wie verrückt, obwohl doch seine Gefährten die ganze Arbeit alleine taten. Dadurch waren sie wenigstens so beschäftigt, dass sie Vlads Zaudern gar nicht bemerkten. Die Sachsen behielten nur Sax und Messer am Gürtel. Nachdem sie alles zufriedenstellend verstaut hatten, schlossen sie sich Vlads Beispiel an und starrten in die Dunkelheit über dem See. Es folgte wieder langes Warten. Endlich, wohl gegen drei Uhr morgens, begann der erste Nebel zu steigen und auch etwas Nieselregen setzte ein. Kein Licht von dem inzwischen fast vollen Mond oder den Sternen konnte die dichte Wolkendecke durchdringen.

„Der Himmel scheint uns heute doch günstig gestimmt", ließ Willehad sich hören.

Seine Stimme weckte Vlad endlich aus den trüben Gedanken. Der Augenblick war gekommen. Sie stießen das Boot in den See hinaus. Auch diesmal mussten alle bis knietief ins Wasser waten, die Kälte weckte Vlad endlich vollends auf. Trotz der Entfernung vom gegenüberliegenden Ufer und der Burg wagte er aber immer noch kaum, laut Atmen zu holen, bis sie den Schatten der alten Eiche verlassen hatten.

Wilfrith

Burwido nahm wieder seinen Platz im Heck ein und schob den Kahn mit dem Stechpaddel vom Land ab. Willehad hatte vorgeschlagen, dass er auch den Rest der Strecke zur Burg paddeln sollte, da man nicht sicher sein konnte, ob das Knarren und Plätschern der Riemen möglicherweise zu laut wäre. So fuhren sie einen weiten Bogen nach Nordosten. Die Burg und ein paar brennende Fackeln waren im Nebel gerade noch auszumachen. Bald schon sah man von den übrigen Ufern nur noch dunkle Schatten, halb vom Nebel verschluckt. Nun änderte Burwido den Kurs mit ein paar kräftigen Zügen auf der rechten Seite. Er hielt jetzt geradewegs auf den dunklen Schatten zu, in dem sich die Burg verbarg. Langsam verdichteten sich die schemenhaften Umrisse im Nebel zu einem Dorf. Hoch darüber konnte Wilfrith die Palisaden der Burg erkennen. An Steg und Strand war alles ruhig. Ein paar Boote lagen umgedreht herum, genauso wie sie es bei Tage von der Halbinsel aus beobachtet hatten. Kein Laut, keine Bewegung, nur das monotone Plätschern von Wellen im Schilf.

Sie erreichten das Ufer, ohne einen Alarm auszulösen. Das Boot setzte mit einem leisen Knirschen, das Wilfrith eher fühlte als hörte, auf den Sand östlich der Burg auf. Die vier Gefährten glitten lautlos ins Wasser. Burwido drehte das, nun wieder aufschwimmende, Fahrzeug mit dem Bug nach Nordosten und zog es so mit dem Heck vorsichtig weiter auf den Strand. *Wenn es abtreibt, sind wir verloren*, schoss es Wilfrith durch den Kopf. Er beobachtete, wie Burwido lautlos die Riemen schon für die bevorstehende Flucht einlegte. Vlad und Willehad nahmen die Seile an sich. Der Raum zwischen Strand und Burg war unbebaut und ohne Deckung. Vlad lief schnell zum Burgwall hinüber und drückte sich an die Böschung, ein Seil über der Schulter. Alles blieb ruhig. Dann kletterte er den steilen, aber noch Gras bewachsenen Burgwall hinauf, direkt bis unter die Palisaden.

Vlad

Vlad kauerte sich an den Fuß der Holzbefestigung. Sein Herz schlug ihm wieder bis zum Halse. Doch diesmal war nicht die Angst vor der Rache Peruns der Grund, er hatte im Inneren der Burg Stimmen gehört. Offenbar sprach die Torwache mit irgendjemandem. Dann wurde wieder alles ruhig. Vlad wartete einige Minuten und atmete tief durch, dann warf er das Seil über die Spitze der Palisaden. Das lose Ende hatte er mit einem Stein beschwert. Es klapperte etwas, aber er spannte das Seil sofort straff, so dass der Stein sich zwischen den Palisadenspitzen verkeilte und nicht polternd auf der anderen Seite hin und her schlagen konnte. Wieder horchte er mit angehaltenem Atem. Nichts geschah.

Nun kamen auch die anderen den Erdwall hinaufgeklettert und drückten sich neben Vlad in den Schatten. Vlad stieg als Erster am Seil empor. Als er gerade zwischen zwei der angespitzten Holzpfähle hindurch sehen konnte, hielt er an und spähte in den Burghof. Vor ihm lag das flache Wirtschaftsgebäude. Dahinter sah man das Dach von Oklots Halle. Sonst war nichts zu erkennen. Hinter der Palisade führte ein schmaler Wehrgang entlang, jenseits davon fiel der Wall sanft zum Gras bewachsenen Plateau der Burg ab. Das Seil zum Abstieg auf der Innenseite brauchten sie also nicht. Etwas zu seiner Linken, an der Wand des Wirtschaftsgebäudes, stand ein Wagen. Er hatte vier große Räder mit sehr dicken Felgen und nur kurzen Speichen, oben war als Wagenkasten eine Art Wanne angebracht. Das würde ihr Versteck werden, beschloss Vlad. Er sah sich noch einmal suchend um, ob irgendwo Wachen zu entdecken wären, dann schwang er sich über die Brustwehr und kauerte im nächsten Augenblick mit gezogenem Sax auf dem Wehrgang. Weiterhin blieb alles ruhig. Nach einem Augenblick bangen Wartens gab er seinen

Gefährten das vereinbarte Zeichen zum Nachkommen – drei Rucke am Seil. Der nächste war Willehad und Vlad zeigte ihm stumm den Wagen. Willehad verstand sofort und lief gebückt hinüber. Danach dauerte es eine Weile, und Vlad wollte schon nach dem Rechten sehen, als plötzlich Wilfrith mit Gepolter neben ihm auf den Wehrgang herabfiel.

„Leise", zischte Vlad und Wilfrith huschte mit schuldbewusster Miene zum Wagen hinüber. Dann kam Burwido leise und leicht über die Brustwehr gesprungen. Er hatte den blanken Sax zwischen den Zähnen.

„Furchteinflößend", kommentierte Vlad trocken und zeigte dann auf den Wagen, vor dem Wilfrith immer noch scheinbar unentschlossen stand.

„Kommt er etwa auch dort nicht hoch?", flüsterte Burwido erheitert, „gerade musste ich ihn auch die halbe Palisade hochschieben, du glaubst gar nicht, wie schwer er ist!"

Doch Wilfrith war nicht wegen seines Gewichts vor dem Wagen stehen geblieben, man hatte ihn ausersehen, das Feuer zu legen, und so hielt er es offenbar für unnötig, sich vorher noch mit einer weiteren Kletterei abzumühen. Wenn schon ein Feuer in einem Tempel gelegt werden sollte, dann am besten von ihm, hatte Vlad befunden. Vielleicht wäre er als Mönch gegen die Rache Peruns besser geschützt als die anderen, aber Wilfrith wollte davon natürlich nichts wissen. Jedenfalls war es dabei geblieben, dass Wilfrith das Feuer legen würde.

Vlad folgte Burwido als Letzter in den Wagenkasten und machte es sich neben Willehad bequem. Wilfrith schlich derweil vorsichtig um die Ecke des ersten Hauses. Vlad sah ihn gebückt bis hinter Oklots Halle laufen, dann entschwand er seinen Blicken.

Es blieb ihnen nun nichts anderes übrig, als wieder zu warten. Plötzlich hörten sie Schritte hinter dem Wirtschaftsgebäude. Vlad dachte zunächst, Wilfrith kehre zurück und sah erwartungsvoll über den Rand des Wagens. Doch hinter der Hausecke erschien nicht der Mönch, sondern ein abodritischer Krieger. Es musste ein hochrangiger Krieger sein, denn er war gut ausgerüstet. Neben einem spitzen Eisenhelm mit einem Nackenschutz aus hart gegerbten Leder trug er unter dem Mantel ein dickes Lederwams. An einem Gurt über dem Rücken hing ein runder Holzschild, der mit roten und weißen Mustern bemalt war. Eine breite Streitaxt baumelte von der linken Hüfte herunter und mit der rechten hielt er einen Spieß geschultert. Glücklicherweise schaute der Kämpe zum Wall hinüber und nicht zum Wagen.

„Das Seil!", zischte Vlad, mit vor Erregung heiserer Stimme. Aber die Wache ging an dem Stein, der unschuldig zwischen den Palisadenspitzen klemmte, vorbei, ohne ihn zu bemerken. Als der Posten hinter der Ecke von Oklots Palast verschwand, atmete Vlad hörbar auf, doch dann fiel ihm ein, dass vor nicht ganz einer Minute auch Wilfrith dort verschwunden war.

Wilfrith

Wilfrith schlich zunächst auf der Rückseite der Halle entlang, dann lugte er vorsichtig um die nächste Ecke. Von hier konnte er die Innenseite des Tores erkennen. Vor ihm stand das hohe, kurze Gebäude, das sie für den Perun-Tempel hielten. Von hinten sah es ganz unscheinbar aus und nur das hohe, spitze Dach ließ es irgendwie unheimlich erscheinen. Die Häuser in der Burg waren alle vollständig aus Holz gebaut. Keine mit Lehm beschmierten Reisigwände wie in den Höfen der Umgebung. Das bedeutete, dass es Wilfrith wohl nicht gelingen würde, ein Loch in die Wand zu brechen. Er musste durch die Tür, und die lag unglücklicherweise auf der dem Tor zugewandten Seite des Tempels. Von seinem derzeitigen Standpunkt aus konnte er zwischen den beiden Gebäuden hindurch zwar die Innenseite des Tores, aber keinen Wächter ausmachen. Er tastete sich dicht an der Wand des Tempels, unter dem überhängenden Dach, weiter nach vorne. An der Vorderecke angekommen, lugte er vorsichtig zum Tor hinüber. Dort sah er, wie erwartet, einen kleinen Unterstand, und in diesem stand – niemand! Wilfrith schaute eine ganze Weile angestrengt hin, um sich auch ganz sicher zu sein, doch da war kein Lebewesen auszumachen. Er beugte sich vor und schaute weiter um die Ecke.

Vor dem Tempel standen zwei dicke, nur grob behauene Eichenstämme. Von hinten konnte er nicht erkennen, was sie darstellten, aber er nahm an, dass es sich um Götzenbilder handelte. An der Vorderseite des Tempels war die gesuchte Tür zu erkennen. Sie war geschlossen. Plötzlich hörte Wilfrith hinter sich ein Husten. Er erstarrte und wagte nicht, sich umzusehen, sondern zog instinktiv den Kopf tiefer in seine dunkle Kutte zurück. Dann erklangen auch Schritte. Die Wache musste gerade an der Rückseite von Oklots Halle und dem Tempel ihre Runde drehen.

Wilfrith, September 881

Wilfrith schaute verwirrt auf. Vor ihm stand ein junger Novize, dessen Namen er schon wieder vergessen hatte. Dahinter sah er die gebeugten Rücken der Brüder Gotafrid und Egward, die sich über ihre Schreibpulte beugten. Es dauerte einen Augenblick, bis er wusste, wo er war. Er befand sich offenbar in Bremen im *scriptorium* seines Klosters. „Was gibt es denn?", fragte er etwas unwirsch an den Störenfried gewandt.

Der junge Novize – Folcward hieß er doch, oder war es Reginbert? – räusperte sich verlegen.

„Der Novizenmeister Gregor schickt mich, da du doch etwas von Heilkunde verstehst. Du möchtest schnell mitkommen. Der Zustand des alten Hoger hat sich wieder verschlechtert."

Wilfrith murmelte etwas, das gefährlich nach einer Verwünschung klang, und legte seine Schreibfeder beiseite, dann stand er rasch auf und folgte dem jungen Novizen, der ihm mit leichten Schritten vorauseilte. Seit die Geschichte mit Dietrichs Verletzung im Kloster die Runde gemacht hatte, hielten ihn offenbar alle für einen großen Heilkundigen, dabei war der ganze Erfolg doch nur auf das wundersame Eingreifen des größten und besten aller Ärzte zurückzuführen: Jesus Christus.

Hoger hatte vor drei Tagen der Schlag getroffen. Einer der Novizen hatte ihn im *refektorium* liegend gefunden – das war Reginbert gewesen, also musste der Junge vor ihm wohl Folcward sein –, zunächst war er gar nicht bei Bewusstsein. Aber auch als er offensichtlich erwacht war, hatte er nur mit dem linken Arm aufgeregt gewunken und unverständliche Dinge gemurmelt. Arm und Bein auf der rechten Seite hingen schlaff herab und aus dem rechten Mundwinkel floss ein dünner Speichelfaden auf den steinernen Boden. Wilfrith hatte den alten Bruder in die Krankenstube bringen lassen. Da er annahm, dass Hoger sofort verstürbe, ließ er den Abt rufen, um die letzte Ölung vorzunehmen. Doch dann am Folgetag hatte sich der Zustand des Kranken noch einmal gebessert und Hoger hatte erst einzelne Wörter, dann kurze Sätze gesagt und schließlich sogar wieder richtig gesprochen und etwas von der warmen Hühnerbrühe geschluckt, die ihm Wilfrith einzuflößen versuchte. Arm und Bein blieben aber gelähmt.

Als Wilfrith nun die Krankenstube betrat, verriet ihm der säuerliche Geruch, dass sein Patient wohl keinen Nutzen aus der Hühnerbrühe gezogen hatte. Er beugte sich über den alten Bruder. Hoger atmete nur flach und unregelmäßig. Das Bewusstsein hatte er wohl wieder verloren. Als Wilfrith ihn sanft an der Schulter berührte, öffnete er aber die Augen. Er sah Wilfrith mit einem verklärten Blick an. Mühsam und von langen Pausen unterbrochen, hauchte er schließlich: „Brüder, bisher habe ich gerne mit Euch zusammen gelebt. Jetzt verdrießt mich dieses Leben, da ich weit herrlichere Welten gesehen habe."

Dann fügte er mit etwas festerer Stimme hinzu: „In Wahrheit verkünde ich Euch, dass ich Euch morgen verlassen und den Platz einnehmen werde, den mir Gott zugewiesen hat!"

Danach verschloss er wieder die Augen und sprach auch weiter nichts mehr. Wilfrith wachte bei seinem Patienten, bis dieser am nächsten Morgen seine Seele aushauchte. Die Mitbrüder wurden durch die merkwürdigen letzten Worte des alten Mönches sehr getröstet. Dennoch dauerte es noch zwei Tage ehe Wilfrith wieder ins *scriptorium* zurückkehrte. Er las die letzten Abschnitte des Textes, die er vor Hogers Tod verfasst hatte. Langsam erschienen die Szenen in Oklots Burg wieder vor seinem geistigen Auge. Er krempelte den Ärmel der Kutte hoch, spitzte den Kiel, tauchte die Feder in die Tinte und begann erneut zu schreiben.

Wilfrith, Januar 881

Kein erstaunter oder verärgerter Ruf erscholl und die Schritte wurden wieder leiser, als die Wache hinter der Tempelrückwand verschwand. Wilfrith erfasste die Lage. Wenn die Wache hinter dem Tempel war, konnte sie nicht sehen, wie er vorne durch die Tür ging. Er musste jetzt handeln, die nächste Wachrunde war sicher erst später fällig. Es blieb ihm keine Zeit, sich in Ruhe zu überzeugen, ob es noch irgendwo eine zweite Wache gab. *Wer nicht wagt, der nicht gewinnt!*, dachte er sich und huschte zur Tür. Sie war zum Glück nicht verriegelt oder verschlossen und so konnte er sie einen Spalt breit öffnen und sich hineindrücken.

Drinnen brannten zu Wilfriths Erstaunen ein paar Talglichter. Sie erhellten den Raum aber kaum, sondern rückten nur gewissermaßen die Dunkelheit ins rechte Licht. Durch ihre durchbrochenen Bronzefassungen fielen nur wenige Strahlen, die den Raum mit unregelmäßigen Mustern füllten und selbst da, wo es nach aller Logik hätte hell sein müssen, lagen tiefe Schatten. Die Laternen schwankten in dem Lufthauch, der mit Wilfrith durch die Tür gekommen war, sanft hin und her. Dann streifte einer der Lichtkegel das Götzenbild im hinteren Teil des Tempels. Wilfrith zuckte erschrocken zusammen. Es handelte sich um einen mächtigen Eichenstamm, dem mit einigen sparsamen Axthieben grob menschliche Züge verliehen worden waren. Er schämte sich etwas, dass er sich als Mönch vor so etwas erschrak und sah genauer hin. In dem unteren Teil des Stammes waren die Umrisse einer Axt und einer Schwertlilie eingeritzt. Vor dem Bild lagen, soweit Wilfrith erkennen konnte, einige Lanzen und das Zaumzeug von Pferden. Er fragte sich, wozu sie wohl dienen könnten, wandte sich dann aber rasch wieder seiner Aufgabe zu.

Da es hier Lampen gibt, muss ich wenigstens kein Feuer schlagen, dachte er sich und nahm die vorbereitete Fackel aus seiner Kutte. Sie bestand aus den sorgfältig getrockneten Fetzen einer ihrer Decken, die sie an einen Stock gebunden hatten. Einen der Stofffetzen tauchte er in den geschmolzenen Talg der nächsten Lampe und dann in die Flamme. Sie erlosch mit einem Zischen.

Wilfrith ließ sich nicht beirren und goss den Rest des noch flüssigen Talgs über seine Fackel. Dann schritt er zur nächsten Lampe und versuchte sein Glück erneut. Diesmal brannte das talggetränkte Tuch an und das Feuer griff auf den Rest der Fackel über. Die Flamme loderte hoch auf und im Raum wurde es hell. Hoffentlich sind die Fugen der Außenwände dicht, so dass man das Feuer nicht gleich bemerkt, dachte er und hielt die Fackel zum Strohdach empor. Es knisterte und dampfte zuerst, dann fing es Feuer. *So weit, so gut*, dachte Wilfrith und steckte die Fackel unter einen der Dachbalken, so dass das brennende Ende einen weiteren Teil des Daches berührte. Nun muss ich nur noch hinaus und in den Wagen kommen. Er wandte sich zur Tür und blieb erneut erschrocken stehen. Neben der Tür auf einer Bank lag ein Greis und schlief! In der Dunkelheit hatte er ihn bisher noch gar nicht bemerkt, aber nun wurde es ja immer heller. Der Alte musste offenbar fast taub und blind sein, denn er machte keinerlei Anstalten aufzuwachen. Wilfrith überlegte fieberhaft. Was sollte er tun? Würde der Greis, offenbar der Priester, noch rechtzeitig aus dem Tempel kommen? Er war sich da durchaus nicht sicher. Aber den Tod eines Menschen, und sei es eines Heiden, konnte Wilfrith als Christ und Mönch nicht verantworten. Warten konnte er aber unmöglich, es wurde von Sekunde zu Sekunde heller und auch schon wärmer. Er stieß die Bank mitsamt dem Alten mit einem entschlossenen Tritt um und lief zur Tür. Im nächsten Augenblick war er draußen und schlug sie sofort wieder zu. Nun stand er geblendet an die Vorderseite des Tempels gedrückt. Vor ihm musste die Wache sein, hatte sie ihn bemerkt? Wilfrith tastete sich an der Wand entlang. Gerade als er die Hausecke erreichte, hörte er von drinnen die ersten Geräusche des Alten. Dann riss der die Tür auf und Licht flutete aus dem Tempel zum Tor hinüber. Wilfrith sah nun im hellen Schein des Feuers, wie der Posten erschrocken herumfuhr und ihm genau in die Augen schaute. Aber offenbar blendete ihn das Licht, welches aus der aufgerissenen Tempeltür heraus schien, denn er reagierte zunächst gar nicht. Dann begann der Alte in der Tür zu schreien und es dauerte noch einen ganzen Augenblick, bis der Wachposten mit einstimmte. In diesem Moment war Wilfrith aber schon um die Hausecke herum und hastete hinter Oklots Halle auf den Wagen zu. Er sprang mit einem riesigen Satz direkt auf den Wagenkasten. Willehad und Burwido dämpften seine Landung ungewollt ab. Doch es blieb ihnen keine Zeit zum Beschweren. Die Burg erwachte zum Leben. Aus dem Wirtschaftsgebäude rannten Frauen und Knechte mit hastig übergeworfenen Kleidungsstücken. Sie entfernten sich rasch Richtung Tempel. Ein Feuer konnte schnell auf die gesamte Burg und sogar auf den Rest des Dorfes übergreifen. Das war auch allen Abodriten klar.

Gerade wollte Wilfrith von dem Wagen springen und sich endlich auf die Suche nach Dietrich machen, da kamen noch einmal verspätet Schritte an ihnen vorbei gelaufen. Doch dann wurde es ruhig in diesem Teil der Burg, dafür hörte man das Knistern und Prasseln eines großen Feuers und viele aufgeregte Stimmen von der anderen Seite der Halle herüber klingen. Auch von jenseits des Burgwalls waren erste Laute zu hören. Dann sprang Vlad als erster aus dem Versteck und Wilfrith tat es ihm gleich, die beiden anderen Sachsen folgten dicht auf. Alle vier eilten auf den Eingang des Wirtschaftsgebäudes zu. In der Tür stieß Vlad, der immer noch der Erste war, mit einem alten, bärtigen Mann zusammen, der ihnen entgegen kam. Burwido hatte schon den Sax in der Hand und holte zum Schlag aus, da rief die Gestalt: „Wilfrith?!"

„Vater Dietrich!", antwortete der so Angesprochene und fiel der Gestalt in die Arme.

Es war tatsächlich Dietrich. Wie er sich aus seiner Kammer hatte befreien können, war Wilfrith völlig unklar, aber Zeit zum Fragen würde später kommen. Alle machten sofort kehrt und rannten gemeinsam zum Seil zurück, das noch immer an seinem Platz über dem Burgwall hing. Wilfrith und Burwido stützten dabei den völlig benommenen Dietrich. Vlad ließ sich als erster über die Palisade gleiten, dann folgte Willehad. Er nahm unten Dietrich in Empfang, den die beiden Brüder herunter reichten, dann folgten sie selbst. Die fünf rannten den Wall hinab und auf das Boot am Strand zu. Hinter einem kurzen Schattenstreifen, den der Burgwall warf, zog sich der Strand bis zum Boot, vom Feuer hell beschienen, ohne jede Deckung hin. Vlad erreichte den hellen Teil zuerst und schaute erschrocken nach rechts, ob sich bereits Gefahr näherte, doch er hielt weiter auf das Boot zu, ohne seinen Lauf zu verlangsamen. Als auch Willehad ins Helle stürzte und dabei gesehen wurde, ertönte ein Wutschrei aus den Kehlen vieler Abodriten. Endlich erreichte auch Wilfrith mit seinem Bruder und Dietrich den hell beschienenen Teil des Strandes. Zu seiner Rechten sah er eine Menschenkette, die Eimer vom See zum Burgtor hinauf weiterreichte. Die Abodriten starrten sie teils überrascht, teils feindselig an. Wilfrith sah mit steigender Panik, wie einige ihre Eimer fallen ließen und auf sie und das Boot zurannten, vor allem jene, die Waffen trugen.

Willehad

Willehad schätzte die Strecke zum Boot ab, er konnte es wohl noch vor den Abodriten erreichen, aber Burwido und Wilfrith kamen mit Dietrich im Schlepptau nur langsam nach. Er entschied sich im Bruchteil einer Sekunde: Diese beiden waren ihm von Theodbald anvertraut worden, er musste sie retten. Diesmal würde er nicht zu spät zur Schlacht kommen.

Er riss mit der Rechten den Sax und mit der Linken das Messer heraus und warf sich den Angreifern mit lautem Kriegsgebrüll entgegen. Die Angst, die er in Ebbekesdorp gespürt hatte, konnte ihn diesmal nicht fassen. Er wusste, wofür er kämpfte und er wusste auch, dass es sein Leben kosten würde. Seine Arme wirbelten wie von selbst herum, als er Hieb auf Hieb austeilte. Dann spürte er einen stechenden Schmerz an der linken Schulter, ein dunkler Schatten senkte sich vor seine Augen, ein weiterer Stich und er sank auf die Knie.

Wilfrith

Bevor Burwido und Wilfrith erfassten, was geschah, hatte Willehad bereits die ersten zwei feindlichen Krieger mit seinem Sax niedergestreckt. Vlad setzte sich an den Steuerbordriemen, als Burwido und Wilfrith das Boot erreichten. Sie warfen Dietrich recht unsanft hinein und Burwido und sein Bruder packten den Dollbord und schoben das Fahrzeug ins Wasser hinaus. Wilfrith wandte sich zu Willehad um, gerade rechtzeitig, um entsetzt zu sehen, wie dieser von mehreren Pfeilen durchbohrt zu Boden ging. Die nächsten Abodriten stürzten an dem gefallenen Hünen vorbei und einer rief in gebrochenem Sächsisch: „Euer Krieger tot! Jetzt ihr Pfaffen-Söhne uns nicht entkommt."

Burwido sprang auf die Ruderbank und ergriff den Backbordriemen. Doch vor Wilfriths Augen verschwamm alles zu einem roten Schleier. Er griff aus dem Boot mit jeder Hand einen Speer und schleuderte sie den beiden ersten Angreifern entgegen.

„Ja, und so hat mein Vater seine Söhne die Messe lesen gelehrt!", donnerte er.

Die beiden ersten Verfolger stürzten getroffen in den Sand. Der Angriff geriet ins Stocken.

Doch die abodritischen Bogenschützen hatten bereits die nächsten Pfeile auf der Bogensehne, und einer fand sein Ziel. Es surrte und der Pfeil traf mit einem dumpfen Ton Wilfrith mitten in die Brust. Von der Wucht des Treffers wurde er rücklings ins Boot geschleudert.

Burwido

Burwido und Vlad zogen an. Sie pullten um ihr Leben. Die Riemen ächzten, doch das Boot schoss wie ein Pfeil vom Ufer weg in den See hinaus. Die nächsten Pfeile landeten neben ihnen im Wasser, und dann wurde das Boot vom Nebel verschluckt. Burwido und Vlad ruderten weiter, dass die Riemen krachten. Plötzlich richtete sich Wilfrith hinten im Boot auf.

„Sie haben unseren Willehad getötet", stöhnte er.

„Wie ist das möglich? Er lebt noch!", jubelte Burwido, und vor Freude setzte er einen Zug aus, so dass das Boot unter dem einseitigen Druck von Vlads Riemen stark nach Backbord krängte und ruckartig eine Kurve beschrieb. Erschrocken nahm Burwido den Takt wieder auf.

„Aber wie ist das möglich?", stammelte er.

„Schon wieder ein Wunder", murmelte der alte Dietrich, doch Wilfrith sagte nichts.

Nach ein paar weiteren Zügen tauchte vor ihnen das Ufer auf. Verfolger waren weder zu hören, noch zu sehen. Die Polaben mussten wohl erst noch ihre Boote umdrehen und die Riemen einlegen, und bis dahin waren die Vier längst vom Nebel verschluckt.

Dann gab es einen Ruck. Das Boot war mit dem Bug aufgelaufen. Wilfrith, der noch immer im Heck des Bootes stand, verlor das Gleichgewicht und stürzte ins Wasser. Er ging unter wie ein Stein. Burwido schrie auf.

„Das ist Perun, der uns straft!", rief Vlad ängstlich. Doch im nächsten Augenblick tauchte Wilfriths Kopf wieder auf, das Wasser war nur hüfttief. Er schob das Boot etwas weiter auf das Land. Seine Gefährten sprangen nun auch ins flache Wasser, packten die bereitliegenden Bündel und Waffen und wateten ans Ufer. Diesmal wurde Dietrich von Burwido und Vlad gestützt. Sie marschierten sofort los. Direkt geradeaus, Burwido hatte keine Ahnung, ob sie sich nach Osten oder eher Norden hielten. Bei Nacht und Nebel hatte er die Orientierung verloren, aber das war ihm jetzt auch gleich, bloß weg von dem See und den wütenden Abodriten.

Kapitel 8 – Ein unerwartetes Wiedersehen

Burwido

ach einer Stunde heilloser Flucht brachen sie zusammen und Burwido konnte nicht sagen, wem von ihnen als erstes die Beine versagt hatten. Er sah sich um. Rund herum lag der Wald still und schweigend. Im Osten dämmerte es bereits. So konnte er endlich die Richtung abschätzen. Sie waren offenbar eher nach Norden als nach Osten gelaufen. Einen Moment lang lagen alle still und atmeten durch. Dann fiel Burwido das gerade Erlebte wieder ein. „Ich habe ihn für einen Feigling gehalten, und dabei war er der Mutigste von uns allen! Nun kann ich es nicht mehr gut machen", klagte er.

„Mein ganzes Leben war er ein Vorbild und wie ein Onkel für mich, und nun am Ende war das Letzte, was ich zu ihm gesagt habe, er sei ein Feigling."

„Ja, er war mehr als ein treuer Kamerad, er hat sich für unsere Rettung geopfert", pflichtete ihm Wilfrith bei.

Auch er hatte Willehad aus frühster Jugend gekannt, doch durch die Zeit im Kloster war die Erinnerung daran in weite Ferne gerückt. Burwido merkte wieder einmal, wie seine Augen brannten und ihm heiße Tränen die Wangen hinab rannen. Doch diesmal, zum ersten Mal seit vielen Jahren, ließ er seinen Tränen freien Lauf und weinte, ohne sich zu schämen. Er ließ es auch geschehen, dass ihm sein Bruder den Arm um die Schulter legte und weinte nur wortlos weiter. Im Augenblick gab es nichts zu sagen und es war ihm völlig gleich was die anderen dachten. Sonderbarerweise fühlte er sich dabei viel stärker als früher, wenn er versucht hatte, seine Trauer oder Wut zu verbergen. Langsam versiegten seine Tränen. „Ich bin wieder bereit", sagte er schließlich.

Wilfrith

Wilfrith sah seinen Bruder erstaunt an. Burwido wirkte in diesem Augenblick erwachsener als sonst.

„Wieso bist du eigentlich nicht verletzt?", wollte Vlad schließlich von Wilfrith wissen.

„Ich habe genau gesehen, dass dich der Wächter mit dem Pfeil mitten in die Brust getroffen hat. Du wurdest von der Wucht sogar umgeworfen!"

Wilfrith sagte nichts, öffnete aber als Antwort seine Kutte ein wenig am Kragen. Unter dem derben braunen Wollstoff kamen graue Eisenringe zum Vorschein.

„Ein Kettenhemd!", staunte Burwido.

„Deshalb bist du im See gerade untergegangen wie ein Stein, und deshalb keuchst du immer wie ein alter Ackergaul!"

„Ja, aber woher hast du denn sowas?", wollte Vlad wissen.

„Der Erzbischof hat es mir zusammen mit dem Geld aus Bremen in die Hammaburg geschickt, weil er Angst um mich hatte", gab Wilfrith Auskunft.

„Hm, also war das doch kein Wunder", meinte der alte Dietrich etwas enttäuscht.

„Wie man's nimmt", entgegnete Wilfrith. „Ich wurde mit dem versorgt, was ich brauchte, ist das nicht auch ein Wunder?"

„Naja, wenn Gottvertrauen heißt, auf eine eiserne Brünne zu vertrauen, dann bin ich auch sehr gläubig", kommentierte Burwido.

„Du sollst den Herrn, deinen Gott, nicht versuchen", entgegnete Wilfrith leicht pikiert.

„Sag mal, als du die Speere auf die Abodriten, der Herr sei ihrer Seele gnädig, schleudertest, hast du behauptet, dass dein Vater dich so die Messe lesen gelehrt habe. Da meintest du mit Vater aber hoffentlich nicht mich, auch wenn ich es war, der dir das Messelesen beigebracht hat", wollte Dietrich wissen.

„Das soll ich gesagt haben?", antwortete Wilfrith etwas verlegen.

„Ja, und mit beiden Fäusten hast du Speere auf sie geschleudert", pflichtete Burwido bei, „von unserm Vater hast du das auch nicht gelernt! Das hätte ich dann nämlich auch gern gezeigt bekommen", pflichtete Burwido bei.

Aber Wilfrith grummelte nur etwas vor sich hin und gab keine richtige Auskunft.

Dann hellte sich sein Blick auf: „Du hast vorhin im Boot von ‚wieder' einem Wunder gesprochen. Was ist denn noch passiert?", wollte er von Dietrich wissen.

„Naja, ihr habt euch doch sicher gefragt, warum ich euch so frei entgegenkommen konnte? Sonst war ich immer überwacht und eingesperrt. Doch mitten in der Nacht begann ein furchtbarer Lärm. Die Leute rannten aus dem Haus. Ich wusste nicht, was das zu bedeuten hatte, doch dann verstand ich irgendwo in dem Geschrei das Wort Feuer. Ich begann mir bereits Sorgen zu machen, ob vielleicht das Haus brannte, in dem ich gefangen saß, und dass man mich vergessen hatte. Doch plötzlich öffnete sich die Tür zu meinem Gefängnis. Einfach so. Ganz ohne Engel, aber auch ohne dass jemand zu mir hineingekommen wäre. Ich trat in den Gang hinaus, unsicher, was das zu bedeuten habe. Dort lag genau vor dem Gefängnis ein Beutel mit etwas Brot. Seht ihr?"

Er kramte in den Falten seines zerschlissenen Kleidungsstücks, welches vor langer Zeit mal eine Benediktiner-Kutte gewesen war, und holte einen Beutel hervor. Darin befand sich tatsächlich etwas Brot und getrocknetes Fleisch. Dann nahm er den Faden der Erzählung wieder auf: „Genau dieser Beutel. Ich steckte den Proviant jedenfalls ein. Ja, und dann ranntet ihr mich schon fast über den Haufen. Ist das etwa kein Wunder? Ich wurde befreit aus dem Gefängnis, fast wie der heilige Petrus, nur ohne Engel, und dann werde ich gespeist wie Elia am Horeb!"

Selbst Burwido schwieg beeindruckt. So etwas hatte er wohl noch nie erlebt, das war doch etwas anderes als Chlotars langweiliger Gottesdienst in Sirksfelde.

„Und du hast nichts von unserm Kommen geahnt?", wollte Wilfrith wissen.

„Doch, gerade vor einigen Tagen sagte mir ein Mädchen namens Ascha etwas. Ascha versorgte mich meistens. Sie ist übrigens die Nichte von dem Häuptling hier, einem üblen Gesellen namens Oklot. Ihm verdanke ich die ganze Misere. Und meine drei treuen Begleiter und nun auch euer vierter Mann verdanken ihm den Tod. Jedenfalls sprach ich oft mit diesem Mädchen. Und ich glaube, sie hat meinen Worten Gehör geschenkt und ist in ihrem Herzen eine Christin geworden. Die erste ihres Stammes! Jedenfalls sagte sie, ich sollte mich bereithalten, meine Gebete seien erhört und ich würde bald errettet. Woher sie das wusste, sagte sie aber nicht, und ich war mir bis heute Nacht nicht sicher, was ich davon halten sollte."

Dann fügte er nach einer kurzen Pause noch hinzu: „Und nun weiß ich es erst recht nicht."

Nach dieser Rast nahmen sie ihren Marsch in nordwestlicher Richtung wieder auf. Sie wagten es nicht, nach Westen abzubiegen, denn dort suchten aller Voraussicht nach auch die Abodriten nach ihnen. Am späten Vormittag, die Sonne stand bereits hoch am Himmel, lagerten sie zwischen einer Gruppe von Fichten, die ihnen guten Schutz vor den Augen etwaiger Verfolger bot. Sie breiteten die Decken aus und streckten sich darauf aus. Wilfrith übernahm die erste Wache und Burwido fiel sofort in einen erschöpften Schlaf.

Etwa eine Stunde später wurde er von Wilfrith geweckt. Auch die anderen Gefährten waren wach, Burwido hörte im Westen Hufgetrappel, Hundegebell, das Klirren von Waffen und eine Menge Geschrei. „Das werden unserer Verfolger sein!", meinte Wilfrith.

„Ich denke allerdings, dass sie uns hier nicht finden können. Nicht einmal mit ihren Hunden, bei der nassen Witterung."

Der Lärm zog auch tatsächlich vorüber und verstummte dann im Norden. Nach einer Weile hörten sie wieder das Hufgetrappel, diesmal aber ohne Johlen. Die Jäger kehrten zurück zum Dorf, offensichtlich unverrichteter Dinge. Trotzdem blieben Burwido und seine Gefährten noch einige Stunden in der Deckung liegen, doch sie hörten nichts mehr.

Als es langsam wieder zu dämmern begann, setzten die Vier ihren Weg fort. Voran gingen Burwido und Wilfrith und hinterher kam Vlad, der Dietrich stützte. Sie hielten sich nun doch etwas mehr Richtung Westen. Bald brach die Nacht herein. Zwischen einigen Wolkenfetzen schien zuweilen ein fahler Vollmond auf den Wald herab. Ohne dichte Wolkendecke wurde es auch wieder kälter und auf den Pfützen begannen sich dünne Eisschichten zu bilden. Nach einer kurzen Strecke sank das Gelände etwas ab, so dass Wilfrith zunächst dachte, sie näherten sich einem See. Plötzlich hörte er wieder das Heulen der Wölfe, diesmal nicht in weiter Ferne, sondern recht nah im Norden. Die Vier sahen sich an.

„Es ist Vollmond!", stieß Vlad hervor. „Die Zeit der Vila! Vielleicht hat Perun sie geschickt, den Frevel an seinem Tempel zu rächen. Dann sind wir verloren!"

Dietrich sah ihn erstaunt an. „Meinst du, Gott lässt zu, dass ihr mich mitten aus der Burg des grausamen Oklot befreit, nur damit wir hier von irgendwelchen finsteren Wesen zerrissen werden? Das glaube bloß nicht! Hab Vertrauen! Wenn du die Abodriten schon nicht fürchtetest, wirst du auch mit ein paar Hunden fertig werden!"

Vlad sah nicht ganz überzeugt aus, schwieg aber und stapfte weiter. Unvermittelt hörte der hohe Bewuchs auf und gab den Blick frei auf einen flachen Geländestreifen, der lediglich durch ein paar Grasbuckel unterbrochen wurde. Der noch zwischen den Halmen haftende Schnee glänzte seltsam im silbernen Mondlicht. Dahinter erhob sich ein niedriger Wald aus kleinen Birken, Erlen und anderem leichten Gehölz.

„Ein Moor", stieß Burwido hervor. „Das fehlt uns gerade noch."

Vorsichtig gingen sie weiter. Burwido und Wilfrith hakten sich ein und gingen voran, die andern folgten in ihren Fußspuren. Trotz der Kälte federte der Boden leicht unter ihren Tritten, zu Wilfriths Erleichterung erwies er sich aber als ausreichend fest, um ihren Füßen sicheren Halt zu geben. Sie erreichten den niedrigen Bruchwald über den offenen Gürtel mit den Wollgrasbüscheln. Von dort folgte Burwido, zusammen mit seinem Bruder an der Spitze, einem kleinen Wildwechsel weiter in nordwestlicher Richtung. Bald sah er einen kleinen See vor sich und das Gehölz trat etwas auseinander. Da stieß Wilfrith plötzlich einen erschreckten Schrei aus und sank nach links weg. Er war auf eine der Stellen getreten, wo nur etwas Torfmoos auf dem lockeren Morast schwamm, und war eingesunken. Doch Burwido hatte ihn fest am Arm, so dass er nicht vollends versinken konnte. Wilfrith zog seinen Fuß wieder aus dem Morast. Jetzt im Winter war ein Großteil des Moores überschwemmt und die fußlangen verwelkten Stängel des Torfmooses schwammen unschuldig auf dem Wasser und täuschten eine feste Fläche vor. Sie mussten nun doppelt vorsichtig sein. Burwido trug in seiner freien linken Hand einen der verbliebenen vier Speere und tastete damit vorsichtig weiter. Dann erreichten sie das Ufer eines kleinen Moorsees. In der Mitte schien eine Art Halbinsel hineinzuragen. Diese war mit dichtem Gehölz bestanden, und auch direkt um den See drängte sich dichtes Unterholz.

„Das gäbe einen halbwegs sicheren Lagerplatz ab", schlug Burwido vor.

Auf der Halbinsel schützte sie das Wasser nach drei Seiten vor den Wölfen und das Holz außen herum ließ das Licht eines Feuers nicht aus dem Moor dringen. Es war auf jeden Fall zu gefährlich, bei Nacht weiterzumarschieren. Das wusste Burwido, der seine gesamte Kindheit und Jugend in der Nähe des Duvensee-Moors verbracht hatte, nur zu gut. Die anderen stimmten zu und sie umgingen den kleinen See in westlicher Richtung, um auf die Halbinsel zu gelangen. Da hörten sie wieder das Heulen der Wölfe im Norden des Sees. Nicht weit, doch schien es auch nicht näher gekommen zu sein.

„Irgendetwas muss sie sehr aufregen", mutmaßte Vlad.

„Ein Glück, dass wir das nicht sind", gab Wilfrith zurück.

Sie erreichten schließlich die Halbinsel und richteten sich mit ihren Decken, so gut es ging, ein. Dann machte sich Vlad daran, ein Feuer zu entzünden.

„Das wird auch die Bestien fernhalten", meinte er.

Plötzlich begann im Norden von ihnen, die Entfernung war schwer zu schätzen, ein Licht zu leuchten. Dann flackerte es hin und her, als ob es zwischen zwei Orten auf und ab lief.

„Da sind Menschen", meinte Burwido.

„Ein Irrwisch!", rief der abergläubische Vlad.

„Wenn überhaupt, ein Irrlicht", korrigierte Wilfrith, „die soll es ja im Moor geben."

„Ich habe 18 Jahre neben einem Moor gelebt und noch nie eins gesehen!", meinte Burwido skeptisch.

„Du vielleicht?", fügte er hinzu.

„Nein", musste Wilfrith gestehen, „aber wie sollte jemand hierher kommen und warum sollte er das Licht entzünden?"

„Ich werde nachsehen!", rief Burwido, nahm einen Speer, um die Festigkeit des Bodens zu ertasten, und sprang auf.

„Bist du verrückt, bei Nacht in dem Sumpf, und dann sind da auch irgendwo noch die Wölfe!", rief Wilfrith ihm nach, doch Burwido war schon unterwegs.

„Ich pass' schon auf", rief er über die Schulter und verschwand im Gehölz Richtung Norden.

„So ein Verrückter!", regte sich Wilfrith auf.

Er wusste zwar, dass sich sein Bruder mit Mooren gut auskannte, aber das war doch nun wirklich nicht der Zeitpunkt, es vorzuführen.

„Er kann nicht anders", sagte Vlad leise und mit einem Schaudern in der Stimme.

„Es ist das Mädchen von neulich am See. Sie war also doch eine Vila und hat ihn verzaubert. Sie ist bei den Wölfen und hat ihn zu sich gerufen, den Unglücklichen. Wir hätten das nicht so leicht nehmen sollen. Nun ist er verloren."

„Die Vila?", fragte Dietrich, und Vlad erzählte ihm kurz die Begebenheit von vor einigen Tagen und von den Sturmgeistern, die sich zuweilen in Mädchengestalt zeigten. Sein Bericht wirkte hier, mitten im Sumpf im fahlen Licht des Vollmonds, wesentlich weniger phantastisch als Wilfrith sich eingestehen wollte. Auch ihm schauderte bei dem Gedanken, was Burwido zustoßen könnte.

„Lasst uns für den Armen beten, dass er vorsichtig ist", schlug er vor.

Und die zwei Mönche senkten die Köpfe. Vlad blickte weiterhin mit starren Augen und zusammengekniffenen Lippen zu dem tanzenden Licht herüber und sagte nichts.

Burwido

Burwido lief rasch in den eigenen Fußstapfen zurück bis zur nördlichsten Stelle, die sie bei der Umrundung des Sees erreicht hatten. Dort verließ er die Spuren und ging weiter in Richtung

Norden. Das ging bedeutend langsamer, denn er musste bei jedem Schritt vorsichtig mit dem Eschenschaft die Festigkeit des Bodens prüfen. Der Bewuchs wurde spärlicher. Mehrmals wich er vor zu sumpfigem Gelände aus und damit von der geraden Linie zu den Lichtern ab, doch verlor er dabei nie sein Ziel aus den Augen. Dann, nach etwa 1200 Schritten, war er am Ziel. Das Licht kam von einem kleinen bläulichen Flämmchen, keine Spanne hoch. Es stieg aus einem sumpfigen Stück Land auf. Einfach so. Dann verlosch es plötzlich, nur um ein paar Schritte entfernt von neuem zu brennen, aber wieder nur für wenige Sekunden, um dann an einen dritten Ort zu wechseln. So sah es von weitem aus, als tanzte das Licht. Burwido verfolgte das Schauspiel fasziniert und gebannt. So etwas hatte er noch nie gesehen. In all den Jahren am Moor, dachte er.

Doch dann hörte er etwas Neues von weiter rechts. Das Heulen der Wölfe und diesmal auch ein Knurren. Beides nur wenige hundert Schritte von ihm. Und dann, ja dann war ihm so, als sei da auch ein erstickter menschlicher Schrei dabei. Er sprang mit einem Satz über das Moraststück mit den Lichtern vor ihm. Den Speer nutzte er dabei als Stütze, so wie es die Bauern in den wasserreichen Marschen taten, um Gräben zu überspringen. Behutsam darauf achtend, nur auf feste Grasbüschel zu treten, tastete er sich so in Richtung des Schreis vor. Das Geheul und Geknurre der Wölfe kam von einem einsam stehenden Baum direkt vor ihm. Dann sah er sie, an die fünfzehn dunkle Schatten, nur die Augen und die schrecklichen Zähne blitzten hin und wieder im Mondlicht auf.

Und dann sah er *sie*.

Das Mädchen, welches er bereits neulich im Wald gesehen hatte. Er erkannte sie sofort, obwohl er später nicht zu sagen wusste, woran, denn sie trug nicht mehr das schöne rote Kleid, sondern nur einen zerrissenen braunen Überwurf. Auch ihr volles hellblondes Haar war abgeschoren. Sie stand mit dem Rücken an den Baum gepresst und hielt einen Stock vor sich, als wollte sie die Wölfe mit diesem Zauberstab Befehle erteilen. Burwido erstarrte. Die Vila, diesmal mit ihren Wölfen. Also hatte Vlad recht gehabt.

Doch da wendete sie für den Bruchteil einer Sekunde den Blick von den Wölfen ab und sah ihn. Genau wie damals auf der Halbinsel, dachte Burwido. Etwas wie Freude und Hoffnung leuchtete in ihren Augen auf. Und da begriff Burwido, sie verzauberte nicht die Tiere, sondern unternahm den verzweifelten Versuch, sich gegen sie zu wehren! Er griff nach Markbeißer an seiner Seite, doch die Klinge rührte sich nicht in der Scheide. Leider hatte er schon zum Sprung angesetzt und landete genau vor den grauen Wölfen. Seine Hände reagierten schneller als sein Verstand. Er stieß das stumpfe Ende des Eschenspeeres dem ersten und größten Wolf in die Seite. Er hatte keine Zeit gefunden, den Spieß umzudrehen. Doch man hörte das trockene Knacken splitternder Kochen und das Tier flog mit einigen gebrochenen Rippen zur Seite. Dort blieb es winselnd liegen. Schon war der Spieß herum. Die scharfe Eisenklinge bohrte sich in den nächsten Angreifer. Dann wirbelte Burwido den Speer zur anderen Seite. Die Wölfe hatten erschrocken ein paar Schritte Abstand genommen. Sie jaulten ärgerlich auf. Die sicher geglaubte Beute schien ihnen zu entrinnen. Burwido bewegte den Speer schnell im Halbkreis vor sich und dem Mädchen hin und her und stocherte wild in Richtung der am nächsten stehenden Tiere.

„Na, ihr verdammten Köter? Keine Lust mehr auf Menschenfleisch?", lachte er grimmig, um die eigene Angst zu überspielen.

„Bleib hinter mir", rief er dem Mädchen über die Schulter zu, ohne sich sicher zu sein, ob sie überhaupt Sächsisch verstand.

Jedenfalls tat sie, was er wollte. Er machte noch einen Ausfall und scheuchte so die Wölfe einige Schritte weiter zurück. Dann begann er sich langsam, Schritt für Schritt, in die Richtung, aus der er hergekommen war, zurückzuziehen. Die blutige Speerspitze wies noch immer zu den Wölfen. Diese zögerten, hin und her gerissen zwischen Hunger und Furcht.

„Du musst mich nun durch das Moor führen, denn ich will die Bestien nicht aus den Augen lassen!", sagte Burwido zu dem Mädchen.

„Ich verstehe", gab sie, zwar mit dem typischen Akzent ihres Volkes, aber auf Sächsisch, zurück.

„Habt Dank, Euch schickt der Himmel", brachte sie dann hervor.

„Schon gut, das kommt später", knurrte Burwido.

Die Aufregung, die er bei seinem Angriff gespürt hatte, war verflogen und er begann, sich langsam daran zu erinnern, wie weit der Weg zu dem rettenden Feuer war. Langsam zogen sie sich zurück. Das Mädchen hatte offenbar nicht viel Erfahrung mit Mooren, weniger jedenfalls als die Wölfe. Sie begannen näher zu kommen, aber es erschien Burwido, als seien es weniger als noch eben gerade vor dem Baum. Wo waren die Übrigen? Neben ihnen? Vor ihnen, um den Weg abzuschneiden? Schließlich erreichten sie die Stelle, an der die Irrlichter gebrannt hatten. Burwido wagte es, sich kurz umzudrehen, um dem Mädchen die neue Richtung zu zeigen, da sah er aus dem Augenwinkel eine dunklen Schatten von der Seite auf sie zukommen. Er riss den Speer herum und der Schatten antwortete mit einem ärgerlichen Knurren und zog sich etwas zurück. Als Burwido wieder nach hinten sah, waren die anderen Tiere deutlich näher gekommen. Panik stieg in ihm auf. Es konnte doch nicht sein, dass sie hier, nur wenige hundert Schritte von ihren Gefährten entfernt, zum Wolfsfutter würden. Wütend wirbelte er den Speer herum, aber die Wölfe wichen nur wenige Schritte.

Vlad

Die Mönche wurden durch ein plötzliches Heulen und Knurren, nicht weit im Norden, gerade da, wo Burwido hin verschwunden war, aus ihrem Gebet gerissen. Wilfrith nahm zwei Speere und gab den letzten an Dietrich. Dann schüttelte er den immer noch vor sich hin starrenden Vlad an der Schulter.

„Wir müssen ihm beistehen, nimm deinen Bogen und komm!", sagte er.

Vlad sah ihn an, als wäre er gerade aus einem Traum aufgewacht.

„Es gibt keine Hoffnung", sagte er, nahm dann aber doch den Bogen und seinen Köcher und folgte Wilfrith.

Im Norden war es wieder ruhiger geworden. Als sie an die Stelle kamen, an der Burwido von ihrer Spur abgebogen war, hörten sie ein erneutes Knurren und Jaulen vor sich. Sie folgten, so schnell sie es in der Dunkelheit wagten, Burwidos Spur. Von dem seltsamen Licht war nichts mehr zu sehen. Dann erkannte Vlad durch die letzten Bäume, wie sich zwei Gestalten langsam in ihre Richtung tasteten. Drumherum konnte er mehrere schleichende Schatten ausmachen: die Wölfe.

„Sie sind umringt", rief Wilfrith ängstlich und lief in Richtung seines Bruders. Vlad folgte ihm dicht auf, sein Jägerinstinkt begann sich zu regen, im Laufen legte er einen Pfeil auf die Sehne. Endlich war er auf Pfeilschussweite heran. Burwido schaute immer noch in die Gegenrichtung und versuchte verzweifelt, die Wölfe mit dem Speer auf Distanz zu halten, aber Vlad konnte ein mächtiges Tier erkennen, dass sich von der Seite an ihn heran schlich. Er hielt an, um zu zielen. Gerade da trieb der Wind einen Wolkenfetzen, der den Mond bedeckt hatte, zur Seite. Im fahlen Mondlicht erkannte Vlad die zweite Gestalt. Er erstarrte. Es war die Vila.

Auch Wilfrith hatte die Gefahr durch den einzelnen großen Wolf erkannt, die Entfernung war zu weit für seine Speere. Er war stehen geblieben und sah zu Vlad herüber, der mit halb gespanntem Bogen dastand und sich nicht rührte.

„In Gottes Namen, so schieß doch!", schrie er mit vor Angst und Aufregung zitternder Stimme.

In Gottes Namen, dachte Vlad, *welchen Gottes? Jetzt muss sich zeigen, wer stärker ist.*

Er spannte den Bogen weit, zielte kurz und ließ den Pfeil fliegen. Die Bogensehne schlug gegen sein linkes Handgelenk, doch er merkte es nicht, wie in Trance sah er dem Geschoß nach. Der Pfeil schlingerte leicht, stabilisierte sich dann aber, als der Luftzug auf die Federn traf. Vlad beobachtete, wie sich der Pfeil in einem langen Bogen hob. Es schien eine Ewigkeit zu dauern, bis er begann, wieder auf sein Ziel herabzusinken.

Burwido

Plötzlich surrte es neben Burwido und mit einem dumpfen Geräusch grub sich ein vierfedriger Kriegspfeil in einen großen Wolf. Das Tier hatte sich, von ihm unbemerkt, von der Seite angeschlichen. Dann sah er Vlad mit seinem Eibenbogen; er hatte bereits den nächsten Pfeil auf der Sehne. Und neben ihm Wilfrith mit einem Speer in jeder Hand. Sie waren gerettet.

Vlad

Die Wölfe zogen sich weiter zurück und die beiden Grüppchen trafen sich auf halbem Wege. Aus der Nähe sah die vermeintliche Vila so durchgefroren und mitgenommen aus, dass selbst Vlad nicht mehr anders als glauben konnte, dass sie wohl doch ein Mensch war. *Oder zumindest eine Abodritin*, korrigierte er sich in Gedanken. Als sie ins Lager zurückkehrten, in dem Dietrich mit dem vierten Speer auf den Knien vor dem Feuer saß, war die Reihe an ihm, zu staunen.

Wilfrith

„Ascha!", rief Dietrich und sprang auf, dem Mädchen entgegen. „Wie kommst du hierher und wieso hat man dich so zugerichtet!?"

Doch das Mädchen konnte ihm zunächst nicht antworten, sondern fiel ihm nur in die Arme und begann zu schluchzen. Die Aufregung war zu groß gewesen. Burwido stand noch leicht zitternd daneben und zog probehalber erneut an seinem Schwertgriff. Die Klinge saß fest.

„Eingefroren", kommentierte Vlad, der das beobachtet hatte, mit fester Stimme. „Kann mal passieren."

Nun wandten sich alle Ascha zu. Wilfrith gab ihr eine der Decken und sie setzten sich ans Feuer, die Waffen griffbereit neben sich. Dietrich gab dem Mädchen mit einem Lächeln etwas Brot aus dem Beutel, den er vor seinem Gefängnis gefunden hatte.

„Ich glaube, ich verstehe", sagte er.

„Ich nehme an, so kommt dir dein eigenes Brot zu Gute, doch erzähl am besten alles der Reihe nach!"

Und Ascha begann ihre Geschichte in recht flüssigem Sächsisch: Sie war die Nichte des großen Fürsten Oklot. Ihr Vater war dessen älterer Bruder, doch verstarb er vor vielen Jahren bei einem Unfall, als er mit Oklot zusammen am See wilde Gänse jagte. Damals war sie noch recht klein. Jedenfalls wuchs sie unter den Mägden von Oklots Hof auf. Als vor einen knappen Jahr Dietrich mit seiner Gruppe zur Burg kam, wurden sie zunächst freundlich aufgenommen. Ascha wurde dem vornehmsten der Fremden, Dietrich, als Leibmagd zugeordnet. Dann kam die Nachricht von der verlorenen Schlacht gegen die Dänen aus Sachsen herüber. Da ließ Oklot mit Hilfe seines Priesters verkünden, dass die Missionare eine Gefahr darstellten. Es ging ihm dabei mehr um seine eigenen Pläne, der Priester fürchtete den neuen Glauben. Er sagte, die Rache Peruns würde fürchterlich sein, wenn man die Christen weiter gewähren ließe. Oklot wies darauf hin, dass nach dem Christentum auch die Herrschaft des Reiches, genauer, die der Sachsen käme. Die Ältesten der Polaben, über deren Meinung sich selbst Oklot nicht ohne weiteres hinwegzusetzen wagte, stimmten zu, dass man die Missionare vertreiben sollte, doch Oklot nutzte diese Zustimmung zu der Bluttat an den Fremden.

„Ja, das haben wir inzwischen auch schon erfahren", stimmte Vlad zu, „aber wie ging es weiter?"

„Oklot konnte euch nicht nur vertreiben, da er einen Einfall ins Sachsenland plant. Jedenfalls wird viel darüber gesprochen und in den letzten Monaten war ein stetes Kommen und Gehen von Boten der benachbarten Fürsten. Man sagte etwas von Anfang Februar, genau ein Jahr nach den Dänen wollte man zuschlagen", fuhr Ascha in ihrem Bericht fort.

„Dieser Schuft, er fürchtete, wir könnten ihn verraten! Dabei ahnten wir gar nicht, dass er einen Raubzug im Schilde führt", rief Dietrich aufgebracht.

„Naja, fast wäre sein Plan gelungen", meinte Burwido. „Aber wir werden ihm die Suppe gründlich versalzen, denn wir sind nun entkommen und wissen Bescheid."

„Dazu helfe uns Gott", rief Wilfrith. „Heute war bereits der Tag des Heiligen Severinus von Noricum, also der achte Tag im neuen Jahr, oder kurz davor. Zumindest ist das Fest der Drei Könige bereits vergangen! Bei den ganzen Nächten auf den Beinen und dem ewigen Wacheschieben kommt man völlig durcheinander. Jedenfalls haben wir nicht mehr viel Zeit, um heimzukehren und eine Abwehr zu organisieren! Ebbekesdorp fand am zweiten Februar statt, einen Tag vor dem Fest des Heiligen Ansgar, und wenn Oklot dann eine Schlacht haben will, wird er schon bald aufbrechen!"

„Lass das Mädchen mal zu Ende erzählen. Heute Nacht können wir die Sachsen nicht retten, denn wir sitzen im Sumpf fest", bemerkte Dietrich trocken.

Ascha nahm also den Faden wieder auf: „Da ich inzwischen von Dietrich einigermaßen das Sächsische gelernt hatte, wurde bestimmt, dass ich ihn, den einzigen Überlebenden, weiter versorgen sollte.

Oklot wollte ihn eigentlich opfern lassen, doch ließen die Ältesten das nicht zu. Einige hatten in den ersten Wochen Dietrich gut zugehört und fürchteten die Rache seines Gottes, andere eher die des Sachsenherzogs.

So hatte ich auch weiterhin viel Zeit mit Dietrich zu sprechen. Und er erzählte mir all die wunderbaren Geschichten von eurem Gott. Wie er den Stamm der Israeliten, der wohl noch weiter im Westen wohnt, führte und all die Wunder vollbrachte. Ich habe viel darüber nachgedacht. Bei uns ist man der Ansicht, dass man die Götter am besten in der Wildnis hören kann, die sie ja selbst geschaffen haben. Deshalb behauen wir auch die Götterbilder kaum, um das Holz nicht zu entweihen. Jedenfalls machte ich nach unserer Sitte viele Spaziergänge in den Wald hinein, um vielleicht Klarheit zu finden. Ich betete für einen Hinweis."

„Ja", unterbrach sie Dietrich, „das hast du weise gemacht. Wir können Gott nicht nur aus der Schrift, sondern auch aus seinen Werken erkennen, ich zum Beispiel fühle seine Nähe oft, wenn ich nachts den Sternenhimmel betrachte. Und beide Arten von Erkenntnis, die aus der Schrift und die aus der Schöpfung, wirkt sein Geist ..."

„Und was geschah weiter?", wollte Burwido ungeduldig wissen. Offenbar konnten selbst Dietrichs Worte ihn nicht beeindrucken, stellte Wilfrith teils empört, teils erleichtert fest. Dann hatte also nicht nur er Schwierigkeiten mit dem widerspenstigen Geist seines Bruders.

„Vor ein paar Tagen schritt ich so durch den Wald auf dem Werder von Zechik, und da sah ich dich", setzte Ascha ihren Bericht fort und schaute zu Burwido hinüber.

„Ich hab doch gleich gesagt, dass sie dich gesehen hat", rief Vlad.

„Wie, du hast mich gesehen? Aber du hast doch gar nichts gesagt und gemacht …", wendete Burwido verlegen ein.

„Nun, als ich einen Sachsen sah, dachte ich im ersten Augenblick, dass es das gesuchte Zeichen des sächsischen Gottes war. Dann fiel mir ein, dass ihr sicher zur Rettung Dietrichs gekommen wart. Da ich Angst hatte, ihr würdet mich töten oder mir nicht glauben, wenn ich sagte, dass ich zu Dietrich hielt, tat ich so, als ob ich nichts bemerkt hätte und ging davon. Dann berichtete ich Dietrich am Abend, dass seine Rettung nahe sei."

„Oh, sonst nichts weiter?", meinte Burwido etwas enttäuscht.

„Ja, daher wusstest du also Bescheid, mein Kind!", meinte Dietrich mit einem Seufzer.

„Ist es nicht großartig, wie der Herr die Menschen gebraucht, um sein Werk auszurichten? Aber erzähl uns nun auch den Rest, Ascha."

„Dann geschah einige Tage nichts, und ich dachte schon, dass der Sachse im Wald" – dabei sah sie wieder Burwido an – „vielleicht doch eine Vision war. Ich hatte etwas Nahrungsmittel – die in dem Beutel dort – beiseite geschafft. Ich wollte sie dir, Dietrich, bei der Flucht mitgeben, damit ihr nicht hungern müsstet. Denn wir Polaben schulden euch viel für eure Kunde von dem liebenden Gott, nur erkennt das mein Volk noch nicht.

Doch eine der älteren Mägde bemerkte das Fehlen der Lebensmittel und schöpfte Verdacht. Sie beobachtete mich von dem Tag an streng, so dass ich nicht in Ruhe mit dir sprechen und auch den Beutel nicht zu dir ins Zimmer schmuggeln konnte.

Dann, letzte Nacht, wurde ich von Schreien geweckt. Es brannte im Tempel! Mir war sofort klar, was passiert war. Euer Gott musste wohl einen Blitz hinein geschleudert haben, um die Flucht seines Knechtes zu ermöglichen."

„Nicht direkt einen Blitz", unterbrach sie Wilfrith erheitert. ‚Wilfrith, der Blitz Gottes', das war doch etwas, der Gedanke gefiel ihm. Das klang so wie der Name, den Jesus Christus selbst seinen Jüngern Jakobus und Johannes gegeben hatte. Boanerges – die Donnersöhne.

„Aber so ähnlich war es. Erzähl weiter", forderte er sie auf.

„Jedenfalls tat ich, als käme ich nicht aus dem Schlaf hoch und suchte dann noch etwas auf dem Boden, bis die anderen aus dem Haus gelaufen waren. Dann öffnete ich die Tür von Dietrichs Gefängnis und ließ den Beutel davor liegen."

„Und dann ranntest du auch zum Tempel, das waren die letzten, einzelnen Fußtritte, die am Wagen vorbeieilten!" meinte Vlad.

„Ja, genau so war es", bestätigte Ascha.

„Nur wusste ich da nicht, dass ihr auf dem Wagen saßt. Doch ich kam etwas später als die anderen zum Tempel, und die Obere Magd, die mich wegen der fehlenden Lebensmittel im Verdacht hatte, bemerkte auch das. Dann, nachdem euer tapferer Freund gefallen war und ihr entflohen wart, erhob sich ein riesiges Wutgeschrei. Der Tempel brannte vollständig nieder, aber es konnte verhindert werden, dass andere Gebäude Feuer fingen. Euer Freund lag neben einem Toten und drei weitere der Unseren waren verwundet, einer so schwer, dass er wahrscheinlich nicht den nächsten Sommer erleben wird. Zwei weitere wurden von euren Speeren verwundet. Und dann bemerkte man erst, dass auch Dietrich fehlte. Sie ließen ihre Wut an eurem toten Krieger aus. Der alte Priester ging mit dem Opfermesser auf ihn los und die anderen schlugen und traten auf ihn ein. Es war ein scheußlicher Anblick."

Wilfrith murmelte etwas zu sich selbst, was so klang wie: „Wenn ich den alten Knochensack man bloß im Tempel hätte schlummern lassen ..."

„Mäßige deinen Zorn", mahnte sein gerade erst befreiter Lehrer. „Wer weiß, wie du reagiertest, wenn dir die Heiden deine Kirche in Brand steckten! Außerdem ist es gar nicht so lange her, dass unser eigenes Volk blutig gegen die Franken und auch gegen unsere Kirche kämpfte und mordete! Die Menschen hier stehen genauso im finsteren Bann Peruns wie unsere Vorväter in dem Wotans und Donars."

Der gemaßregelte Wilfrith schaute verlegen ins Feuer, von Vater Dietrich konnte man eine Menge lernen. Wie machte er es nur, nach all dem erlittenen Unrecht so verständnisvoll zu sein?

Ascha ging auf den Disput der Mönche nicht ein und fuhr mit einem unsicheren Seitenblick auf den Älteren der beiden fort: „Aber Dietrich hat mich gelehrt, dass der Körper im Tode nicht mehr wichtig ist, sondern seine unzerstörbare Seele aufersteht."

„Und das ist so gewiss, wie die Tatsache, dass du nun vor uns sitzt", bestätigte der Angesprochene bestimmt.

„Ja, das glaube ich nun auch", hauchte sie. „Doch weiter. Es fiel auf, dass die Tür Dietrichs nicht aufgebrochen war. Und dann erinnerte sich die alte Hexe daran, dass das Brot verschwunden war und dass ich als Letzte zum Tempel kam. Oklot glaubte ihr sofort. Ich glaube, er war sogar froh, eine Schuldige zu haben. Noch dazu mich, da, falls ich einstmals heiraten sollte, mein Mann Anspruch auf seinen Hochsitz erheben könnte.

Jedenfalls packten sie mich. Ich wollte nicht lügen, denn Dietrich hatte erklärt, dass das den Zorn seines Gottes erregte. Doch brachte ich auch nicht den Mut auf, die Wahrheit zu sagen. Es war alles so furchtbar."

Hier erstickte ihre Stimme in Tränen.

Burwido

Burwido hätte sie gern zum Trösten in den Arm genommen, doch er traute sich nicht. Und so tat es Wilfrith, der neben ihr saß.

„Nun ist ja alles gut", murmelte er beruhigend.

Und Ascha beruhigte sich auch. Sie schluckte ein paar Mal und fuhr dann mit festerer Stimme fort:

„Sie haben mir das Haar geschoren, wie man das mit einer Verräterin macht und dann haben sie mich ausgezogen. Irgendjemand hatte wenigstens etwas Mitleid und warf mir diesen alten Umhang über. Dann jagten sie mich aus dem Dorf.

‚Du bekommst eine Stunde Vorsprung', sagte mein Onkel mit einem bösen Lächeln, ‚dann hetzen wir die Hunde auf dich.' Ich hatte unglaubliche Angst, und lief los. Oklots Hunde sind auf Menschen abgerichtet, er lässt manchmal Verbrecher von ihnen zerfleischen. Ich schrie zu eurem Gott und versprach ihm, dass ich, wenn er mich vor meinem Volk errettete, nie mehr an ihm zweifeln wollte. Irgendwie schaffte ich es, bis hier ins Moor zu gelangen. Dort verloren wohl die Hunde die Spur, und die Reiter trauten sich nicht weiter. Oklot dachte wahrscheinlich, ich sei im Morast untergegangen."

„Das waren also die Reiter, die wir gehört haben. Sie sind nicht hinter uns, sondern hinter einem wehrlosen Mädchen her gewesen!", rief Burwido mit vor Zorn überschlagender Stimme.

Er war aufgesprungen und hatte die Hand an Markbeißers Knauf liegen, als wäre Oklot direkt vor ihm. Er musste einige Schritte auf und ab gehen, um sich zu beruhigen. Wilfrith musterte ihn erstaunt, dann traf sein Blick auf den von Vlad und beide lächelten verstohlen.

Als Burwido wieder saß, begann Ascha von neuem.

„Dann, im Moor, standen mir auf einmal die Wölfe gegenüber. Ich rannte zum nächsten großen Baum, um hinaufzusteigen. Doch waren die untersten Äste zu hoch, um daranzukommen und die Rinde zu glatt zum Klettern. Da verzweifelte ich."

„Und da hab ich deinen Schrei gehört. Mein Gott, wenn die Irrlichter nicht gewesen wären, hätte ich sicher nichts hören und auch nicht rechtzeitig zur Stelle sein können!"

„Ja, doch dein Gott war größer", pflichtete Ascha bei, die die Redewendung ‚mein Gott', die Burwido gedankenlos verwendete, nicht kannte und wörtlich nahm.

„Dann sind heute aber doch keine Wunder passiert", meinte Burwido, den es ärgerte, dass Ascha den Ruhm für ihre Rettung nicht ihm allein zuschrieb.

„Ein Kettenhemd, eine Verbündete und dann eben ich. Alles erklärt sich von selbst."

„Aber doch eine erstaunliche Menge glücklicher Wendungen, findest du nicht?", entgegnete Wilfrith.

„Doch lass uns nicht streiten, sondern noch etwas Schlaf finden. Morgen müssen wir weiter und aus diesem elenden Sumpf hinaus. Ich übernehme die erste Wache."

Daraufhin rollten sich die andern in ihre Decken. Als Burwido die nächste Wache übernahm, schaute er etwas misstrauisch hinauf in den Sternenhimmel, als könnte er dort die feinen Wollfäden der Schicksalsfrauen erkennen, doch die Sterne funkelten nur unschuldig auf ihn herab.

Kapitel 9 – Immer weiter führt der Weg

Wilfrith

ie schliefen ungestört bis zur Morgendämmerung. Die Wölfe hatten in der Nacht zwar noch viel geheult, sich aber nicht mehr gezeigt. Die kleine Gruppe packte die wenigen Habseligkeiten zusammen, Ascha schnitt sich aus einer der Decken eine Art Gewand zurecht und wickelte ihre bloßen Füße in die Stofffetzen ein, die übrig blieben. Sie sah mit ihrem kurzen, etwa ein bis zwei Zoll langen, unregelmäßig abgeschnittenen Haaren auf den ersten Blick fast aus wie ein junger Bursche, andererseits war dieser Gedanke absurd, wenn man sie genauer anschaute.

Wenigstens wird sie so bei der strapaziösen Reise keinen Kamm vermissen und sich nicht den üblichen weiblichen Eitelkeiten hingeben, dachte Wilfrith, der im Kloster nur wenig mit Frauen zu tun hatte.

Dann ging es los. In der Nacht hatte es wieder etwas gefroren, so dass nun eine dünne Eisschicht auf den überschwemmten Teilen des Moores lag. Sie zerbrach aber sofort, wenn Burwido seinen Fuß oder auch nur den Schaft seines Speeres darauf setzte, daher kamen sie nur langsam voran, denn sie mussten diesen Stellen immer wieder ausweichen. Er ging wieder voran und erkundete den Weg. Mit dem Moor hatte er am meisten Erfahrung, da er ja sein ganzes Leben in der näheren Umgebung des Duvenseeer Moores verbracht hatte. Wilfrith war schon vor nunmehr 13 Jahren in die Stadt geschickt worden und Vlad hatte nur auf Willebrods Hof gearbeitet und wenig Zeit und Muße gehabt, im angrenzenden Moor den Hals, oder eher noch den Boden unter den Füßen, zu riskieren.

Die anderen folgten in Burwidos Fußstapfen. Dietrich hatte sich soweit erholt, dass er nicht mehr gestützt werden musste. Aber schnell ging es nicht. Auch Ascha war noch ziemlich erschöpft und ihre Füße waren durch die Flucht ohne Schuhe vom Vortag wund und zerschunden und jeder Schritt schmerzte.

Wilfrith bewunderte, wie tapfer sie sich hielt. Nur wenn sie sich unbeobachtet glaubte, was seltener vorkam als sie dachte, denn Burwido drehte sich derart oft nach ihr um, dass man meinen konnte, er ginge eher rückwärts als voran, verzog sie manchmal den Mund vor Schmerzen. So viel Härte hätte Wilfrith einem Mädchen niemals zugetraut. Mit Erstaunen nahm er zur Kenntnis, dass sich auch für junge Mädchen nicht alles um Schmuck und Haarflechten drehte.

Der Marsch ging nun Richtung Westen. Die Fünf wollten so schnell wie möglich sächsisches Gebiet erreichen. Nach dem, was Ascha am Vorabend über den geplanten Raubzug berichtet hatte, drängte die Zeit.

Etwa zwei Stunden später änderte sich endlich die Landschaft, sie wurde öfter von kleineren Seen mit breitem Schilfgürtel unterbrochen, doch zwischen den Seen gab es eindeutig Land, das die Bezeichnung Festland verdiente. Der hohe Wald begann weniger abrupt als er geendet hatte, zunächst kamen einzelne Erlen und Ebereschen und erst allmählich gesellten sich auch Ulmen, Buchen und Eichen hinzu.

Nach einer weiteren Stunde erreichten sie schließlich einen Weg, der von Nordwesten nach Südosten führte. Burwido, der die kleine Gruppe immer noch anführte, hielt darauf an und wartete, dass seine Gefährten zu ihm aufschlossen.

„Das müsste die Verbindung zwischen Racisburg und dem Scaalsee sein, die wir schon mal in der Nacht entlang gewandert sind", überlegte er laut, als Wilfrith und Vlad neben ihm hielten. „Damals noch mit Willehad", fügte er mit dumpfer Stimme hinzu.

„Wir könnten dem Weg wieder nach Norden folgen und so zurückkehren, wie wir her gekommen sind", schlug Wilfrith vor, ohne auf die letzte Bemerkung seines Bruders einzugehen.

„Lass uns lieber gleich nach Westen gehen, um die Kunde vom drohenden Raubzug so schnell wie möglich zu überbringen!", widersprach ihm Burwido. Sie standen unschlüssig auf der Straße.

Plötzlich schrie Ascha erschrocken auf.

„Dort!", rief sie und zeigte auf der Straße nach Süden.

An der nächsten Wegbiegung waren unvermittelt Reiter aufgetaucht. Sie hielten erstaunt an, als sie die kleine Gruppe vor sich gewahrten.

„Oh, nein", stöhnte Vlad.

„Verdammt", fluchte Burwido, „wie konnte ich Schaf nur hier mitten auf dem Weg anhalten. Das ist aber auch wirklich nicht gerecht!"

Allesamt sprangen sie in den Wald zurück und rannten los. Die Reiter schienen noch kurz zu debattieren, was sie davon halten sollten, jedenfalls hörte Wilfrith ihre Stimmen aufgeregt rufen. Dann folgten ein lauter Befehl und das Gedröhn von galoppierenden Hufen auf dem angefrorenen Weg.

„Lass mich raten", keuchte Burwido, „das hieß: ‚Schnappt euch die Halunken?'"

Als die Reiter die Stelle erreichten, an der die Gefährten auf dem Weg gestanden hatten, waren diese schon im Wald verschwunden. Die eine Hälfte der Abodriten brachen mit wildem Geheul ins Dickicht ein, doch ihre Stimmung wurde gedämpft, als ihnen die Äste ins Gesicht schlugen. Die schweren Hufe der Schlachtrosse rutschten und schlitterten auf dem nicht durchgefrorenen Waldboden. Einer der Reiter stürzte rücklings in einen Busch, als sein Pferd sich, angespornt von den peitschenden Ästen, aufbäumte und dann im Galopp zur Straße zurückpreschte.

Von den Verfolgten war keine Spur zu sehen. Der Anführer der Abodriten bemerkte verärgert und zu spät, dass die Pferde alle Spuren zertraten. Er rief seine Krieger zurück zum Waldrand und beriet sich kurz mit den Älteren unter ihnen. Offenbar konnte sich keiner für eine Verfolgung zu Fuß erwärmen.

Bald wendeten sie ihre dampfenden Rösser und ritten ohne Johlen vorsichtig im Schritt auf den Weg zurück. Dort hielt ihr Anführer erneut, um auch die Meinung der zurückgelassenen Krieger zu hören.

Vlad

Insgesamt waren es etwa dreißig Bewaffnete. Das konnte Vlad gut beobachten, weil er nicht weit im Walde auf einem Baum saß.

Mit Dietrich und Ascha in ihrem derzeitigen Zustand hatte der erfahrene Jäger Vlad einer Flucht nicht viele Chancen eingeräumt und daher seine Gefährten angehalten, ein Versteck auf den Bäumen zu suchen. Vlad war als Erster und am höchsten hinauf in die Krone einer mächtigen Esche geklettert. Von hier konnte er durch eine Lücke im Astwerk der umstehenden Bäume die Straße und ihre Verfolger im Auge behalten. Seine Finger bohrten sich in die Rinde und er wagte kaum zu atmen.

Wenn sie uns nun entdecken, ist es vorbei, sagte er sich immer wieder und konnte keinen anderen Gedanken fassen. Dann fiel sein Blick durch die entlaubte Krone der Esche auf zwei Katzenadler, die sich in immer höheren Kreisen majestätisch in den Himmel schwangen. Hinauf in die Freiheit, wo ihnen keine Raben folgen konnten. Er erinnerte sich an den Vogelflug, der Willehads Ende vorausgesagt hatte, damals, als er den Scaalsee zum ersten Mal erkundete.

Vlad atmete freier; wenn die Vögel nur auch diesmal Recht behielten. Mit neuem Mut wandte er sich wieder ihren Verfolgern zu. Wie erhofft machte der Boden den Abodritenkriegern so sehr zu schaffen, dass sie keine Muße fanden, ihre Blicke in die Baumkronen schweifen zu lassen. Bald gaben sie auf und Vlad konnte beobachten, wie sich die Reitergruppe auf der Straße sammelte und dann aufteilte. Zwanzig Reiter ritten nach Norden, zehn nach Süden, doch bald schon parierten fünf von ihnen ihre Pferde in den Stand durch, der Rest verschwand im scharfen Trab hinter der nächsten Wegbiegung.

Wilfrith

„Sie teilen sich auf und sperren den Weg", rief Vlad aus der Baumkrone. „Offenbar ahnen sie, wer wir sind und wohin wir wollen".

„Wahrscheinlich wurden sie auch genau deshalb hier entlang geschickt", mutmaßte Dietrich.

„Und was tun wir jetzt?", fragte Wilfrith in die Runde.

„Zuerst von diesem Baum heruntersteigen. Mir wird ganz schwindelig, ich bin ja kein Vogel!", forderte Dietrich vehement. Burwido und Wilfrith sprangen auf den Boden und halfen ihm herunter. Die anderen folgten selbstständig, noch mehr oder weniger zitternd von der gerade überstandenen Gefahr.

„Der direkte Weg nach Westen ist uns nun versperrt", fasste Wilfrith die Situation treffend zusammen.

„Wenn wir nicht nach Westen können, müssen wir die Sperre umgehen. Nach Süden ist Oklot und sein Haufen, dort ist der Boden einfach zu heiß. Nach Osten wollen wir nicht, denn das führt uns von zuhause fort. Bleibt uns also nur der Norden zum Ausweichen."

Auch Vlad fiel trotz seiner Kenntnis des Landes der Polaben kein besserer Vorschlag ein. Mit solch einer Übermacht berittener Krieger konnten sie es keinesfalls aufnehmen. Es war pures Glück, dass sie diesmal auf den Bäumen unentdeckt geblieben waren, denn auch unter den Abodriten gab es geschickte Jäger und Spurenleser.

Burwido übernahm wieder die Führung. Zunächst leitete er die Gefährten etwa eine halbe Stunde zurück in den Wald Richtung Osten. Ihnen war schmerzhaft bewusst, dass jeder Schritt sie weiter von der gefährdeten Heimat entfernte. Doch sie mussten damit rechnen, dass die Reiter den Wald im Osten des Weges sorgfältig im Auge behielten. Schließlich waren sie außer Sicht- und Hörweite des Weges und damit erst einmal in Sicherheit vor den Abodritenkriegern. Nun konnten sie nach Norden umschwenken. Das Land war hügelig und bewaldet. Nur selten trafen sie auf eine Lichtung oder sogar ein paar abgeerntete Felder, die zu kleinen Dörfern oder einsamen Höfen gehörten. Dann erreichten sie wieder einen Weg, der gerade von Osten nach Westen zog. Diesmal blieb Burwido im Schatten der Bäume dicht vor dem Wegrand stehen, doch hier war die Vorsichtsmaßnahme umsonst, es zeigte sich kein Mensch.

„Dort müsste es nach Racisburg gehen", sagte Ascha und zeigte nach Westen.

„Dann sind wir nun im Osten des Racisburger Sees. Den haben wir auf dem Hinweg gesehen", überlegte Wilfrith.

„Da könnten wir auch ohne die Abodriten nicht nach Westen entkommen, weil wir kein Boot haben."

Sie nahmen also ihren Marsch Richtung Norden wieder auf. Inzwischen war es so bewölkt, dass man die Sonne nicht mehr sehen konnte. Burwido orientierte sich an den Stämmen der Bäume, diese waren durch Wind und Regen vor allem im Norden und Westen bemoost, da schlechtes Wetter meistens aus dieser Richtung kam. Das war zwar nicht besonders genau, reichte aber, um grob die Richtung zu halten.

Ascha

„Wir müssten nun eigentlich schon auf wagrischem Gebiet sein", überlegte Vlad nach einer kurzen Rast am Nachmittag. Ascha, die bisher noch nie das Stammesgebiet der Polaben verlassen hatte, schaute etwas wehmütig in den Wald hinter ihnen. Die Stämme standen in endlosen Reihen. Da die Sonne nicht schien, gab es keine scharfen Schatten. Und alles verschwamm Richtung Horizont in einem diesigen Grau. Sie schüttelte leise den Kopf und gab sich einen Ruck. Dann schaute sie zu Dietrich hinüber, der ihr aufmunternd zulächelte.

Hier begann ein neues Leben. Ein neues Land, neue Leute und ein neuer Gott.

Kein unberechenbarer, rachsüchtiger Herrscher, sondern ein liebender Heiland, eigentlich ist das gar nicht so schlecht, überlegte sie. Ein Versuch konnte jedenfalls nicht schaden.

Wilfrith räusperte sich: „Weit werden wir heute nicht mehr kommen. Ascha und Dietrich sind auch völlig erschöpft. Wenn wir morgen noch weiter marschieren wollen, müssen wir nun rasten und noch bei Tageslicht einen guten Lagerplatz suchen. Danach können Vlad, Burwido und ich vielleicht etwas erjagen, denn unser Proviantbeutel wird nicht mehr lange reichen."

Ascha setzte zu einem Protest an. Sie spürte ihre Füße schon seit Stunden nicht mehr und setzte mechanisch Schritt vor Schritt, aber sie wollte auf keinen Fall durch ihre Schwäche die Sachsen aufhalten. Doch Dietrich, der sie beobachtet hatte, legte ihr die

Hand auf die Schulter und sagte: „Lasst es uns so machen wie Bruder Wilfrith vorgeschlagen hat, denn ich kann tatsächlich nicht mehr weitergehen."

Burwido

Auch Vlad und Burwido nahmen den Vorschlag, für die Nacht zu Rasten, ohne Murren an. Schließlich bereiteten sie ihr übliches Lager aus Reisig und Zweigen unter einer Gruppe von dicht stehenden Fichten am Rande einer Lichtung. Auf der Lichtung murmelte ein kleiner Bach und zu beiden Seiten sah das Gras sogar noch etwas grün aus.

Der Farbfleck tat Burwidos Augen gut; nachdem sie den ganzen Tag nur im düsteren grauen Wald herumgestapft waren, wirkte er zusammen mit dem hell sprudelnden Wasser des Baches richtig erfrischend. Er machte sich zusammen mit Vlad gleich daran, ein kleines Feuer zu entzünden, denn man hatte seit Stunden niemanden gesehen oder gehört. Schmerzhaft wurde ihm dabei erneut bewusst, dass die zur Vorsicht mahnende Stimme Willehads für immer verstummt war. Kurz sinnierte er darüber nach, warum es wohl gerade den Vorsichtigsten und Bedachtesten unter ihnen erwischt hatte, den, der als Einziger von Anfang an gegen ihre Fahrt gewesen war. Hatte der einäugige Wotan ihn einen Blick auf sein nahes Ende werfen lassen, wie er es manchem Krieger vor der Schlacht gestattete? Hatten ihm die Schicksalsfrauen vielleicht ein Zeichen gegeben? Fast schien es ihm so, und wenn, dann war Willehad sehenden Auges in den Tod gegangen. Der Mann, den er für einen Feigling gehalten hatte.

„Wie sollen wir vorgehen, bei der Jagd, meine ich?", riss ihn die Stimme seines älteren Bruders aus den Gedanken.

„Ich werde versuchen, irgendetwas zu schießen", entschied sich Vlad.

„Und ich schaue nach Kaninchenbauten, vielleicht geht mir etwas in die Schlinge", beschied Burwido und raffte sich auf.

Wilfrith selbst blieb schließlich doch bei Dietrich und Ascha.

„Mit meinen Speeren bin ich wahrscheinlich keine große Hilfe und verscheuche euch nur das Wild", kommentierte er und ließ sich schwer auf das Lager fallen.

Mit der Dämmerung kehrten die beiden Jäger zurück. Diesmal hatten sie kein Glück gehabt. Dietrich verteilte also die Reste aus seinem Beutel. Er wollte Ascha ein besonders großes Stück Brot zukommen lassen, aber die weigerte sich, es anzunehmen, so dass am Ende doch alles gleichmäßig aufgeteilt wurde.

Burwido setzte sich wie zufällig neben Ascha. Auch wenn sie keine Vila mit Zauberkräften war, fühlte er sich doch magisch zu ihr hingezogen. Aber wie sollte er hier, zwischen den Gefährten, eine Möglichkeit finden, mit ihr zu sprechen, also nicht nur zu sprechen natürlich, sondern, ja was eigentlich? – Dinge bereden, die die anderen nicht zu hören brauchten – brachte er seinen Gedankengang zu Ende. Doch Ascha legte sich gleich nach dem Essen hin. Daraufhin ließ sich auch Burwido nach hinten fallen und schloss die Augen. Er lag nun direkt neben ihr. Wilfrith hielt die erste Wache. Er saß allerdings auf der anderen Seite des Feuers in einiger Entfernung und starrte gedankenverloren auf die Lichtung hinaus, wo der kleine Bach kaum noch zu erkennen war. Man hörte lediglich sein leises Murmeln und Plätschern. Burwido konnte Aschas Wärme durch die Decke spüren. Es war nichts Ungewöhnliches, wenn man bei der Kälte im Freien übernachtete, zusammenzurücken. Er drehte sich auf die Seite und legte, wie zufällig, seinen Arm auf sie. Sie lag mit dem Rücken zu ihm und tat, als schliefe sie, doch er merkte, dass ihr Atem für eine Sekunde stockte. Er konnte nicht genau sagen, ob er ihr Herz rasen hörte oder eher fühlte. So verharrten sie eine ganze Weile, aber an Schlaf war nicht zu denken. Immer noch bewegte sie sich nicht. Dadurch ermutigt beugte Burwido seinen Arm probehalber an und tastete vorsichtig an der Decke entlang. Als er die Wölbung ihres Oberkörpers erreichte, merkte er plötzlich, wie sich auch Aschas linke Hand zart, aber doch bestimmt unter seine Decke schob. Trotz der Kälte wurde ihm heiß. Endlich hatte er eine Lücke in der verdammten Decke gefunden. Er zitterte, als er merkte, wohin die Lücke seine Hand führte. Da stand

Wilfrith unvermittelt auf, um nach dem Feuer zu sehen. Aschas Hand verschwand und ihr Körper spannte sich an, als sie sich aus Burwidos Umarmung drehte. Er blieb wie angewachsen liegen und wartete. Wilfrith setzte sich wieder, aber Ascha blieb unbeweglich und Burwido wagte keine weitere Annäherung. Als Wilfrith das nächste Mal Holz nachlegte, war er immer noch wach. Er hatte Probleme, seine Gefühle zu kontrollieren oder auch nur zu ordnen. Irgendwie wechselten sie zwischen froher Hoffnung und Niedergeschlagenheit. Als Wilfrith ihn schließlich anstieß und ihm die Wache übergab, fühlte er sich, als habe er gerade erst die Augen geschlossen.

Vlad

Die letzte Nachtwache hatte Vlad übernommen, aber alles blieb ruhig. In den frühen Morgenstunden stieg Nebel aus der Wiese vor ihm auf, doch im Wald blieb es trocken. Als die Sonne endlich aufging, durchbrach sie nach einem kurzen Kampf mit ihren roten Strahlen die grauen Schwaden. Der Himmel war nur schwach bewölkt und es schien ein schöner Tag zu werden. Nur das Morgenrot ließ Vlad misstrauisch zum Firmament aufschauen. *Hat so nicht auch der Ärger mit dem Tauwetter am Scaalsee begonnen?*, erinnerte er sich.

Zum Frühstück gab es diesmal nur etwas Wasser aus dem Bach vor ihrem Lager. Dann marschierten sie wieder los, immer weiter nach Norden. Nach einigen Stunden Marsches wagte Vlad, der heute die kleine Truppe anführte, ein wenig nach Westen zu schwenken. Sie mussten sich inzwischen nördlich des Sees von Racisburg befinden, tief im Gebiet der Wagrier. Da Oklot, der Urheber und Rädelsführer des Raubzugs ins Sachsenland, nur ein kleinerer Häuptling war, hoffte Vlad, dass es sich nur um einen Bund der direkt benachbarten Siedlungen handelte. Die Wagrier, die einen ganz anderen Stammesteil bildeten, waren bei dem Raubzug sicher nicht mit von der Partie. Aber ein kleiner Haufen reichte schon, um im ungeschützten Sachsenland eine schreckliche verbrannte Spur zu hinterlassen. Und ehe ein Heer versammelt werden könnte, wären sie wieder verschwunden – möglichst, ohne Zeugen zu hinterlassen. Vlad schauderte bei dem Gedanken an all das Unglück, welches nun auch die Sachsen treffen sollte. Er erwartete, dass die Erinnerung an sein Heimatdorf ihn überkommen würde, wie sonst immer, wenn sich seine Gedanken diesem Thema näherten, aber heute schwiegen die Gespenster der Vergangenheit. Vlad staunte, dann brach ein innerlicher Jubel los. War er endlich frei, konnte er nun tun, was er wollte, ohne an der Erinnerung kleben zu bleiben? Eine neue Welt tat sich auf, doch dann fiel ihm ein, dass seine neue Heimat nun von derselben Katastrophe bedroht wurde, die seine alte Welt vernichtet hatte. Nein, sie mussten und sie würden rechtzeitig heimkehren.

Wilfrith

Die wütenden Polaben hatten sie hinter sich gelassen. Aber wie standen die Wagrier derzeit zu ihren sächsischen Nachbarn? Wilfrith konnte sich an keinen neueren Bericht erinnern, das Letzte, was er von hier gehört hatte, war die Geschichte von Guntlof dem Händler gewesen und die Fronten waren hier im Norden noch wechselhafter als weiter im Süden. Das lag daran, dass die Dänen als dritte Kraft an den wechselnden Bündnissen teilnahmen. Zusätzlich kompliziert wurde die Sache dadurch, dass alle drei Völker andere Götter verehrten. Die Dänen waren noch den alten germanischen Asen und Wanen treu, die ja auch bei seinem eigenen Großvater noch hoch im Kurs standen. Die Abodriten hatten wieder ihre eigenen Götter. Perun hatte er nun näher kennen gelernt, aber da gab es noch Svarog, den Himmelsschmied, Velos, den Totengott, und all die anderen Unholde. Wilfrith hatte nur am Rande davon gehört. Und dann die Sachsen. Nach zähem Ringen hatten sie endlich das Christentum angenommen. Wilfrith zweifelte nicht daran, dass früher oder später all diese Völker so vernünftig sein würden, vor dem Heiland der gesamten Welt die Knie zu beugen. Nur wie lange müssten Streit und Blutvergießen noch weitergehen, bis es endlich soweit wäre, und die sanfte Lehre Jesu alle diese trotzigen Völker in dauerhaftem Frieden vereinte?

Gegen Mittag erreichten die Gefährten einen breiten Flusslauf. Das Wasser schob sich langsam in dem gewundenen Bett entlang. An beiden Ufern standen die Bäume so dicht am Flussbett, dass ihre Wurzeln teilweise ganz vom Erdreich frei gespült waren und nun in der Luft hingen.

„Das muss die Wochnica[34] sein", kommentierte Dietrich, der sich gründlich auf seine Missionstätigkeit vorbereitet hatte.

„Sie fließt im Norden aus dem See von Racisburg heraus und trifft bei Liubice auf die Travenna.[35] Dahinter beginnt der Wald Isarnho und erstreckt sich bis zur Slia[36] und der Mark der Dänen."

Wie auch immer der Fluss hieß, Vlads Aufmerksamkeit wandte sich dem zu, was sich auf der Wasserfläche abspielte. Dort schwammen Enten. Vlad schnitt Dietrichs Ausführungen mit einem Handzeichen ab und zog langsam einen Vogelpfeil aus dem Köcher. Dann nahm er, immer noch langsam und lautlos, den Bogen von der Schulter, holte aus einer Tasche in seinem Gewand eine, in Öltuch sicher gegen die Feuchtigkeit verwahrte, Bogensehne und spannte sie, mit für seine Gefährten geradezu unerträglicher Langsamkeit, völlig lautlos in die Kerben an beiden Enden des rötlichen Eibenholzes. Der Pfeil war mit einer leichten Schnur versehen, die Vlad nun sorgfältig in vielen Schlaufen vor sich auf den Boden fallen ließ. Nun setzte er den linken Fuß vor und trat auf das Ende der Schnur. Endlich legte er, immer noch langsam, mit sicheren Händen den Pfeil auf die Sehne. Dann ging alles ganz schnell, Spannen und Zielen waren eine fließende Bewegung. Es surrte leise und Wasser spritze. Die Vögel flogen erschrocken mit lautem Geschnatter auf, ihre Flügel klatschten auf die sonst stille Wasserfläche. Nur einer Ente gelang der Start nicht, sie hing an Vlads Leine. Es war ein Leichtes, das schwach zuckende Tier einzuziehen.

„Komm her, mein Entchen, put, put, put", sagte Vlad dabei mit einem zufriedenen Grinsen.

Da es kurz vor Mittag war und sie am Morgen nichts gegessen hatten, zogen sie sich alle gleich etwas in den Wald zurück, um das

---

[34] Heute die Wakenitz
[35] Heute die Trave
[36] Heute die Schlei

Tier ungestört zuzubereiten. Eigentlich machte ein Tag ohne Essen ihm sonst nichts aus, dachte Wilfrith für sich. Aber nun war er schon seit vielen Tagen auf knappen Rationen, dazu kamen das viele Marschieren und die Kälte, das machte sich bemerkbar. Auch die Gesichter seiner Gefährten erschienen ihm deutlich schmaler als zu Beginn der Fahrt, und er merkte, wie seine Gedanken mit erstaunlicher Beharrlichkeit immer wieder zum Thema Essen zurückkehrten. Vlad rupfte die Ente und Wilfrith und Burwido bereiteten währenddessen ein kleines Feuer vor. Bald brutzelte der Vogel an einem Stock über der Glut. Es duftete herrlich.

„Die erste warme Mahlzeit seit – ja, wie lange eigentlich? Ich weiß es schon gar nicht mehr", freute sich Burwido.

Sie nagten alles bis auf die letzte Fleischfaser von den Knochen.

„Und jetzt ein Mittagsschlaf", meinte Wilfrith genüsslich.

Aber daraus wurde nichts. Der Himmel war im Laufe des Vormittags völlig zugezogen und nun setzte ein leichter Regen ein. Verärgert sprang Wilfrith auf und zog den Mantel enger um seine Schultern.

„Wenigstens konnten wir in Ruhe essen", meinte Burwido beschwichtigend.

Die Mahlzeit hatte seine Laune nachhaltig gehoben. Er übernahm wieder die Führung entlang des Ufers nach Norden. Hoffentlich konnten sie noch vor Liubice ans andere Ufer übersetzen, dachte Wilfrith. In die Stadt selbst sollten sie sich wohl lieber nicht wagen, überlegte er, auch wenn er sie gerne gesehen hätte. Dort waren sicher bereits Nachrichten aus dem Süden und Oklots Bitte, sie aufzuhalten, eingetroffen.

Doch vorerst war das Ufer völlig unbewohnt und bei der herrschenden Kälte konnte man den Fluss nicht schwimmend durchqueren, zumal Dietrich gar nicht schwimmen konnte. Burwido marschierte also einfach weiter und die Gefährten folgten schweigend. So weit nach Norden hatte weder ihn noch Wilfrith ihr bisheriger Lebensweg jemals geführt.

Gegen Mittag sichtete Burwido flussabwärts, also ziemlich genau vor ihnen, ein paar Rauchfahnen.

„Könnte das bereits Liubice sein?", wandte er sich an seine Begleiter. Dietrich kniff die Augen zusammen. „Ich sehe nur Wald. Was meinst du denn?" Seine Augen hatten offenbar schon an Kraft verloren, oder das Lesen der vielen Bücher hatte sie getrübt.

„Dort direkt vor uns, die Rauchsäulen", erklärte Burwido und wies nach Norden.

„Muss wohl Liubice sein, einen anderen Ort gibt es hier nicht. Wenn wir bis dahin keine Möglichkeit haben, den Fluss zu überqueren, kommen wir an die Travenna, aber die ist noch breiter", gab Dietrich resigniert Auskunft.

„Vielleicht gibt es dort dafür auch mehr Boote", vermutete Burwido hoffnungsvoll.

Ascha

Die vier Sachsen hatten angehalten, als sich am Horizont im Norden einige Rauchfahnen zeigten. Sie berieten wohl, was weiter zu tun war. Ascha nutzte die Pause, um an einen Baum gelehnt etwas auszuruhen. Die Haut ihrer Füße hing in Fetzen und es war sicher nur eine Frage der Zeit, bis sie sich entzündete.

Die Männer kamen schließlich überein, den Flusslauf zu verlassen und die Stadt im Osten durch den dichten Isarnho-Wald zu umgehen. Es regnete inzwischen recht kräftig und Ascha schaute etwas wehmütig zu den Rauchfahnen im Westen hinüber. Noch vor einigen Tagen wäre sie dort bei den Stammesbrüdern herzlich willkommen gewesen und als Nichte des Häuptlings Oklot bei einem der Ältesten des Ortes unter einem trockenen Dach mit reichlich Essen empfangen worden. Wie sehr hatte sich die Welt in den letzten Tagen verändert! Und als ob das nicht reichte, war da noch dieser junge Sachse. Offenbar völlig furchtlos, wie er sich mitten in einem fremden Moor, in das sich nicht einmal ein Einheimischer wagte, allein mit einem Speer auf ein ganzes Rudel hungriger Wölfe gestürzt hatte! Und das, nur um sie, eine Fremde, sogar eine Feindin, zu retten. Und dann die letzte Nacht. Aber nun schien er das Interesse an ihr verloren zu haben, vielleicht hätte sie, ... oder hätte auch nicht. Sie blieb unschlüssig. Vor der Gefahr der Wölfe hatte er sie errettet, aber, fragte sich Ascha, war eine Gefahr vielleicht nur durch eine andere ersetzt worden?

Schon nach wenigen Schritten verschluckte der Wald die kleine Gruppe buchstäblich. Sie betraten eine ewig halbdunkle Welt, selbst bei strahlender Sonne drang nur wenig Licht durch das dichte Dach aus Zweigen bis auf den Waldboden. Sie wanderten zwischen den knorrigen Stämmen uralter Ulmen, Eichen und Buchen dahin. Teilweise lagen noch hohe Schneewehen in ihrem Weg, teilweise war der Boden matschig und dann kam wieder dichtes Unterholz. Ob der Christengott sie auch hier in diesem bei ihrem Volk als heilig geltenden Dickicht sehen und schützen konnte, fragte sich Ascha. Die Angst und die Ungewissheit der Zukunft griffen wie mit kalten Fingern nach ihrem Herzen, oder waren es einfach nur die Kälte und die schlecht improvisierte Bekleidung? Jedenfalls war Ascha überglücklich, als nach einer guten Stunde die Bäume etwas auseinander wichen und sie einen von Westen kommenden Weg kreuzten. Es schien ihr, als habe sie noch nie etwas so Helles und Glänzendes gesehen wie das trübe Stück Himmel über der Schneise.

Burwido

Bald nachdem sie eine kleine Straße, die offenbar von Liubice nach Osten führte, überquert hatten, ging der hohe Wald allmählich in einen niedrigen Bruchwald über, der seinerseits einer zunächst unübersehbaren, dicht mit Schilf und Rohr bewachsenen Fläche wich. Der Untergrund begann sumpfig zu werden und Burwido stieg auf einen imposanten Ameisenhügel am Waldrand, um die Gegend zu überblicken. Der Schilfgürtel war nur einige hundert Schritte breit, dahinter erkannte er die grauen Wogen eines sehr breiten Flusses. ‚Fast wie die Elbe', dachte Burwido.

„Dort vorne muss endlich die Travenna sein, von der du vorhin sprachst, Dietrich", verkündete er den wartenden Gefährten.

Inzwischen war er wieder einmal völlig durchnässt und durchgefroren und seinen Gefährten ging es wohl nicht besser. Etwas wehmütig dachte er an die Ente vom Mittag. Er hatte Ascha ein besonders gutes Stück zugeschoben, und zwar so geschickt, dass sie es gar nicht bemerkt und deshalb auch angenommen hatte. Leider war sie dann auch nicht besonders dankbar gewesen. Logischerweise, sagte er sich, aber ein wenig enttäuscht war er dennoch. Überhaupt verhielt sie sich ihm gegenüber zwar stets freundlich und dankbar, aber eben nicht mehr und er hatte gedacht, nach der letzten Nacht ... Das konnte er sich doch nicht nur eingebildet haben, er hatte doch auch gehört, wie ihr Herz schneller schlug. Er fragte sich, ob er wohl zu weit gegangen war. Und wie ließ sich die Sache nun wieder einrenken? Nachdenklich biss er sich auf die Unterlippe. Sie schien seine kleinen Aufmerksamkeiten und Versuche, ins Gespräch zu kommen, gar nicht zu bemerken.

Nach kurzer Beratung entschieden sich die Gefährten, der Travenna Richtung Nordosten zu folgen, in der Hoffnung irgendwann auf einen unbewachten Kahn zu stoßen. Es begann bereits wieder zu dämmern. Burwido war von der Aussicht auf eine weitere Nacht im Regen nicht besonders angetan, doch so eifrig seine Augen auch die Umgebung erkundeten, er konnte keinerlei Unterstand ausmachen. Schließlich wurde es dunkel, richtig dunkel, denn der Regen verschluckte alles Licht. Um ihn herum war nichts zu hören als das Prasseln, oder besser Hämmern, des Regens auf dem Blätterdach. Burwido ging mechanisch weiter und hoffte, dass die anderen ihm folgten. Endlich lichteten sich die Bäume zur Rechten und er trat auf eine Lichtung, die beim näheren Hinsehen ein abgeernteter Acker war. Das kleine Stoppelfeld wirkte in der Dunkelheit, eingepfercht zwischen den hohen Bäumen, grau und trostlos. Dann entdeckte er hinter den Feldern, fast im Regengrau verschwimmend, ein Gebäude. Burwido steuerte quer über das Feld darauf zu, einen Weg konnte er nicht erkennen und es fehlte ihm auch an Kraft zum Suchen. Der Schlamm des Ackers klebte zäh an seinen Schuhen und Hosenbeinen, aber die Gebäude nahmen langsam die Form eines einsamen Hofes an. Drei niedrige Hütten umschlossen einen kleinen Hof. Zur vierten, offenen Seite hin war er durch ein schwaches Gatter abgetrennt. Burwido fragte seine Gefährten nicht um Rat, sondern ging direkt zum Gatter, öffnete es leise und führte die kleine Gruppe unter das überhängende Dach der Größten der Hütten. Dort wären sie wenigstens für einige Zeit dem Regen entzogen. Vor zwei bis drei Bauern mussten sie schließlich keine Angst haben und sie könnten ja im Morgengrauen, bevor jemand erwachte, unbemerkt wieder verschwinden.

Seine Gefährten erhoben keine Einwände, sondern drängten sich wortlos eng aneinander in der Ecke zusammen, die am meisten Schutz vor Wind und Regen bot. Burwido übernahm freiwillig die erste Wache. Er wagte es ohnehin nicht, sich wieder neben Ascha zu setzen und er fürchtete, wieder nicht einschlafen zu können. Also konnte er auch gleich die Wache übernehmen. Erst als seine Begleiter übergangslos in den Schlaf sanken, überkam auch ihn eine bleierne Müdigkeit, doch nun war es zu spät und er musste, ob er wollte oder nicht, bis zur ersten Wachablösung durchhalten.

Vlad

Nach einigen Stunden, Vlad hatte inzwischen die Wache übernommen, ließ der Regen etwas nach und ging schließlich in ein Nieseln über. Da erwachte plötzlich der Wachhund. Er hatte in einer Hütte am Ende des Hofes genau neben dem Gatter gelegen. Sie mussten also im Regen an ihm vorbei marschiert sein, ohne dass er etwas bemerkt hatte. Dieses Versäumnis holte er nun mit schlechtem Gewissen nach. Er bellte aus vollem Halse. Vlad nahm schließlich einen Erdbrocken und warf ihn in die Richtung des Bellens. In der herrschenden Dunkelheit konnte er nicht genau erkennen, ob er getroffen hatte, aber die Nachricht kam an. Das Bellen ging in ein leises Winseln über und verstummte dann vollends. Seltsamerweise zeigte sich trotz des Lärms kein Bewohner.

Entweder der Köter kläfft andauernd, oder sie haben uns schon gesehen, verhalten sich aber lieber still, dachte Vlad bei sich. *Vermutlich aus Angst vor Räubern.*

Als schließlich der Morgen graute und der Hahn krähte, saßen die Fünf immer noch zusammengedrängt unter dem Vordach der Hütte. Ihnen fehlte es an Kraft zum Aufstehen und Weiterlaufen. Schließlich öffnete sich eine Tür im Gebäude zu ihrer Rechten. Eine ältere Frau trat heraus und fuhr bei dem Anblick der fünf Fremden auf ihrem Hof mächtig zusammen. Doch sie fasste sich schnell.

„Was sitzt ihr hier draußen in Regen und Kälte?", fragte sie im wagrischen Dialekt, der dem Polabischen sehr ähnelte.

„Kommt herein und wärmt euch auf!"

Und sie winkte den Fremden energisch zu. Vlad übersetzte seinen aus dem Schlaf aufgefahrenen Freunden. Wilfrith schaute ungläubig zwischen ihm und der Alten hin und her. Doch Vlad war mit einer Geschwindigkeit auf den Beinen, die ihn selbst überraschte, und folgte der Frau ins Innere der Hütte.

„Ich habe ein paar Gäste mitgebracht", informierte die Alte ihren Ehemann, der drinnen am Feuer saß und den herein tretenden Vlad erstaunt musterte.

Vlad war genauso erstaunt. Was waren denn das für Sitten? Eine alte Frau, die fünf wildfremde Leute im Morgengrauen in ihre Hütte ließ und noch nicht einmal ihren Mann nach seiner Meinung fragte?

Ob sie uns wohl festhalten will?, schoss es ihm durch den Kopf. *Möglicherweise hat sie unbemerkt einen Knecht losgeschickt und der kommt gleich mit einer Kriegerschar zurück?*

Seine Gefährten standen unschlüssig hinter der Tür, sie hatten natürlich – bis auf Dietrich – nichts verstanden. Die Aussicht auf eine warme Mahlzeit im Trockenen war aber zu verlockend, als dass Vlad seinem Misstrauen gegen alle Abodriten nachgegeben hätte, er winkte seine Begleiter hinein. Die Alte machte sich derweil bereits an einem großen Kessel über dem Feuer zu schaffen. Bald ging eine Schüssel mit dampfendem Haferbrei zwischen den Freunden herum.

„Den Gasthof sollten wir uns merken!", lachte Wilfrith und leckte sich die Reste des Breis von den Fingern.

Wilfrith, Oktober 881

Wilfrith schaute von seiner Arbeit auf. Nun bekam er doch tatsächlich Hunger und dabei war noch nicht einmal Zeit für die Non! Nur weil er gerade über Essen geschrieben hatte. Konnte die einfache Kontemplation so sehr die Gefühle beeinflussen? Wie

Recht hatten Augustinus und all die anderen Lehrer der Kirche, wenn sie davor warnten, das Herz an die Dinge dieser Welt zu hängen. Wenn seine Gedanken übers Essen zu Hunger führten, müssten dann nicht Neid, Habsucht und Rachedurst die Folgen sein, wenn man beständig Ehre, Besitz oder erlittene Kränkungen in seinem Herzen bewegte?

Doch so würde er sein Werk nie vollenden. Wilfrith riss seine Gedanken mit Gewalt von Essen und Sünden fort.

Von all den Gesprächen und Verhandlungen, die auf abodritisch geführt wurden, hatte er nicht viel verstanden. Dietrich, Ascha und Vlad konnten ihm später noch eine Fülle an Einzelheiten berichten. Wilfrith selbst erinnerte sich oft nicht oder nur teilweise daran. Er schielte auf sein Holztäfelchen, auf das er bei seinem letzten Gespräch mit Dietrich einige Notizen gekritzelt hatte. Wenn er sich nicht voll auf seinen Text konzentrierte, brachte er noch alles durcheinander. Entschlossen griff er zur Feder, doch da klopfte ihm ein Bruder auf die Schulter. Es war an der Zeit, zur Non zu eilen.

Vlad, Januar 881

Die beiden Alten warteten geduldig, bis die Fremden fertig gegessen hatten. *Wahrscheinlich*, überlegte Vlad, *kommt ihnen ein Topf voll Milch und Hafer recht billig gegenüber der Möglichkeit vor, dass wir sie hätten ermorden oder sogar ausrauben können*. Manchmal musste man eben einfach die richtigen Prioritäten setzen!

Nachdem er die ersten Bissen begierig herunter geschlungen hatte, versuchte er auf abodritisch mit den beiden Alten ins Gespräch zu kommen.

„Wir sind Händler aus Haithabu im Norden", berichtete er. „Dänen, die im Süden schlimme Abenteuer erlebt haben und nun heimkehren wollen. Wir haben nur niemanden gefunden, der uns über die Travenna setzen könnte."

Die alten Gastgeber verstanden seinen Dialekt offenbar ganz gut. Jedenfalls nahmen sie ihm die Geschichte ohne Misstrauen ab.

„Wir sind hier nicht weit von der Travenna-Mündung. In vielleicht zweitausend Schritten weitet sich die Travenna zu einer großen Bucht, dahinter beginnt das baltische Meer. An dieser Bucht liegt ein Dorf, in dem unsere beiden Söhne mit ihren Frauen leben. Mein Ältester, Stanisław, ist Fischer. Er besitzt ein eigenes Boot und treibt manchmal auch Handel, ganz wie ihr. Und auch unsere Enkel sind schon richtige Seeleute", prahlte Bosćij, denn so hieß der Alte, lebhaft.

„Einer von ihnen wird euch für einen guten Preis über die Travenna setzen. Macht euch darüber keine Sorgen mehr. Nur wie wollt ihr dann nach Haithabu kommen? Auf dem Landweg ist das ziemlich weit, und gerade jetzt sind die Zeiten unsicher und die Wege gefährlich! Dänen und Sachsen geben beide sicher nicht für lange Zeit Ruhe – nichts gegen euch Händler", warf er rasch ein, als ihm einfiel, dass er gerade mit solchen Dänen sprach, „aber ihr wisst ja selbst, wie die Fürsten sind. Sie können nie genug Land und Macht und Silber bekommen. Da werden fünf Wanderer leicht für Kundschafter gehalten. Nein, es wird kein Spaziergang werden nach Haithabu. Und selbst wenn alles glatt gehen sollte, seid ihr zu Fuß sicher zwei Wochen unterwegs."

Er machte eine Pause und nickte wie zur Bekräftigung des eben Gesagten vor sich hin.

„Über das offene Meer fährt jetzt im Winter so gut wie niemand, das wäre sonst der beste Weg und es dauert nur wenige Tage."

„Zwei Wochen?", rief Dietrich, der auch das Abodritische verstand.

„Aber das kann nicht sein, das darf nicht sein! – Wir verpassen ein sehr gutes Geschäft", fügte er hastig hinzu, als er den erstaunten Blick Bosćijs bemerkte.

„Da kann ich euch leider auch nicht weiter helfen", entgegnete der Alte. „Jedenfalls wärmt ihr euch hier erst einmal auf. Und dann bringe ich euch zu Stanisław ins Dorf. Der kann euch wenigstens schon mal über die Travenna setzen."

Kapitel 10 – Eine Seefahrt

Dana

chon während des Essens und auch danach, als die Fremden mit ihrem Mann sprachen, hatte Dana, die Gastgeberin, ihren unerwarteten Besuch gründlich gemustert. Die schlechte Kleidung des jüngsten Reisenden und sein zierlicher Körperbau fielen ihr besonders auf. Jedenfalls erweckte der junge, in Lumpen gehüllte Däne ihr Mitleid. Sie ging in einen Winkel der Stube und suchte unter den alten Sachen ihres Mannes. Schließlich fand sie ein zerschlissenes Hemd, immer noch viel besser als die Lumpen des armen Jungen. Zufrieden mit ihrer Auswahl stapfte sie zurück zu den Gefährten und reichte Ascha das Hemd.

„Nimm das hier, Junge, es ist ein Geschenk", sagte sie im wagrischen Dialekt, aber Ascha schien nicht zu verstehen. Sie nahm das Geschenk und drehte es unschlüssig in ihren Händen. Die alte Hausherrin interpretierte das als Unverständnis und wollte ihr zeigen, was sie meinte. Sie griff nach der Decke, die Ascha als Gewand diente und zog sie von ihrer rechten Schulter und Brust. Ascha schrie erschrocken auf und lief tiefrot an. Die Mönche wandten sich schamvoll ab und die alte Dana merkte, dass sie einem Irrtum erlegen war. „Komm mal mit, du armes Ding", murmelte sie und verschwand im Nebenraum.

Sie ahnte nun, dass Ascha ihre Sprache sehr wohl verstand, und warum man ein junges Mädchen geschoren und nackt aus dem Dorf gejagt hatte, konnte sie sich auch gut vorstellen. Sie musste sich auf eine Liebschaft mit einem der fremden Händler eingelassen haben. Das erklärte auch, welcher Art die schlimmen Abenteuer waren, von denen der Fremde mit dem langen dunklen Haar gesprochen hatte.

Ascha

Ascha war die Sache ungeheuer peinlich. Musste die Alte ausgerechnet vor den Augen Burwidos ihr das Gewand vom Leibe reißen?

Und hatte ihm gefallen, was er gesehen hatte? *Ach, du dumme Gans!*, fuhr sie sich in Gedanken an. Ihre Wangen glühten. Was wollte ihre Gastgeberin denn nun noch? Sie sah unschlüssig zu ihren Gefährten herüber; als Dietrich nickte, folgte sie Dana aber in den Nebenraum. Die Bäuerin kramte in ihrer Truhe und brachte schließlich ein einfaches, aber sauberes Kleid und ein Kopftuch hervor.

„Das wird dir besser stehen als die alte Decke oder Bosćijs Hemd", sagte sie und reichte Ascha das Kleid mit einem leisen Lachen.

„Und warum humpelst du überhaupt so?"

„Es ist nichts", antwortete Ascha schüchtern. Ganz war sie noch nicht über die Peinlichkeit hinweg.

„Hab unendlich Dank für das Kleid."

„Nichts lässt nicht humpeln", knurrte Dana nur, „zeig schon her, keine Angst, ich kenne mich mit so etwas aus."

Ascha setzte sich und die Alte nahm ihre Füße und tastete die inzwischen deutlich geschwollenen Fußsohlen ab. Die Haut war rissig, größere Hautfetzen hatten sich gelöst und als Ascha die Füße nun hoch hielt, merkte sie, wie das Blut darin pochte. Danas tastende Finger lösten einen stechenden Schmerz aus, so das Ascha leise aufstöhnte. Die Alte beendete unvermittelt die Untersuchung, stand auf und wandte sich verschiedenen, an der Wand hängenden Holzdosen zu, in denen sie kramte, bis sie schließlich mit einem triumphierenden Schnaufen Ascha einige getrocknete Kräuter unter die Nase hielt. Kamille war dabei und Beinwellblätter. Ascha hatte gehört, dass Beinwellwurzeln bei Glieder- und Magenschmerzen halfen, aber die Blätter? Einige weitere Kräuter hatte sie zwar schon gesehen, von ihrer heilkundlichen Bedeutung aber nie gehört. Sie zuckte daher unschlüssig mit den Schultern. Aber das schien der umtriebigen Alten zu reichen. Sie schnaufte erneut befriedigt und lief mit ihren Kräutern wieder in die Haupthütte zurück. Ascha nutzte die Gelegenheit, um sich, diesmal unbeobachtet, der alten Lumpen zu entledigen und das geschenkte Kleid überzustreifen. Außerdem hatte sie endlich etwas, um ihr geschundenes Haar zu bedecken! Hoffentlich wuchs es rasch wieder nach, eigentlich war sie sehr stolz auf ihr volles Haar gewesen. Sie rückte das Tuch zurecht und zupfte prüfend am Rock. Was ihre Begleiter wohl davon hielten? Aber eigentlich interessierte sie nur Burwidos Meinung, wie sie sich etwas missmutig eingestand.

Als sie in den Wohnraum trat, sah sie, wie ihre Gastgeberin bereits unter den misstrauischen Blicken Wilfriths, der im Kloster einiges über Heilkunde gelesen und gelernt hatte, die Blätter mit Honig und Gerstenmehl zu einer Art Paste verrieb. Die schmierte sie dann in die offenen Stellen an Aschas Füßen und legte einen Verband darüber. Es hatte eine wohltuend kühlende Wirkung. Schließlich suchte Bosćij ihr sogar noch ein altes Paar Lederschuhe heraus. Ascha empfand eine warme Dankbarkeit gegenüber den beiden Alten. Die Gastfreundschaft war ihrem Volk heilig, doch diese Wagrier waren selbst für abodritische Maßstäbe mehr als hilfsbereit.

Wilfrith

Nachdem sie etwa zwei Stunden im Gehöft der alten Wagrier verbracht hatten, fühlte sich Wilfrith wieder so weit aufgewärmt, dass er unruhig wurde. Auch die Gefährten schienen einigermaßen erholt. Ascha hatte sich in eine junge Frau zurückverwandelt und ihre Füße waren versorgt worden, auch wenn Wilfrith der abodritischen Heilkunst misstraute. Immerhin hatte die alte Wagrierin bei der Zubereitung der Salbe keine heidnischen Riten zelebriert oder gar Zauberformeln rezitiert!

Wilfrith merkte wohl, wie gern seine Gefährten die Gastfreundschaft der beiden Alten noch weiter genossen hätten, aber er drängte zum Aufbruch. Die Angst um die sächsische Heimat ließ ihm keine Ruhe, auch wenn er sich fühlte, als ließe er die beiden Wagrier im Stich. Er nutzte kurz ihre Freigiebigkeit, gab aber nichts zurück, obwohl er doch das Evangelium von Gottes Sohn, die beste Botschaft überhaupt, im Gepäck hatte! Schlimmer noch, sie hatten die beiden sogar in Bezug auf ihre Herkunft und das Ziel ihrer Reise belogen!

Höchster aller Herrscher, bat Wilfrith im Stillen, halte in Deiner huldvollen Gnade die Hand über diese gastlichen Alten, denn sie haben, ohne es zu wissen, Deine Jünger beherbergt.

Das Gebet musste für dieses Mal reichen. Wilfrith und seine Gefährten packten rasch ihre wenigen Habseligkeiten zusammen und der alte Bosćij geleitete sie, wie versprochen, selbst ins nächste Dorf. Nach etwa einer halben Stunde erreichten sie den kleinen Ort, der aus acht Hütten bestand, die sich in eine Niederung dicht am Ufer drückten. Ein schwacher Zaun umgab die Siedlung, nicht wert, als Palisade bezeichnet zu werden. Wilfrith konnte sich vorstellen, warum man auf einen größeren Wall verzichtete. Wenn das geblähte Segel eines ascomannischen Drachenschiffes in der Bucht auftauchte, halfen allenfalls schnelle Beine, aber keine Palisaden.

Vlad

Bosćij führte die Gefährten von seinem gastlichen Hof auf einem schmalen Pfad auf ein kleines Fischerdorf zu. Vor dem Ort weitete sich die Travenna zu einem großen See. Einige Möwen kreisten darüber und Vlad war sich nicht sicher, ob er aus ihrem lauten „Krii-Krii" ein Versprechen oder eine Warnung heraushören sollte. Der Himmel war bedeckt und ein mäßiger Wind blies aus Westen, so dass sich auf dem See kleine Wellen mit glasigen Kämmen bildeten. Das Schilf am Ufer wiegte sich sanft in Wind und Dünung und die Luft trug bereits den salzigen Geruch des Meeres mit sich. Hunde begrüßten die kleine Gruppe mit ihrem Gebell, als sie sich der Umfriedung näherten, und mehrere Männer schauten aus den Hütten. Als sie aber den alten Bosćij erkannten, begaben sie sich ruhig wieder an ihre Arbeit. Der alte Wagrier führte die Fünf zielstrebig zu einer der windschiefen Fischerkaten.

„Stanisław!", rief er mit lauter Stimme.

„Stanisław ist mein ältester Sohn, er ist Fischer. Mit einem eigenen Boot!", erklärte er.

Das sagt der Alte jetzt bestimmt schon zum zehnten Male, dachte Vlad, der es aufgegeben hatte, den Sachsen alles wortgetreu zu übersetzen. Stanisław schien nicht nur wohlhabend, sondern auch gut erzogen zu sein, denn er ließ seinen Vater nicht lange warten. Er hatte das wettergegerbte Gesicht der Seefahrer und Fischer, was es kaum erlaubte, sein Alter zu schätzen. Mit seiner nicht besonders großen, aber dafür umso breiteren Gestalt und dem federnden Gang konnte er aber kaum älter als fünfundzwanzig oder dreißig Jahre sein. Aber was Vlad vor allem auffiel, war eine dunkle Binde über dem rechten Auge. Zusammen mit dem fast schwarzen Bart, der ihm zottig auf die Brust herabhing, machte das auf Vlad einen geradezu verwegenen Eindruck.

„Sei gegrüßt, Vater, wen bringst du mir da?", wollte Stanisław wissen.

„Das sind einige dänische Händler, die so rasch wie möglich nach Haithabu wollen", erklärte Bosćij.

„Sie suchen jemanden, der sie über die Travenna setzen kann."

„So, so, warum habt ihr euch denn nicht schon bei Liubice übersetzen lassen, da gibt es doch genug Fährleute und der Fluss ist viel schmaler?", fragte Stanisław.

„Wir hatten uns verlaufen, außerdem wollten wir so schnell wie möglich das Meer erreichen, um zu sehen, ob man nicht ein Schiff finden könnte, dass nach Starigard oder besser gleich nach Haithabu fährt", log Vlad und biss sich auf die Unterlippe. Der Fischer ließ sich sicher nicht so leicht übertölpeln wie seine Eltern. Er schien einen wachen Verstand zu haben.

„Das war aber nicht so klug von euch, denn in Liubice gibt es mehr und größere Schiffe als hier in den Fischerorten an der Küste! Allerdings bezweifle ich, dass ihr jetzt im Winter überhaupt jemanden finden werdet, der euch mitnehmen kann", schlug Stanisław nochmals in dieselbe Kerbe.

„Nun, wir werden es eben versuchen", entgegnete Vlad trotzig, entschlossen, bei seiner Geschichte zu bleiben.

„Das ist zu dieser Jahreszeit wirklich keine Spazierfahrt", warnte Stanisław.

„Selbst zum Fischen fahren wir nicht weit hinaus. Das Wetter kann einfach zu schnell umschlagen. Bis Starigard geht es wohl an, denn bis dorthin kann man sich dicht unter Land halten und muss dann nur in den großen Starigarder Graben einbiegen. Da ist man sicher, wenn er nicht gerade zufriert. Aber von dort weiter nach Haithabu muss man übers offene Meer! Oft sieht man in der Nacht die Sterne nicht, wonach soll man dann steuern?"

„Es scheint, du hast die Reise schon öfter unternommen?", wollte Vlad wissen, um das Gespräch wieder in die Hand zu bekommen.

„Ja, sicher, an die sieben Mal bis nach Starigard und auch schon bis Haithabu zu den Dänen", entgegnete der Fischer stolz.

„Ich bin nicht nur Fischer, sondern zuweilen auch Händler, genau wie ihr! Aber was steht ihr hier herum? Kommt doch herein! Und bitte, nennt mich Stan!"

Dabei machte er eine einladende Geste.

Wilfrith

Stanisław, der Fischer mit dem einen Auge, palaverte angeregt mit Vlad, dann machte er eine einladende Bewegung in Richtung der Tür seiner Kate. Auch wenn Wilfrith dem Gespräch nicht hatte folgen können, diese Geste war eindeutig.

„Wir bezahlen das Übersetzen natürlich", drängelte er, da er annahm, Vlad habe bereits die Verhandlungen begonnen.

„Noch besser bezahlen wir ihn natürlich, wenn er uns nach Starigard bringt!", fügte er, einer plötzlichen Eingebung folgend, hinzu. Sie könnten es vielleicht wie der Händler Guntlof machen und über Haithabu heimkehren!

„Bis nach Starigard?", fragte Stan zurück, nachdem Vlad Willfriths Anliegen übersetzt hatte.

Er kaute nachdenklich auf seiner Unterlippe.

„Das würde aber nicht ganz billig. Ich könnte während der Reise und auch während des Rückweges nicht fischen, außerdem wird mein Boot bei so einer Reise im Winter stark beansprucht und es lauern viele Gefahren!", übersetze Vlad getreu seine Antwort.

„Wie viel verlangt er denn für so eine Überfahrt?", begann Willfrith nun tatsächlich die Verhandlung mit Hilfe von Vlads Dolmetschen. Dabei tastete er unruhig nach seiner Geldrolle. Er wollte auf keinen Fall als Erster ein Angebot unterbreiten, denn er hatte nicht die geringste Ahnung, was ein angemessener Preis für solch eine Überfahrt wäre.

„Also bei gutem Wind kann man in einem Tag bis zum Eingang des Grabens gelangen. Dann noch einen halben Tag rudern bis Starigard. Das bedeutet hin und zurück drei Tage. Ich würde meine beiden Söhne und zwei weitere Jungen mitnehmen. Ich und mein Boot brauchen sechs Pfennige pro Tag, meinen Söhnen gebe ich je zwei Pfennige und jedem Jungen einen. Das macht zusammen 36 Pfennige, also drei Zählschillinge gutes, reines Silber. Dazu kommt noch, was wir in den drei Tagen verzehren. Wie gesagt, nicht billig, aber weniger ist nicht möglich. Überlegt euch also gut, ob ihr nicht doch lieber zu Fuß gehen wollt."

„Drei Silberschillinge will er bis Starigard haben, und das ist sicher nicht viel für die Strecke. Außerdem können wir in etwa zwei Tagen dort sein. So schnell sind wir auf dem Landweg nie!", übersetzte Vlad begeistert ins Sächsische.

„Drei Schillinge? Ich habe von dem Bischof für den Freikauf von Dietrich ein Pfund Silber, also 20 Schillinge gutes Frankensilber erhalten. Ich denke, dass sie hier in seinem Sinne eingesetzt wären. Sag dem Mann, dass wir annehmen und gleich losfahren möchten!", entschied Wilfrith.

Die Parteien waren sich also einig und Wilfrith zählte das blanke Silber auf die Tischplatte. Bosćij saß dabei und sah zufrieden zu.

„Ihr habt euch einen guten Schiffer ausgesucht. Einen besseren findet ihr im ganzen Travenna-Gebiet nicht", lobte er seinen Sohn voll Stolz.

Wilfrith drängte auf eine baldige Abfahrt, aber sein Gastgeber musste ihn vertrösten.

„Der Wind steht zwar gut, aber ich denke das Wetter hält sich noch ein wenig. Für so eine lange Fahrt müssen wir erst einmal das Boot fertig machen und verproviantieren. Bis dahin ist Mittag vorbei. Ich werde auch noch mal die Kalfaterung überprüfen. Und wenn wir danach erst losfahren, kommen wir bei Helligkeit nie und nimmer bis zur Einfahrt des Grabens, wo wir den ersten Abend ankern sollten. Bis dahin bleibt ihr natürlich meine Gäste."

„Wir fahren morgen los", übersetze Vlad leicht verkürzt. Er hatte keine Ahnung, was Stanisław mit ‚kalfatern' meinte.

„Das war nie und nimmer alles, was der Fischer zu dir gesagt hat", protestierte Wilfrith, aber Vlad zuckte nur mit den Achseln:

„Der Rest war nicht so wichtig."

Wilfrith blieb nichts anderes übrig, als sich in Geduld zu üben. Stanisław trommelte gleich seine Mannschaft zusammen, um das Boot seeklar zu machen. Wilfrith bot sich an, bei der Arbeit auszuhelfen, um die Sache zu beschleunigen, und auch Vlad und Burwido schlossen sich ihm an.

Der Fischer führte seine Helfer zum Strand hinunter, wo mehrere Boote auf den Sand gezogen waren. Einige lagen auf der Seite, andere wurden mit Holzböcken abgestützt. Zielstrebig ging Stanisław zu dem Größten der Fahrzeuge. Es war ein typisch slawischer Bau. Die Klinkerbauweise, also die sich überlappenden Planken und der hochgezogene Bug sowie das gleichermaßen geformte Heck ließen es den sächsischen oder dänischen Booten nicht unähnlich erscheinen. Doch waren die einzelnen Plankengänge nicht mit eisernen Nieten und Nägeln, sondern mit Sehnen und Stricken aneinander genäht und mit Holznägeln an den Spanten befestigt. Das Deck selbst bestand aus losen Holzplanken, die man nach Gutdünken entfernen konnte, um zur Bilge zu gelangen. Das Boot war vierzehn Schritte lang und hatte, wenn es voll beladen war, einen Tiefgang von vielleicht einer Elle und eine Breite von fünf Schritten. An Bug und Heck waren auf jeder Seite zwei runde Löcher mit einer schmalen Ausziehung in die oberste Planke gebohrt worden – Riemenlöcher. Das Fahrzeug erschien mit den soliden Kiefernplanken und den hochgezogenen Enden trotz seiner geringen Größe seetüchtig. Nicht, dass Wilfrith so etwas beurteilen konnte, denn viel Erfahrung mit Seeschiffen hatte er nicht. In der Hammaburg und in Bremen machten zwar regelmäßig welche fest, aber zur See war er noch nicht gefahren.

Doch mit Booten verhielt es sich wie mit Pferden, als Mann fühlte man sich irgendwie zum Expertentum verpflichtet. Burwido musterte das Fahrzeug mit entsprechend fachmännischem Blick und tauschte mit Vlad einige Kommentare aus, die dem Fischer, wäre er des Sächsischen mächtig gewesen, sicher ein Schmunzeln abgerungen hätten. Zuerst machten Stanisławs rasch herbeigerufene Söhne neben dem Boot ein Feuer und stellten einen Topf mit Harz auf drei Steine, so dass er direkt über den Flammen stand. Wilfrith beobachtete fasziniert, wie sie auf Anweisung ihres Vaters kleinere Risse und Spalten zwischen den Planken mit Moosstücken verstopften, die sie zuvor in das heiße Harz getaucht hatten, das Schiff also kalfaterten, wie Stanisław es nannte. Anschließend breitete Stan alle Seile, Leinen und Taue am Strand aus. Die Lederseile wurden frisch eingefettet, wobei Wilfrith und seine Gefährten nun endlich mithelfen konnten. Stan hieß einen seiner Söhne, zwei schadhafte Stücke aus einem Hanfseil spleißen. Ein weiteres Seil, das der Fischer als ‚Fall' bezeichnete, führte er durch ein kleines Loch am oberen Ende des Mastes, der neben dem Boot am Strand lag. Es diente nach dem Aufrichten dazu, die Rah mit dem Segel am Mast hochzuziehen. Anderes Tauwerk befestigte Stan an der Mastspitze, und Wilfrith wunderte sich, ob er dabei nach einem bestimmten Prinzip vorging. Ihm erschien es völlig willkürlich, welche Taue der Fischer auswählte und wo er sie befestigte.

Dann gab er Vlad und ihm selbst je ein Ende in die Hand. Seine Söhne ergriffen zwei weitere Seile.

„Du bist doch der Kräftigste von euch", wandte er sich dann an Burwido, „du hilfst mir, den Mast ins Boot zu hieven."

Nachdem Vlad dem Angesprochenen die Worte übersetzt hatte, griff Burwido freudig und stolz zu. Zusammen mit Stan wuchtete er das schwere Holz ins Boot und bugsierte den unten spitz zulaufenden Mast in eine entsprechende Vertiefung im Kielbalken. Auf Stans Zeichen hin zogen Wilfrith, Vlad und seine Söhne an den Seilen und der Mast richtete sich auf. Stans Söhne befestigten die Zugseile an der Bordwand, so dass daraus Vor- und Backstag und je zwei Wanten wurden. Diese Taue hielten den Mast in seiner Position. Zum Bedienen des einfachen Rahsegels, das schon aufgerollt längs im Boot lag, diente das bereits in dem Loch an der Mastspitze befindliche Fall, je eine Back- und Steuerbordbrasse und zwei

Schoten. Das war alles. Wilfrith schaute trotzdem ziemlich verwirrt auf das scheinbare Gewirr aus Seilen, das sich unter den flinken Händen von Stan und seinen Söhnen rasch ordnete. Dann griffen Stans Söhne nach den Riemen und schoben sie verkehrt herum, also von außen nach innen, in die Dollenlöcher am Bug.

„Was soll das denn werden?", fragte Vlad auf sächsisch.

Auch Burwido schien sich zu wundern. Wenn er schon von Tauen und Segeln nichts verstand, wusste er doch, wie herum ein Riemen eingelegt gehörte. Riemen gab es auch bei den kleinen Kähnen auf der Elbe und Wilfrith wusste, dass Burwido sich für einen guten Ruderer hielt.

„Hier könnt ihr noch einmal mit anpacken", beschied Stan und deutete auf die nach außenbords ragenden Riemengriffe. Vlad verstand immer noch nicht, was Stan von ihm wollte, übersetzte die Aufforderung aber gehorsam ins Sächsische. Doch als Stans Söhne die Schuhe auszogen und die Hosenbeine hochkrempelten, begriff Burwido.

„Ist doch klar, wir müssen das Boot ins Wasser schieben", erklärte er dem verdutzten Vlad großspurig, entledigte sich prompt seines Schuhwerks und packte einen der Riemengriffe.

Zunächst bewegte sich das schwere Boot gar nicht, dann gab es einen Ruck und sobald es erst einmal am Rutschen war, ging es ganz gut. Das Wasser war eiskalt, aber sie schoben das Fahrzeug bis ins über knietiefe Wasser. Nachdem das Boot endlich im Wasser des Sees schwamm, mussten als Letztes noch einige der schweren Steine, die am Ufer zu diesem Zweck bereit lagen, in den Schiffsraum gebracht werden. Für eine Fahrt über das Meer ohne schwere Ladung brauchte man Ballast. Auch das war wieder eine Arbeit, bei der Burwido, Wilfrith und Vlad anpacken konnten. Sie bildeten eine Kette zum Boot und reichten die schweren Steinbrocken weiter. Burwido, noch immer stolz, dass der Fischer ihn für den Kräftigsten hielt, übernahm die schwierige Aufgabe, die Steine durch das Wasser bis zum Boot zu tragen und Stan ins Boot hinauf zu reichen. Er trat bis über die Knie ins eiskalte Wasser und hoffte, dass Ascha alles beobachtete. Doch dann bekam er einen besonders unhandlichen Brocken nicht richtig zu fassen.

„Verdammt!", schrie er auf und versuchte, den Stein wieder unter Kontrolle zu bekommen, damit er nicht vor ihm ins Wasser platschte. Dafür machte er einen Ausfallschritt, doch sein Fuß trat auf eine scharfkantige Muschel, er rutschte aus und landete mitsamt dem Felsbrocken im See. Vlad, der hinter ihm stand, musste sich vor Lachen erst einmal setzen. Auch Wilfrith, Stan und seine Söhne lachten lauthals. Burwido fluchte wie ein Rohrspatz. Seine Augen suchten nach Ascha, aber die war glücklicherweise nirgends auszumachen. Immer noch grummelnd, verschwand er in Stans Fischerkate.

Nachdem sie die Ausrüstung des Bootes beendet hatten, stieg Wilfrith auf die schwankenden Planken. Von innen wirkte das Boot schmaler als am Strand.

Schon seltsam, dass diese Dinger nicht einfach umkippen, dachte er sich. Nun würde er endlich auch einmal mit einem Fischerboot aufs Meer fahren, wie er es in den Evangelien vom heiligen Petrus, Andreas, Jakobus und Johannes immer wieder gelesen hatte.

Er sah sich an Deck um. Vier Riemen, zum Manövrieren bei widrigem Wind oder in engen Kanälen, lagen hinter der Reling und am Heck machte sich Stan gerade an einem weiteren großen Riemen zu schaffen, den er senkrecht an der rechten Seite des Bootes befestigte. Diese Seite hieß daher Steuerbord, während die andere, der der Steuermann seinen Rücken zuwandte, als Backbord bezeichnet wurde. Soviel hatte Wilfrith von der Sprache der Bremer Seeleute aufgeschnappt.

Am Nachmittag war die Bootsausrüstung endgültig abgeschlossen und auch die Verproviantierung schritt gut voran. Stan konnte für wenige Pfennige Stockfisch und Brot aus seinem Vorrat anbieten, den Rest sammelte er rasch im Dorf aus den Wintervorräten seiner Bekannten zusammen.

Schließlich rief Stans Frau von der Kate herüber nach ihrem Mann und seinen Helfern. Als Wilfrith hinter Stan die Stube betrat, saßen Burwido, Dietrich und Ascha bereits mit Essbrettern auf den Knien auf der Wandbank. Stans Frau servierte Scholle. Frisch gefangen, wie Stan stolz berichtete.

Burwido

„Auch wenn es eurem Freund ein wenig zu kalt erschien, die Schollen lieben das kalte Wasser. Im ganzen Jahr sind sie nicht so fett und lecker wie jetzt im Winter", sagte Stan zu Vlad und grinste Burwido schief an.

Alle lachten, als Vlad die Bemerkung übersetzte, doch auch Burwido musste zugeben, dass der Fischer Recht hatte. Die Schollen waren mehr als einen Daumen dick und richtig saftig, er konnte sich nicht erinnern, jemals so schmackhaften Fisch gegessen zu haben.

„Lasst uns schlafen gehen. Um am nächsten Tag die Einfahrt des Starigarder Grabens vor dem Hereinbrechen der Nacht zu erreichen, müssen wir bei Sonnenaufgang in See stechen", verkündete Stan nach dem Essen.

Der inzwischen wieder weitgehend trockene Burwido und seine Gefährten streckten sich gehorsam mit ihren Decken auf der Bank hin, die in allen abodritischen Häusern im Hauptraum an den Wänden entlang lief.

Endlich müssen wir einmal keine Wache halten, dachte Burwido. Dennoch lag er noch lange wach, aber diesmal beherrschte nicht nur Ascha seine Gedanken, wie an den Vorabenden. Das Plätschern der Wellen war bis in die Hütte zu hören und ließ ihn vom Meer und fernen Ländern träumen. Er war noch nie übers Meer gefahren. An die Kähne auf den Seen und der Elbe war er schon von früher Jugend an gewöhnt, aber das Meer und richtige Schiffe? Nein, die gab es bei den heimischen Höfen nicht. Seeschiffe hatte er nur einmal in Hammaburg liegen sehen, als er seinen Bruder im Kloster besuchte. Großvater hatte ihm geheimnisvolle Geschichten von der großen Seeschlange erzählt, die andauernd ihren eigenen Schwanz fressen muss, damit sie nicht zu groß würde, um ins Meer zu passen. Denn sonst bräche das Ende der Welt herein, die Götterdämmerung, die Schlacht zwischen den alten Göttern und Helden, die Wotan für diesen Zweck in Walhalla versammelt hatte, und der Armee der Unterwelt. Die Schlange, der Wolf und all die Riesen aus dem hohen Norden ... Er hatte auch viele andere wunderliche Geschichten vom Meer und fernen Ländern erzählt, aber als getaufter Christ brauchte man sich ja vor all dem nicht zu fürchten. So behauptete es doch zumindest sein Bruder und der war Mönch und sollte es wissen, oder?

Wilfrith

Im Morgengrauen weckte Stan seine Gäste. Er und seine Mannschaft hatten bereits die letzten Vorbereitungen getroffen. Seine Frau reichte warmen Haferbrei als Morgenmahl, dann ging es zum Strand. Fast das gesamte Dorf war erschienen, um Stan und die Fremden zu verabschieden. Nachrichten sprachen sich hier schnell herum, und eine Fahrt nach Starigard mitten im Winter war immerhin etwas Aufsehenserregendes. Stan war zudem beliebt, und wer wusste, ob er das Dorf je wiedersehen würde? Jeder Abschied, gerade bei diesen Fahrten, konnte der Letzte sein. Das Wetter war ihnen jedoch zugetan. Der Wind hatte nach Südwest gedreht und war etwas aufgefrischt. Beides günstig für das Unternehmen. Die Wellen in der weiten Bucht vor ihnen begannen sich zu brechen, die Köpfe blieben aber glasig, nur ganz vereinzelt zeigten sich kleine Schaumkronen. Der Himmel war immer noch bewölkt, aber Burwido konnte den Stand der Sonne im Osten durch die Wolken erkennen.

Stans Söhne ruderten das Fahrzeug geschickt aus der Landabdeckung und dem Windschatten der Bäume heraus, dann setzten sie das Segel. Es schlug zuerst hilflos gegen Mast und Wanten, doch dann füllte es sich mit Wind und das Boot legte sich sanft auf die Seite und nahm Fahrt auf. Nachdem Wilfrith den ersten Schreck über die Schräglage überwunden hatte – das Boot schwankte nur etwas mit Wind und Wellen, schien aber sonst eine stabile Lage gefunden zu haben – schaute er auf das rasch an ihnen vorbeiziehende Land. Dann blickte er zum Segel und am Mast empor. Es war ein erhebendes Gefühl, so mit dem Wind über die Wogen zu gleiten.

Zu seiner Enttäuschung holten Stans Söhne das Segel aber bereits nach einer dreiviertel Stunde wieder ein. Sie hatten den Ausgang des Sees erreicht und die Travenna verengte sich noch einmal, bevor sie sich endgültig ins weite Meer ergoss. Das Fahrwasser wurde hier zu eng zum Segeln und musste wieder mit den Riemen bewältigt werden. Burwido ließ Vlad fragen, ob er nicht auch einen Riemen übernehmen könnte. Stan gestattete das lachend.

„Wenn ihr mitarbeiten wollt, gern. Der Fahrpreis wird dadurch aber nicht billiger!"

Vlad und Burwido nahmen daraufhin die übrigen zwei Riemen auf und schoben sie durch die noch freien Löcher am Bug. Burwido fand sich rasch in den Rhythmus von Stans Sohn vor ihm, Vlad dagegen tat sich schwerer und sein Riemen stieß immer wieder mit dem seines Vormanns zusammen.

„Lass auch mal einen der Jungen rudern, die sollen ja auch etwas für ihr Geld tun", schlug Stan, der sich offenbar um seine Riemen sorgte, schließlich vor, und Vlad ließ sich sofort überzeugen.

Da sie mit dem Strom ruderten, erreichten sie die Mündung ins Meer bereits nach einer guten halben Stunde. Für Ascha, Vlad und Burwido war es das erste Mal, dass sie das Meer in seiner grenzenlosen Ausdehnung zu Gesicht bekamen. Wilfrith hatte auf der Reise zwischen der Hammaburg nach Bremen schon einige Male den Britannischen Ozean gesehen.

Die Sonne glitzerte auf den schier endlosen Wellenkämmen. Dazwischen lagen immer wieder dunklere Streifen im Schatten von Wolken. Ein faszinierendes Bild, ständig in Bewegung und doch strahlte es eine tiefe Ruhe aus.

Rechterhand auf der Halbinsel, direkt an der Travenna-Mündung, entdeckte Wilfrith einen weiteren kleinen Fischerort. Auch von dort waren einige Boote ausgefahren, und so wurde Stans Fahrzeug keine besondere Beachtung geschenkt. Es handelte sich zwar um eines der Größeren, aber durchaus nichts Aufsehenserregendes.

Auf dem Meer wurde dann das Segel wieder gehisst. Burwido half diesmal mit und schaute, als fühle er sich schon wie ein richtiger Seebär.

Vlad

Stan nahm Kurs entlang der Küste nach Norden, die erste halbe Stunde hielt er sich dicht unter Land und die Küste zog backbords vorbei. Die Fahrt machte Vlad eigentlich Spaß, zu seiner Verwirrung nannte Stan aber nun die der Küste zugewandte Seite Luv und nicht mehr Backbord.

Hinter einem kurzen weißen Strand erhob sich ein steiles Ufer bis zu 50 Schritte über das Meer. Am oberen Rand begann, wie ein grüner Gürtel, übergangslos dichter Wald. An einigen Stellen konnte Vlad mit seinen scharfen Augen nahe der Oberkante viele runde Löcher erkennen, wie Mauselöcher, dachte er. Allerdings flogen kleine Vögel statt Mäuse herein und heraus. Über dem Boot kreisten einige der Möwen, die sich schon am Vortag mit ihrem heiseren Gekreische bemerkbar gemacht hatten. Sie waren es gewohnt, den Booten zu folgen, um ihnen ein paar Fische aus den Netzen wegzuschnappen.

Die kurzen Wellen ließen das Boot kaum schwanken und so ging es gut voran. Bald zog sich das Ufer auf der linken Seite, die nun auch Backbord und Luv hieß, zurück. Die Wellen wurden etwas länger und das Boot hob und senkte sich jedes Mal, wenn eine Woge unter ihm hinweg lief. Vlad bemerkte ein seltsames Gefühl in der Magengegend. Vielleicht war ihm der Haferbrei so früh am Morgen nicht bekommen. So ging es für knapp drei Stunden geradewegs nach Norden über die offene Meeresbucht. Die Küste verschwand jedoch nie ganz außer Sicht und im Norden kamen sie wieder dicht unter Land. Vlad fühlte sich bald wohler und Stan änderte den Kurs entsprechend der Küstenlinie nach Nordosten. Die Rah wurde quer gebrasst, so dass der Wind nun genau von hinten in das Segel blies.

„Vor dem Wind", meinte Stan, „sind wir am schnellsten, nun werden wir die Einfahrt zum Starigarder Graben vor Dunkelheit erreichen und dann Anker werfen."

Wilfrith

Das Ufer war flach und mit Wald bestanden. Stan hielt reichlich Abstand, denn das Meer blieb bis weit hinaus sehr seicht. Wilfrith konnte durch das klare Wasser bis zum sandigen Grund sehen. Stellenweise war er dicht mit langem, dunkelgrünem Gewächs bestanden, dann kamen wieder sandige Streifen. Es wirkte, als habe jemand auf dem Meeresgrund Felder angelegt. Stan meinte, dass eine Art Zwerge dafür verantwortlich sei. Sie hielten die Fische als Vieh. Deshalb verstünden sie sich nicht besonders gut mit den Fischern und manchmal, wenn ein Kind allein zu nahe ans Wasser ging, zogen sie es aus Rache in die Tiefe. Wilfrith debattierte daraufhin mit Dietrich, ob wohl ein großzügiges Einleiten von Weihwasser ins Meer diesem Spuk ein Ende bereiten könnte. Sie kamen jedoch zu keinem Ergebnis und ließen den Plan bald wieder fallen.

Am späteren Nachmittag umrundeten sie ein Kap. Die Küste bog nun wieder nach Norden ab, und Stans Jungen veränderten die Segelstellung entsprechend. Eine gute weitere Stunde später wurde die Einfahrt in den Graben in der Abendsonne sichtbar. Sie glänzte wie ein goldenes Band zwischen den dunklen Silhouetten der bewaldeten Ufer. Dicht hinter der Einfahrt, auf der Nordseite, entdeckte Vlad die Rauchfahnen einer Siedlung.

„Das sind verdammte Halsabschneider", murmelte Stan. „Die nehmen Geld fürs Anlegen. Ich wette, sie würden auch noch einen Zoll für die Durchfahrt erheben, wenn es der Fürst von Starigard erlaubte."

Da sich das Wetter hielt, beschloss Stan, vor der Einfahrt im Windschatten der Küste zu ankern, um die Anlegegebühr der fremden Fischer zu sparen. Der Anker bestand aus einem Holzkreuz mit angespitzten Enden und einem großen Stein, der direkt darüber, mit einem aus Hanfschnüren geflochtenen Netz, befestigt war. Stan ließ das Segel einholen und den Anker an der kräftigen Ankerleine ins Wasser fallen. Das Boot trieb an der Leine vor dem Wind nach Nordosten ab, bis der Bug, in dem die Ankerleine befestigt war, genau zum Wind wies. Dann verharrte es mit einem leichten Ruck, der Anker hatte gefasst. Die Ankerwache wurde zwischen Stans Söhnen und den Jungen aufgeteilt. Die anderen drängten sich mit ihren Decken im hinteren Teil des Bootes zusammen. Trotz des bedeckten Himmels würde es hier, umgeben von Meer und Wind, ziemlich kalt werden, warnte Stan seine Fahrgäste und Vlad übertrug wieder alles ins Sächsische. Das Boot wiegte sich sanft in den Wellen und Wilfrith lauschte auf das leise gurgelnde Plätschern des Wassers am Bug.

„So gefällt mir die Seefahrt", wandte er sich an Vlad, der neben ihm stand, „ist bedeutend weniger anstrengend, als zu laufen."

Vlad stimmte ihm zu. „Und außerdem scheint das Meer genauso reich an Fisch zu sein wie der Wald an Wild", überlegte er. Auch er fühle sich mit Gott und der Welt um ihn herum zufrieden. Er habe sich in den letzten zwei Tagen gedanklich mehrfach in seine eigene Vergangenheit gewagt, aber die Traumbilder, die ihn sonst immer überkommen und gequält hatten, waren scheinbar gebannt. Vielleicht solle er seine neu gewonnene innere Freiheit nutzen und es Stan gleichtun und Fischer werden? Wilfrith hörte ihm schweigend zu.

Nach einer Weile fielen ihm Aschas wunde Füße ein. Da er sich im Kloster in Bremen einige medizinische Kenntnisse angelesen hatte, raffte er sich auf, um nach den Verbänden zu sehen. Er schämte sich etwas, dass er erst durch das Vorbild von Stans Mutter darauf gekommen war. Die guten Fortschritte der Heilung erstaunten ihn. Die Haut war an den Stellen, wo Blasen aufgegangen waren, weich und nur leicht gerötet, die Risse verklebt und trocken. Kein Zeichen einer Entzündung. Er kam nicht umhin, die Salbe der alten Wagrierin zu loben, was Vlad ins Abodritische übersetzte. Stan und seine Söhne quittierten es mit einem stolzen Lächeln. Anschließend tischte Stan ihr erstes Seemannsessen, bestehend aus ein paar Happen Brot und Trockenfisch, auf.

Genau wie die Fastenspeise im Kloster, dachte Wilfrith, *und das, obwohl es bis zum Beginn der Fastenzeit noch einige Wochen dauert!* Aber er machte sich ohnehin nicht viel aus erlesenen Speisen und besser als das ständige Hungern in den Tagen vor ihrer

Seereise war es allemal. Langsam dämmerte es über dem Meer und Dunkelheit hüllte das kleine Boot ein. Wilfrith schaute über die schwarzen Wellen in Richtung des dunklen Schattens, in dem sich das Festland verbarg.

Stan kannten sie gerade erst seit dem Vortag und nur zwei Nächte davor hatten sie Dietrich befreit und den armen Willehad verloren. Diese Ereignisse schienen ihm bereits eine Ewigkeit zurückzuliegen. Das ruhige und geordnete Leben im Kloster bescherte ihm in einem ganzen Jahr nicht so viel Aufregung wie die letzte Woche! Mit diesen Gedanken, von den Wellen sanft in den Schlaf gewiegt, schlummerte Wilfrith schließlich ein.

Burwido

Burwido erwachte am frühen Morgen. Es war bitterkalt und er hatte aus Gewohnheit die Decke abgeschüttelt. Der Himmel war noch stockdunkel. Dichter Nebel lag über dem Meer und man konnte nicht sicher sagen, in welcher Richtung sich das Land befand oder ob das Boot vielleicht abgetrieben war. Er stand auf, um sich durch einige Körperübungen etwas aufzuwärmen. Sorgenvoll sah er in die Richtung, in der er das Land vermutete, konnte aber mit seinen Augen den Nebel nicht durchdringen.

Da rief ihm der Junge im Bug, der die Ankerwache übernommen hatte, etwas zu. Burwido verstand nicht, der Junge rief nochmals und zeigte lachend in Richtung Heck. Burwido war sich nicht sicher, was er wollte, nickte aber freundlich in seine Richtung und legte sich wieder hin. Wenn dieser junge Bursche sich keine Sorgen machte, dann müsste er, als gestandener Mann, das natürlich auch nicht tun.

Und tatsächlich, als der Nebel sich eine gute Stunde später bei Sonnenaufgang zu heben begann, sah Burwido bald in der vom Jungen angegebenen Richtung einen dunklen Schatten, der sich nach und nach zum Ufer verdichtete. Der Wind hatte in der Nacht auf Südost geschwenkt und das Boot war an der Ankerleine herumgetrieben und zeigte nun mit dem Heck geradewegs auf die Einfahrt des Grabens zu.

Wilfrith

Das Frühstück wurde schweigend eingenommen. Es war einfach zu kalt und klamm, um viel zu sprechen. Nach der kargen Mahlzeit legten Stans Söhne die Riemen ein und machten sich daran, den Anker aufzuholen. Er hatte gut gefasst und ließ sich zunächst gar nicht bewegen, die raue, glitschige Leine zeigte schon senkrecht nach unten, da das Boot nun genau über dem Anker hing, doch weiter ließ sich das Seil nicht einholen. Burwido und Wilfrith packten mit an und mit vereinten Kräften gelang es ihnen schließlich, den Anker vom Grund zu lösen. Es gab einen Ruck und dann hing nur noch das Gewicht des freien Ankers an der Leine.

„Geschafft", schnaufte Wilfrith zufrieden.

Und die beiden jungen Wagrier äußerten sich ähnlich, auch wenn er die genauen Worte nicht verstand.

„Wir wollen wieder mithelfen beim Rudern", erbot sich Vlad und Stan wies ihn und Burwido diesmal an, auf den vorderen Ruderbänken Platz zu nehmen. Seine beiden Söhne übernahmen die Hinteren. Die beiden Gefährten legten zunächst einen schnellen Schlag vor, so dass die beiden jungen Wagrier hinter ihnen sich tüchtig anstrengen mussten, um mitzuhalten. Aber so wurde ihnen allen wenigstens warm und Vlad brauchte sich nicht an den Rhythmus eines anderen anzupassen. Das Boot nahm Fahrt auf und drehte langsam in Richtung Graben, als das vorbeiströmende Wasser auf Stans Ruderblatt traf.

Sie erreichten die Einfahrt zum Graben gerade, als hinter ihnen die Sonne aus dem Meer tauchte und Vlad auf der Ruderbank genau ins Gesicht schien. Er blinzelte in dem gleißenden Licht. Vom Ufer rief jemand herüber und Vlad übersetzte, dass er seine Dienste als Lotse anbot. Stan lehnte ab, da er sich offenbar selbst genau genug auskannte und den Lohn sparen wollte. Als Antwort schallten wilde Flüche herüber. Etwas weiter stromaufwärts standen dann fünf Halbwüchsige am Ufer und warfen mit Steinen, konnten das Boot jedoch nicht erreichen.

Burwido

„Nimm mal dein Schwert und droh ihnen ein bisschen", forderte Stan Burwido auf.

Vlad übersetzte gehorsam, aber Burwido hatte unter den Augen von Ascha keine Lust auf solche Kindereien und verließ seinen Platz auf der Ruderbank nicht.

Etwa eine Stunde später, nachdem Wilfrith ihn beim Rudern abgelöst hatte, setzte er sich stattdessen zu Ascha und versuchte sie in ein Gespräch über die Seefahrt zu verwickeln, da sie sich aber noch nie eingehend damit beschäftigt hatte, gingen ihr bald die sächsischen Vokabeln aus. Da sie keine Neigung zeigte, das Gespräch von sich aus weiterzuführen, gab Burwido schließlich enttäuscht auf und beobachtete stattdessen, wie sich der Nebel an den Ufern langsam hob.

Es sah so aus, als zöge jemand einen Schleier von dem Land, langsam glitt sein Blick über immer weitere Felder, Hügel und Dörfer. Dort überall lebten Menschen und alle hatten mit ihrem eigenen Schicksal zu kämpfen. Ob es wohl für jeden einen Schicksalsfaden gab, oder ganze Völker mit ihren Göttern an jeweils einem Strang hingen? Oder gab es doch nur einen einzigen Gott im Himmel, der alles von oben her betrachtete? Aber wieso lief dann so Vieles verkehrt in der Welt? Kein Wunder, dass die Priester und Mönche sich immer so geheimnisvoll gaben.

Da sie genügend Ruderer zum Ablösen waren und das Boot keine schwere Ladung trug, kamen sie gut voran. Um Mittag herum tauchte am nördlichen Ufer schließlich eine größere Anzahl Rauchsäulen auf. Bald sahen sie die Silhouette der alten Burg –Starigard. Sie erhob sich auf einem Hügel über dem Fluss. Den Grundriss des Ortes bildeten zwei kreisrunde Hügel. Vom Wasser aus gesehen ragte der Wall, der diese Hügel bekrönte, über 15 Schritte himmelwärts.

Im Süden, gerade dort, wo die beiden Hügel aneinander trafen, konnte man das Tor erkennen. Die Toranlage war mit dicken Bohlen geschützt. Unten war eine gut drei Schritte breite und ebenso hohe Pforte, darüber wieder eine von Zinnen gekrönte Bohlenwand.

Die Burg wirkte geradezu einschüchternd, robust und abweisend, befand Burwido. Solche Wälle ließen sich sicher nicht leicht überwinden. Er stellte sich vor, wie er im Hagel von Pfeilen, Speeren und Steinen, nur durch einen dünnen Lindenschild gedeckt, gegen solche Mauern anrennen sollte. Schilde sanken nieder, Lanzenschäfte splitterten und um einen herum vermischte sich das Schreien der fallenden Feymannen[37] mit dem eigenen Schlachtruf, dem Trampeln hunderter Füße und dem wilden Heulen aus den feindlichen Kehlen.

Den Hang hinauf, außer Atem vom Schreien und Rennen. Dann käme man an den Graben, und der Hagel der gegnerischen Geschosse würde sich mit doppelter Wut über den Graben hinweg entladen, mitten in die Gruppe der Feymannen, die das Schicksal ausersehen hatte, gerade dort ihr Leben auszuhauchen. Oben müsste man dann selbst den spärlichen Schutz des Schildwalls noch verlassen, rauf auf die Leitern. Um einen herum Tod und Grauen, möglicherweise käme er bis zu den Zinnen, nur um dort von axtschwingenden Berserkern empfangen zu werden ... Vielleicht war der Krieg doch nicht immer nur ein großes Abenteuer.

„Ich werde hier anlegen. Ich denke, zuerst sollten einige von Euch in die Stadt gehen und nach weiteren Reisemöglichkeiten forschen. Ihr anderen könnt ja mit eurem Gepäck solange noch auf dem Boot bleiben und abwarten", unterbrach Stan Burwidos bluttriefende Gedanken. Diesmal war es Dietrich, der das Übersetzen auf sich nahm.

„Vlad und Dietrich müssen auf jeden Fall mit, sie verstehen das Wagrische und können über eine weitere Fahrtmöglichkeit verhandeln, und ich komme auch mit, denn ich habe das Geld bei mir. Dann brauchen wir noch einen Führer", bestimmte Wilfrith.

---

[37] „Feymen" werden im angelsächsischen Heldenepos „The Battle of Maldon", welches eine Schlacht beschreibt, die 991 an der Mündung des Blackwater in Essex zwischen Sachsen und Wikingern geschlagen wurde, jene Männer genannt, deren Schicksal es war, in der Schlacht zu fallen.

Vlad sprach kurz mit Stan darüber, und der empfahl seinen ältesten Sohn. Er hieß, wie sein Großvater, Bosćij, und war schon zwei Mal mit seinem Vater in Starigard gewesen.

Die Vier gingen also an Land und folgten dem Weg zum Tor. Das Boot blieb mit Burwido, Ascha und dem Rest der Mannschaft am Rande der als Hafen dienenden Bucht zurück.

Derzeit befand sich außer ein paar kleinen Einbäumen kein weiteres Boot im Wasser. Alle seetüchtigen Fahrzeuge waren an Land gezogen und sorgfältig abgedeckt worden, um nicht durch die schlechte Witterung Schaden zu leiden. Burwido sah sogar einige Schuppen und Bootshäuser am Ufer stehen. Aus einem der Größten ragte ein besonders hochgezogener Steven heraus, der seine Aufmerksamkeit auf sich zog. Das Schiff war offensichtlich zu lang für das Gebäude. Auch das Tor, durch welches der Bug herausschaute, war scheinbar erst nachträglich verbreitert worden.

Ihm fiel auf, dass die Planken des großen Schiffes mit Eisennieten verbunden waren. Es handelte sich wohl um ein, bei einem Raubzug erbeutetes, dänisches Schiff, denn genau wie die Sachsen und Abodriten waren auch die Dänen selbst oft genug Opfer von Raubfahrten der Nachbarn. Das Langschiff, welches einst einem großen dänischen Jarl gehört haben musste, war nun der Stolz des Fürsten von Starigard.

Sonst standen lediglich einige aus Binsen gefertigte Reusen am Ufer herum, zwischen dem gelben Schilf und den abgeknickten Rohrkolben konnte Burwido im seichten Wasser weitere entdecken. Menschen dagegen entdeckte er außerhalb der Burg nicht.

Kapitel 11 – Starigard, die alte Burg

Wilfrith

ietrich, Vlad, Wilfrith und Bosćij gingen den 1000 Schritte langen Weg vom Hafen zur Burg hinauf. Das Tor sah, aus der Nähe betrachtet, auch nicht einladender aus als vom Boot her und der Wall wirkte noch höher. Allerdings war nur der oberste, aus Bohlen gezimmerte Teil eine wirkliche Mauer, der grasbedeckte Erdwall darunter stieg allerdings mit einer Neigung von vielleicht 45 Grad.

„Wer seid Ihr und was wollt Ihr in Starigard?", rief sie beim Näherkommen ein Wächter von den Zinnen an.

„Wir sind dänische Händler auf dem Weg nach Haithabu", antwortete Vlad.

„Wir wollen uns erkundigen, ob vielleicht ein Schiff von hier weiter nach Norden fährt. Wir kommen unbewaffnet und suchen keinen Streit!"

Vorausschauend hatten sie ihre Waffen, mit Ausnahme der allgemein üblichen Messer, auf dem Boot bei Stan gelassen. Wilfrith hatte auch darüber nachgedacht, ob es zu gefährlich wäre, sich als Dänen auszugeben, denn hier gab es sicher den Ein oder Anderen, der Dänisch sprach. Und lediglich er selbst hatte in Bremen die Grundzüge dieser Sprache erlernt, da Rimbert, sein Bischof, öfter auf Missionsreise im Norden gewesen war. Doch konnte er Stan und seinen Söhnen den Wechsel der Nationalität schlecht erklären. Daher hoffte er, dass der Bequemlichkeit halber alle Gespräche von Vlad auf Wagrisch geführt werden könnten.

Der Wächter rief etwas in die Burg hinunter und ein Flügel des Tores öffnete sich. Die Vier traten ein und ein weiterer Krieger übernahm die Führung. Im Inneren der Burg zogen sich zwei Reihen Häuser entlang der Wälle. Insgesamt mochten es an die 100 Gebäude sein, die hier beisammen standen – eine richtige Stadt mit Handelsbeziehungen an die Küsten des gesamten baltischen Meeres. Vlad hatte noch nie eine so große Ansammlung von Wohnstätten gesehen. Die Mitte der beiden Kreise, welche den Burgwall bildeten, wurde jeweils von einem großen Platz beherrscht. Auf dem zur linken Hand Gelegenen standen in einer kleinen Einfriedung zwei Tempel. Rechter Hand beherrschte ein großes Haus mit einigen niedrigeren Nebengebäuden den Platz. Das musste die Halle des Großfürsten, des obersten Herrschers und Priesters der Wagrier sein. Auf diesen Gebäudekomplex hielt der Torwächter zu. Es war eine beeindruckende Halle. Mehr als 30 Schritte lang und etwa halb so breit, mit einem hohen reetgedeckten Dach.

„Ganz wie die Halle Oklots", zischte Wilfrith auf sächsisch, „nur größer. Ob die Tempel hier auch so gut brennen?"

Sie mussten vor der breiten, bunt bemalten Tür in einer Querseite der Halle halten. Er betrachtete die geometrischen Muster und stilisierten Tierfiguren in Rot und Gelb. Der Krieger, welcher sie bisher geführt hatte, blieb bei ihnen draußen stehen, während einer der auch hier aufgestellten Türwächter in die Halle trat und seinem Herrn den Besuch meldete. Nach einem kurzen Augenblick kam er wieder heraus. Die Vier durften, eskortiert von beiden Türhütern, eintreten.

Das Dach der Halle wurde von zwei Reihen mächtiger Säulenbalken getragen, zwischen diesen war eine längliche Feuerstelle in der Mitte des Raumes zu sehen. Der Aufbau war einer fränkischen *aula regina* oder Königshalle nachempfunden. Ein deutlicher Hinweis auf die Beziehungen der Wagrier mit den Franken, die schon seit der Zeit Karls des Großen bestanden, als man sich gegen die nordalbingischen Sachsen verbündet hatte. Diese Halle war jedoch im Gegensatz zu ihren fränkischen Vorbildern aus Holz gezimmert und nicht in Stein gehauen. Derzeit war sie weitgehend leer, lediglich in der großen Feuerstelle in der Mitte der Halle schwelten ein paar Scheite. Direkt dahinter befand sich der Hochsitz des Fürsten. Auch dieser war mit Schnitzereien und gemalten Tierfiguren bedeckt. Pribizlaus, so hieß der Großfürst, thronte auf einigen Bärenfellen. Er trug ein leuchtend rotes Gewand mit Brettchenwebereien an den Borten und Ärmeln. Seine langen grauen Haare fielen, genau wie der ebenso lange graue Schnurrbart, an beiden Seiten des Gesichtes herab, was ihm einen ziemlich wilden Ausdruck verlieh. Seine grauen Augen waren wachsam und blickten die Fremden, die sich ihm nun respektvoll näherten, kalt an. Die drei Gefährten verneigten sich tief und Bosćij fiel sogar auf die Knie. Neben dem Hochsitz standen noch zwei weitere Wachen und einige ältere Wagrier. Vermutlich handelte es sich um Berater oder sonst irgendwelche Würdenträger, die gerade mit ihrem Häuptling etwas besprochen hatten, als die Fremden gemeldet wurden, vermutete Wilfrith. Auf einen Wink des Fürsten erzählte Vlad die Geschichte von den dänischen Kaufleuten und ihren Wunsch nach Haithabu heimzukehren.

„Wir können gut für die Überfahrt bezahlen", bemerkte er.

„Und da zwischen uns Dänen und Euch, oh Herr, Frieden herrscht, hoffe ich, Ihr mögt uns helfen!"

„Ja, die Dänen halten im Moment Ruhe", bestätigte der Fürst. „Einstweilen werden meine Wachen Euch eine Unterkunft zuweisen, bis ich entschieden habe, was zu tun ist. Ihr dürft jetzt gehen." Die Worte wurden von einem Wink an die Wachen begleitet. Diese führten die Vier aus der Halle auf den Vorplatz.

„Ein etwas kühler Empfang, finde ich", zischte Dietrich zu Wilfrith, der neben ihm ging, auf sächsisch. Doch bevor Dietrich antworten konnte, kam ihnen eine der Wachen aus der Halle nachgelaufen.

„Wartet! Der Fürst wünscht Euch zu begleiten!", befahl er.

Verwundert sahen sich die Gefährten an. Was hatte das zu bedeuten? Aber auch Dietrich zuckte mit den Schultern. Dann kam Pribizlaus selbst, begleitet von der letzten seiner Wachen und zweien der älteren Würdenträger. Sie hatten sich rasch schwere Pelzmäntel übergeworfen. Der düster dreinschauende Pribizlaus übernahm die Führung, ohne ein Wort über ihr Ziel zu verlieren. Sie überquerten den Platz und gingen auf die Einfriedung mit den Tempeln zu.

„Was sollen wir denn dort?", fragte Wilfrith zwischen den Zähnen hindurch wieder auf Sächsisch. Aber keiner seiner Gefährten wusste eine Antwort. Pribizlaus trat tatsächlich vor den anderen durch die kunstvoll geschnitzte Pforte auf den Tempelhof. Wie in Oklots Burg handelte es sich auch bei diesen Kultstätten von außen betrachtet um schlichte Holzgebäude. Sie unterschieden sich lediglich durch ihre Größe, Höhe und die exponierte Lage im Zentrum der Siedlung von den Häusern der gemeinen Burgbewohner. Hier standen noch nicht einmal Pfähle vor den Gebäuden, lediglich die Eckpfosten endeten in geschnitzten Kugeln, und an den Giebeln, wo bei den normalen Häusern angespitzte Stangen in den Himmel wiesen, waren kreisrunde Holzscheiben angebracht. Pribizlaus trat vor den anderen in das Erste der beiden Gebäude ein. Sogar er deutete mit dem Kopf eine Verbeugung an. Die Anderen folgten, die Wagrier verbeugten sich, je nach sozialem Rang und Würde, immer tiefer. Auch Bosćij bildete keine Ausnahme. Vlad nickte leicht mit dem Kopf, die beiden Mönche erwiesen dem fremden Gotteshaus überhaupt keine Ehre dieser Art.

Auch in diesem Tempel war es düster. Ein wenig Licht fiel durch die offene Tür, und in den Ecken des Raumes brannten Fackeln, jedoch zu wenige, um alles zu erleuchten. In der Mitte erhob sich ein etwa dreimal drei Schritte großer Steinsockel, der Altar. Darauf war ein großes Bildnis aufgerichtet. Wie alle Götterbilder der Abodriten war es nur mit sparsamen Axthieben aus einem Stamm gehauen, um das Holz nicht mit dem Eisen zu entweihen. Es stellte Triglav dar, der hier als Hauptgott verehrt wurde. Der mächtige Stamm, aus dem das Bild geschnitzt war, wurde von drei bärtigen Gesichtern gekrönt. Diese symbolisierten Himmel, Erde und Unterwelt. Auch die Gesichter waren nur grob angedeutet. Eines zeigte zu den Eintretenden und je ein Weiteres nach rechts und links. Sie wirkten umso unheimlicher, als bei allen dreien Augen und Mund mit dunklen Tüchern verbunden waren. Triglav sollte die Sünden seines Volkes weder sehen, noch von ihnen künden können. Vor dem Standbild lagen wieder verschiedene Waffen und verziertes Zaumzeug. Der Altar selbst war mit einem Haufen Knochen übersäht. Zu seiner Erleichterung erkannte Wilfrith aber keine menschlichen Gebeine, sondern hauptsächlich Schädel und Beine von geopferten Pferden, obwohl er sich erinnerte, dass die abodritischen

Götter in besonders schlimmen Zeiten durchaus Menschenopfer verlangten.

„Kniet nieder vor Triglav, unserem Herrscher, und erweist ihm Eure Ehrerbietung!", forderte Pribizlaus die Vier übergangslos auf.

Bosćij fiel furchtsam auf die Knie. Vlad schaute erstaunt auf. Sein Blick begegnete dem zornigen Funkeln Dietrichs, der die Aufforderung ebenfalls verstanden hatte.

„Wir sind Dänen und haben mit Eurem Gott nichts zu schaffen!", antwortete Vlad für alle.

„Ja, aber als Dänen ist es Euch nicht verboten, auch von unseren Göttern Schutz und Hilfe zu erbitten", antwortete Pribizlaus mit steinerner Miene.

„Das werden wir niemals tun", sagte Dietrich mit fester Stimme.

„Das dachte ich mir", antwortete Pribizlaus mit einem bösen Lächeln, „weil Ihr nämlich gar keine Dänen, sondern eine Bande sächsischer Priester seid!"

Burwido

Im Boot war derweil alles ruhig. Die Unterhaltung zwischen Burwido und den Fischern konnte nur durch die Übersetzung Aschas zustande kommen und war dementsprechend zäh, aber Stan verteilte etwas von dem getrockneten Fisch und Brot und zur Feier der erfolgreichen Fahrt holte er sogar einen kleinen Krug Met hervor, der nun die Runde machte. Ascha lehnte dankend ab und die beiden jungen Burschen, die Stan neben seinen Söhnen angeheuert hatte, bekamen nichts. Dafür nahm Stan selbst ein paar tiefe Züge und auch Burwido griff gerne zu. Plötzlich hörte man vom Tor her Lärm. Stan stand auf und sah über das Schilf hinweg auf den Weg, der von Starigard herab zur Anlegestelle führte. Sein Gesicht nahm plötzlich einen sorgenvollen Ausdruck an.

„Schnell", sagte er zu Ascha, „versteckt euch. Ich weiß nicht, was das werden soll!"

Mit diesen Worten hob er eine der lockeren Decksplanken an und wies in die Bilge des Schiffes. Burwido und Ascha waren völlig überrascht, gehorchten aber. Sie krochen unter das Deck und versteckten sich unter den Fischernetzen. Stan sprang neben sie in die Bilge herab, nahm zwei Steine aus dem Ballast und warf sie über Bord, dann legte er die Planken wieder ordentlich an ihren Platz. Um Burwido und Ascha wurde es dunkel.

Einige Männer kamen vom Weg her auf das Boot zugelaufen, Burwido konnte das Knirschen des steinigen Bodens unter ihren Füßen deutlich hören. Dann rief eine laute, befehlsgewohnte Stimme herüber. Stan antwortete ruhig. Drei Fremde kamen an Bord, offenbar schwergerüstete Männer mit festem Schuhwerk, die Decksplanken bogen sich unter ihrem Gewicht. Ascha wagte kaum zu atmen, geschweige denn Burwido das Gesprochene zu übersetzen. Doch das brauchte sie auch gar nicht. Ihm war sofort klar – sie waren verraten! Und Stan hatte es auch noch geschafft, dass sie sich hier zwischen den Fischernetzen versteckten, so dass sie keinerlei Gegenwehr leisten konnten. Die Waffen hatten sie natürlich auch nicht mit herunter genommen. Verdammt, der Kerl hatte sie buchstäblich eingewickelt.

Das Boot schaukelte stark, als so viele Männer auf dem Deck herumliefen, doch dann sprangen die Fremden plötzlich wieder ans Ufer und Burwido hörte, wie sie eines der kleinen Boote bestiegen und sich mit hastigen Ruderschlägen entfernten. Nun erst wagte es Ascha, Burwido kurz zu informieren.

„Die Fremden haben nach uns gesucht! Sie sagten, wir seien eine Bande sächsischer Priester, die im Süden einsame Höfe überfallen und Frauen und Kinder grausam ermordet habe. Wir dürften auf keinen Fall ungestraft nach Sachsen entkommen. Stan antwortete, er habe nichts geahnt, aber als man die Leute von der Stadt her kommen sah, seien wir zwei über Bord gesprungen und einfach im eisigen Wasser davon geschwommen. Das haben sie ihm abgenommen, weil sie das Platschen selbst gehört hatten."

„Deshalb also die Sache mit den Ballaststeinen! Stan hat ja an alles gedacht", freute sich Burwido.

Nach etwa einer weiteren halben Stunde hob Stan eine der Decksplanken etwas an.

„Bleibt ruhig da liegen, wir fahren jetzt etwas weiter", zischte er hinunter.

In der Bilge hörten sie die Stimmen der Mannschaft und wie das Boot zur Abfahrt bereit gemacht wurde. Stans ältester Sohn war offenbar auch wieder da, er musste mit den Männern von der Burg gekommen sein. Dann folgte das Knarren der Riemen und ein stärkeres Plätschern am Rumpf, als das Boot wieder ins freie Fahrwasser hinausmanövrierte. Burwido und Ascha machten sich große Sorgen um ihre Gefährten, aber sie wagten nur einige kurze Sätze zu wechseln und blieben sonst ruhig liegen. Dann, etwa zwei Stunden später, hörten sie wieder den Anker fallen. Schließlich hob Stan die Planken an.

„Ihr könnt nun herauskommen, die Luft ist rein", sagte er, und Burwido verstand die Gesten und den Tonfall auch ohne Übersetzung.

Die beiden schälten sich aus den Netzen und kamen an Deck.

„Ich hoffe, ihr habt nicht einen Augenblick an meiner Ehrlichkeit gezweifelt, als die Männer des Fürsten an Deck kamen", begann er. Burwido wurde bei der Übersetzung dieser Worte etwas warm im Gesicht.

„Nein, wie könnten wir!", log er.

„Dann erzählt nun auch ihr wahrheitsgemäß die ganze Geschichte", forderte Stan die beiden auf.

Die Mannschaft saß um sie herum, ohne Waffen und Drohgebärden, doch mit ernsten Blicken. Die Waffen der Sachsen lagen hinter ihnen an Deck, so dass Burwido sie nicht erreichen konnte. Schweren Herzens sah er ein, dass hier nur die Wahrheit helfen konnte. Er erzählte kurz ihre Geschichte, ging allerdings nicht auf die Tempelverbrennung und die erschlagenen Polaben, mehr auf die Hinterhältigkeit Oklots ein. Ascha übersetzte und fügte ihrerseits bei, was sie für hilfreich hielt. Die Wagrier hörten schweigend zu.

„Ich dachte mir so etwas", meinte Stan, als sie geendet hatten. „Es ist edel von Euch, wegen eurer Freunde so etwas zu wagen. Und es ist kein Unrecht, wenn dieser Dietrich zu uns kommt, weil er meint, gute Nachrichten für uns zu haben. Ihr habt ja mit angehört, wessen euch der Fürst anklagte. Dieser Oklot hat Boten bis hier hinauf geschickt. Ich wusste, dass es gelogen war, zum einen weil eine Bande von Priestern sicher nicht eine Frau auf einen Raubzug mitführt. Und seit wann begehen Priester überhaupt Raubzüge? Dass kann auch bei euch Sachsen kaum üblich sein. Aber vor allen Dingen glaubte ich deshalb an eure Unschuld, weil ihr vor meines Vaters Haus in Regen und Kälte saßt und ihn nicht einmal aufwecken wolltet. Wenn ihr die Räuber und Mörder gewesen wärt, als die ihr verklagt wurdet, dann hättet ihr sicherlich auch Vaters Hof überfallen und ihn ermordet. Niemand hätte es verhindern oder bestrafen können. Nein, ihr habt recht an ihm gehandelt und euch damit auch meine Treue verdient! Ich habe den Leuten des Großfürsten gesagt, ich müsste wegen Geschäften nach Haithabu und habe euch gegen Geld mitgenommen. Sie haben das Geld eingesammelt, sind dafür aber dann abgezogen. Glaube kaum, dass es jemals im Schatz von Pribizlaus ankommt!"

Beim letzten Satz grinste Stan etwas säuerlich, doch dann wurde er wieder ernst. Er forderte seinen Sohn auf, die Geschehnisse in Starigard zu berichten, und zu schildern, welche Falle Fürst Pribizlaus den Sachsen gestellt hatte.

Vlad

Kaum hatte Pribizlaus seine Beschuldigung ausgesprochen – die Wachen und Würdenträger waren genauso erstaunt wie die Gefährten selbst – hatte Vlad schon gehandelt. Die Angst vor den alten Göttern, in deren Tempel er sich nun befand, und die ihn vor nur fünf Nächten noch gelähmt hatte, ließ ihn nun kalt. Er stand plötzlich hinter dem ältesten der Würdenträger und presste ihm sein Messer an die Kehle. Die Wagrier erstarrten. Wilfrith riss geistesgegenwärtig Dietrich am Arm hinter Vlad zurück.

„Eine falsche Bewegung und der Alte hier braucht zum Atmen sein Maul nicht mehr zu öffnen!", rief Vlad, vor Aufregung lauter als nötig.

Das Messer in seiner Hand zitterte leicht. Eigentlich hatte er seit Jahren nur darauf gewartet, einem der verhassten Abodriten die Kehle durchzuschneiden, nun wusste er nicht mehr, ob er es schaffen würde. Seit seinem glücklichen Schuss auf den Wolf im Moor hatte sein alter Hass an Schärfe verloren. Nun, heil war diese Kehle zum Glück sehr viel mehr wert als zerschlitzt.

„Ihr Hunde, lasst sofort meinen Onkel los!", donnerte Pribizlaus.

„Erst, wenn er tot ist", entgegnete Vlad. „Du kannst dir die Spielregeln denken. Keiner kommt uns zu nahe und wir gehen jetzt alle fein aus diesem Tempel."

Die Wagrier sahen ihren Fürsten fragend an. Die Wachen erhoben drohend ihre Waffen.

Vlad drückte die Klinge etwas fester an die Kehle seines Opfers, der Onkel ließ ein Röcheln hören. Das entschied die Sache.

„Alles zurück, riskiert bloß nicht sein Leben!", rief Pribizlaus. Die Wachen gaben zögernd den Weg zum Eingang frei. Vlad drängte sein Opfer hinaus, die beiden Mönche drückten sich dicht an ihn. Draußen erhoben sich erstaunte und dann erzürnte Rufe, als die Stadtbewohner die Gruppe sahen. Sofort begann, sich eine Menge vor dem Tempel zu sammeln. Ein junges Mädchen mit rehbraunen Augen fiel Vlad besonders auf. Die bronzenen Schläfenringe an ihrem Kopfputz klingelten anmutig. Die gehörten auch zur Tracht der Wilzen, ja, damals vor seiner Verschleppung trug auch Lubina solche Ringe ... Er brachte seine Gedanken mit Gewalt wieder unter Kontrolle. Die Anspannung ließ ihn fahrig werden, doch er musste nachdenken. Und das schnell, denn um sie herum blitzten nicht nur bronzene Ringe, sondern auch immer mehr eiserne Waffen auf.

Der Weg zum Tor war durch die Menge versperrt; auch wenn sie etwas auseinander trat, war es zu gefährlich, sich mitten in das wütende Knäuel hinein zu begeben.

Wenn nur ein einziger Krieger die Nerven verliert, ist alles vorbei, dachte Vlad. Er wandte sich also zur Nordseite der Burg. Pribizlaus und die Wachen folgten ihnen dichtauf.

„Keiner rührt sie an!", brüllte Pribizlaus, bebend vor ohnmächtigem Zorn und vor Sorge, dass eine unbedachte Handlung seiner

Gefolgsleute seinen Onkel das Leben kosten könnte. Vlad führte die ungewöhnliche Gruppe zur Mauer. Er schielte hinüber. Es ging zunächst vier Schritte die hölzerne Wand hinunter, dann weitere 20 über den flacheren Erdwall. Dieser war hier an der Nordseite noch mit Schnee bedeckt. Vielleicht könnte es ihnen gelingen, hinabzuspringen und auf dem Schnee entlangzurutschen, ohne sich gleich alles zu brechen, überlegte er.

„Da willst du hinunter springen?", fragte Wilfrith skeptisch.

„Nicht, wenn du eine bessere Idee hast", gab Vlad zurück. Willfrith hatte keine.

„Zuerst springt ihr beiden und lauft zum Waldrand. Sobald ich sehe, dass ihr am Fuß der Mauer auf die Beine kommt, folge ich", entschied Vlad. Wilfrith war sich nicht ganz sicher, ob sein alter Lehrer das schaffen könnte. Doch dieser nahm ihm die Entscheidung ab und schwang sich mit einer für sein Alter überraschenden Behändigkeit über die Mauer. Er hing kurz mit ausgestreckten Armen an der Brüstung und ließ sich dann fallen. Auf der anderen Mauerseite plumpste es im Schnee. Ein Aufschrei ging durch die Reihen der inzwischen sicher mehr als 50 Wagrier. Wilfrith blieb nichts anderes übrig, als zu folgen. Auch er landete überraschend weich und rutschte auf dem Bauch den Hang herab. Dietrich kam schon wieder auf die Beine, er war auf dem Hinterteil gerutscht. Beide rannten los. Vlad sah es aus dem Augenwinkel und stieß den Alten vor sich zu Boden. Im selben Augenblick sprang er mit einem gewaltigen Satz über die Zinnen. Am Boden des Walls rannte er los, den beiden Mönchen hinterher. Die Wagrier stürzten sich zuerst auf den gefallenen Würdenträger, um sich zu überzeugen, dass er noch lebte. Das dadurch entstehende Gewühl verschaffte Vlad die Zeit, seine Gefährten einzuholen. Der Waldrand war nur noch einige wenige Schritte entfernt, da surrten die ersten Pfeile heran. Dietrich schrie auf, rannte aber noch bis in die Deckung der ersten Bäume. Dort brach er zusammen. Ein Pfeil steckte seitlich am linken Rand seines Brustkorbs in der alten Kutte.

Bosćij

Im Dorf gelang es Pribizlaus erst nach einigen Minuten, sich Gehör zu verschaffen. Zunächst schossen seine Mannen noch wie von Sinnen Pfeile in Richtung des Waldes, obwohl da schon niemand mehr zu sehen war. Schließlich streckte er einen der eigenen Gefolgsleute, der an der Brustwehr stand und Pfeile vergeudete, mit einem Schlag auf den Hinterkopf nieder. Die anderen hielten inne und sahen ihn bestürzt an.

„Das bringt nichts, ihr Idioten! Die kommen sowieso nicht weit. Jurij, nimm dir 20 Männer und eile zu ihrem Schiff. Nur damit könnten sie entkommen; so schaffen sie es ja nicht einmal über den Graben, zumal einer getroffen ist. Die Drei da draußen wird, wenn wir sie nicht rechtzeitig finden sollten, der Winter für uns erledigen!" Dann wandte er sich an Bosćij, der starr vor Schreck alles mit angesehen hatte.

„Was hast du mit den Sachsen zu schaffen?", donnerte Pribizlaus.

Bosćij konnte zuerst vor Angst kaum sprechen, dann antwortete er mit belegter Stimme: „Es sind Fremde, sie sagten, sie seien dänische Händler und da wollten wir sie mit nach Haithabu nehmen. Verzeiht, Herr, wir ahnten nicht, dass es ..."

„Ihr transtinkenden Einfaltspinsel von Fischern! Das waren hinterhältige sächsische Kundschafter und Räuber. Wieso hat mich Triglav nur mit so einem verblödeten Volk gestraft?", dabei schaute er mit theatralischer Verzweiflung zum Himmel.

„Sind noch welche von ihnen auf dem Boot?"

„Ja, Herr, zwei. Ein Mann und ein Mädchen", entgegnete Bosćij und kam sich wegen des Verrats schäbig vor, aber Pribizlaus war doch auch sein Fürst und schließlich hatten die Fremden gelogen.

„Dann tue ausnahmsweise mal etwas Sinnvolles und führe meine Männer zum Boot, vielleicht kommen sie ja noch rechtzeitig", schnaubte der Fürst.

Jurij hatte inzwischen seine Männer zusammengetrommelt und so setzte sich der Trupp unter Bosćijs Führung gleich in Bewegung.

Wilfrith

Wilfrith schrie erschrocken auf und rannte zu seinem Lehrer. Er riss die Kleider um den Pfeilschaft auf. Der Pfeil hatte den Brustkorb nur gestreift und fiel mit den Kleidern aus der Wunde. Es war nur ein relativ kleiner Schnitt, der wenig blutete, genau zwischen zwei Rippen.

„Nichts Ernstes!", rief er freudig.

Doch dann sah er erschrocken auf. Dietrich konnte kaum antworten, er rang nach Atem. Fassungslos sah Wilfrith wie er mit jedem Augenblick mehr verfiel. Sein Gesicht war blau angelaufen und die Venen am Hals traten als fingerdicke Stränge hervor. Den Mund hatte er weit geöffnet und sein Atem ging langsam in tiefen Zügen. Aus dem Mann, der sich eben noch behände über die Mauer geschwungen hatte, war innerhalb von Sekunden ein Sterbender geworden! Wilfrith rang die Hände in wildem Schmerz. Hier war er mit seinem medizinischen Können am Ende.

„Oh Herr, du Größter aller Ärzte und gerechter Richter!", rief er aus, „nimm doch mich Sünder an seiner Stelle, er kann noch so viel für Deinen Namen tun!"

Dann wurde Dietrich plötzlich von einem heftigen Hustenanfall geschüttelt. Der ganze alte Körper erbebte. Seine beiden verängstigten Gefährten dachten schon, dass es das letzte Aufbäumen vor dem Tode sei, doch stattdessen normalisierte sich Farbe und Atmung des alten Mönches übergangslos. Wilfrith und Vlad starrten ihn entgeistert an.

„Donnerwetter, das hätte ich nicht gedacht!", rief Wilfrith aus.

„Du betest und rechnest nicht mit Hilfe?", tadelte Dietrich.

„Außerdem wolltest du mir meinen Platz in der Ewigkeit wegnehmen, und mich weiter hier schuften lassen?", lachte er dann. „Daraus wird noch nichts, auch mit dir hat der Herr hier seinen Plan. Und nun lasst uns weiter fliehen!"

Dietrich lief los und die beiden Anderen sahen ihm zuerst ungläubig hinterher. Dann folgten sie ihm und liefen weiter in den Wald hinein. Dietrich presste instinktiv seine Hand fest auf die Wunde, aber nun schmerzte sie kaum. Sie liefen eine gute halbe

Stunde so schnell es eben ging und trafen schließlich auf das Ufer des Grabens, ein gutes Stück nordwestlich der Stadt.

Hier entdeckte Vlad unter dem etwas überhängenden Ufer eine trockene Stelle. Dort retteten sie sich hinein und kauerten sich still zusammen. Dietrich stellte dankbar fest, dass von etwaigen Verfolgern nichts zu hören war.

„Was sollen wir machen?", fragte Vlad in die Runde.

„Wie können wir nun noch unsere Freunde in der Heimat rechtzeitig warnen? Und was ist wohl aus Burwido und Ascha geworden?"

„Ja, wir sitzen mal wieder fest", ärgerte sich auch Wilfrith.

„Ich hoffe, Burwido und das Mädchen konnten fliehen, und weiter hoffe ich, dass die alte Giftschlange von einem Fürst nicht unseren braven Stan mit seinen Söhnen bestraft!"

Nach einer Weile fügte er hinzu: „Wenn ich doch bloß auch seinen Götzentempel hätte anstecken können, der hätte ein recht lustiges Feuer gegeben. Zum Dank für die freundliche Einladung zum Verweilen!"

„Die Rache ist mein, spricht der Herr, ich will vergelten", antwortete Dietrich in ernstem Tonfall.

„Willst du die Rache des Herrn vorwegnehmen? Habe ich dich nicht besser gelehrt, Bruder Wilfrith? Deine Gedanken sind fern von der Vergebungsbereitschaft, die dich als Mönch auszeichnen sollte. Oder meinst du etwa, dass auch nur eine einzige Seele gerettet würde, nur weil du einen Haufen Holz verbrennst? Ich muss anscheinend auch zuhause noch eine Menge missionieren!"

Die fränkische Politik der Zwangstaufen, die Karl der Grosse in Sachsen betrieben hatte, war Dietrich von seinen Eltern und einigen älteren Mönchen noch aus erster Hand geschildert worden. Nein, mit dem Verbrennen von Tempeln ließ sich die Botschaft von Gottes Liebe nicht gut verkünden. Die Neubekehrten mussten die Tempel schon selbst und feiwillig anzünden. Dann sah man Gottes Werk! Der gerügte Wilfrith wurde ganz kleinlaut.

„Vielleicht sollte ich noch mal nach deiner Wunde sehen?", fragte er, um das Thema zu wechseln.

„Ich habe bei Bremen mal von einem Mann gehört, den sein Bulle weggeschleudert hat. Auch er trug nur eine ganz kleine Wunde am Brustkorb davon, die auch nicht viel blutete. Aber er starb sofort daran, um Luft ringend, wie du gerade eben, vor Gottes Eingreifen. Du solltest das nicht allzu leicht nehmen."

Die Wunde wurde also endlich, so gut es ging, mit einigen Kleidungsfetzen verbunden. Wilfrith traute sich aber nicht, sie aufzuspreizen, um sie zu säubern, sondern achtete darauf, dass die Enden fest aneinander gedrückt blieben. Wer weiß, offenbar konnte aus der kleinen Öffnung das Leben entrinnen? Am Brustkorb verhielten sich Wunden irgendwie anders als an Armen und Beinen oder auch sonst wo am Leib. Ob das am Herzen lag, welches ja auch im Brustkorb schlug?

Wilfrith und seine zwei entkommenen Gefährten warteten in Ruhe ab. Sie konnten sich nicht recht entscheiden, was zu tun sei. Dann sprang Vlad plötzlich auf und zeigte nach Südosten. Wilfrith sah in die angegebene Richtung und entdeckte ein Boot, das den Graben heraufruderte.

„Sie suchen uns von der Wasserseite her!", rief er. „Schnell hinauf und im Wald verstecken!"

Die Drei beobachteten aus dem Schutz eines Gebüsches, wie das Boot zügig näher kam.

„Irgendwie kommt es mir bekannt vor", meinte Wilfrith.

Und dann sahen es alle: Es war Stans Boot!

„Was will der denn hier?", fragte Wilfrith.

„Er ist doch nicht zu einem unserer Verfolger geworden?"

Dann sahen sie, dass nur Stan und seine Mannschaft an Bord waren.

„Seltsam", überlegte Vlad.

„Wenn sie uns jagten, müssten auch einige Krieger an Bord sein. Wenn Stan aber ungeschoren davon gekommen ist, müsste er sich nach Süden in Richtung Heimat halten. Was will er hier im Norden?"

Das Boot glitt an ihrem Versteck vorbei, ohne dass die Mannschaft sie entdeckte. Es wurde von Stans Söhnen und den beiden

Jungen gerudert. Sie schienen sich ziemlich zu beeilen. Die Jungen, auf den hinteren Ruderbänken, legten einen schnellen Schlag vor, und Stans Söhne zogen mächtig durch. Bei jedem Schlag blieben große weiße Wirbel an den Stellen im Wasser zurück, wo die Blätter wieder heraus gehoben wurden.

„Wir sollten das Boot weiter beobachten", schlug Wilfrith vor. Und die Männer folgten dem Fahrzeug in einiger Entfernung an Land. Der Abstand vergrößerte sich aber immer mehr.

„Lasst uns lieber langsamer folgen, sonst reißt Dietrichs Wunde wieder auf!", mahnte Wilfrith.

Das Boot verschwand bald vor ihnen, hinter der nächsten Biegung des Grabens. Dann wurde es dämmrig, doch die Drei gingen weiter. Vielleicht ankerte Stan ja zur Nacht?

Und genau so war es. Als es schon fast ganz dunkel geworden war, sah Wilfrith das Boot hinter einer Biegung liegen. Und als sie vorsichtig näher kamen, sah er noch etwas: Burwido und Ascha, die, als ob sie vom Himmel gefallen wären, bei der Mannschaft auf dem Deck saßen! Jubelnd traten Wilfrith und seine zwei Gefährten ans Ufer und winkten Stan zu. Dieser hieß augenblicklich seine Söhne noch etwas Ankerleine strecken, damit das Boot näher ans Ufer treiben konnte. Wilfrith, Vlad und Dietrich wateten in das knietiefe Wasser und wurden schließlich von der Mannschaft über den hohen Freibord gezogen. Auf Wilfriths Warnung hin verfuhren sie mit Dietrich besonders vorsichtig.

„Wir wollen doch nach Haithabu, wo habt ihr denn so lange rumgetrödelt?", empfing Stan die drei Entronnenen an Bord.

„Hast du eine Verletzung abbekommen?", wollte Burwido von Dietrich wissen, als er den Verband sah, denn der Verwundete schien nicht besonders beeinträchtigt.

„Ja, mein Junge, eine Wunde im Fleisch, aber den Anschlag auf unsere Seele haben wir glücklicherweise unverletzt überstanden." Burwido schaute fragend zu Wilfrith.

„Ja", entgegneter dieser, „Dietrich meint die Aufforderung, vor dem Götzen zu knien, aber ich erzähle besser von Anfang an."

Nun tauschten beide Parteien aus, was die jeweils andere noch nicht wusste. Alle waren sehr beeindruckt von Dietrichs Rettung. Stan nahm schließlich das Gespräch wieder auf:

„Du bist zu den Polaben gegangen, um ihnen von diesem Gott zu berichten, der dich gerade gerettet hat?"

„Ja, so ist es", bestätigte Dietrich einfach.

„Nun hast du sicher die Nase voll von diesem Land und wirst uns nichts mehr erzählen?", fragte Stan weiter.

„Im Gegenteil, wenn wir die drohende Gefahr von der Heimat abgewendet haben und ich wieder ganz gesund bin, will ich es erneut versuchen."

„Obwohl wir dir so viel Böses angetan haben?", bohrte Stan nochmals.

„Das ist meine Aufgabe, und was ich erduldet habe, ist nichts dagegen, was mein Herr Jesus für mich erduldet hat", entgegnete Dietrich mit einem stillen Lächeln.

„Du hast einen Gott, der für dich etwas erduldet?", fragte Stan ungläubig. „Und einen, der dich von einer Pfeilwunde heilt und sicher aus einer Festung tief im Land anderer Götter führt? Und du bist bereit, deinen Feinden zu verzeihen! Das sind Dinge, die ich vorher nicht erlebt und nicht gehört habe! Wenn du wiederkommst, um von deinem Gott zu sprechen, so komm doch auch zu mir, ich will auch mehr von ihm wissen!", bat Stan geradezu drängend.

Wilfrith klappte die Kinnladen herunter. Wie, so einfach war das? Dieser Heide bat sogar darum, bekehrt zu werden? Was würde wohl sein alter Großvater dazu sagen?

Kapitel 12 – Von der Sturmstillung

Stanisław

ast die ganze Nacht über erzählte der alte Dietrich mit leuchtenden Augen von seinem Herrn und dem Himmelreich. Stan, seine Söhne und die beiden Jungen hörten gebannt zu. Dann, lange nach Mitternacht, legten sie sich schließlich doch noch zur Ruhe, um bereits im Morgengrauen die Fahrt fortsetzen zu können. Bei der ersten Dämmerung weckte Stan, der kaum hatte schlafen können, seine Bootsgenossen. Sie nahmen gemeinsam eine kleine Mahlzeit aus Fisch und Brot zu sich. Die Vorräte musste er vor der Rückreise von Haithabu ergänzen, aber in so einer großen Stadt würde das kein Problem sein. Dann begannen der junge Sachse, Vlad und seine Söhne wieder zu rudern. Stan seufzte. Seine Jungen waren gute Ruderer, und auch der junge, kräftige Sachse schien diese Arbeit gewöhnt zu sein. Aus Vlad hingegen würde nie ein richtiger Seemann werden.

Wilfrith

Nach einer Stunde erreichten sie einen größeren See und an dessen Ende die Mündung des Grabens ins Meer. Die See bewegte sich inzwischen noch etwas mehr als vor zwei Tagen, die kleinen Wellen waren länger geworden und weiße Schaumkronen zeigten sich nun ziemlich häufig. Auch der Wind hatte an Stärke zugelegt, blies aber immer noch aus südöstlicher Richtung. Das kleine Boot zeigte vor dem Wind wieder, wie schnell es segeln konnte und Stan betrachtete stolz, wie geschwind die Küste an Backbord vorüber zog. In der Brandungszone war von See aus ein breiter weißer Gürtel aus Gischt auszumachen, darüber erhoben sich hohe Sanddünen, die ein wenig später wieder in ein Steilufer übergingen. Hin und wieder drückten sich kleine Fischerdörfer zwischen die Dünen und die steileren Uferstücke. Nur wenige Boote waren heute auf See. Der Wind nahm langsam an Stärke zu und drehte leicht nach Süden. Stan ließ seine Söhne das Segel brassen und das Boot neigte sich nach Steuerbord.

Er schaute sorgenvoll auf das Ufer, welches nun im Süden geradezu an ihnen vorbei flog. Die Wellen waren noch länger geworden, und inzwischen blitzte auf fast jeder von ihnen eine leuchtend weiße Schaumkrone. Der Himmel wurde nun ganz von einer strukturlosen grauen Wolke bedeckt. Unter der durchgehenden Schicht jagten einige dunklere Wolkenfetzen im Wind dahin.

„Bald wird es Regen geben, das wird den Wind zwar etwas schwächen, aber nicht für lange. Er wird, fürchte ich, danach sogar noch zunehmen!", kommentierte Stan.

Doch inzwischen war er ganz nach Süden geschwenkt und es würde schwer werden, die Küste bei dem starken ablandigen Wind noch zu erreichen. Derzeit segelten sie mit ‚rauem Wind' weiter nach Ost-Nordost. Stan hieß seine Söhne und die Jungen die Decksplanken und die Riemen zu sichern. Überflüssiges Gepäck wurde vorher in der Bilge im Schiffsbauch verstaut. Am späten Nachmittag zeigte sich im Süden ein breiter Einschnitt in der Küste. Eine Förde, oder Fjord, wie die Dänen es nannten.

„Nun sind wir weit genug von Starigard entfernt. Ich werde versuchen das Land anzusteuern, damit wir in Ruhe übernachten können", erklärte Stan.

Er ging noch härter an den Wind. Die Rah wurde so weit es ging nach Steuerbord oder Lee, wie Stan es nun nannte, gebrasst, um einen Kurs schräg zum Wind laufen zu können.

Vlad

„Lee ist die Gegenseite von Luv", gab Stan auf Vlads interessierte Frage hin bereitwillig Auskunft.

„Damit liegt Luv also gegenüber Backbord, oder der linken Seite", schlussfolgerte Vlad bei sich.

Stan hatte erklärt, dass sie nun an Land gingen, doch Vlad beobachtete erstaunt, dass das Boot nicht dichter unter Land kam. „Wieso hältst du nicht direkt auf das Ufer zu?", wollte er wissen.

„Ich kann nicht gegen den Wind ansegeln, und auch zum Rudern ist der Wind zu stark", erklärte ihm Stan geduldig. Deshalb steuerte er zuerst wieder nach Steuerbord. Als sie wieder ‚vor dem Wind' waren, wie der Fischer es nannte, drehte er noch weiter, so dass der Wind nun von Steuerbord ins Segel blies, und die Rah musste zur anderen Seite gebrasst werden.

„Das war eine Halse", erklärte Stan dem immer noch interessiert lauschenden Vlad.

„Nun bläst der Wind also von Lee!", schlug Vlad vor, stolz, dass er es endlich verstanden hatte.

Aber Stan lachte nur und zeigte nach Backbord. „Dort ist Lee!" Vlad schaute verwirrt.

„Wieso denn das?", protestierte er.

„Du hast mir doch vorhin erklärt, dass links gleich Backbord, gleich Luv ist!"

„Luv ist immer da, wo der Wind herkommt", kommentierte Stan schmunzelnd, „Lee ist da, wo er hinbläst!"

Vlad beschloss, dass die Seefahrt nichts für ihn wäre. Von nun an würde er bei rechts und links bleiben, außerdem fühlte er sich nicht besonders gut. Das ständige Schaukeln bekam ihm nicht recht. Er schaute sehnsüchtig zum Ufer, welches in der einsetzenden Dämmerung nur noch als undeutliche graue Linie im Süden erkennbar war. Die letzten Möwen wendeten sich Richtung Land und ihr heiseres Gekreische erschien ihm nun wie hämisches Lachen.

Stanisław

Nach der Halse musste Stan einsehen, dass er auch so nicht dichter an das Land herankommen würde, der Wind war inzwischen zu stark. Er verwünschte seine eigene Unvorsichtigkeit. Aber eigentlich war es im Gegenteil nur die gebotene Vorsicht gewesen, überlegte er sich. Das Meer und auch den Sturm kannte er schließlich. Pribizlaus dagegen war unberechenbar und je mehr und höhere Wellen sich zwischen seinem Fürsten und ihm erhoben, desto sicherer fühlte er sich.

Das Boot lag schräg, die inzwischen ungemütlich hohe Dünung kam von Steuerbord fast querab. Keine gute Richtung, denn so schlugen die Wogen gegen die Breitseite des Bootes und nicht an die hochgezogenen Enden. Plötzlich fiel eine besonders heftige Bö ein, die Stan am Ruder nicht hatte kommen sehen. Die Unterkante des Segels wurde nach oben gerissen, so dass es nun vor der Rah eine Art Sack formte. Damit stieg der Druckpunkt nach oben und das Boot neigte sich stark nach Lee. Durch die Riemenlöcher schoss ein Strahl Wasser ins Boot, nicht weiße Gischt, sondern ein armdicker grüner Strahl! Ascha schrie erschrocken auf. Das Ganze ging so schnell, dass Stans Bootsgenossen gar nicht recht sehen konnten, was geschah. Doch Stan selbst reagierte blitzschnell, riss sein Messer heraus und durchschnitt die Luvschot des Segels. Die nun freie Ecke des Tuchs wurde vom Wind mit lautem Geknatter nach vorn gerissen, aber der ‚Windsack' vor der Rah fiel zusammen und das Boot richtete sich wieder auf.

„Verdammt, das war knapp", keuchte Stan, er verfluchte wieder einmal die Tatsache, dass sein rechtes Auge blind war.

Die Bö war von Steuerbord und von hinten eingefallen und mit dem rechten Auge hätte er sie sicher rechtzeitig in den Wellen und Segeln kommen sehen.

Seine Söhne begannen mit schreckensbleichen Gesichtern und weit aufgerissenen Augen die durchtrennte Steuerbordschot wieder zu flicken, was bei dem Wind nicht einfach war. Die beiden anderen Jungen bemühten sich währenddessen, das übergenommene Wasser mit Ösfässern wieder über Bord zu schöpfen. Vlad und die Sachsen halfen ihnen, so gut sie konnten, indem sie ihre Mäntel ins Wasser tauchten und diese über der Bordwand wieder auswrangen. Mit besorgter Miene halste Stan zum zweiten Mal und nahm den Kurs nach Nordwesten wieder auf. Vor dem Wind lag das Boot wenigstens gerade und die Dünung, die nun von Backbord achteraus kam, lief unter dem Fahrzeug entlang, ohne Schaden anzurichten.

Die Wellen wurden immer höher. Weiße Gischt wehte von den Kämmen ab und legte sich streifenförmig in Windrichtung. Etwas davon wehte den Reisenden immer wieder ins Gesicht, so dass sich auf den Lippen ein salziger Film bildete. Stan bemerkte, dass es Vlad inzwischen gar nicht mehr gut ging. Er hatte schon vor einer ganzen Weile aufgehört, sich nach nautischen Begriffen zu erkundigen. Auch das junge Mädchen saß still in einer Ecke des stark stampfenden Bootes. Bei jeder Welle hob sich der Bug hoch aus dem Wasser, um dann mit einem Ruck in das nächste Wellental zu fallen. Vlad übergab sich das erste Mal herzhaft über die Bordwand. Stan bemerkte teils besorgt, teils amüsiert, dass er im Gesicht richtig grün war. Ascha hatte eine ähnliche Farbe. Bald war auch sie an der Reihe. Die drei Sachsen hielten sich ganz gut, auch wenn zumindest der junge Wilfrith mit seinem seltsamen Haarschnitt ziemlich starr auf den Horizont blickte. Langsam wurde der Wind noch stärker. Stan schaute sorgenvoll in sein bis zum Zerreißen gespanntes Segel und drehte noch einmal prüfend die Wange in den Wind. Dann befahl er seinen Söhnen, eines der Fischernetze auszupacken. Sie sahen ihn erstaunt an.

Tja, dachte sich Stan, *jetzt könnt ihr von eurem alten Herrn noch einmal etwas lernen!*

„Bosćij, hol das Netz und das Ankertau heraus", schrie er über den Sturm.

„Was willst du denn damit?", fragte sein Jüngerer, aber Bosćij gehorchte ohne Frage.

Das muss der Kleine noch lernen, notierte sich Stan im Gedächtnis.

„Verknüpfe das Tau am Netz und binde es am letzten Decksbalken an. Dann wirfst du das Netz über Bord!"

Der letzte Satz war an seinen Jüngsten gewandt, der nun endlich auch tat, was er sollte. Das Boot ruckte heftig an der Leine, als das Netz ins Wasser schlug.

„Gib ihm mehr Leine!", brüllte Stan über den Wind.

„Bosćij, hilf ihm!", fügte er dann hinzu, als er sah, dass sein jüngerer Sohn nicht recht verstand.

Bosćij schaute zwar auch verwundert, fierte die Leine aber wie befohlen.

„Halt, das reicht!", rief Stan, als gerade so viel von dem Ankertau achteraus war, dass das Netz genau eine Wellenlänge hinter dem Boot schwamm. Das Rucken hörte unvermittelt auf, da sich der improvisierte Treibanker nun jeweils gleichzeitig in einem Wellental und Wellenberg befand wie das Boot.

„Jetzt müssen wir das Segel bergen", brüllte er ihnen zu, um den Sturm zu übertönen.

Seine Söhne sahen sich nochmals verwundert an, machten sich aber an die Arbeit. Die Sachsen verstanden offenbar auch ohne Übersetzung und halfen ihnen dabei, das im Wind wild um sich schlagende Tuch ins Boot zu zerren. Zunächst wehrte sich das Segel stark gegen die Griffe der klammen Finger und fast wäre der junge Sachse, der die mit einem Knoten geflickte Steuerbordschot ergriffen hatte, von dem harten rauen Tuch über Bord geschleudert worden. Doch dann fiel es in sich zusammen und konnte mit der schweren Rah auf dem Deck niedergedrückt und mit einigen Seilen gesichert werden. Das Boot wurde nun zwar nicht mehr durch das Segel angetrieben, so dass das Ruder seine Steuerwirkung verlor, aber das hinterher treibende Netz bremste das Heck stärker als den Bug und verhinderte somit ein Querschlagen.

Stan bemerkte zufrieden, wie sich das Boot in der neuen Lage stabilisierte. Die immer größer anlaufenden Wogen trafen das Boot nun immer genau am hochgezogenen Heck, und hoben es an, anstelle es umzustoßen oder auch nur über die Bordwand zu schlagen. Bald verschluckten die Gischt und die hereinbrechende Dämmerung die letzten Umrisse des Ufers hinter ihnen. Sterne waren nicht zu sehen, und so wusste Stan nicht genau zu sagen, wohin sie fuhren. Zumindest Vlad und Ascha schien das auch völlig egal. Sie klammerten sich durchnässt mit ihren klammen Fingern an der Bordwand fest. Da ihre Mägen nun schon seit längerem leer waren, fütterten sie die Fische jeweils nur mit einem Schluck gelber Galle.

Stan stand reglos am Ruder und versuchte mit seinem einen Auge die Dunkelheit zu durchdringen. Doch gab es außer einer grauen, mit weißen Gischtstreifen belegten See und einem ebenso grauen Himmel nichts zu sehen. Der von Stan angekündigte Regen hatte schon vor einer ganzen Weile eingesetzt und wetteiferte mit der Gischt darum, wer den letzten trockenen Faden an seinen

Kleidern zuerst erreichte. Die Sachsen waren immer noch zuversichtlich und schienen voll auf sein Können zu vertrauen, auch wenn sie sich inzwischen alle irgendwo festklammern mussten, um nicht über Bord geschleudert zu werden. Stan selbst war besorgter. Wohin trug sie das Meer? Wie sah die Küste aus, die vor ihnen aus der See steigen würden? Steinig mit hohen Klippen? Flach mit mächtiger Brandung? Und wenn sie heil ans Ufer gelangten, wer oder gar was würde dort warten? Und welche Ungeheuer könnten ihnen nicht alle auf dem offenen Meer begegnen?

Wilfrith

Dietrich kroch vorsichtig zur Bordwand, um nach Vlad und Ascha zu sehen.

„Lass mich in Ruhe sterben!", hauchte Vlad nur, offensichtlich hoffend, dass es bald so weit wäre.

Er kroch weiter zu Ascha, doch die war zu schwach und elend, um überhaupt etwas zu sagen. So schwankte er wieder zurück zu den anderen, die sich im Heck versammelt hatten. Nach einer Weile begann Dietrich, eine Geschichte zu erzählen. Sie handelte von Leuten, die wie sie mitten auf einem Meer in einen Sturm geraten waren.

„Unter ihnen war einer, der schlief hinten im Boot auf einem Kissen", erzählte der alte Mönch.

Da Ascha und Vlad nicht in der Lage waren, seine Worte zu übertragen, wiederholte er alle paar Worte das Gesagte auf Wagrisch, damit auch Stan und seine Mannschaft verstehen könnten.

„Stellt euch vor, trotz des starken Sturms schlief der Eine seelenruhig weiter. Das war ihr Herr und Heiland. Und er ist auch unser Herr und Heiland, Jesus, der Sohn Gottes. Es schien, als habe er gar nichts vom Sturm bemerkt, dabei schlugen die Wellen bereits über die Seiten und begannen, das Boot mit Wasser zu füllen. Zunächst versuchten seine Begleiter gegen den Sturm anzukämpfen, denn es waren erprobte Seeleute wie du, Stan, und deine Mannschaft. Doch dann mussten sie einsehen, dass es keine Hoffnung mehr gab. Als sie so schon ganz aufgeben wollten, fiel der Blick des einen auf

Jesus, der ruhig im Heck schlief. Bis dahin hatten sie ihn über ihre Sorgen und Arbeit ganz vergessen! Das hatten sie in all ihren Jahren auf See noch nicht erlebt. Ein Jünger lief hin und weckte seinen Meister – Herr, kümmert es dich nicht, ob wir umkommen? – Und da erhob sich der Herr und bedrohte Wind und Wellen und es wurde ganz still ringsum!

Sobald die Seeleute ihren Blick auf den Herrn gerichtet hatten, begann es, aufwärts zu gehen. Sie erkannten voll Staunen, dass er auch in dieser Gefahr, wo sie gar nicht mit ihm gerechnet hatten, bei ihnen war; und dass sie ihn nur bitten mussten, schon half er ihnen aus der höchsten Bedrängnis. Wir sollten nun auch auf unsern Herrn schauen und zusammen beten!"

Stanisław

Das Gebet und die Geschichte erfüllten Stan mit neuem Mut. Wenn der Gott dieser Sachsen auch für das Meer zuständig ist, wird er sie nicht erst vor den Pfeilen erretten, um sie dann zu ersäufen, überlegte er. Der ältere Sachse war aber der Einzige, der tatsächlich bald etwas Schlaf fand, die anderen fielen in unruhiges Dösen und schreckten immer wieder auf. Stan hielt schweigend am Ruder aus. Was hatte er nicht alles erlebt in den letzten Tagen! Pribizlaus war zwar sein Herr, Fürst und oberster Priester, aber die Fischer an der Küste fürchteten seine Männer mehr als Piraten, niemand konnte sich vor ihnen sicher fühlen. Ein Tag hatte sich besonders in Stans Gedächtnis und Gesicht eingegraben. Es war im Sommer vor sieben oder acht Jahren.

Ist es wirklich schon so lange her?, überlegte er. Damals tauchte ein Boot voll bewaffneter Krieger vor seinem Dorf auf. Zuerst hatten sie gefürchtet, es seien Dänen, aber es waren Pribizlaus Mannen, wie sie erleichtert feststellten. Sie waren gekommen, um Steuern einzutreiben.

„Damit unser Fürst euch vor den Dänen beschützt und zum Ruhme Triglavs", hatten sie gesagt.

Stan hatte damals gerade durch eine erfolgreiche Handelsreise mit dem Boot eines Nachbarn, der zu alt war, noch selbst zur See zu fahren, genug Geld gewonnen, um sich ein eigenes Boot bauen zu lassen. Er hatte es bei dem alten Tomek, einem der besten Bootsbauer an der ganzen Küste, machen lassen. Sein gesamtes Silber hatte er aufgewendet, aber es hatte sich gelohnt, schließlich stand er jetzt immer noch auf denselben Planken wie damals. Unglücklicherweise hatte einer der Schergen Pribizlaus' ihn in Starigard als Händler gesehen und wollte nicht glauben, dass er kein Silber mehr hatte. Zwei hielten Stan fest, während ein weiterer ihn schlug, doch Stan wollte den alten Tomek nicht verraten. Da zog der Anführer sein Schwert und schlug Stan ohne Vorwarnung den Knauf hart ins Gesicht. Stans rechtes Auge durchzuckte ein fürchterlicher Schmerz und dann spürte er, wie ihm eine warme Flüssigkeit die rechte Wange herab lief. Pribizlaus Männer lachten. Wenn du noch einmal lügst, siehst du gleich gar nichts mehr, hatte der Anführer gesagt und hielt ihm den blutigen Schwertknauf vor das erhaltene linke Auge. Stan hatte alles verraten und das konnte er sich bis heute nicht verzeihen. Er brachte damals nicht den Mut auf, den alten Tomek zu besuchen. Zwei Wochen nach dem Ereignis erfuhr er, dass Tomek verstorben war; an den Folgen der Schläge, die ihn durch Stans Verrat getroffen hatten. Und Triglav hatte es nicht verhindert, auch wenn vermutlich nur wenig von dem Silber in seinem Tempel angekommen war. Trotzdem sprach Triglav immer genau das, was seinem obersten Priester passte und seine vordringlichste Sorge schien dem Reichtum Pribizlaus' zu gelten. Nein, den Glauben an Triglav hatte Stan längst aufgegeben. Aber dennoch, in Nächten wie der Heutigen, auf der einsamen See, allein mit Wind und Wellen, schien es ihm noch unglaublicher, dass es niemanden geben sollte, der all dies lenkte, der den Winden ihre Richtung gab und die Heringsschwärme durch das Meer ziehen ließ. Und dann kamen diese Sachsen, um von einem größeren Gott zu erzählen. Einem, der stark genug war, seinen Feinden zu vergeben und seine Priester von Pfeilwunden zu heilen, ja, der sogar Macht über Sturm und Meer hatte. Und diese Priester schienen im Gegensatz zu seiner bisherigen Erfahrung ehrliche Leute und hatten nicht einmal seine wehrlosen Eltern ausgeraubt! Das war eine Menge, um darüber nachzudenken.

In den frühen Morgenstunden, vor Anbruch der Dämmerung, schien es Stan endlich, als näherten sie sich wieder dem Land. Er konnte nicht genau sagen, wie er darauf kam, aber sein Instinkt täuschte ihn auf See selten. Der Wind war im Verlauf der Nacht wieder etwas abgeflaut und hatte auch nach Westen gedreht. Er wagte es aber noch nicht, das Segel wieder zu setzen und den improvisierten Treibanker heraufzuziehen. Die See wurde immer noch von langen, hohen Wellen beherrscht, Gischtfahnen wehten aber nicht mehr ab. Doch selbst wenn der Wind völlig einschlafen sollte, dauerte es noch Tage, bis die See sich völlig beruhigte. Nach einer weiteren guten Stunde sah Stan tatsächlich eine schmale weiße Linie vor sich im Dunkeln auftauchen. Die Brandung!

„Alles aufwachen!", schrie er über das Pfeifen des Windes hinweg.

„Wir nähern uns dem Land. Macht die Riemen klar, wer weiß, wie die Küste dort aussieht!"

Als erfahrener Seemann wusste er, wie gefährlich es war, sich einer unbekannten Leeküste, das heißt, einer Küste, auf die der Wind zublies, zu nähern. Wie leicht konnten Schiffe von der Gewalt des Windes an die Küste gedrückt und von den Wellen zerschlagen werden?

Dann brach die Dämmerung an. Die Sonne ging, zur Überraschung aller, mit Ausnahme Stans, in ihrem Rücken auf. Man konnte sie durch tief treibende Wolkenfetzen erkennen. Der Wind hatte wieder auf Ost gedreht. Die vor ihnen langsam aus der See tauchende Küste zog also in etwa von Süden nach Norden. Bald konnte Stan erkennen, dass es sich um eine flache, sandige Küste handelte, an die sich Grasland anschloss, nur wenige windzerzauste Bäume und Büsche krallten sich am Ufer hinter den Dünen fest. Sie liefen inzwischen nicht mehr mit so großer Geschwindigkeit, das Netz bremste kräftig und der Wind war mit Sonnenaufgang noch weiter abgeflaut. Dann änderte sich die Farbe des Wassers, der Grund kam näher. Stan war sich unschlüssig, ob er es wagen sollte, das Boot auf den Sand zu setzen. Sie mussten es schnell am Strand hochziehen, denn die anrauschenden Wogen hatten noch genug Kraft, ein fest sitzendes Boot rasch in Stücke zu schlagen. Doch die Entscheidung wurde ihm abgenommen. Plötzlich fuhr ein scharfer Ruck durch das Boot, der die an Deck kauernde Mannschaft durcheinander würfelte. Stan hielt sich mit Mühe am Ruder fest. Das Ankertau, an dem das hinterhergeschleppte Netz hing, hob sich einen Augenblick zum Zerreißen gespannt aus der See. Dann sank das Boot in ein Wellental und das Tau entspannte sich etwas, nur um sich bei der nächsten Welle wieder zitternd zu spannen. Das Netz musste sich am Grund in irgendetwas verfangen haben. Sie hingen fest, wie am Anker! Das Ufer und die gischtende Brandung waren noch etwa 700 Schritte vor ihnen.

„Gebt noch mehr Leine!", rief Stan seinen Söhnen zu.

Diese fierten den noch an Bord befindlichen Rest des Ankertaus, bis das Boot nur noch einige hundert Schritte vom Land entfernt am Tau hing.

„Wir müssen zunächst herausfinden, wo wir sind", bemerkte Stan.

„Lasst uns etwas essen, und dann müssen einige von uns durchs Wasser an Land waten, um Erkundigungen einzuziehen. Sonst habe ich bei dem Fjord, den wir gestern noch an der Küste gesehen haben, auch immer nach Nord-Nordwest gedreht. Den Kurs kann man in klaren Sommernächten halten, indem man darauf achtet, dass der Nordstern, vom Ruder aus beobachtet, immer über dem zweiten Riemenloch vom Bug aus steht. So habe ich aber keine Ahnung, wo wir sind. Vermutlich an der dänischen Küste irgendwo nördlich von Haithabu."

Der Vorschlag, etwas zu essen, wurde von seiner Mannschaft und den Sachsen angenommen, lediglich Vlad und Ascha wollten nichts davon wissen. Stan kaute hungrig auf den im Salzwasser aufgeweichten Bissen Trockenfisch herum. Die Sachsen verhandelten irgendetwas in ihrer Sprache. Vermutlich, wer an Land gehen sollte. Hoffentlich hing das Netz fest genug und löste sich nicht plötzlich. Eigentlich war es ein großes Glück gewesen, dass es sich verfangen hatte, der Anker griff oft nicht so rasch und sicher. So konnten sie an Land waten, obwohl das Boot noch schwamm und die Wellen einfach darunter weg liefen, anstelle es zu zerschlagen. *Dieser sächsische Gott scheint wirklich etwas von Seefahrt zu verstehen. Kein Wunder, wenn sein Sohn wirklich bei den Fischern gelebt hatte, wie der alte Mönch gestern erzählte*, dachte sich Stan.

Wilfrith

„Da ich der Einzige bin, der etwas Dänisch spricht, muss ich wohl mit an Land", meinte Wilfrith.

Da er ohnehin völlig durchnässt war, bereitete es ihm keine großen Sorgen, dass er durchs Wasser an Land waten müsste. Vlad meldete sich zu Wilfriths Überraschung ebenfalls freiwillig.

„So kann ich wenigstens in Ruhe auf dem Trockenen sterben", kommentierte er, und es klang, als meinte er es auch tatsächlich so. „Dann müsst ihr noch Bosćij mitnehmen, da er Segelerfahrung hat und verstehen kann, wenn wir von irgendwem Segelanweisungen bekommen", meinte Dietrich.

Er übersetzte den Vorschlag auch gleich selbst ins Abodritische, da Vlad sich nicht weiter am Gespräch beteiligte. Schließlich vervollständigte Burwido das Landungskommando; falls es gefährlich werden sollte, machten sie zu viert doch mehr Eindruck.

Bei der Kälte war es kein besonderes Vergnügen, über Bord zu steigen. Die vier Landgänger zogen ihre Überkleider aus und ließen sich über die Bordwand ins Wasser gleiten. Wilfrith stellte erstaunt fest, dass das Seewasser doch noch erheblich kälter war als seine durchnässte Kleidung. Stan reichte ihm sein Kleiderbündel aus dem Boot heraus. Mit dem hoch über seinem Kopf gehalten Bündel stürmte Wilfrith Richtung Ufer. Die Wellen waren noch so hoch, dass er sofort komplett durchnässt wurde, obwohl das Wasser eigentlich nur hüfttief war. Nach wenigen Schritten schon wurden Wilfriths Füße so kalt, dass er den Grund nicht mehr ordentlich ertasten konnte, aber das war ihm egal, er stolperte weiter und erreichte nach einer scheinbar endlosen Strecke als Letzter das Ufer. Seine Gefährten sammelten bereits Äste zusammen, um ein kleines Feuer zu entzünden, und Vlad starb nicht, wie er angekündigt hatte, sondern erholte sich rasch, sobald er festen Boden unter den Füssen hatte. Als das Feuer endlich brannte, hielten Wilfrith und seine Gefährten die Hände und Füße fast bis in die Flammen, um ja keine Wärme entkommen zu lassen.

Plötzlich hörte Wilfrith hinter sich das Dröhnen galoppierender Hufe. Er fuhr herum und sah einen Reiter über die Dünen heransprengen. Erst dicht vor der Gruppe parierte er seinen kleinen grauen Hengst durch. In der Rechten hielt er einen Speer erhoben, dessen Spitze drohend auf die Vier gerichtet war. Er trug eine glänzende Brünne aus Eisenringen und auch sein runder Schild war eisenbeschlagen. Auf dem Haupt saß ein Helm mit breitem Nasenschutz.

„Wer seid Ihr und was wollt Ihr hier? Lasst mich Eure Namen und Reise wissen, damit ich meinem Herrn berichten kann, ob Ihr als Späher ins dänische Land gekommen seid", sprach er sie in formalem Dänisch an.

Die Vier hatten sich beim Herannahen des Reiters erhoben.

„Wir sind Sachsen und auf der Reise nach Haithabu. Wir kommen in friedlicher Absicht und wollen in unser Land heimkehren", beantwortete Wilfrith die Frage in derselben Sprache.

„Aber sagt uns doch, wo und auf welches Herren Land wir sind, wir wurden von einem Seesturm verschlagen. Es freut mich allerdings zu hören, dass wir wenigstens das Land der tapferen Dänen erreicht haben!"

„Dass du ein Sachse bist, sehe ich wohl, auch hört man es an deiner Art zu sprechen. Aber dort draußen liegt ein wagrisches Boot. Ihr wollt das Land ausspähen und wieder einen Raubzug in die Dänenmark vorbereiten! Die Wagrier haben schon verdächtig lange Ruhe gehalten. Sprich, ist es nicht so?"

„Nein, Herr", beteuerte Wilfrith.

„Im Gegenteil, wir haben im Land der Wagrier schlimme Abenteuer erlebt und einen gefangenen Freund befreit, einen friedfertigen Mönch, wie ich selbst."

„Ihr seid Mönche?", wollte der Däne wissen. „Da habt Ihr Glück, mein Herr, Fürst Erik von Haithabu, hört Euch gerne reden. Wenn Ihr wirklich zu ihm wollt, dann sollt Ihr freies Geleit haben. Den Sliafjord habt Ihr nur um wenige Meilen nach Norden verfehlt. Wenn Ihr von den Wagriern kommt und den Sturm in der letzten Nacht auf offener See verbracht habt, gebührt Euch meine Achtung. Wir Dänen achten alle wagemutigen Seefahrer! Ich bin Rodrik, ein Thane von Erik und hier als Strandvogt eingesetzt, um die Dänenmark zu schützen und Eindringlinge zu melden. Ihr dürft bis morgen früh am Strand bleiben, hütet Euch jedoch, ins Land hinein zu gehen und etwas auszuspähen!"

„Habt Dank", antwortete Wilfrith.

„Kennt Ihr einen sicheren Ankerplatz in der Nähe?", fügte er, beim Gedanken an das kalte Wasser zwischen ihnen und dem Schiff, hinzu.

„Hier ist die Küste mit vielen großen Steinen durchsetzt, Ihr habt wohl daran getan, so weit draußen zu ankern", antwortete der Strandvogt. „Der sicherste Platz ist einige Stunden weiter im Süden, direkt im Sliafjord. Dahin könnt Ihr natürlich auch sofort aufbrechen! Es ist der erste größere Fjord von hier Richtung Süden, Ihr könnt ihn nicht verfehlen, und bei dem Ostwind müsstet Ihr ihn, auch ohne kreuzen zu müssen, ansteuern können."

Wilfrith bedankte sich und übersetzte endlich seinen Gefährten, was er erfahren hatte. Diese waren zuerst sehr unruhig gewesen, hatten dann aber dankbar bemerkt, wie der Fremde seinen Speer langsam sinken ließ. Vlad übersetzte schließlich für Bosćij alles noch einmal ins Wagrische. Nach kurzer Beratung entschieden sich die Vier noch bis zur Slia weiterzusegeln, auch wenn Vlad sich entschieden dagegen aussprach, das feste Land noch einmal mit den Planken des Bootes zu vertauschen. Wilfrith teilte ihren Entschluss dem Strandvogt mit, der sie dem Schutz des Meeresgottes Njörd anempfahl, was Wilfrith mit einem Stirnrunzeln quittierte. Aber es würde nichts bringen, sich mit dem Heiden darüber zu streiten. Rodrik versprach, Reiter nach Haithabu zu senden, um ihre Ankunft dem Fürsten zu melden.

„Der Fürst wird hoffentlich Wichtigeres zu tun haben, als sich um uns zu kümmern", meinte Wilfrith zu seinen Gefährten. Von fremden Fürsten hatte er fürs Erste genug.

Dann mussten sie wieder ins Wasser und auf dem Schiff gab es kein Feuer zum Trocknen und Aufwärmen. Der Strandvogt sah ihnen vom Ufer aus hinterher. Bosćij und Burwido erreichten das Fahrzeug schon vor Wilfrith. Bosćij warf sein Kleiderbündel an Bord und kletterte geschickt an einem Seil, dass sein Bruder über Bord gehängt hatte, ins Boot. Burwido und Wilfrith folgten seinem Beispiel mit etwas weniger Übung. Vlad kam als Letzter, die Entscheidung, ob er weiter in dem eiskalten Wasser ausharren oder sich wieder auf das scheußlich schwankende Deck begeben sollte, fiel ihm sichtlich schwer. Wieder an Bord trockneten sich die Vier mit einer Decke ab und kleideten sich an. Dann berichtete Wilfrith, was sie herausgefunden hatten. Stan freute sich über das Lob des Dänen bezüglich seiner Seemannschaft. Er ließ sie auch gleich das Segel setzen. Da der Wind weiterhin aus Osten blies, musste die Rah wieder voll gebrasst werden, um das Boot so hart wie möglich an den Wind zu bringen. Der Wind griff in das Segel, aber das Boot hing weiterhin am Ankertau. Dann verteilte Stan seine Söhne, Burwido und einen der beiden Jungen auf die vier Riemen und befahl ihnen, auf sein Kommando so kräftig zu rudern, wie sie nur könnten. Wilfrith wunderte sich über all die Maßnahmen, insbesondere, da das Boot nicht von dem verhakten Fischernetz loskam. Doch dann sah er, wie Stan sein Messer hervorholte und es einem der Jungen gab. Es folgte das Kommando zum Anrudern. Ein zweiter Zuruf galt dem Jungen am Ankertau. Wilfrith beobachtete gespannt, wie der Junge begann, mit dem Messer eifrig die glitschige, gespannte Ankerleine zu bearbeiten. Er durchtrennte die erste Kardele des gedrehten Seils, dann die zweite und schließlich riss die letzte mit einem Knall entzwei. Das Boot war frei.

Stan schaffte es tatsächlich, einen Kurs parallel zur Küste zu halten, und bald konnten die Ruderer die Riemen einziehen. Der Strandvogt ritt noch eine Weile am Land hinter dem Boot her. Wilfrith sah seine Rüstung silbern in den wenigen Sonnenstrahlen glänzen, die sich durch die Wolkendecke kämpften. Dann verlor er ihn achteraus aus dem Auge. Nach zwei Stunden Fahrt etwa tauchte hinter einem schmalen Uferstreifen im Westen eine Wasserfläche auf.

„Das ist die Mündung der Slia", stellte Stan zufrieden fest und Vlad fühlte sich stark genug, um diese kurze Mitteilung den Sachsen zu übersetzen. Nach einer weiteren halben Stunde bog die Küstenlinie gerade nach Süden ab. Dann öffnete sich eine schmale Einfahrt in die große Bucht, die nur durch die dünne Landbrücke im Osten von der See abgegrenzt war. Mit dem stetigen Ostwind gelang es Stan, direkt unter Segel in die Einfahrt zu kommen, ohne dass sie rudern musste.

Gut tausend Schritte weiter landeinwärts ragte von Norden eine Halbinsel in die Bucht. An ihrer Spitze lag ein kleines Dorf.

„Das ist Maasholm", kommentierte Stan.

„Wir haben es geschafft. Nun müssen wir nur noch einen guten halben Tag den Fluss hinauf rudern. Dann sind wir in Haithabu oder Sliaswig, wie es die Dänen auch nennen. Ich schlage jedoch vor, dass wir hier anlegen und ausruhen, um dann morgen mit frischer Kraft die Ruderpartie zu beginnen."

Alle, außer Ascha, die noch immer apathisch an der Bordwand lehnte, gaben ihr Einverständnis. Wilfrith beobachtete sie besorgt. Vlad wenigstens schien von dem relativ kurzen Stück nicht so sehr mitgenommen worden zu sein, wie er befürchtet hatte. Er stand aufrecht und äußerte auch auf Wilfriths Nachfrage hin nicht den Wunsch, lieber sofort zu sterben, als das Elend länger zu ertragen, wie es noch vor ein paar Stunden der Fall war.

Stan hieß seine Söhne das Segel einzuholen und die Riemen einzulegen. Dann wendete er das Boot und setzte es sanft im Lee der schmalen Landzunge auf den Sand. Die beiden Jungen und Vlad, der sich die Gelegenheit, auf festem Boden zu stehen, nicht nehmen lassen wollte, sprangen über Bord und zogen das Boot so weit sie konnten auf den Sand. Hier lag es auch ohne Ankerleine fest genug für die Nacht.

Wilfrith schaute misstrauisch zu dem kleinen Ort hinüber. Gab es hier auch so wehrhafte Strandvögte? Aber die Leute von Maasholm interessierten sich offenbar wenig für das kleine Boot, welches in ihrer geschützten Meeresbucht lag. Hier konnte schließlich auch niemand hoffen, eine geheime Landung durchzuführen, wie an dem einsameren Strand im Norden, dachte er sich. Dann machte er sich daran, den letzten Proviant für eine kräftige Mahlzeit auszupacken. Die Vorräte konnten sie schließlich am Folgetag in Haithabu auffrischen und eine kräftige Stärkung würde allen gut tun. Burwido gelang es sogar, Ascha zu überreden, ein Stückchen in Wasser getauchtes Brot zu essen. Schließlich lag das Boot im Windschatten der Landzunge fest auf dem Sand und sie begann offenbar, sich etwas besser zu fühlen.

Nach dem Mahl sah Wilfrith wieder nach Dietrichs Wunde. Sie gefiel ihm nicht besonders gut. Es eiterte zwar nicht, aber sie war gelblich belegt, geschwollen und die Haut darum herum gerötet. *Was gehört doch gleich zu den Entzündungszeichen?*, überlegte er. *Rubor – die Rötung, tumor – die Schwellung, calor – die Überwärmung, ach ja, und dolor – der Schmerz.* Das alles hatte er in einer Abschrift eines alten medizinischen Textes gelesen. Der hoch gerühmte Arzt Galenus von Pergamon war der Autor. Die Schrift war über die Kontakte des fränkischen Königshofes mit dem Kaiser von Byzanz in die Hände Rimberts, des Bremer Erzbischofs, und seiner Schreibstube gelangt. *Aber was nützte einem das Wissen und die alten Autoritäten, wenn man nichts zum Behandeln hat?*, fragte sich Wilfrith. Er preßte die Wunde vorsichtig aus und wusch sie mit Trinkwasser. Dabei hütete er sich aber weiterhin, die Wundränder auseinander zu ziehen. In der Tiefe schienen sie wenigstens schon fest zusammen zu kleben.

Stanisław

In der Nacht frischte der Wind wieder deutlich auf und Stan war froh, mit dem Boot im Windschatten der Landzunge sicher auf dem Sand zu liegen. Das Boot machte etwas Wasser, und das, obwohl der vordere Teil auf dem Trockenen saß. Die Beanspruchung während des Sturms hatte in der Kalfaterung wieder kleine Risse entstehen lassen, doch hatten alle Verbände standgehalten. Stan war stolz auf sein Fahrzeug. Die Bauweise, komplett aus Holz, Holznägeln und Tauen ließen das Boot flexibel reagieren. Es war kein starrer Verband, sondern bog sich und arbeitete mit den Wellen. Das verhinderte ein Brechen des Materials, brachte auf der anderen Seite aber mit sich, dass es oft neu gekalfatert werden musste und die Taue nachgespannt werden mussten. Nun, für die Heimreise hielt das Boot noch, hoffte Stan – zumindest, wenn er gutes Wetter abwartete. Und das hatte er sich ganz gewiss vorgenommen, wer konnte schon sagen, ob er ohne die Mönche des den Sturm stillenden Gottes an Bord noch einmal so gut davon käme? Er schaute noch eine Weile den dunklen Wolkenfetzen zu, die über den grauen Himmel jagten und grübelte über diesen fremden Gott nach. Dann rollte auch er sich in seine Decke und war bald eingeschlafen.

Kapitel 13 – Fürst Eriks hohe Halle

Ascha

Am nächsten Morgen war Ascha als Erstes auf, der Hunger hatte sie geweckt. Sie fühlte sich viel besser, ihre Augen leuchteten wieder, auch in ihre Wangen war die Farbe zurückgekehrt – und es war nicht das Grün des Vortags. Sie verspürte unbändigen Hunger. Aber sie musste nicht lange warten, auch die anderen erwachten bald und Stan verteilte die letzten vom Vortag übrig gebliebenen Reste der mitgenommenen Vorräte. Das trockene Brot war völlig mit Salzwasser durchweicht, aber sie schlang es doch gierig hinunter, dem getrockneten Fisch hatte das Meerwasser zum Glück nicht geschadet.

Nach dem Mahl schaute Ascha zu, wie sich Wilfrith zuerst um Dietrichs Wunde kümmerte, doch die hatte sich nicht wesentlich verändert. Der Mönch sah das nun als ein gutes Zeichen an. Immerhin kein Eiter, und die Wundränder hielten fest zusammen. Dann wandte er sich seinem nächsten Patienten und damit ihren eigenen Füßen zu. Die erzwungene Erholungspause und das Salzwasser hatten offenbar gut getan und Wilfrith legte keinen neuen Verband an

Vlad, Wilfrith, Burwido und Bosćij nahmen nun die Riemen auf, um die letzte Etappe ihrer Bootsfahrt zu beginnen. Stan stand wie immer am Ruder und beobachtete den Strom vor ihnen genau. Der Lauf der Slia änderte sich mit der Zeit. Ständig entstanden neue Arme und Sandbänke, die oft nur durch eine Änderung des Wellenmusters oder kleine Wirbel im Wasser erkennbar waren. Bald hinter Maasholm wurde das Fahrwasser enger und der Fluss schlängelte sich in Richtung Süden und später Südwesten. Die Ufer wurden von Schilf gesäumt, in dieser Jahreszeit war es großteils ganz braun und gelb. Zwischendrin stand immer wieder etwas Rohr und die dunklen Kolben schwankten im Wind auf und ab. Einige Eiderenten und sogar ein paar Schwäne zeigten sich und am Himmel lachten wieder die unvermeidlichen Möwen.

Zweimal setzte das Boot auf einer flachen Sandbank auf, die Stan nicht hatte kommen sehen. Das erste Mal mussten Stans Söhne, Burwido und Vlad ins Wasser, um das Fahrzeug wieder frei zu schieben. Das zweite Mal gelang es ihnen, das kleine Boot mit den Riemen freizustaken. Ascha beobachtet die Ruderer bei ihrer Arbeit. Der junge Burwido schien nicht nur furchtlos in Kampf und Moor, sondern auch beim Rudern stellte er sich genauso geschickt an wie die jungen Wagrier. Und kein Wunder, dass er furchtlos war. Wenn sich seine schlanke, aber doch kräftige Gestalt anspannte, um das Boot frei zu bekommen, glaubte sie sofort, dass er keinen Grund haben musste, sich vor irgendetwas zu fürchten. Sie fühlte ein seltsames Kribbeln in der Magengegend, er stellte tatsächlich eine ernste Gefahr für sie dar, und wenn es so weiter ging, tappte sie sehenden Auges hinein!

Ascha biss sich auf die Unterlippe und wendete ihren Blick energisch dem langsam vorbeiziehenden Ufer zu, aber sie ertappte sich immer wieder dabei, wie ihre Augen nach den kräftigen Händen suchten, die den vorderen Steuerbordriemen fest im Griff hielten.

Wilfrith

Sie passierten mehrere kleine Ortschaften, aber niemand schien sich für sie zu interessieren. Offenbar war der letzte Raubzug der Wagrier an dieser Küste schon eine Weile her, oder man sah in dem kleinen, einsamen Boot einfach keine Bedrohung. Kurz vor Mittag schließlich teilte sich der Flusslauf in zwei breite Arme und vor ihnen schien eine Insel die Weiterfahrt zu blockieren. Doch diesmal hielt Stan sicherer Hand im Norden an der Insel vorbei und ließ sich durch den anderen Seitenarm nicht verunsichern. Direkt hinter der Insel weitete sich der Fluss zu einem großen See.

„Endlich, die große Breite", kommentierte Stan.

„Das ist der erste Teil des Slia-Sees, oder des Sees der Dänen, wie wir ihn nennen."

Wilfrith hatte von Bischof Rimbert schon davon gehört, und von der sagenhaft reichen Stadt Haithabu, aber dass es ihn selbst einmal bis hierhin verschlagen sollte, hatte er nie und nimmer gedacht. Nach einer weiteren guten halben Stunde wurde die See durch eine Halbinsel am Nordufer eingeschnürt, um gleich dahinter noch einen See zu bilden.

„Die kleine Breite", ließ Stan sich erneut vernehmen.

Von hier konnten sie am West-Ende des nächsten Gewässers, das Stan als Haithabuer Noor vorstellte, endlich die Stadt Haithabu am Ufer liegen sehen. Eine derartig große Stadt hatte Wilfrith noch nie gesehen, die Berichte, die sie gehört hatten, waren nicht übertrieben!

Haithabu wurde von einer halbkreisförmigen Mauer eingeschlossen, die etwa so hoch war wie die in Starigard. Haithabu lag allerdings nicht auf einem Hügel, so dass die Mauer innen fast genauso steil abfiel wie außen. Oben war sie mit einer etwas weniger als mannshohen Palisade gekrönt. Die offene Seite des Halbkreises wurde vom Ufer des Haithabuer Noors gebildet. Eine stabile hölzerne Mole verlängerte die Befestigung in das Noor hinaus.

Stan musterte fachmännisch die Schiffe im Haithabuer Hafen und erläuterte bereitwillig die verschiedenen Typen.

„Dort vorn liegen drei Knorren, kleinere und breitere Handelsschiffe der Dänen von etwa 20 Schritten Länge und sechs Schritten Breite im Wasser. Daneben seht ihr eine Karvi, ein kleines schnelles Küstenschiff mit niedrigem Freibord und etwa 30 Schritten Länge. Sehr viel weniger Schiffe als bei meinen bisherigen Besuchen im Sommer. Dafür könnt ihr dort noch zwei weitere Knorren und drei Langschiffe an Land sehen, die mit den dicken Persennings aus gewachstem Wolltuch. Die haben sicher 40 Schritte Länge und Riemenlöcher für 50 Ruderer an jeder Seite!"

Beim Näherkommen sah man, dass das Hinterste der Langschiffe die beiden anderen sogar noch deutlich an Größe übertraf. Es mochte wohl an die 60 Schritte lang sein und hatte einen hohen Freibord. Es fasste 300 oder mehr Krieger, und bot ihnen durch die hohen Seiten im Kampf auf See, Schiff gegen Schiff, entscheidende Vorteile.

„Das muss der große Drache Fürst Eriks von Haithabu sein!", rief Stan begeistert.

„Wie eine Burg auf dem Wasser", kam der Seemann ins Schwärmen.

Haithabu war vor vielleicht drei Generationen vom Dänenkönig Gudfred gegründet worden, nachdem er den wagrischen Handelsort Rerik zerstört hatte, um dessen Konkurrenz auszuschalten. Stans Volk hatte das noch nicht vergessen. Aber Haithabu war von Anfang an eine glückliche Gründung und zog den Handel im südlichen Baltischen Meer an sich, der ja auch nicht mehr über Rerik laufen konnte. Weiterhin konnten Händler vom Britannischen Ozean die Egdora stromauf bis nur drei Wegstunden vor Haithabu gelangen. Von dort wurden die Waren dann auf Ochsenkarren zur Stadt geschafft. So konnte man die weite und gefahrvolle Fahrt durch Skagerrak und Kattegatt abkürzen und vom Britannischen Ozean ins Baltische Meer gelangen. Wegen all dieser Vorzüge saß in Haithabu auch ein Fürst: Erik von Haithabu, nur Siegfried Schlangenauge, dem König der Dänen, untertan.

Es war bereits früher Nachmittag, als Stan sein kleines Boot schließlich an die große Mole steuerte. Der Hafenmeister hatte sie schon von weitem gesichtet und wies ihnen einen Liegeplatz an. Er wurde von zwei Kriegern in blitzenden Kettenhemden und mit Spieß und Schwert, jedoch ohne Schilde, begleitet. Alle Drei trugen lange offene Haare und wilde Bärte, schauten aber eher freundlich drein und nahmen sogar die von Stans Söhnen an Land geworfenen Leinen auf, um sie an einigen der großen Pflöcke zu befestigen, die man zu diesem Zweck tief in den Grund des Noors gerammt hatte.

Der Strandvogt hatte es tatsächlich geschafft, ihre Ankunft vor ihrem Eintreffen in Haithabu zu melden, denn der Hafenmeister begrüßte sie auf Sächsisch. Zwar mit dem typischen Akzent der Nordmänner, aber fehlerfrei: „Ihr seid wohl die Mönche, die in dieser Nussschale dem Sturm getrotzt haben? Seid willkommen in Haithabu. Fürst Erik hat mich gesandt, Euch zu ihm zu bringen."

„Du bleibst beim Boot, die beiden Jungen können dir helfen, alles hafenfertig zu machen", wies Stan seinen ältesten Sohn Bosćij an, als Vlad ihm die Aufforderung übersetzt hatte. Die übrigen Gefährten, einschließlich Stan und seinem jüngsten Sohn, stiegen an Land.

Der Hafenmeister übernahm die Führung. Ihm folgten die beiden hünenhaften Krieger in ihren Eisenhemden, vor ihnen tat sich selbst im dichtesten Gedränge sofort eine Gasse auf und die Reisenden konnten sich bequem anschließen. Die Tatsache, dass die Krieger vor und nicht hinter ihnen gingen, betrachtete Wilfrith als gutes Zeichen. So gefährlich die Nordmänner auch waren, wenn sie vor einer fremden Küste auftauchten, so sicher konnte man sich fühlen, wenn man als Händler zu ihnen kam. In der Stadt hörte Wilfrith an mehreren Ecken neben dem Nordischen auch Sächsisch, verschiedene slawische Dialekte und gänzlich unbekannte Sprachen. Trotz des Winters war auf den Gassen einiges los. Durch das Gedränge bogen sie schließlich in eine der Hauptstraßen ein. Diese durchzogen den Ort kreuzförmig und verbanden den Hafen mit den drei Toren im Norden, Westen und Süden der Stadt. Die großen Straßen waren mit Bohlen belegt, um auch im Matsch der Schneeschmelze, wenn der eigentliche große Markt eröffnet wurde, ein sicheres Gehen und Transportieren der Waren zu ermöglichen.

Keiner von ihnen, außer Stan, der ja schon mehrmals im Sommer hier gewesen war, hatte je zuvor so eine große Stadt und Menschenmenge gesehen. Selbst die Hammaburg und Bremen waren kleiner und weniger lebhaft.

„Sieh nur, dort", meinte Wilfrith und zog Dietrich verstohlen am Ärmel.

„Der Sklavenmarkt. Bischof Rimbert hat mir davon berichtet. Es ist ein großer Schandfleck in der Stadt!"

Zwischen einigen Häusern sahen sie in der Parallelstraße Menschen aufgereiht. Sie sahen hoffnungslos und stumpfsinnig vor sich auf die Erde. Einige waren gefesselt, andere standen völlig frei. Trotzdem liefen sie nicht weg, sondern ließen es ergeben geschehen, dass die Interessenten sie betasteten und begutachteten. Ihre Wächter standen dicht dabei und sahen zu.

„So etwas passiert, wenn der nächste andere Mensch mehr der Andere als der Nächste ist", kommentierte Dietrich philosophisch. Dann versperrte ein Haus den traurigen Blick. Wilfrith schauderte. So war es also den vielen Sachsen ergangen, die die Ascomannen im letzten Februar verschleppt hatten ... Vielleicht waren sogar noch einige hier in der Stadt?

Nach wenigen Minuten erreichten sie die Halle Fürst Eriks. Haithabus hohe Halle, hoch gerühmt im ganzen Nordland. Von außen beeindruckte sie schon allein durch ihre Größe. Sie maß gut 20 Schritte in der Breite und war mit fast 50 Schritten Länge mehr als doppelt so lang wie die üblichen Häuser vor Ort. Ein großes, tief herunter gezogenes Holzdach deckte den Raum, rund herum lief ein von geschnitzten Säulen getragenes Vordach. Auf den Säulen zeigten sich kunstvolle geschnitzte Schlangen und Fabeltiere in verschlungenen Mustern, alles in Rot und Blau bemalt. An mehreren Stellen glänzte Blattgold. Wilfrith war tief beeindruckt, die Pracht der Halle konnte sich fast mit den hohen Bögen und ragenden Säulen von Rimberts steinernem Dom zu Hause, hoch über den Ufern der Wirraha, messen! Und dessen Baumeister wiederum musste wohl das himmlische Jerusalem selbst als Vorbild gedient haben.

Der Hafenmeister führte sie unter das Vordach und ließ sie warten. Er selbst ging durch die große Pforte in die Halle, um dem Fürsten ihre Ankunft zu melden.

„Dein Wunsch, dass der Fürst uns nicht zuviel Beachtung schenken möge, scheint nicht in Erfüllung zu gehen", bemerkte Burwido mit einem säuerlichen Lächeln zu Wilfrith, doch bevor der Angesprochene etwas entgegnen konnte, war der Hafenmeister auch schon wieder zurück.

„Hoher Fürst Erik, der große Ringgeber und Beschützer der Krieger, wünscht Euch zu sehen und Eure Herkunft und Reise zu erfahren. Tretet ein!"

Bei diesen Worten öffnete er das Tor der Halle weit. Das Innere des Raumes war durch zwei Säulenreihen, die das mächtige Dach trugen, in drei Schiffe gegliedert. In jedem dieser Schiffe war eine längliche Feuerstelle, und in der mittleren brannte auf ganzer Länge ein großes Feuer. Dadurch sah es so aus, als führte eine glühende Straße von der großen Pforte in der Front bis zum Hochsitz im hinteren Teil der Halle. Die Säulen waren mit Speeren, Lanzen, bunt bemalten Rundschilden und anderen Waffen behängt. An den Wänden prangten Wandteppiche und weitere Schilde, dazwischen Felle, die von Jagdabenteuern berichteten. Wilfrith fiel gleich ein mächtiges Bärenfell auf, welches seltsamerweise von schneeweißer Farbe war.

Längs der Feuerstellen standen Bänke, die wie die Säulen unter dem Vordach mit Schnitzereien verziert waren. Wilfrith beobachtete mit wachsendem Staunen, dass die Pracht der Verzierungen und die Menge an Blattgold immer weiter zunahmen, je näher sie dem Hochsitz kamen. An der Rückwand der Halle schließlich, hinter dem Hochsitz, hing ein langer Bildteppich, den die Fürstin Gisela selbst geknüpft hatte. Er erzählte in bunten Bildern von einer großen Fahrt, die ihr Gemahl Erik von Haithabu unternommen hatte. Der aus Eschenholz geschnitzte Hochsitz davor stand der Halle an Pracht nicht nach, überall glänzte Blattgold. Auf dem Thron waren dicke Bärenfelle gestapelt, darunter wieder einer der seltsamen weißen Pelze. Der Fürst selbst trug ein pelzbesetztes Gewand und lange Beinkleider und auf dem Kopf eine breite Pelzmütze, von der ein Zobelschwanz nach hinten über seine Schultern hing. Erik von Haithabu war offenbar friedlich gestimmt, denn sonst prunkten die Dänenherrscher gern in voller Rüstung. Um ihn herum standen einige der Noblen von Haithabu. Der Fürst musterte die Besucher mit ernstem, aber nicht unfreundlichem Blick.

„Seid willkommen in der großen Bierhalle", sagte er in fehlerfreiem Sächsisch. Bei diesem Ausdruck musste Wilfrith schmunzeln, er sah zu seinem Bruder Burwido herüber, der sich auch ein Lachen verbiss, aber seine Augen verrieten ihn.

„Mein treuer Thane am Nordstrand ließ mir von Euch künden. Ihr habt Euch mit Eurem kurzen Kiel im Sturm über die salzige

Tiefe gewagt, seid mir deshalb doppelt willkommen. Doch lehrt mich jetzt Eure Herkunft und Reise!"

Offenbar hatte er das Sächsische schon vor gut hundert Jahren gelernt, überlegte Wilfrith, so umständlich drückte sich selbst der alte Vater Hoger im Bremer Kloster nicht aus!

Dietrich, der Älteste und Würdigste unter ihnen, antwortete: „Habt Dank, großer Fürst. Ich bin ein alter Mönch, Knecht und Geselle Rimberts, des mächtigen Erzbischofs zu Bremen. Ein Auftrag meines Herrn führte mich ins Land der Polaben, wo ich durch finsteren Verrat in Gefangenschaft geriet. Diese meine Genossen kamen, mich zu erretten, und sie entrissen mich dem Fürsten Oklot. Seitdem haben wir viele Abenteuer überstanden, von denen der Seesturm nur eines ist. Nun kommen wir zu Euch, Beschützer der Dänen, nicht in böser Absicht, sondern weil uns der Herr im Himmel diesen Weg geführt hat."

Die Rede gefiel Erik gut, er schaute nun fröhlich drein. Die Fremden hatten offenbar spannende Geschichten zu erzählen, und das war in dieser Jahreszeit ebenso willkommen wie selten.

„Ihr müsst hungrig sein. Legt ab und setzt Euch hier zu mir auf die Bänke. Ihr braucht nichts zu fürchten. Auch Eure Freunde vom Boot könnt Ihr holen. Meine Krieger werden das kleine Boot, in dessen Bauch Ihr den Winterstürmen trotztet, gegen alle Feinde halten."

Nachdem Dietrich die Worte des Fürsten ins Wagrische übersetzt hatte, schickte Stan seinen jüngsten Sohn mit zwei dänischen Kriegern zum Boot, um den Rest der Mannschaft zu holen.

Dietrich folgte der Aufforderung des Fürsten und ließ sich am Ende einer der langen Bänke nieder. Wilfrith und die übrigen Gefährten folgten seinem Beispiel. Eine Magd brachte einige Schüsseln mit dampfender Hafergrütze und die Gefährten griffen dankbar zu. Bald kamen auch Stans Söhne und die beiden Jungen vom Boot zurück und setzten sich dazu. Erik selbst hatte schon gespeist und beobachtete seine Gäste. Dann begann er wieder zu sprechen.

„Ich kenne Bischof Rimbert. Er kam vor ... wie lange wird es sein? An die zehn Jahre schon. Also vor zehn Jahren war er das letzte Mal hier in Haithabu. Damals sprach er lange mit mir. Von Liebe zu den Feinden und solche Dinge. Es kam mir alles wie hohles Geschwätz vor. Wer liebt schon seine Feinde? Auch die Sachsen verteidigen sich mit Hieben, die nicht nach Liebe schmecken. Doch dann ging er auf den Sklavenmarkt, um Sklaven zu kaufen. Aber er behielt sie nicht für sich, sondern schenkte ihnen die Freiheit. Als sein Geld nicht mehr reichte, aber noch immer Glaubensbrüder von ihm in Ketten gingen, versetzte er sein silbernes Geschirr, an dem er sehr hing. Ich glaube, er brauchte es, um eurem Gott zu opfern. Davon kaufte er noch mehr Sklaven frei. Dann, als das aufgebraucht war, warf sich noch eine Frau vor ihm auf die Knie. Sie kam aus Irland, ich erinnere mich genau. Sie sang in der Sprache eurer Priester, um zu beweisen, dass auch sie eine Priesterin der Christen war. Rimbert hatte aber kein Geld oder Silber mehr übrig und ich war gespannt, wie er sich verhalten würde. Da ließ er seinen Knecht sein Pferd holen, mit einem prächtigen Sattel darauf. Und ich konnte fast nicht glauben, was ich sah: Der Erzbischof, ein großer Fürst in seinem Lande, wie ich gehört habe, verkaufte sein eigenes Pferd und Zaumzeug. Und von dem Geld kaufte er auch noch die Irin, eine einfache Sklavin, nicht einmal von seinem Volk und Blut! Ein paar Tage später zog er zurück – zu Fuß, begleitet von einem Haufen ärmlicher Sklaven, die nun wieder freie Menschen waren. Ich sandte ihm einen meiner besten Hengste hinterher, damit der Edle nicht laufen müsste.

Rimbert hat mich tief beeindruckt. Er ist ein Mann, der zu seinem Wort steht, und wenn Ihr seine Knechte seid, freue ich mich, Euch hier in meiner Halle zu bewirten. Ich selbst glaube seit dem Tag auch an Euren Christus, auch wenn ich ihm natürlich nicht so viele Opfer bringe wie Odin und Thor."

„Ja, die Geschichte hat mir der Erzbischof auch erzählt", bestätigte Wilfrith.

„Und die irische Nonne lebt noch heute in Bremen in einem Kloster. Es war auch Rimbert selbst, der mich etwas Eure Sprache gelehrt hat, edler Beschützer der Krieger", fügte er auf Dänisch hinzu, wobei er eine der formalen Anreden für den Fürsten nutzte.

„Doch dann trat leider wieder Krieg und Blutvergießen zwischen unsere Völker. Erst im letzten Jahr fielen Eure Dänen bei uns ein!" Als Wilfrith das aussprach, wurde ihm heiß. Er hatte sich in seiner Leidenschaft forttragen lassen, wie konnte er nur dem Fürst der Dänen so etwas ins Gesicht sagen?

Schnell fügte er hinzu: „Ich bin deshalb um so erfreuter, dass Ihr uns hier Euren Schutz gewährt."

„Es sind nicht nur Dänen, die auf Viking – auf Beutefahrt – gehen", antwortete der Fürst aber gelassen.

Die Erwähnung des Überfalls auf die Elbe war ihm keineswegs peinlich.

„Es gibt noch viele weitere Stämme. Da sind noch die Swear oder Sueonen, die Geaten, die sich wieder in See-, Kriegs- oder Wettergeaten aufteilen. Die Nordmannen unter König Harald Halvdansson, der übrigens mit meiner Tochter verlobt ist. Und schließlich wir Dänen. Doch gibt es auch bei uns verschiedene Stämme und Gaue, Ring-, Nord- und Westdänen, Scyldings oder Speerdänen. Ganz wie es bei euch Sachsen, Barden, Dithmarschen, Holsten, Stormarn und all die anderen gibt, bis nach Britannien hin. Ich bin also keineswegs immer Schuld, wenn Ihr überfallen werdet! Überhaupt, Fehden und mutige Fahrten werden seit Menschengedenken unternommen. Und selbst die Götter unternehmen Fahrten wie Thor zu den Reiffriesen. Die Nordmannen und auch die Wagrier fielen oft schon hier bei uns Dänen ein. Wir, und auch Ihr Sachsen, fuhren nach Britannien und kamen mit roten Ringen und viel güldenen Kleinoden zurück. Die Friesen fuhren an die fränkische Küste und kehrten mit allerlei Geschmeide beladen heim. Erst seitdem die Franken Euch unter ihr Joch gezwungen und zu ihrem Gott bekehrt haben, habt Ihr keinen Geschmack mehr an Schildertanz und blutigem Spiel. Stattdessen grämt Ihr Euch Eurer Erschlagenen. Es ist besser, einen Mann zu rächen, als ihn zu betrauern, sage ich."

Wem der letzte Überfall aber nun zuzuschreiben war, ließ er offen. Wilfrith hütete sich weiterzubohren und wandte sich lieber der Schüssel vor ihm zu. Als er seinen Hunger gestillt hatte, begann er ihre eigene Geschichte zu erzählen. Nur den geplanten Raubzug Oklots und die drohende Gefahr für Nordalbingen ließ er aus. Wer konnte schon sagen, ob der Fürst die Situation nicht für einen eigenen Raubzug nach Nordalbingen ausnutzen würde?

Darüber verging der Nachmittag und dem Fürsten und seinen Großen gefiel Wilfriths Geschichte außerordentlich. Als er von der Falle des Pribizlaus erzählte und Burwido das erbeutete Dänenschiff erwähnte, fletschte Fürst Erik die Zähne: „Das will ich dem alten Fettsack beim nächsten Treffen mit auf die Rechnung setzen", versprach er.

Auch seine Frau Gisela, die Tochter des Dänenkönigs Harald Klakk, war hereingetreten und stand hinter ihrem Gemahl. Sie beugte sich leicht vor, um besser zu hören. Mit ihr kam ihre Tochter, Ragnilde von Haithabu. Sie war etwa 15 Jahre alt und wurde bereits Ragnilde die Reiche genannt. Sie war, wie Erik schon erwähnt hatte, Harald Halvdansson, dem König der Nordmannen, versprochen. Ihr Vater schien sie abgöttisch zu lieben, und ihr Kleid übertraf an Reichtum und Pracht sogar noch das ihrer Mutter. Es war von leuchtendem Blau mit weißen Unterkleidern, um die Hüfte mit einem Gold durchwirkten Band gegürtet. Im offenen, langen, blonden Haar trug Ragnilde kleine, ebenfalls goldene Kämme. Das Mädchen schielte neugierig zur etwa gleich alten Ascha hinüber, die mit ihren nur ein bis zwei Zoll langen Haaren und dem groben Kleid, welches sie von Stans Mutter erhalten hatte, doch sehr anders aussah. Ascha schlug wegen ihres Aufputzes in der Gegenwart der beiden prächtig gekleideten Däninnen beschämt die Augen nieder. Wilfrith bemerkte belustigt, dass sie Burwidos verhohlene Blicke zu dem Dänenmädchen mit einem leichten Ausdruck von Missgunst oder vielleicht sogar Eifersucht beobachtete. Zum ersten Mal sah er sie von selbst, wie zufällig, etwas näher an Burwido heran rücken. Dann stieß sie ihm, wie aus Versehen, mit dem Ellenbogen in die Seite. Der Ertappte fuhr leicht zusammen, wandte den Blick von

Ragnilde ab und starrte auf Fürst Eriks Thron. Ascha rückte nach diesem Erfolg wieder auf Distanz.

Die Erzählung Wilfriths war währenddessen bis zur Überfahrt von Starigard zur dänischen Küste in Dunkelheit und Sturm gelangt. Das Seeabenteuer erregte bei den inzwischen anwesenden Dänen dann geradezu Beifallsstürme. Viele hatten bereits im Hafen das kleine Fahrzeug gesehen und konnten sehr wohl beurteilen, welche Leistung Stan vollbracht hatte. Es war für diesen das erste Mal in seinem Leben, dass er von einer so großen Schar gestandener Seemänner derart gefeiert wurde und er lief ganz rot an. Auch seine Söhne und die beiden Jungen schienen vor Stolz platzen zu wollen. Ab dem Treffen mit dem Strandvogt war dem Fürsten dann schließlich alles genauestens bekannt. Offenbar hatte er auch aus Maasholm Bericht von ihrem Ankerwerfen in der Slia-Mündung erhalten.

Während Wilfriths Bericht füllte sich die Halle mit mehr und mehr Kriegern, alle begierig auf Neuigkeiten. Erik hatte zudem ausrufen lassen, dass er zur Nacht ein Gastmahl zu Ehren der Fremden halten wollte. Schließlich waren um die 50 Krieger versammelt. Bis dahin waren Ascha, Ragnilde und Gisela die einzigen Frauen gewesen. Es blieb aber nicht lange dabei, denn plötzlich öffneten sich die Türen im hinteren Teil der Halle und eine Reihe Mägde, schwer beladen mit Bierkrügen und Methörnern, strömte herein. Das wurde von den Dänen mit erneutem Jubel kommentiert. Ragnilde nahm einer Magd ein prächtiges, mit Golddraht verziertes Trinkhorn ab und reichte es zuerst ihrem Vater Erik. Er nahm einen tiefen Schluck und reichte das Horn seiner Tochter zurück.

Diese trug es nun zu Dietrich und überreichte es mit einem wohlwollenden Lächeln und den Worten: „Mögest Du Dich nach der langen und gefahrvollen Fahrt beim Mettrinken erholen, dieser Freude der Männer!"

Dietrich nahm einen nicht so großen Schluck, aber als der Krug weitergereicht wurde, traten Stan und Burwido voll für ihn ein. Dann trug man die Braten herein und die Halle füllte sich mit einem herrlichen Duft. Wilfrith lief das Wasser im Munde zusammen, so etwas gab es im Kloster nur zu besonderen Festtagen, aber schließlich hatten sie das Fest der Drei Heiligen Könige ausgelassen! Er tat sich große Stücke auf. Nur bei den Mägden, die mit langen aufgerollten Blutwürsten ihre Runde machten und jedem, der wollte, ein gutes Stück abschnitten, hielt sich Wilfrith zurück. Hatte der Heilige Paulus sich nicht in der Schrift gegen den Verzehr von Blut ausgesprochen? Vater Dietrich schien solche Bedenken jedoch nicht zu teilen und langte auch dort herzhaft zu.

Bier und Met flossen in Strömen und bald klang die Halle wider vom Lachen, fröhlichem Rufen und dem Klirren der Methörner und Bierkrüge. Immer wieder erschienen die unermüdlichen Mägde und brachten Nachschub. Wilfrith beobachtete mit leicht hochgezogenen Brauen, wie eine der Mägde Vlad neckend am Haar zog. Dann zwängte sie sich neben ihm auf die Bank. Sie war nicht allzu groß, aber jung und gut gebaut. Unter der Haube lugten rote Locken hervor und über die sommersprossige Nase schauten zwei grünliche Augen spitzbübisch zu Vlad hinauf. Vlad sah ihr tief in die Augen, dann schob er sie lachend von der Bank und wandte sich wieder seinen Trinkkumpanen zu. Die Magd protestierte lautstark, was die umsitzenden Dänen mit lautem Lachen quittierten. Sie zog Vlad nochmals am Haar, mit einem Grinsen, das zu versprechen schien: Dann komme ich eben nach den nächsten drei Hörnern Met noch einmal wieder. Wilfrith schüttelte halb amüsiert, halb empört den Kopf, was sollte man auch von so einem Heidenmädchen erwarten.

Er stieß den ebenfalls noch nüchternen Dietrich an: „Die Bezeichnung ‚Bierhalle' trägt das Gebäude zu Recht! Diese Heiden scheinen sich nichts Schöneres vorstellen zu können als Saufen und Kämpfen. Und das ist ja auch ihre Vorstellung vom Jenseits in Walhalla."

Doch Dietrich kam nicht dazu, ihm zu antworten, denn ein Sänger erhob sich. Bei den ersten Klängen seiner Harfe verstummten die wilden Krieger zum Erstaunen Wilfriths sofort und alles hörte dem Scop[38] zu. Er begann mit klarer Stimme in langsamem,

---

[38] Altsächsische Bezeichnung für einen Sänger oder Barden

aber tiefgehendem Rhythmus einen der alten Heldengesänge. Er handelte von Beowulf, dem Edelsten der Seegeaten, wie er in Heorot, der Halle des Dänenkönigs Hrothgar, das grausige Monster Grendel bezwang:

„Heald þu nu, hruse, nu haeleð ne mostan,
eorla aehte! Hwaet, hyt aer on ðe
gode begaeton. Guþ-deað fornam,
feorh-bealo frecne fyra gehwylcne
leoda minra, þara ðe þis lif ofgeaf,
gesawon sele-dreamas. Nah hwa sweord wege
oððe feormie faeted waege,
drync-faet deore; duguð ellor scoc.
Sceal se hearda helm hyrsted golde
Faetum befaellan; feormynd swefað
þa ðe beado-griman bywan sceoldon;
ge swylce seo here-pad, sio aet hilde gebad
ofer borda gebraec bite irena,
brosnað aefter beorne; ne maeg byrnan hring
aefter wig-fruman wide feran
haeleðum be healfe ..."[39]

Wilfrith zog sich zusammen mit Dietrich bald in den hinteren, ruhigeren Teil der Halle zurück, um auf einer Bank zu schlafen. Eine Magd brachte ihnen Decken und Felle. Auch Ascha war mit ihnen gekommen. Der Lärm der Zecher klang bis tief in die Nacht herüber, bis sie einer nach dem andern unter die Tische oder auf die Bänke sanken und schließlich einschliefen.

Am Morgen erwachte Wilfrith zuerst. In der Halle hing der saure Geruch von Erbrochenem und verschüttetem Bier. Vom hinteren Teil der Halle hörte man sägendes Schnarchen und gelegentliches Husten. Wilfrith stand auf, um das ‚Schlachtfeld' zu inspizieren. Die Dänen lagen längs und quer, teilweise übereinander, auf oder unter

---

[39] Das hier zitierte Textstück ist ein Teil der zwischen 700 und 1000 in England gedichteten Beowulfsaga. Die Sprache entspricht also eher jener, welche Wilfrith und seine Gefährten sprachen, als dem Dänisch Fürst Eriks.

den Tischen. Am oberen Ende fand er Stan, Burwido und Bosćij. Vlad konnte er nirgends ausmachen. Der jüngere Sohn Stans und seine zwei Jungen lagen weiter entfernt am Rand der Halle. Sie waren wohl noch vor der totalen Niederlage, die diese ehemals stolze Kriegerschar gegen das klare Getränk erlitten hatte, aus dem Gefecht geflohen und schauten etwas schüchtern zu den schnarchenden Kriegern herüber. Auch Erik und seine älteren Söhne waren nicht zu sehen. Offenbar hatten auch sie es geschafft, sich beizeiten zurückzuziehen.

Nach dieser Inspektion kehrte Wilfrith zu seinem Lager in der hinteren Ecke der Halle zurück. Dietrich und Ascha waren inzwischen auch aufgestanden. Ascha sah etwas angewidert zu den Bierleichen hinüber. Wilfrith löste vorsichtig den Verband von Dietrichs Wunde. Sie sah immer noch unverändert aus. Langsam müßte sie doch abheilen, dachte Wilfrith besorgt. Die Heilungskraft des Körpers und die bösen Kräfte des Pfeils schienen sich die Waage zu halten; Christus, der größte der Ärzte und wahre Heiland, würde ein weiteres Mal eingreifen müssen! Wilfrith ging hinaus, um wenigstens nach etwas frischem Wasser für die Wunde zu suchen. Dort traf er auf eine Magd, die ihn in ein Nebengebäude zu Fürst Erik brachte. Dieser war auch schon auf und saß angekleidet vor einer Schale Brei, in der er aber recht lustlos herumstocherte.

„Kommt, setzt Euch zu mir, Freund!", rief er dem Mönch völlig unformal zu.

„Die Magd wird Euch auch etwas Brei bringen. Wie ich sehe, macht Euch das Trinken nicht viel aus!"

Wilfrith setzte sich bereitwillig, verriet aber das Geheimnis seiner Trinkfestigkeit nicht. Dem Dänen sagte das Wort ‚Mäßigung' vermutlich sowieso nichts, zumindest nicht im Zusammenhang mit Bier.

„Ich würde gern etwas frisches Wasser haben, um die Wunde meines Bruders Dietrich zu reinigen", sagte er.

„Ich werde meinen besten Wundarzt nach ihm sehen lassen, setzt Euch nur ruhig zu mir", antwortete Fürst Erik.

Dann rief er die Magd: „Mathilde! Ich brauche zuerst eine Schale mit Brei für meinen Freund hier, dann lass Hygelac, den Wundarzt, rufen, sofern er schon wieder gerade stehen kann. Mein edler Gast Dietrich bedarf seiner Kunst. Und dann sieh in der Halle nach, ob du vielleicht auch einigen der anderen Gäste etwas Frühstück bringen kannst!" Mathilde eilte hinaus, um alles auszuführen, bevor sie etwas vergaß. Bald stand eine dampfende Schüssel mit Brei vor Wilfrith. Der Fürst beobachtete neidisch, wie dieser sie mit großem Appetit verzehrte. Missmutig schob er seine inzwischen kalte Schüssel weg und grummelte: „Und da behaupten manche, Ihr Christen-Priester seid verweiblicht! Oh, mein Kopf, mein armer Kopf."

Der Wundarzt kam erst kurz vor Mittag. Auch er schien von der vorhergehenden Nacht angeschlagen zu sein. Nachdem Wilfrith ihm erklärt hatte, worum es ging, besah er allerdings Dietrichs Wunde mit fachmännischem Blick.

„Da habt Ihr aber Glück gehabt, dass es nicht tiefer ging. Sonst hätte Euer Blutadler[40] hübsch geflattert und Ihr wärt elendig zugrunde gegangen!", kommentierte er.

Als Wilfrith ihm die Geschehnisse direkt nach der Verwundung schilderte, meinte der Arzt: „Dann habt Ihr sogar doppelt Glück gehabt! Sonst sterben immer alle, bei denen der Blutadler an die Luft kommt. Naja, nichts für ungut. Die Wunde ist entzündet, aber ich wage es nicht, sie auszubrennen, so dicht am Herzen. Ich habe hier eine Paste, die Ihr täglich darauf streichen müsst. Sie ist aus Kuhpisse hergestellt, aber bei solchen Wunden sollte man nicht wählerisch sein."

Bei diesen Worten holte er eine kleine Tondose mit einer jauchig riechenden Substanz hervor und bestrich die Wunde. Es brannte ziemlich, aber Dietrich biss die Zähne zusammen und ließ den Arzt

---

[40] Heute die Lunge. Gefangenen Feinden wurde zuweilen der Brustkorb aufgebrochen und die Lunge herausgerissen. Diese flatterte dann einige Male als ‚Blutadler' bei den letzen Zuckungen des Opfers. Dieses Schicksal traf unter anderen König Ella von Northumbrien nach einer verlorenen Schlacht gegen dänische Wikinger im Jahre 867.

gewähren. Inzwischen war Vlad wieder aufgetaucht, ohne dass Wilfrith bemerkt hätte, von wo er gekommen war, und auch Stan stand wieder auf zwei Beinen. Beide umringten neugierig den Arzt und seinen Patienten. Burwido kam gerade aus dem hinteren Teil der Halle ans Licht gewankt. Bosćij hatte er dort zurück gelassen. Beim Geruch der Salbe, die Hygelac, der Wundarzt, gerade auf Dietrichs Verletzung schmierte, wurde Burwido noch eine Nuance blasser im Gesicht, als er ohnehin schon war. Er hielt sich die Hand vor den Mund und rannte aus der Halle. Draußen, aber nicht weit vom Eingang entfernt, hörte Wilfrith dann ein Würgen und Keuchen. Gerade in diesem Augenblick kam der Fürst herein.

„Wie ich sehe, vertragen nicht alle Sachsen das klare Getränk so gut wie Ihr, Bruder Wilfrith", kommentierte er.

Diese Beobachtung schien seine Stimmung deutlich zu heben.

„Ich danke Euch, großer Fürst, für den Wundarzt und Eure Gastlichkeit. Zu Recht wird sie über die Grenzen der Dänenmark hinaus gerühmt", begrüßte ihn Wilfrith. „Leider müssen wir eilen, in unsere Heimat zu kommen, denn die Unseren und Bischof Rimbert warten voll Sorge auf unsere Rückkehr. Wir möchten noch heute aufbrechen!"

Er hatte die Bedrohung, die durch die Polaben über ihrer Heimat schwebte, noch nicht vergessen. Wollten sie noch rechtzeitig kommen, um die Bevölkerung zu warnen, mussten sie sich eilen. Der zweite Februar würde wohl der Termin sein, der Jahrestag der Schlacht bei Ebbekesdorp. Heute war der 18. oder 19. Januar, überlegte Wilfrith, das Fest des Heiligen Maurus war jedenfalls schon vorüber. Ihnen blieben also nur knapp zwei Wochen, um nach Nordalbingen zurückzukehren und die Menschen zu veranlassen, mit ihrem Hab und Gut in die Fluchtburgen zu ziehen. So rasch konnten die Nordalbinger kein Heer aufbieten!

„Ein Tag in meiner Halle ist zu kurz", entschied Fürst Erik. „Auch ist es zu spät am Tag. Morgen mögt Ihr in aller Frühe aufbrechen. Ich werde Euch dann Pferde leihen und ein paar meiner besten Krieger als Geleit mitsenden, bis Ihr sicher in Sachsen ankommt! Heute werdet Ihr mir nochmals Gesellschaft leisten."

Das waren wirklich gute Nachrichten, freute sich Wilfrith. Zu Pferd kamen sie deutlich schneller voran, auch wenn er schon lange nicht mehr geritten war. Auch Dietrich schien zufrieden, er antwortete jedenfalls: „Ihr habt weise gesprochen, großer Fürst. Dankbar nehmen wir Euer Anbieten an und bleiben als Eure Gäste."

Am späten Nachmittag wagten Burwido, Stan und die anderen Zecher unter Wilfriths missbilligenden Blicken zum ersten Mal wieder etwas zu essen. Wie konnten Vlad und Burwido sich nur vor den Augen der Heiden derart gehen lassen? Sie sollten doch durch ihren vorbildlichen Lebenswandel und ihre Enthaltsamkeit den Heiden die Vorzüge des Christentums vor Augen führen! Scheinbar hatten sie sich aber endlich von den Nachwirkungen des Gelages erholt, denn sie mussten nun auch bald ihre Abreise vorbereiten und wer soviel trinken konnte, sollte am nächsten Tag nicht jammern, dachte sich Wilfrith.

Er wollte Stan den gesamten Rest ihres Silbers geben, um ihre Schuld zu begleichen. Dieser lehnte zunächst entschieden ab.

„Was ich von euch erhalten habe, ist mehr als alles Silber. Ich will nur das Versprechen, dass ihr mich nicht vergesst. Und wenn ihr wieder in unser Land kommt, dann besucht auch mich und mein Haus, um uns den Rest der neuen Lehre zu erzählen!"

Schließlich nahm Stan, neben Dietrichs gern gegebenen Versprechen, dann doch noch Wilfriths Geld. Er war zwar nicht arm, aber all die Tage ohne Erwerb und die notwendigen Materialien zur Reparatur seines Bootes sowie der Ankauf eines neuen Fischernetzes und Ankertaus konnte er sich sicher auch nicht ohne weiteres leisten, vermutete Wilfrith.

Burwido

Stan verkündete am späten Nachmittag, er wolle seinen Proviant vervollständigen und einige Mitbringsel für seine Frau kaufen. Burwido, Vlad, Ascha und seine beiden Söhne schlossen sich ihm an. Die Gelegenheit, die große Stadt zu erkunden, wollten sie sich nicht entgehen lassen.

Burwido bestaunte allerhand wunderliche Dinge, Waren aus allen bekannten und auch vielen unbekannten Teilen der Welt. Stoffe aus dem fernsten Osten, die ganz leicht und glatt waren und einen matten Glanz besaßen, trotzdem waren sie fester als Wolle. Auch Ascha schien sich daran gar nicht satt sehen zu können. Weiter gab es gedrehte lange Hörner, von denen der Händler behauptete, sie seien von Einhörnern und kämen aus dem hohen Norden, von einer Insel namens Schnee- oder Eisland, welche die Seefahrer Naddod und Gardar Svavarsson vor nicht ganz 20 Jahren erst entdeckt hätten. Silbernes und goldenes Geschmeide in allen Formen, manches mit fremdartiger Schrift versehen. Dazu der einheimische Bernstein in verschiedenster Größe und Schattierung, von hellem Gelb bis zu dunklem, durchscheinendem Braun und fast schwarzen matt glänzenden Steinen. Burwido hätte gerne eine Bernsteinkette für Ascha gekauft, doch besaß er kein Geld und war sich auch keineswegs sicher, ob sie es annehmen würde. Etwas wehmütig sah er die Ketten, Ohrringe, Ringe, Armreife, Fibeln und viele andere Dinge, die die Händler an langen Ständen feilboten. Neben den Bernsteinhändlern standen mit schweren Pelzen beladene Tische. Wagrier, Wilzen, Pruzen und Balten priesen die Häute fast aller bekannten und vieler fremder Tiere auf Dänisch, Sächsisch und in Burwido unbekannten Sprachen an. Allerdings konnte Burwido keines der seltsamen weißen Bärenfelle ausmachen, die auch ihm in Eriks Halle aufgefallen waren. Er bestaunte weiter alle Formen bekannter Eisenwaren und insbesondere die unübersehbare Fülle von Waffen, auch wenn es kaum echte fränkische Schwerter gab. Das Exportverbot für den Norden und Osten, welches schon Karl der Große in den Sachsenkriegen erlassen hatte, wirkte immer noch. Nur vom Sklavenmarkt hielten Burwido und seine Gefährten sich fern. Der war ihnen unheimlich.

Endlich, nachdem sie alles gesehen und betastet, aber außer etwas Proviant und einem neuen Ankertau nichts gekauft hatten, gingen sie zu Stans Boot. Burwido und Vlad nahmen ihre Habseligkeiten und Waffen aus dem Fahrzeug, Stan verstaute den Proviant.

Anschließend kehrten sie gemeinsam wieder zu Fürst Eriks Halle zurück.

Diesen Abend ließ Erik Pasteten aus dem am Vortag übrig gebliebenen Fleisch und Fisch auftragen und da Burwido seit dem Morgen nur ein wenig trockenes Brot gegessen hatte, griff er nun mit wiedererwachtem Appetit zu. Nur das Bier wollte ihm heute nicht schmecken. Stattdessen nahm er dankbar von dem klaren Wasser, welches an diesem Abend die Runde machte. Was für ein herrliches Getränk war das doch! Nach dem Mahl streckte sich Burwido gleich auf eine der Bänke und zog ein weiches Fell über die Ohren. Am nächsten Tage musste er ausgeruht sein, um die letzte Etappe ihrer Reise hinter sich zu bringen.

Kapitel 14 – Fremde Reiter

Burwido

rüh am Morgen wurden die Gefährten vom klingenden Schall eines Horns geweckt. Vor der Halle wartete bereits eine Schar von 20 Reitern. Ihre kleinen kräftigen Pferde scharrten ungeduldig mit den Hufen. Die Krieger waren gegen die kalte Morgenluft fest in dunkle Wollmäntel gehüllt, doch lugten darunter graue Kettenhemden hervor. Sie trugen alle Helme, Einige mit einer Eberfigur obenauf. Das Abbild des streitlustigen Wildtieres sollte Kraft und Mut der Träger ausdrücken und damit Feinde schrecken. Von den Seiten der Pferde hingen Breitschwerter und Schlachtäxte herab und am Sattel hatte jeder der Reiter einen festen runden Schild angebunden.

Bewundernd ließ Burwido seinen Blick über Reiter und Waffen schweifen. So gerüstet wollte er auch einmal in die Schlacht ziehen! Trotz der gerade bestandenen Abenteuer fühlte er sich in der Gegenwart dieser kampferprobten Männer irgendwie unwürdig. Nur die Pferde gefielen ihm nicht so gut wie die Sächsischen. Sie waren kleiner, wenn auch, insbesondere in der Hinterhand, sehr kräftig gebaut. Jetzt im Winter hatten sie alle ein langes weiches Fell. Die Mähnen standen bei den meisten Tieren senkrecht und gingen am Rücken in einen dunklen Aalstrich über, der bis zum Schweif reichte. Eigentlich waren es eher Ponys, die meisten hellgelb oder falben, wenige so grau wie das Ross des Strandvogtes, den sie vor einigen Tagen getroffen hatten. Nach dem Abenteuer auf See freute sich Burwido nun, mit Pferden zu tun zu haben, denn damit kannte er sich tatsächlich aus.

Wilfrith

Vor dem kleinen Heer standen fünf voll aufgezäumte Pferde, bereit, die Reisenden nach Sachsen zu tragen. Fürst Erik kam auch selbst herbei, um sich von seinen Gästen zu verabschieden. Wilfrith beobachtete, wie Dietrich ihn etwas zur Seite nahm und leise ansprach: „Ihr habt gesagt, dass Ihr auch Christus opfert, da tut Ihr wohl daran. Aber unser Gott ist ein eifernder Gott und mag keine anderen Götter neben sich dulden! Ihr müsst Euch entscheiden. Entweder ihn oder die alten Götter. Beides gleichzeitig geht nicht!"

Der Fürst sah ihn nachdenklich an.

„Auch Odin, den ihr Wotan nennt, und Thor sind eifersüchtige Götter. Wenn ich ihnen nicht zur rechten Zeit opfere, ergrimmen sie und senden mir schweres Unheil! Der Donnergott wird mir Halle und Schiffe verbrennen! Ich kann sie nicht leer ausgehen lassen. Überhaupt glaube ich, dass es so ernst nicht sein wird. So fahre ich auf beiden Seiten gut. Wer weiß, ob ich dereinst in euren Himmel oder nach Asgard einziehe. Ihr sprecht doch nur so, weil das aller Priester Art ist, auch die Thors und Odins sagen nichts anderes!"

„Nein, Freund, ich spreche so, weil ich fürchte, Euch in Ewigkeit nicht wiederzusehen. Aber vielleicht treffen wir uns ja vorher noch einmal. Habt Dank für Eure Großzügigkeit, würdig eines großen Fürsten wie Ihr es seid!"

Mit diesen Worten gingen sie auseinander. Dann verabschiedeten die Gefährten sich auch noch von Stan und seiner Mannschaft. Wilfrith wurde dabei richtig schwer ums Herz.

„Vergesst Stanisław Bosćijowitsch und sein Haus nicht, wenn ihr wieder in eurer Heimat seid", bat Stan beim Abschied.

Wilfrith hoffte inständig, dass es Vater Dietrich gelingen würde, noch einmal mit dem Evangelium zu diesen treuen Menschen zu kommen. Und wenn Dietrich zu alt wäre? Müsste dann nicht er selbst losziehen, um das gegebene Versprechen einzulösen?

Ewiger Friedefürst, allmächtiger Vater, segne doch Vater Dietrich, dass er noch viele Reisen unternehmen und Menschen für dich gewinnen kann, betete er rasch im Stillen.

„Wir werden auf euch warten!", rief Stan ihnen noch nach, als die Fünf schon aufgesessen waren und im Haufen der Dänen auf der Hauptstraße Richtung Westtor trabten, aber da musste Wilfrith sich bereits voll auf das Reiten konzentrieren. Etwas reiten konnte glücklicherweise jeder der Gefährten, einschließlich Ascha, die als Angehörige der Häuptlingsfamilie eine sorgfältige Erziehung genossen hatte. Wilfrith hatte sogar den Eindruck, sie freue sich sehr, nicht wieder laufen zu müssen, auch wenn ihre Füße weitgehend verheilt waren. Er selbst freute sich weniger über sein Pony. Immerhin schien es ein gutmütiges Tier zu sein und auch nicht so erschreckend hoch wie die sächsischen Züchtungen! Aber der Gang war alles andere als ruhig und Wilfrith wurde bei dem scharfen Trab ziemlich hilflos im Sattel herumgeschüttelt. Als Kind auf dem väterlichen Hof war Reiten etwas Selbstverständliches für ihn gewesen, aber im Kloster gab es kaum Gelegenheiten, ein Pferd zu besteigen. Dietrich dagegen schien zu Wilfriths Erstaunen vollkommen sicher zu sitzen.

Das Westtor stand schon weit offen, als die kleine Reiterschar es erreichte. Hinter dem dunklen Einschnitt im Rundwall führte der Weg zunächst parallel zu einem langen Wall nach Westen. Das war das Danewerk, eine Befestigung, die zum Schutz gegen die fränkischen Expansionsbestrebungen quer über die jütische Halbinsel gezogen worden war. Das Werk bestand aus einem etwa fünf Schritte breiten und drei Schritte tiefen Spitzgraben, dahinter erhob sich ein ebenso hoher Erdwall, der an der Südseite mit einer Holzpalisade verkleidet war. Nach wenigen tausend Schritten sah Wilfrith vor ihnen ein Tor mit Posten. Der Anführer der Reiterschar hob die Hand und die Pferde verfielen in den Schritt. Wilfrith seufzte erleichtert auf. Endlich hatte er Zeit, den Wall zu betrachten. Eine wahre Gigantenarbeit, dem Limes der alten Römer vergleichbar, dachte er, und bisher hatten die Dänen auch tatsächlich der Eroberungswut der Franken getrotzt. Sie bogen durch das Tor im Danewerk nach Süden und passierten zusammen mit ihrem Geleitschutz die Südgrenze der Dänenmark. Endlich ging es wieder Richtung Nordalbingen.

Aber die Freude Wilfriths, endlich heimzukehren, wurde von großen Sorgen getrübt. Was erwartete sie? Kämen sie noch rechtzeitig, um die Landsleute zu warnen, oder fanden sie am Ende nur verkohlte Gehöfte und gemordete Menschen? Bei der Vorstellung, dass sie fast einen ganzen Tag in Haithabu mit Feiern verbracht hatten, während ihre Landsleute vielleicht dem grausamen Oklot in die Hände fielen, verkrampfte sich sein Magen. Was wäre, wenn Oklot, aus Furcht verraten zu werden, den Raubzug vorgezogen hatte? Oder war er über die Vorkommnisse in Starigard unterrichtet und wiegte sich nun in Sicherheit? Aber waren sie nicht nach der Feier von Fürst Erik mit diesen grässlich schwankenden Ponys versorgt worden? Das war zwar unbequemer, aber doch schneller als zu marschieren. So wurde ihre Säumigkeit beim Feiern eben vom ewigen und gerechten Weltenrichter durch einen wundgerittenen Hintern bestraft! Es geschah ihnen nur ganz recht.

Die kleine Truppe kam zunächst nur an wenigen verlassenen Hofstellen vorbei. An einigen verfallenen Mauern konnte man noch erkennen, wo das Haupthaus und die Ställe gestanden hatten. Hier und da sah man auch noch die Reste verkohlter Balken oder die Grenzen eines Ackers. Doch waren die Trümmer von dichten Brombeerhecken und grauen Kletten überzogen. Die Ruinen gemahnten daran, dass sich hier im Grenzland zwischen Frankenreich und der Dänenmark niemand sicher fühlen durfte. Kein Herzog oder König kümmerte sich hier um den Landfrieden und so kam es, dass viele Geächtete in diesen Landstrich flüchteten und ihr Unwesen trieben. Wilfrith sah sich immer wieder um und konnte ein seltsames Gefühl nicht loswerden. Er sagte sich aber, dass sie in der Begleitung von 20 wohl gerüsteten Kriegern vor jeder Räuberbande sicher seien. Im Stillen dankte er Fürst Erik für diesen Schutz und seinem Gott für Fürst Erik.

Kurz vor Mittag erreichten sie endlich die Egdora. Dahinter begann Sachsen. Dort standen auch wieder Höfe, von deren Giebeln die vertrauten gekreuzten Pferdeköpfe grüßten. Wilfrith konnte jedoch keine Menschenseele ausmachen. Vermutlich beobachtete man sie aus sicheren Verstecken und in großer Sorge vor einem Überfall, überlegte er. Ein seltsames Gefühl war es aber doch, die scheinbar verwaisten Höfe in einiger Entfernung liegen zu sehen. Das kleine Heer kam schließlich, ohne aufgehalten zu werden, an eine besonders breite und flache Stelle der Egdora. Zwei der Dänen trieben ihre widerstrebenden Pferde an der flachsten Stelle in den Fluss und erkundeten die Tiefe der Furt. Sie schienen mit dem

Ergebnis zufrieden, jedenfalls hörte Wilfrith sie auf Dänisch zu ihrem Anführer, dem Jarl, wie sie ihn nannten, rufen, dass alles in Ordnung sei. Nun lenkten die Dänen nacheinander ihre Ponys in den Fluss und überquerten die rasch strömende Egdora. An der gegenüberliegenden Seite erklommen die Pferde mühsam das Ufer.

„Jetzt Ihr", rief der Jarl Wilfrith und seinen Gefährten zu.

Burwido, der sich offenbar bestens mit seinem Pferd verstand, preschte los und sprang auf der gegenüberliegenden Seite mit einem kurzen Satz ans Ufer. *So ein Angeber*, dachte Wilfrith und klammerte sich an der Mähne seines Ponys fest, als es in den Fluss hinunter stieg.

„Nicht in den Fluss schauen", rief ihm ihr dänischer Führer zu, als er sah, dass Wilfrith mit der Querung Schwierigkeiten hatte. *Was soll denn dieser Aberglaube?*, dachte Wilfrith bei sich, *ich kann hinschauen, wo ich will, es wird mich schon kein Wassermann holen und ich will schließlich sehen, wohin ich falle.* Er blickte auf die strömende Oberfläche und konnte darunter die Steine und einige Algen am Grunde der Egdora erkennen. Unvermittelt wurde ihm schwindlig, fast wäre er nach vorn vom Pferd gefallen, doch er klammerte sich gerade noch rechtzeitig am Hals seiner kleinen Stute fest. Diese erschrak darüber derart, dass sie stolperte und mit der Hinterhand ins Wasser sackte. *Nur nicht loslassen, sonst liege ich im eiskalten Wasser*, dachte Wilfrith und zog die Beine an. Dadurch verwirrte er sein armes Pony vollends und es entschied sich nun, besser selbst einen Ausweg zu suchen. Es kam auf die Beine und preschte zum Ufer, allerdings nicht an der flachen Stelle, an der die Dänen und Burwido dem Fluss entstiegen waren. Mit einem großen Satz sprang Wilfriths Pony auf die Uferböschung. Da Wilfrith aber immer noch wie ein nasser Sack an seinem Hals hing, kam es zunächst nicht ganz hoch. Einen Augenblick sah es aus, als fielen Pferd und Reiter rücklings wieder in den Fluss, doch dann setzte das Pony die Hinterhand nach und galoppierte wild durch ein enges Loch im Ufergestrüpp vollends an Land. Wilfrith wurde ziemlich unsanft von Brombeeren und Ästen gebürstet, aber nach etwa hundert Schritten beruhigte sich sein sanftmütiges Reittier von selbst. Unter dem Gelächter der Dänen und seiner Gefährten traute er sich schließlich den Griff um den Hals des Ponys zu lockern und mit den Füßen nach den Steigbügeln zu angeln.

Trotz des beträchtlichen Lärms, den Wilfriths Flussquerung hervorgerufen hatte, waren immer noch keine Menschen auszumachen. Der Jarl ließ zwei seiner Krieger zu beiden Seiten ausschwärmen, um nach Hinterhalten zu suchen. Sie kamen aber nach kurzer Zeit unverrichteter Dinge zurück. Von Menschen hatten sie keine Spur gefunden, aber wenigstens auch keine Pfeile zu spüren bekommen. Nach einer kurzen Rast ging es weiter, eher Richtung Südosten als Süden. Die Schar ritt zu Wilfriths großer Freude im Schritt und Ivar, so hieß der Anführer der Dänen, sandte immer wieder Späher voraus. Aber auch die konnten keine Sachsen entdecken. Die wenigen Höfe, die sie gesehen hatten, standen alle in bester Ordnung, waren aber offensichtlich in großer Hast verlassen worden. Menschen und Vieh konnten sie jedenfalls nicht entdecken. Ivar verzichtete darauf, weitere Höfe genauer zu untersuchen. Etwaigen Beobachtern müsste es sonst so vorkommen, als plünderten die Dänen die leerstehenden Häuser.

„Ob sie wohl alle nach Süden geeilt sind, um gegen Oklot zu kämpfen?", mutmaßte Burwido.

„Sie haben sich wohl eher bei unserem Anmarsch in eine Fluchtburg zurückgezogen", meinte Wilfrith.

„Hoffentlich hat man die Abodriten auch rechtzeitig bemerkt und ist geflohen!", fügte er hinzu, auch wenn er insgeheim fürchtete, dass dem nicht so war.

Oklot, der im Gegensatz zu ihnen tatsächlich auf Beute aus war, würde nicht so offen ins Land reiten. Außerdem hatten die Einwohner Nordalbingens offenbar sehr schnell reagiert, eigentlich zu schnell, oder? Waren sie vielleicht wegen einer ganz anderen Gefahr geflohen?

Schließlich, gegen Abend, erreichte der kleine Trupp einen See. An dessen Ufer beschloss Ivar zu lagern. Bald standen die Zelte in einem kleinen Kreis und in der Mitte wurde ein großes Feuer entzündet. Ivar wollte klar und deutlich zeigen, dass sie nicht in feindlicher Absicht oder heimlich hier wären. Trotzdem wählte er seine besten Männer für die Nachtwache aus und stellte sie in jede Himmelsrichtung in einiger Entfernung des Lagers auf. Die ganze Situation gefiel dem Jarl gar nicht und er scheute sich auch nicht, mit Wilfrith darüber zu sprechen:

„Eine halbe Tagesreise weit im fremden Land, und das mit nur 20 Kriegern! Aber Fürst Erik hat es so befohlen. Ich werde Euch Euren sächsischen Stammesgenossen übergeben, komme was wolle, Eriks Wunsch werde ich auf jeden Fall erfüllen. Aber es wäre mir doch sehr lieb, wenn wir nicht allzu viele Eurer Stammesgenossen auf einmal träfen. Zumindest nicht auf mehr, als meine Krieger zählen!"

Er saß noch lange wach und starrte in die verlöschende Glut des Feuers, als seine Schutzbefohlenen und die meisten seiner Krieger schon friedlich in den Zelten schliefen. Die Nacht verlief aber trotz aller Sorgen ungestört. Doch am nächsten Morgen, als die Sachsen noch hastig ihre Morgensuppe aus warmem Haferschleim herunterschluckten, entdeckte einer der Wachtposten in einem Gebüsch frisch geknickte Zweige. Offenbar war die Gegend doch nicht so menschenleer, wie man ihnen Glauben machen wollte. Ivar mochte nun erst recht nicht länger an diesem Ort verweilen und ließ seine Krieger satteln und aufsitzen. Den ersten Teil des Weges legten sie im Trab zurück, zum einen, um sich aufzuwärmen, zum anderen, um nicht am Lagerplatz von fremden Kriegern überrascht zu werden. Wilfrith stöhnte alle paar Schritte Mitleid erregend. Ivar musste schmunzeln, drosselte aber nicht das Tempo. Eine Verzögerung wollte er offenbar nicht in Kauf nehmen, nachdem man sie in der Nacht bereits ausgekundschaftet hatte.

Kurz vor Mittag führte sie der Weg über eine bewaldete Kuppe in ein lichtes Tal. Gerade als sie aus dem Wald in das Tal trabten, stieg auf der gegenüberliegenden Hangseite eine große Staubwolke auf. Erschrocken scharten sich die Männer um ihren Führer. Ivar musterte die Staubwolke, die sich rasch näherte, mit zusammengekniffenen Augen.

„Zum Fliehen sind die Fremden schon zu nahe heran, außerdem würde ein Fluchtversuch nur feindliche Absichten andeuten", knurrte er.

Dann rang er sich zu einer Entscheidung durch.

„Absitzen! Bindet eure Schilder von den Sätteln. Wir bilden einen Schildwall!"

Ivar glitt selbst als erster vom Pferd. Die übrigen Dänen folgten unruhig oder teils auch unwillig seinem Beispiel. Ivar brach einen Ast ab und trieb ihre Pferde eigenhändig in den Wald. So störten sie nicht beim Kampf und waren vor Verletzungen sicher, außerdem würde es seinen Kriegern helfen, nicht an Flucht zu denken. Die kam für Jarl Ivar nicht in Frage. Zu Fuß könnten die Dänen den fremden Reitern nie entkommen und würden nun tapfer kämpfen, wenn nötig bis zum Ende.

„Lasst unseren Schildwall fest stehen und bleibt hart gegen die Feinde. Schaut euch nicht um, die Nornen[41] haben schon entschieden, wo die Feymannen fallen!", rief er.

Seine Mannen formten zögernd einen Kreis. Die runden Schilde bildeten nun nach außen einen Wall, wobei der rechte Rand eines jeden Schildes den linken des Nachbarn überlappte.

„Steht fest und haltet euren Platz", feuerte Ivar seine Männer an, als die fremden Reiter herandonnerten.

„Weicht keine Handbreit!"

Nur so konnten sie hoffen, dem Druck des übermächtigen Gegners standzuhalten.

„Ihr Sachsen stützt von hinten Wankende! Außerdem könnt Ihr mit Euren Speeren den ein oder anderen Gegner erwischen", sagte er schließlich an Wilfrith gewandt.

Dann, nachdem er sich mit einem letzten Blick in die Runde überzeugt hatte, dass alles zu seiner Zufriedenheit geordnet war, trat er an seinen Platz im Schildwall und rief mit lauter Stimme: „Odin!"

---

[41] Name der drei Frauen, die in der nordischen Mythologie am Fuße der Weltesche Yggdrasil sitzen und die Lebensfäden weben. Da ihr sächsischer Name nicht überliefert ist, heißen sie hier einfach „Schicksalsfrauen".

Seine Mannen nahmen den Ruf auf und schlugen mit den Schwertern auf ihre Schilde.

„Odin", hallte es dumpf über das Feld.

Wilfrith fasste sein Kreuz mit der Linken, in der Rechten hielt er einen der übrigen Speere. Er schluckte, unter Odins Namen wollte er nicht fallen. Fielen sie nach all den Mühen nun vielleicht doch noch in Oklots Hände?

„Du wunderstarker Gott-Held Jesus Christus, leihe uns nun Deines Armes Kraft und errette uns aus den Händen der Feinde", betete er halblaut und fasste den Schaft seines Speeres fester.

Die fremden Reiter verfielen auf den letzten Schritten in gestreckten Galopp und schon wurden die Dänen umringt. Die kleine Truppe stand mindestens 100 Feinden gegenüber, so schien es zumindest Wilfrith. An Größe, Statur und Bewaffnung konnte man sie kaum von den Dänen unterscheiden, nur die Pferde waren größer. Die Fremden stiegen zur Überraschung der Gefährten und ihrer dänischen Beschützer aber nicht von den Pferden, um einen eigenen Schildwall gegen den kleinen der Dänen zu bilden, sie blieben auf den Rössern und zogen den Ring immer enger. Dann, auf ein Kommando ihres Anführers hin, zügelten sie ihre Pferde und schwenkten ein, so dass sich ihre Lanzen von allen Seiten drohend auf das kleine Häuflein in ihrer Mitte richteten. *Wie eine Mauer aus schimmerndem Eisen auf ihren dampfenden Rossen*, dachte Willfrith. Er überlegte fieberhaft, wer wohl diese Reiter sein könnten. Wie Räuber sahen sie nicht aus und auch nicht wie die Abodriten. Die Dänen waren sie selbst, aber woher konnte dann auf einmal eine solche Menge Krieger kommen? Plötzlich tat sich der Ring vor ihnen auf und ein hoch gewachsener Reiter in glänzender Rüstung ritt auf sie zu. Etwas hinter ihm folgten ein düster dreinblickender Kämpe zur Rechten und ein junger Krieger mit einem Banner zur linken. Das Banner war tiefrot und zeigte einen goldenen Drachen. Der vorderste Reiter selbst trug einen großen, mit blankem Eisen beschlagenen Schild. Darauf war auf rotem Grund in weiß ein springender Hengst gemalt. Der Mann kam dicht an sie heran geritten. Vorsicht oder Furcht schienen ihm unbekannt. Die forschenden eisgrauen Augen über dem dichten blonden Bart wanderten von Ivar zu den Gefährten und zurück.

„Wer seid Ihr, die Ihr zum Krieg gerüstet hier nach Sachsen einbrecht? Nie sah ich eine wohl gerüstete Schar von Räubern so frech und offen ins Feindesland reiten wie Euch! Doch frag' ich mich, ob Ihr wirklich auf Raub aus seid, denn ich sehe dort einen Mönch unter Euch. Sprecht und lasst mich wissen, was Ihr wollt", sprach er in formalem Dänisch, jedoch mit starkem sächsischem Akzent.

Ivar antwortete ihm nervös, aber mit fester, stolzer Stimme: „Des Fürsten Erik von Haithabus Thane sind wir. Ich bin Ivar, sein Jarl. Wir entbieten Euch seinen Gruß. Nicht in Feindschaft kommen wir in der Sachsen Land, noch haben wir mit Hinterlist die Egdora überschritten. Wir bringen hier einige Eurer Männer zurück, die bei den Wagriern schlimme Not erlitten haben. Nun sendet Erik sie mit sicherem Geleit nach Hause, als Zeichen seiner Freundschaft! Doch lasst mich auch Euren Namen und Herkunft erfahren, damit ich Fürst Erik Kunde geben kann, wem ich die Fremden übergab!"

Dabei zeigte er auf Wilfrith und seine Gefährten.

„Ich bin Otto, Liudolfs Sohn, Herzog der Sachsen, nachdem mein Bruder Brun, von euch Dänen erschlagen, bei Ebbekesdorp auf der Walstatt blieb!"

Ein neuer Herzog war da! Freude durchfuhr Wilfrith, der das auf Dänisch geführte Gespräch verstanden hatte.

„Wir haben einen neuen Herzog", rief er jubelnd auf Sächsisch. Otto sah zu ihm hinüber.

„Dann stimmt die Geschichte, die der Jarl hier erzählt?", wollte er wissen. „Ihr seid Sachsen?"

Wilfrith gab bereitwillig Auskunft.

„Dann danke ich Euch diesmal für das Geleiten meiner Männer. Entbietet Fürst Erik meinen Gruß und sagt ihm, dass Sachsen Frieden mit ihm wünscht, aber auch, dass es nun wieder zum Kampf gerüstet ist!", wandte sich der Herzog an Ivar.

Dann winkte er einem seiner Männer, der ihm daraufhin einen Beutel übergab. Diesen warf er Ivar hin, der ihn geschickt auffing.

„Dieses Silber habt zum Lohn für Euren Dienst!", rief er.

Ein erfreutes Murmeln und einige Hochrufe auf den Herzog waren von den Dänen zu hören.

„Habt Dank, Herzog, der Beutel soll Euer Jartegn[42] sein. Dann haben wir unsere Aufgabe erfüllt", sprach Ivar.

Zwischen den sächsischen Reitern hatte sich eine Gasse aufgetan und die Dänen schritten rasch und erleichtert hinaus.

Ivar wandte sich nochmal zu seinen Schützlingen und rief: „Heimdal, der Wächter an der Brücke, möge Eure Wege schützen und Euch einstmals den Einzug nach Asgard gewähren. Lebt wohl, Fremde!"

Er winkte mit dem Beutel voll Silber ein letztes Mal dem Herzog und machte sich dann mit seinen Mannen in den Wald, um die Pferde einzufangen. Wilfrith und seine Gefährten blieben allein zwischen den sächsischen Reitern zurück und verbeugten sich tief vor ihrem neuen Herzog.

„Lasst gut sein, wir wollen zum nächsten großen Hof reiten und Eure Geschichte hören!", rief dieser.

Fünf der sächsischen Krieger nahmen je einen der Gefährten hinter sich aufs Pferd und dann trabte der ganze Zug zu einem großen Gehöft in der Nähe.

Wilfrith flüsterte, noch ganz von den Ereignissen gebannt, zu seinem Lehrer: „Wie prächtig unser neuer Herr mit seinen Reitern daherkam! Zuerst sah es ja zum Fürchten aus, und dann wusste ich nicht recht, ob ich mich ängstigen oder freuen sollte, dass wir nun wieder einen starken Beschützer haben, doch die Freude überwog!"

Und wer Herzog Otto so hoch zu Ross gesehen hatte, dem war klar, warum die Geschichte ihm den Beinamen ‚der Erlauchte' geben würde.

„Wenn dich der Anblick unseres irdischen Herrn zum Erschauern, aber gleichzeitig noch viel mehr zum Jubeln bringt, was meinst du dann, wie es erst wird, wenn unser Herr Christus mit all seinen

---

[42] Jartegn waren bei den Dänen Wahrzeichen, die einem Gesandten mitgegeben wurden, um die überbrachte Botschaft zu bekräftigen. Jedwede Art von zufällig vorhandenem Ding wie ein Schwert oder ein Armring konnte als Jartegn genutzt werden.

Engeln wieder auf die Erde kommt!", antwortete Dietrich, der die geistliche Welt nie aus dem Sinn verlor.

Auf dem Hof angekommen, saß die Reiterschar ab und der Herzog lud die Heimgekehrten ein, sich ihm gegenüber niederzulassen. Zuerst erzählte Wilfrith ihm von dem bevorstehenden Einfall Oklots und seiner Schergen.

„Dann wollen wir ihnen einen würdigen Empfang bereiten!", brummte der Herzog grimmig.

Danach berichtete Wilfrith weiter, wie sie zu dieser Kenntnis gelangt waren und was sie sonst noch erlebt hatten. Diesmal brauchten die anderen kaum noch etwas zu ergänzen. Wilfrith hatte bereits einige Übung darin, ihr Unternehmen zu schildern und sagte ganze Passagen auswendig her, ohne nachdenken zu müssen. Der Herzog und die anwesenden Krieger hörten gespannt zu. Nur manchmal, je nachdem was da gerade erzählt wurde, ließen sie Rufe des Erstaunens, Beifalls oder Zornes hören. Als Wilfrith geendet hatte, berichtete der Herzog kurz, wie er von der Nachricht des Todes seines Bruders in seiner Grafschaft im Eichsfeld überrascht wurde. Da er den Titel des Herzogs der Sachsen schon nach dem Tod seines Vaters vorübergehend getragen hatte, bis sein älterer Bruder zur Stelle war, gab es bei der Wahl des neuen Herzogs keinen Streit. Eine Versammlung von Edlen bestätigte ihn dann auch zum Fest der heilbringenden Geburt Christi. Nun hatte er sich mit 70 erlesenen Kriegern – es waren nicht über 100, wie Wilfrith geschätzt hatte – aufgemacht, um im Norden seines neuen Herzogtums die Huldigungen seiner Untertanen entgegenzunehmen und sich über die Lage an den Grenzen zu informieren. Nördlich der Hammaburg erreichte ihn dann ein Bote von einem Hof an der Egdora und berichtete, eine gewappnete Schar Dänen sei über die Grenze nach Süden vorgestoßen. Otto war sofort aufgebrochen, um die Eindringlinge mit blutigen Köpfen heimzuschicken, doch das hatte sich nun erübrigt.

„Allerdings wird es noch genug Arbeit für unsere Schwerter geben, wenn dieser Oklot seinen Plan wahr macht!", schloss er seine Ausführung.

Unverzüglich ließ er Späher zum *limes saxoniae* abgehen, um ihm sofort zu melden, wann und wo die Räuber die Grenze passierten.

Der Herzog wollte in der Nähe des erwarteten Anmarschweges der Feinde ein Lager beziehen, um sie gleich abzufangen. Otto hoffte auf diese Weise das Schlachtfeld selbst wählen zu können, um seine Reiterei möglichst günstig einzusetzen. Wilfrith schlug den väterlichen Hof vor, der nun ja eigentlich Theodbalds Hof war. Von dort hatte das ganze Abenteuer seinen Ausgang genommen, und es wäre für Theodbald und die ganze Familie natürlich eine große Ehre, den Herzog beherbergen zu dürfen. Damit könnte er vielleicht sogar Abt Ekbert beeindrucken!

Dem Herzog gefiel diese Wahl und so war die Sache abgemacht. Ein Bote ging ab, um Theodbald über das zu erwartende Eintreffen des Herzogs zu informieren. Da Wilfrith bereits beobachtet hatte, dass Otto für das von seiner Truppe Verzehrte aufkam, war dies eine doppelt frohe Botschaft.

Am nächsten Morgen zog das kleine Reiterheer in einem langen Zug zurück nach Süden. Wilfrith saß nun auf einem noch größeren Pferd, aber langsam schienen sich seine Glieder wieder an den ungewohnten Sitz zu erinnern. Das Traben machte ihm nun schon fast Spaß. Überall, wo sie vorbeikamen, begrüßten die Bauern jubelnd ihren neuen Herrn, und der Herzog konnte es seinen braven Untertanen oft nicht abschlagen, wenigstens eine kurze Rast auf ihrem Hof einzulegen. Wilfrith konnte die Menschen gut verstehen, nach der Katastrophe im letzten Jahr gab ihnen der neue Herzog endlich wieder Hoffnung auf Frieden und Sicherheit. So kam es, dass das kleine Heer am Abend noch immer einen halben Tagesritt von Thankmars Hof entfernt war. Aber man schrieb ja erst den 20. Januar, den Tag des heiligen Fabian und heiligen Sebastian, tröstete sich Wilfrith, denn er ging davon aus, dass die Polaben erst in gut zehn Tagen an der sächsischen Grenze erscheinen würden.

Doch noch bevor der halbe Vormittag des Folgetages verstrichen war und als man sich langsam Theodbalds Hof näherte, kam ein einzelner Reiter von Südosten herangeprescht. Vlad entdeckte ihn zuerst und machte seine Gefährten darauf aufmerksam. Zunächst war nur eine feine Staubfahne auszumachen, dann wurde er selbst sichtbar und rasch größer. Es handelte sich um einen der ausgesandten Späher. Wilfrith hörte mit, wie er Herzog Otto atemlos Bericht erstattete: Er hatte sich östlich des Duvensee-Moores, tief im Sachsenwald, auf Lauerstellung befunden. Am Abend des Vortages entdeckte er dann im Osten den Schein von mehreren Feuern. Er war herangeschlichen und hatte ein Lager von mehreren hundert Polaben gefunden. Sie hatten sich in Waffen versammelt und waren bereit, die Grenze zu überschreiten.

Der Feind war im Anmarsch. Rasch wurde Kriegsrat gehalten, zu dem Otto auch die beiden Mönche zuließ. Wilfrith schlug das Herz bis zum Halse, aber er wagte es nicht, in die Beratung einzugreifen. Was sollte er auch beitragen, er konnte sich gerade mal auf dem Pferd halten und vom Kampf verstand er erst recht nichts! Er würde zusammen mit Dietrich beten, wenn es so weit wäre, wie Moses und Aaron, als Josua mit den Amalekitern rang. Damit konnte er mehr bewirken als durch seine Beteiligung an Rat oder Schlacht.

Der Herzog hatte 70 Reiter, wohl gerüstete und ausgesuchte Krieger. Der Feind wurde auf etwa die dreifache Anzahl an Fußvolk geschätzt. Otto wollte sich nicht zurückziehen, um Truppen zu sammeln, sondern direkt die Schlacht suchen.

„Diese Räuberschar werden wir direkt an der Grenze empfangen und ihnen die langen Finger blutig hauen! Dafür brauche ich nicht mehr Männer!", entschied er.

Lange Beratungen waren nicht seine Sache. Ascha wurde mit einigen anderen Begleitpersonen aus dem Tross des Herzogs zu Theodbalds Hof voraus geschickt. Wilfrith und die übrigen Gefährten folgten dem Herzog mit seinem Haufen im scharfen Trab Richtung Sachsenwald.

Burwido

Der Späher, welcher nach seiner Meldung nur rasch sein Pferd gewechselt hatte, saß nun schon wieder im Sattel und führte das kleine Heer. Ein ausgezeichneter Reiter, stellte Burwido bewundernd und etwas neidisch fest. Der Bote führte sie eine gute Stunde im scharfen Trab nach Süden. Burwido stellte erleichtert fest, dass sich sein Bruder heute endlich einigermaßen im Sattel hielt, die Querung der Egdora war ja blamabel gewesen. Hoffentlich hatte Ascha bemerkt, dass er selbst besser zu Pferde saß.

„Ab hier kennen wir den Weg doch!", staunte Burwido, als sie wenig später in einen Weg einbogen, der nahe der Route lag, welche die Gefährten bei ihrem Auszug zur Befreiung Dietrichs genommen hatten.

„Das müssen wir dem Herzog sagen, vielleicht kann unsere Ortskenntnis für ihn von Vorteil sein", rief er Vlad zu, der neben ihm ritt. Beide gaben ihren Pferden die Sporen und drängten sich zur Spitze des Zuges.

„Ehrwürdiger Herzog", begann Burwido.

Der Angesprochene schaute sich erstaunt zu Burwido um, dann lächelte er aufmunternd: „Was gibt es, Junge?"

Burwido schluckte, er hatte es gewagt den Herzog direkt anzusprechen, ohne dass man ihn dazu aufgefordert hätte, nun musste er einen guten Grund vorbringen!

„Dies ist ziemlich genau der Weg, auf dem auch wir in das Land der Polaben gelangt sind. Vielleicht kann Euch unsere Ortskenntnis nützlich sein", sagte er mit trockenem Hals.

Herzog Otto

„Ist er das? Das trifft sich gut! Halte dich dicht bei mir. Wir werden sehen." Bei sich dachte der Herzog auch, dass es vielleicht besser wäre, den Jungen in der Schlacht in der Nähe zu behalten und zu beobachten. Nach dem großen Abenteuer, welches die Gefährten erlebt hatten, wäre es zu schade, wenn er nun noch fiele! Zumal er ihm gleich gefallen hatte.

Burwido

„Und dein Gefährte kann mir übersetzen, wenn wir mit dem Feind reden müssen", wandte sich Otto an Vlad. Vlad und Burwido lenkten ihre Pferde gehorsam in die vorderste Reihe.

Etwa eine Stunde später, am Ufer eines Sees, trafen sie unvermittelt auf ihren Feind. Der Herzog, der an der Spitze des Zuges ritt, sah sie selbst zuerst, sie hielten auf der anderen Seite des Wassers. Auch die Polaben bemerkten die fremden Reiter und ihr Zug geriet ins Stocken. Otto überschaute das Gelände. Der See war etwa eine Wegstunde lang, aber nur gut 250 Schritte breit. Am Nordende stand dichter Wald, aber im Süden wurde er von einer großen Lichtung eingefasst. Die Slawen befanden sich gerade auf der Ostseite unweit des südlichen Seeufers, mitten auf dieser Lichtung.

Herzog Otto hob die Hand, um seine Reiter zu stoppen und winkte seine Unterführer zur Beratung heran. Gerowulf, der finstere Kämpe, der nicht von der Seite seines Herzogs wich, meinte: „Wir können den See im Süden über die Lichtung im Galopp umgehen. Dann erreichen wir sie wahrscheinlich, bevor sie sich im Waldrand verstecken können. Aber ich bezweifle, dass sie das tun werden. Sie sind an die 250 Mann stark und werden kämpfen. Wir werden sie wahrscheinlich schon in den Wald zurückdrängen können, aber viele der unseren werden fallen und viele der ihren entwischen!"

„Du bist doch sonst kein vorsichtiger Mann", rügte der Herzog, den sein Zorn drängte, die Schlacht zu beginnen.

„Sollen wir diese Bande ungestraft in unser Sachsenland spazieren lassen? Wenn wir nun zulassen, dass sie sich zurückziehen, dann kommen sie wieder. Wenn sie es überhaupt annehmen und nicht auf eine Schlacht bestehen. Ein verdammt stolzes Pack, das sie sind!"

„Wenn sie sich im Waldrand festsetzen und ihre Pfeile surren lassen, haben wir Reiter kaum eine Chance, sie zu erwischen. Wir bräuchten dazu eine Menge Fußvolk!", erwiderte der erfahrene Gerowulf.

„Verzeiht, dass ich spreche", unterbrach Burwido die Beratung mit bebendem Herzen. „Wir können sie umzingeln!"

„Und wie willst du kleiner Neunmalklug das anstellen?", wollte Gerowulf unwirsch wissen.

„Wenn wir nämlich da im Süden rüber reiten, werden sie entweder ausschwärmen und die ganze Breite der Lichtung bis zum

Seeufer besetzen oder sich in den Wald zurückziehen. In beiden Fällen kommt niemand von uns hinter sie!" Doch der Herzog sah Burwido ernst an. „Sprich", sagte er nur.

„Wir sind auf dem Weg ins Polabenland über den See gelaufen, eigentlich sind es eher zwei Seen, sie waren zugefroren, da haben wir gesehen, in der Mitte ist ein Streifen, wo das Wasser nur ganz flach ist, etwa 500 Schritt nördlich von hier, und der Streifen ist fast zehn Schritte breit, so dass man bequem hinüber reiten kann, mitten durchs Wasser!", sprudelte es aus Burwido heraus.

„Junge, wenn das wahr ist, dann haben wir sie!", rief der Herzog aus. Und auch Gerowulf schnaufte anerkennend.

„Wir reiten los. Aethelwulf, du nimmst 50 meiner Krieger und führst sie südlich am See vorbei zum Frontalangriff. Wenn du vor uns ankommst, warte aber auf mein Kommando. Los jetzt, nur jeder Dritte hinter mir her. Der Rest soll Aethelwulf folgen. –Weitersagen."

Das Kommando wurde weiter gerufen. Der angesprochene Unterführer gab seinem Pferd die Sporen und der junge Bannerträger sowie jeweils die beiden ersten von drei Reitern folgten ihm zum Südrand des Sees.

Wilfrith

Der Rest der Sachsen, zusammen mit Wilfrith und Dietrich, folgte dem Herzog. Es ging im vollen Galopp entlang des Seeufers nach Norden. Wilfrith sah, wie sein Bruder Burwido etwa 500 Schritte weiter sein Pferd zügelte und vorsichtig ins Wasser lenkte. Das Wasser stieg lediglich bis knapp über die Fesseln des Pferdes. Der Herzog und die übrigen Reiter folgten Burwido. Schließlich war auch Wilfrith an der Reihe. Der See schien etwa eineinhalb Fuß tief und der Boden schlammig, so dass die Pferde im Schritt gehen mussten, um nicht auszugleiten. Wilfrith verzichtete auf Lenkversuche und hoffte, dass sein Pferd, dem Herdentrieb gemäß, stur dem Hinterteil seines Vormanns folgen würde. Das Wasser war durch den aufgewirbelten Schlamm der Vorausreitenden trüb und der Grund war nicht zu sehen. Nach einer Zeitspanne, die Wilfrith wie eine Ewigkeit erschien, erreichte auch er das andere Ufer. Ohne das Wilfrith etwas dafür oder dagegen getan hatte, verfiel sein Reittier in Galopp und folgte den übrigen Rössern und Reitern. Die Hufe schlugen in den trockenen Sand, die Reiter donnerten über die Lichtung auf die Polaben zu.

Die Polaben hatten sich zuerst nur gegen die Hauptmacht im Süden gewandt und zu spät erkannt, dass ein Teil der Sachsen auf wundersame Weise über das Wasser kam und ihnen so den Weg in den rettenden Wald abschnitt. Das brachte sie völlig aus der Fassung, die meisten liefen wild durcheinander. Dann war auch Aethelwulf mit seinen Mannen heran. Die Reiter formten wieder einen Ring um die Polaben und jagten im Galopp um sie herum.

Diesmal konnte Wilfrith das Schauspiel von der anderen Seite her erleben. Er erinnerte sich noch bestens daran, wie es aus dem kleinen Ring von Ivars Dänen heraus gewirkt hatte und konnte die Verzweiflung der Polaben gut verstehen. So herum machte die ganze Sache entschieden mehr Spaß. Die Eingeschlossenen drückten sich ängstlich zusammen. Sie hielten ihre Schilde und Lanzen nach außen zu den Reitern gewandt, sahen sich aber immer wieder furchtsam um. Schrecken zeichnete sich auf ihren Gesichtern ab. In taktischen Manövern waren sie offensichtlich völlig unerfahren. Ein Großteil würde gar nicht mehr wagen zu kämpfen, überlegte Wilfrith. Gleich bricht Panik aus und jeder würde dann versuchen, irgendwie in den Wald zu kommen. Aber die Entfernung zum Waldrand war zu groß, als dass jemand auf dieser Strecke einem Reiter entkommen könnte, selbst falls es ihm gelingen sollte, den Ring der Sachsen zu durchbrechen.

Kapitel 15 – Markbeißers letzter Biss

Wilfrith

Auf den Befehl Ottos hin parierten die Sachsen nun ihre Pferde durch und richteten die Lanzen gegen die Feinde. „Ergebt euch, ihr seid eingeschlossen!", donnerte des Herzogs Stimme über das Schlachtfeld.

Vlad, der an seiner linken Seite ritt, übersetzte es ins Abodritische. Die Polaben drängten sich zusammen und spähten furchtsam hinter ihren Schilden zu den in Eisen gerüsteten Reitern empor. Diese hatten angehalten und schlugen ihre Lanzen im Takt gegen die Schilde, was die Panik unter den Polaben noch verstärkte. Das Tam-Tam-Tam dröhnte drohend und düster über die Lichtung.

Burwido

Schon warfen die ersten Slawen ihre Waffen weg. Doch da trat einer aus ihren Reihen hervor. Es war ein wahrer Hüne, wie Burwido anerkennen musste. Sein Hals war auf einmal trocken, so dass er kaum schlucken konnte. Eine böse Vorahnung hatte ihn überkommen, aber er würde tun, was er tun musste. Das hatte er sich und – ohne sich ihr mitzuteilen – auch Ascha geschworen.

Über drei Ellen groß und sicher halb so breit war der Polabenhäuptling, der nun aus dem Kreis der Seinen heraus trat. Er trug einen Helm mit breitem Nasenschutz, der ihm tief ins Gesicht reichte. Auch unter den Augen lief noch ein Blechreif herum, so dass nur der dichte, dunkle Bart unter dem Eisen zu erkennen war. Darunter glänzte ein schweres Kettenhemd und in der Linken hielt er einen großen runden Schild mit spitzem Schildbuckel. Über die Schultern hing ihm ein Bärenfell. Seine Lanze hatte er einem Nebenmann überlassen, in der Rechten führte er nun eine mächtige Streitaxt, die manch anderer wohl mit beiden Händen hätte halten müssen. Von seiner linken Hüfte hing ein breites Schlachtschwert herab.

Er stellte sich stolz und aufrecht vor den Herzog und sprach ihn mit dröhnender Stimme an.

„Was will der Dicke?", fragte Herzog Otto verächtlich.

Vlad übersetzte ihm flüsternd.

„Das ist Fürst Oklot vom Scaalsee. – *Der* Oklot", fügte er hinzu. „Er beklagt sich, dass man seinen Tempel verbrannt und einige seiner Krieger mitten im Frieden erschlagen hat. Er will einen Zweikampf, um seine Rache zu haben. Dann ist er bereit, mit den Seinen abzuziehen. Er scheint nicht damit zu rechnen, dass er verlieren könnte."

„Der Oklot, der den ganzen Ärger ausgeheckt hat? Der weiß wohl noch nicht, dass ihr inzwischen hier seid?", wollte der Herzog wissen.

„Eben dieser. Er hält uns wahrscheinlich für tot, außerdem hat er, mit Ausnahme von Dietrich, keinen von uns je zu Gesicht bekommen", meinte Vlad.

Herzog Otto winkte seinem Waffenmeister, dem finsteren Gerowulf, der zu seiner Rechten ritt: „Du darfst dich um den Fleischklops kümmern."

Gerowulf war ihm ein würdiger Gegner, und an Erfahrung im Waffenhandwerk kam ihm kaum einer im Sachsenland gleich. Er lächelte ein kaltes Lächeln und glitt vom Pferd.

„Euer Hoheit, haltet ein!", rief da Burwido mit wild klopfendem Herzen dazwischen.

„Dieser Abodrit dort drüben trägt nicht nur die Schuld am Tod meines Gefährten und der treuen Freunde Dietrichs, damit nicht genug. Er hat auch meine Verlobte in den Sumpf zu den Wölfen gehetzt! Ich bitte Euch, lasst mich mit ihm kämpfen, ich habe die älteren Rechte!"

Herzog Otto

Herzog Otto sah dem Jüngling forschend ins Gesicht. Nein, eigentlich kein Jüngling, korrigierte er sich, das war ein Mann, der nun dort auf dem Pferd saß. Und wenn der Mann kämpfen wollte, musste man ihn lassen. Es ging um seine Ehre.

„Hier, nimm meinen Schild", sagte er und reichte Burwido den schweren, eisenbeschlagenen Schild.

Er war mit hart gegerbtem Leder bespannt und mit einem springenden weißen Ross im roten Feld bemalt, dem Zeichen Widukinds, des berühmtesten Sachsenherzogs. Der Sage nach hatte der ‚schwarze Herzog' nach seiner Taufe als äußeres Zeichen der Umkehr seinen feurigen Rappen gegen einen Schimmel getauscht.

„Ich danke Euch, Herr", sagte Burwido und nahm den Schild respektvoll auf.

„Mit so einem Schild brauche ich keine Brünne! Ich werde ihn Euch gleich zurückgeben."

„Hört euch das an, der Junge – Mann spricht wie der alte Hagen", lachte der Herzog, doch es klang auch Anerkennung in seiner Stimme mit.

Burwido

Gerowulf musterte Burwido besorgt, als dieser vom Pferd sprang.

„Pass auf, junger Mann", warnte der erfahrene Krieger.

„Der ist dir an Kraft und Erfahrung weit überlegen. Lass dich nicht vom Zorn leiten! Halte den Schild hoch, den wird er nimmer zerschlagen können, und dann sieh, was du tun kannst. Aber erschöpf dich nicht mit schnellen Schlägen, du hast weniger Ausdauer als er!"

Burwido warf ihm einen dankbaren Blick zu, schluckte einmal und ging auf Oklot zu. *Wenn man Angst hat, soll man lieber gleich loslegen, sonst wird die Angst nur immer größer, bis sie unüberwindbar ist*, dachte er bei sich.

Wilfrith

„Die wirken wie David und Goliath", flüsterte Wilfrith heiser vor Angst zu seinem Lehrer Dietrich. Beide ritten etwas weiter hinten im Glied. „Muss er wieder versuchen, den Helden zu spielen? Das kann nicht immer gut gehen!"

„Aber auch hier kämpft David aus Liebe und Goliath aus Hass, und schon damals hat David gewonnen. Lass uns auf Gott vertrauen", antwortete Dietrich neben ihm.

„Auch wenn es sich hier freilich weniger um Liebe zu Gottes Sache als um die Liebe zu einem Weib handelt", fügte er leiser zu sich selbst gewandt hinzu.

Oklot musterte Burwido forschend unter der Eisenkante seines Helmes hinweg. Dann sagte er einige Worte auf abodritisch, die Burwido nicht verstand. Die Polaben hinter ihm lachten ein wenig, trauten sich aber auch nicht, zu laut zu werden. Immerhin stampften vor ihnen die sächsischen Rosse unruhig mit den Hufen und die Reiter wirkten wie eine eiserne Sturmflut, die jeden Augenblick durch einen unsichtbaren Damm brechen könnte.

Die beiden Kontrahenten standen sich nun gegenüber. Langsam schritten sie im Kreis umeinander. Burwidos Blicke bohrten sich in die dunklen Sehschlitze im Helm seines Gegners. Jeder wartete auf einen Fehler des anderen. Da sprang Oklot plötzlich, mit einer Behändigkeit, die man ihm niemals zugetraut hätte, vor. Holz splitterte und die Streitaxt bohrte sich tief in den Körper des aufgemalten springenden Hengstes. Burwido hatte den Rat Gerowulfs befolgt und den Angriff hoch erhobenen Schildes erwartet. Die Streitaxt steckte fest und Oklot schwankte einen Augenblick, als er versuchte, die verkantete Klinge aus dem Holz zu ziehen. Burwido stieß mit Markbeißer nach, doch schon hatte Oklot seinen rechten Fuß nachgesetzt und stand wieder sicher. Den Griff der Axt ließ er fahren und parierte den Stich mit seinem Schild. Es gab ein klirrendes Scheppern, als die Klinge an dem spitzen Schildbuckel abrutschte. Oklot lachte kurz auf und hatte auch schon sein Schwert in der Rechten.

Die Streitaxt hing noch immer in Burwidos Schild und beschwerte ihn zusätzlich. Ohne abzuwarten griff Oklot erneut an. Burwido empfing ihn wieder mit erhobenem Schild und Oklots Schwertklinge schepperte mit großer Wucht auf den eisenbeschlagenen Schildrand, so dass die Funken in alle Richtungen stoben, wie die Glühwürmchen im Juni. Burwido taumelte zurück, stürzte aber nicht. Der Abodritenhäuptling begann wieder um ihn herum zu schreiten.

„Verdammt", rief Gerowulf zu Herzog Otto. „Mit der schweren Axt im Holz wird er den Schild nicht ewig so hoch halten können! Soll ich ...?"

„Nein", unterbrach ihn der Herzog, „der Zweikampf ist eine Ehrensache. Selbst wenn unser Mann unterliegt, dürfen wir ihm nicht die Schmach antun, zu Hilfe zu eilen! Und noch ist nichts verloren."

Alle Augen auf der Walstatt folgten gebannt jeder Bewegung der beiden Kämpfer.

Oklot versuchte einen neuen Ausfall, wieder traf sein Schwert auf den Herzogsschild. Doch diesmal knickte Burwidos Deckung unter der Wucht des Aufpralls merklich ein. Sein linker Arm begann zu zittern.

Das sah Oklot und lachte triumphierend auf. Er warf sich erneut mit all seinem Gewicht nach vorne, doch diesmal hielt Burwido den Schild nicht mehr hoch, sondern sprang aus der Angriffslinie nach links. Oklot wurde von der Wucht seines Angriffs an ihm vorbei gerissen und Burwidos Schwertspitze streifte die rechte Schulter des Polabenfürsten.

Das Kettenhemd riss auf, aber mehr als einen Kratzer hatte Oklot wohl nicht abbekommen. Die erlittene Schmach ließ ihn jedoch vor Wut aufbrüllen. Er wirbelte herum und seine Klinge traf klirrend auf die Burwidos. Dieser wich zurück und erhob wieder den Schild.

Oklot rannte einmal mehr an und Burwido versuchte es erneut mit dem Wegducken. Doch diesmal hatte sein Kontrahent damit gerechnet. Seine Klinge beschrieb einen Kreis nach rechts und die Spitze traf Burwido am Oberschenkel. Er knickte kurz ein, blieb aber immer noch stehen. Blut quoll aus seinem aufgerissenen Beinkleid. Ein erschrockenes und drohendes Murmeln ging durch die Reihen der Sachsen. Doch eine Handbewegung ihres Herzogs hielt sie zurück.

Den nächsten Schlag parierte Burwido wieder nur mit knapper Not. Er konnte gerade noch sein Schwert hochreißen. Doch hatte er keine Zeit die Klinge zu drehen, und so traf Oklots Breitschwert auf die flache Seite von Markbeißer. Ein heller, klingender Ton erscholl – wie der einer kleinen Glocke – und das altbewährte Eisen brach entzwei.

Entsetzt starrte Burwido auf die letzten Handbreit, die ihm noch von seiner Klinge blieb. Die Sachsen schrieen erschrocken auf. Die Abodriten ließen aufgeregte Rufe hören. Oklot lachte noch einmal triumphierend. Er holte mit der Rechten aus, zu einem letzten, mächtigen Hieb.

Um mehr Schwung zu bekommen ließ er seinen linken Arm mit dem Schild eine Handbreit sinken, so dass zwischen dem oberen, eisenbeschlagenen Schildrand und seinem stolz vorgereckten Kinn ein kleiner Spalt entstand. Nur wenige Fingerbreit und nur für eine Sekunde. Doch eine Sekunde war zu lang und die wenigen Finger zu viel. Burwido stieß den Stumpf seiner Klinge mit aller verbliebenen Kraft in diese Lücke.

Und Markbeißer tat seinen letzten Biss.

Oklot fiel das Schwert aus der Hand. Er schwankte und sah Burwido noch einen Augenblick erstaunt mit offenem Mund an, blutiger Schaum trat daraus hervor. Burwido hatte sein Schwert losgelassen und sich nach hinten geworfen, um dem befürchteten Schlag zu entgehen. Der Griff von Markbeißer ragte zitternd aus dem Hals des Hünen. Dann fiel Oklot, ohne einen Laut von sich zu geben, nach vorn. Burwido konnte sich unter seinem Körper gerade noch zur Seite wälzen. Langsam erhob er sich. David hatte wieder gesiegt.

Alles schwieg für einen Augenblick, dann brach in den sächsischen Reihen Jubel aus. Zuerst etwas ungläubig und unsicher, dann aber umso lauter. Die Abodriten schauten sich entsetzt an. Ihr stärkster Kämpe, der Anführer des Raubzugs, war gefällt. Dann trat ein älterer Mann vor, seine kostbare Ausrüstung wies ihn als einen hochrangigen Krieger aus. Er ging an dem gefallenen Oklot vorbei, direkt auf den Herzog zu. Dann warf er sich vor ihm auf die Knie und legte sein Schwert zu Ottos Füßen nieder.

„Euer Gott hat den Fürsten Oklot bestraft, durch die Hand eines jungen Kriegers. Gegen ein Gottesurteil können wir nicht bestehen. Wir sind in Euren Händen und bitten um Frieden!", rief er in fehlerfreiem Sächsisch.

Die meisten seiner Begleiter verstanden ihn wohl nicht, doch waren die Gesten klar. Sie legten ihre Waffen zu Boden, einer nach dem anderen, die Ältesten zuerst. So wurde ohne viel Blutvergießen der Sieg errungen. Otto beschloss, Gnade walten zu lassen. 250 Abodriten, die zu Hause von einem mächtigen und gleichzeitig gnädigen Fürsten und von einem Gottesurteil zu Gunsten der Sachsen sprachen, waren mehr wert als 250 tote Krieger. Er ließ die Abodriten einzeln durch ein Spalier seiner Sachsen treten und ihm Treue und Frieden schwören. Vlad übersetzte. Dann durften die gedemütigten, aber körperlich unversehrten Polaben sich in den Wald zurückziehen. Nur die Waffen mussten sie inmitten der Sachsen liegen lassen. Da es fast 250 Mann waren, dauerte die Prozedur bis spät in den Nachmittag. Dann endlich hatte Otto Zeit, sich um den doppelten Helden des Tages zu kümmern. Er ließ Burwido zu sich rufen.

Wilfrith hatte inzwischen die Beinwunde seines Bruders verbunden. Glücklicherweise war der Knochen unverletzt geblieben, und er konnte noch ganz gut laufen. Nachdem er die Glückwünsche seiner Gefährten und der Krieger entgegen genommen hatte, zog er mit Hilfe zweier Sachsen die Axt aus dem Herzogsschild. Sie hing nun am Sattel seines Pferdes als stolze Trophäe des Sieges. Die übrigen Waffen Oklots waren zusammen mit dem Rest der slawischen Beute eingesammelt worden. In der Jugend seines Großvaters hätten die Sachsen sie sicher als Dank an die Götter im See versenkt, dachte Burwido, doch so konnten sie durchgesehen und verkauft oder verteilt werden. Allerdings stand die polabische Schmiedekunst eindeutig hinter der Fränkischen und nun auch der Sächsischen zurück. Außerdem fürchteten viele der Sachsen, die polabischen Waffen seien mit heidnischen Zaubern belegt. Burwido sammelte auch die Bruchstücke Markbeißers sorgfältig ein. Ob die alte Klinge tatsächlich auch mit einem Zauber belegt war? Großvater und dessen heidnischen Vätern hatte sie immer treu gedient. Doch diesmal war sie zuerst eingefroren, als Burwido sie gegen die Wölfe brauchen wollte, und nun geborsten!

Schließlich richteten einige der sächsischen Krieger einen großen flachen Stein auf – zum Gedenken an den Kampf und Sieg Burwidos. Dieser Burwidostein, wie sie ihn zur Freude und zum Stolz des Geehrten nannten, sollte auch in Zukunft jeden, der hier vorüber kam, an die Geschehnisse des heutigen Tages erinnern und angriffslustigen Abodriten eine Warnung sein.

Als der Ruf Ottos den jungen Helden erreichte, brachte Burwido den geliehenen Herzogsschild wieder zurück.

„Fast wie neu", lachte der Heerführer, als er den tiefen Riss, den Oklots Axt hinterlassen hatte, begutachte. „Einen anderen Schild hätte der Hieb wohl gespalten", fügte er nachdenklich hinzu. „So wie er dein Schwert gespalten hat. Und damit komme ich nun zur Sache: Burwido, du hast dich heldenhaft geschlagen. Dir verdanken wir den einfachen Sieg und viele hier verdanken dir ihr Leben! Dein Herzog vergisst das nicht!"

Bei diesen Worten zog er ein Schwert hervor, welches er zuvor aus seiner persönlichen Reserve ausgesucht hatte. Der Griff war mit Goldbronze und Granat eingelegt, aber mehr als der Griff zog die Klinge die Blicke auf sich: Fränkische Schmiedekunst aus glänzendem Stahl, etwas länger als Markbeißer gewesen war und so glatt, dass Burwido darin sein Spiegelbild erkennen konnte. Ein wahrer ‚Spiegel der Männer', wie ihn die Scops besangen. Die Schneiden des Schwertes liefen so gleichmäßig zum Ort, dass man meinen konnte, die Klinge sei gegossen und nicht mit Feilen und Sand poliert. Die Klingenbleche waren auf der ganzen Länge so scharf, dass man damit Wollflocken zerschneiden konnte.

„Dieses Schwert gibt dir dein Herzog. Bedenke wohl, dass er dessen bei Zeiten bedürfen wird."

„Edler Herr", erwiderte Burwido, „das Schwert und sein Träger werden allzeit zu Eurem Dienst bereit sein!"

„Das wollte ich hören", brummte der Herzog zufrieden.

„Ich werde dich auf einen der Höfe an der Elbe setzen, die nach dem Einfall der Ascomannen verwaist sind. Einen guten Hof. Männer wie dich kann ich dort brauchen."

Burwido wagte kaum seinen Ohren zu trauen. So schnell konnte es gehen. Aus dem überflüssigen, weil drittgeborenen Sohn war ein Hofherr und vertrauter Gefolgsmann des Herzogs geworden! Er stammelte seinen Dank.

„Dann lass uns zurückreiten zu eurem Hof und auch deiner Verlobten die frohe Botschaft bringen", sagte der Herzog gutgelaunt. Burwido lief tiefrot an.

„Wisst Ihr, Herr, sie weiß leider noch nichts von der Verlobung", brachte er hervor.

„Vielleicht sollte man damit noch etwas warten, wer weiß, wie sie reagiert ..."

Zuerst schaute der Herzog so verdutzt, wie selbst sein ständiger Begleiter Gerowulf es noch nie gesehen hatte. Dann brach er in schallendes Lachen aus, in welches auch die umstehenden Krieger einstimmten.

„Da haben wir einen Mann, der furchtlos auf einen doppelt so großen Slawenfürsten losgeht und sich dann, wenn er sich seinem Weib nahen soll, fast in die Hosen macht!", prustete er, wodurch die Umstehenden nur noch mehr grölten.

Burwido stand mit ziemlich unglücklicher Miene in der Mitte.

„Wenn Ihr wüsstet, wie abweisend sie immer ist", sagte er wie entschuldigend. Aber der Herzog ließ das nicht gelten.

„Nichts da, nun wollen wir auch dabei deinen Mut bewundern", lachte er.

„Wir kehren gleich zum Hof zurück. Außerdem ist heute ein ziemlich schlechter Tag für ein paar Ochsen, die Männer haben schließlich Hunger!"

Und so sehr Burwido auch bat, der Herzog ließ sich nicht erweichen.

„Wenn ich erzähle, was für Hiebe du in ihrem Namen ausgehalten, und wie du ihre erlittene Schmach heimgezahlt hast, dann wüsste ich kein Weiberherz, das dir nicht zuflöge", sagte er endlich etwas ernsthafter, um seinen jungen Gefolgsmann aufzuheitern. Nachdem ein paar Späher ausgesandt waren, um zu überwachen, dass die Abodriten auch wirklich verschwanden, wurde der Rückmarsch angetreten. Einige Boten eilten zum Hof voraus, um die gute Nachricht zu verkünden und einige Ochsen in den umliegenden Höfen zu beschaffen. Endlich saß auch der Rest des Heeres auf und setzte sich in Richtung Theodbalds Hof in Bewegung. Auf dem Ritt drängte sich Wilfrith dicht neben seinen Bruder.

„Erinnerst du dich daran, wie wir vor gar nicht allzu langer Zeit da drüben im Wald auf der Kuppe rasteten?", fragte er mit honigsüßer Stimme.

„Ja", antwortete Burwido gedehnt.

Er ahnte, worauf der Bruder hinaus wollte.

„Da haben wir über Gottes Führung geredet", erinnerte ihn Wilfrith. „Und ich glaube, bin mir sogar ziemlich sicher, dass du meintest, nur mit einem Hof könne man an Führung glauben? Erinnerst du dich?"

Da musste Burwido lachen.

„Wahrhaftig, habe ich das gesagt? Da war ich nicht gutgelaunt, was?"

Auch Wilfrith lachte vergnügt.

„Aber, dann sag mir mal", fuhr Burwido wieder ernster fort, „was Gottes Führung nun bezweckt. Warum ist Ascha so abweisend? Sie ist doch gar keine Heidin, dass Gott mich vor ihr bewahren müsste!"

„Vielleicht musste er sie bisher vor dir bewahren, weil du dich wie ein alter Heide benommen hast?", entgegnete Wilfrith.

„Oh", machte Burwido.

Kapitel 16 – Zu viel Stolz

Wilfrith

Schließlich, kurz nach Einbruch der Dunkelheit, erreichten sie den Hof. Die Einwohner kamen den siegreichen Kriegern entgegen. Voran der alte Burwido, und keiner wusste, wie er das gemacht hatte, denn er war ja eigentlich fast lahm. Er musterte die Truppe und begrüßte sie mit den Worten: „Na, sieht man euch auch mal wieder? – Euer blühendes Aussehen enthebt mich der Frage nach eurem Wohlbefinden!"

Wilfrith sah zu seinem Bruder, der neben ihm ritt, hinüber. Blühendes Aussehen? Abgezehrt, unrasiert und schmutzig wie sie waren. Dann mussten beide laut loslachen und sogar der Herzog und der alte Burwido selbst fielen mit ein. Hinter dem Alten stürzten Gertrude, Elisabeth, Eilika und Theodbald auf die Heimkehrer zu und drückten sie voll Freude an sich. Ascha stand etwas im Hintergrund bei den Mägden. Elisabeth hatte ihr eines ihrer Kleider gegeben. Das frische Blau und Weiß standen ihr gut.

In der langen Diele des Hofes waren bereits improvisierte Tische und Bänke aufgestellt worden. Draußen vor dem Haus in der Kälte rösteten über wabernder Lohe zwei Ochsen am Spieß. Alles war bereit. Der Herzog erhielt den Ehrenplatz und neben sich wollte er Burwido haben. Auf der anderen Seite saß Gerowulf an seinem gewohnten Platz, dann Theodbald, der Gastgeber, und die anderen Gefährten. Die Diele wurde ziemlich voll und eine ganze Reihe der Krieger musste sich draußen um die Feuer scharen, wo sie auch ihre Zelte aufstellten. Nachdem der erste Hunger gestillt war und der erste Umtrunk die Runde gemacht hatte, erzählten die Heimkehrer von der Schlacht. Alles, was zuvor geschehen war, hatte Ascha den Hausgenossen bereits berichtet.

Der Herzog selbst pries Burwido nun in den höchsten Tönen, so dass nicht nur Burwido selbst, sondern auch seine Mutter errötete. Und seltsamerweise auch Ascha. Ottos scharfe Augen hatten es gleich bemerkt. Nachdem er geendet hatte, ließ er sie zu sich kommen. Sie näherte sich schüchtern, mit fragendem Gesichtsausdruck.

„Was gebietest du, Herr?"

„Ich? Gar nichts. Aber mein Gefolgsmann Burwido will dir etwas sagen!"

Der Erwähnte verschluckte sich vor Schreck an seinem Met und musste erst einmal ausgiebig husten. Es trat eine erwartungsvolle Stille ein. Die Krieger wussten ja bereits, worum es ging, dennoch waren sie gespannt, welches Ende es nehmen würde. Schließlich fasste Burwido zum zweiten Mal an diesem Tag all seinen Mut zusammen und stand auf.

„Ascha, ... könntest du dir vielleicht vorstellen, äh, ich meine willst du, äh, ... nein. Also, willst du meine Frau werden?"

Aschas Augen blitzten voll Freude überrascht auf. Doch dann verschwand das Blitzen und sie ließ die Schultern hängen.

„Nein, das geht leider nicht", sagte sie leise, aber bestimmt. Burwido sah zutiefst betrübt zu seinem Herzog.

Seht ihr, was habe ich euch gesagt?, schien sein Blick zu bedeuten. Der Herzog war völlig erstaunt.

„Wieso denn das? Hast du nicht zugehört, wie ich erzählte, wie er sich zu deiner Ehre mit dem mächtigen Oklot schlug? Du meinst doch nicht, ich würde lügen?!"

„Das ist es nicht", sagte Ascha mit etwas weinerlicher Stimme. „Zuerst dachte ich, er wollte mich nur als seine Geliebte. Wie es einige von euch Sachsen mit uns Slawenmädchen halten. Und das wollte ich nicht. Zumal mir Vater Dietrich gesagt hat, dass Gott gegen so eine Verbindung ist. Doch nun, da er um meine Hand anhält, sehe ich, dass er es ernst meint."

„Wo liegt dann das Problem?", wollte Otto wissen.

Ascha wand sich noch etwas, dann brachte sie es heraus: „Ihr Sachsen seid so ein stolzes Volk. Auch wenn Burwido mich liebt, werde ich von seinem Volk doch niemals angenommen werden."

Alle waren bass erstaunt. Im Prinzip sahen sie sich natürlich tatsächlich als ihren Nachbarn weit überlegen an, aber so direkt hätte das auch wieder niemand gesagt ...

Einen Moment herrschte betroffenes Schweigen. Dann erhob sich Herzog Otto.

„Das Volk wird nichts dagegen einzuwenden haben, wenn es seinem Herzog so gefällt. Und der Sachsenherzog selbst wird euer Trauzeuge sein!", entschied er und seine Faust krachte zur Bekräftigung auf die Tischplatte, dass die Trinkhörner klirrten.

Nun senkte Ascha bescheiden den Blick, aber nicht schnell genug, als dass Otto nicht ihr breites Grinsen gesehen hätte.

„Ja, wenn das so ist ...", sagte sie und weiter kam sie nicht, denn Burwido war aufgesprungen und drückte ihr unter dem johlenden Beifall der Krieger einen Kuss auf.

„Diesmal hat sein Mut aber einen ganz schönen Anschub gebraucht", sagte Otto schmunzelnd zu Gerowulf neben ihm.

Und sogar der alte Waffenmeister verzog sein vernarbtes Gesicht zu etwas, das einem Lächeln recht nahe kam.

Der nächste Morgen war mit allerlei Vorbereitungen erfüllt, denn der Trauungstermin war direkt auf den Folgetag festgelegt worden. Herzog Otto wollte ja selbst Trauzeuge sein und er musste bald weiterziehen. Auch konnten die Höfe der Umgebung nicht auf Dauer so viele Gäste verkraften. 30 Krieger wurden deshalb schon in die Hammaburg vorausentsandt. Für Gertrud, Eilika, Elisabeth und die Mägde wurde es ein extrem arbeitsreicher Tag. Was musste nicht alles besorgt und geplant werden. Wilfrith versuchte zu helfen, wo er konnte, doch seine Mutter machte ihm bald klar, dass er von Hausarbeit offenbar noch weniger verstand als vom Reiten und Kämpfen. Schließlich begab er sich zu seinem Amtsbruder, Pfarrer Chlotar in Sirksfelde, um die Kirche vorbereiten zu lassen. Predigen mussten weder Chlotar noch Wilfrith, denn der alte Dietrich ließ es sich nicht nehmen, die Trauung selbst durchzuführen. Immerhin war Ascha die erste Seele, die er unter den Abodriten für den Herrn gewonnen hatte und Burwido einer seiner Retter. Am nächsten Morgen ging es dann mit großem Gefolge nach Sirksfelde. Ein prächtigeres Aufgebot hatte die kleine St. Michaelskirche noch nie gesehen. Der Herzog mit 40 seiner Krieger! Einige der Bauern im Dorf hatten überhaupt noch nie so viele gerüstete Menschen hoch zu Ross auf einem Haufen gesehen! Und auch Wilfrith musste sich im Stillen eingestehen, dass selbst Rimberts Dom in Bremen nur selten solche Pracht beherbergte.

Auch der Bräutigam selbst passte gut dazu. Burwido war wieder glatt rasiert. Er trug einen bunten Rock und darunter Wilfriths Kettenhemd, welches dieser nie mehr zu gebrauchen dachte. So kam Burwido zu einem überaus kostbaren Hochzeitsgeschenk. Zwei junge Knechte hatten es am Vortag zusammen mit einigen Händen Sand in einen Sack gesteckt und damit Ball gespielt, so dass es nun wieder in der Sonne blitzte und funkelte. Über Kettenhemd und Waffenrock trug Burwido einen dunklen Mantel, der mit einer prächtigen Fibel aus Gold und Granat zusammengehalten wurde. Die war Theodbalds Geschenk. Unter dem Mantel lugte stolz der Griff des neuen Schwertes hervor.

Burwido hatte seine Schüchternheit überwunden und schritt wieder hoch erhobenen Hauptes einher. Sein Gesicht strahlte, als er Ascha sah. Sie trug ein neues Kleid, welches sie von Eilika bekommen hatte, rot wie das Gewand, in dem Burwido sie zum ersten Mal gesehen hatte, damals im Wald. Herzog Otto führte sie persönlich zum Altar. Und diesmal zögerte sie nicht eine Sekunde, ihr Ja-Wort zu geben.

Vor der Kirche wartete dann das Spalier der 40 Recken mit gekreuzten Lanzen. Von dieser Hochzeit würde man in Sirksfelde noch lange sprechen. Im Anschluss an die Trauung ging es zurück auf Theodbalds Hof, um auch dieses Ereignis gebührend zu feiern. Es gab Wild und Schinken und viele andere Köstlichkeiten, die der Hof für besondere Gelegenheiten eingelagert hatte. Das Bier floss wieder in Strömen, aber Burwido sprach ihm zum ersten Mal seit langem nicht so mächtig zu. Und auch seine Frau Ascha trank, anders als die Dänen, keineswegs walkürenmäßig, wie Wilfrith befriedigt feststellte.

Später, Ascha und Burwido waren bereits verschwunden, meinte Dietrich zu ihm: „Und so muss wohl auch unser Burwido einsehen, dass er trotz aller Schwierigkeiten diesmal vom gnädigen Gott geführt wurde. Alleine wäre das alles niemals gelungen!"

„Wo er nun nicht nur seinen Hof, sondern auch noch seine Ascha bekommen hat", ergänzte Wilfrith, und selbst der alte Burwido ließ das fromme Gerede der Mönche diesmal ohne Widerworte gelten.

Epilog, Dezember 881

ilfrith sah von seinem Werk auf. Seite um Seite des frischen Pergaments hatte er mit seiner feinen Schrift gefüllt. Nun war es vollendet, zur Ehre Gottes und zur Mahnung nachfolgender Generationen. Dann hauchte er wärmend in seine kalten Hände. Er hatte noch etwa eine Stunde bis zur Vesper, aber nun im Dezember wurde es bereits früh dunkel und so legte er sorgfältig die Feder zurück, verschloss das Tintenfass und verließ das *scriptorium*.

Historische Anmerkungen

Der Verlauf des sächsischen Limes wird in Adam von Bremens Hamburgischer Kirchengeschichte von 1076 folgendermaßen beschrieben: „Dann geht sie (die Grenze) auf Horbinstenon zu bis zum Wald Travena und aufwärts durch denselben hindurch nach Bulilunkin, darauf nach Agrimeshov und steigt dann geradeswegs hinan auf das Wasser zu, welche Agrimeswidil heißt, wo auch Burwido gegen einen Kämpen der Slaven einen Zweikampf bestand und denselben tötete. Zum Andenken daran ist auch an jene Stelle ein Stein gesetzt." Dabei handelt es sich um die einzige historische Erwähnung eines Burwido und seines Zweikampfes. Wann genau sich die Begebenheit zutrug, bleibt offen. Neben Adam von Bremens Werk waren die Slavenchronik von Hemold von Bosau (1170) und die Chronik von Thietmar von Merseburg (ab 1012) die wichtigsten Quellen des vorliegenden Romans. Viele Einzelheiten im Text, wie z.B. die Missionsreise Erzbischof Rimberts nach Haithabu, werden in diesen Werken im Gegensatz zu Burwidos Kampf sehr ausführlich geschildert, auch wenn die moderne Geschichtswissenschaft inzwischen die Exaktheit der Quellen bei manchen Details anzweifelt.

Auch habe ich viele Begebenheiten nicht im korrekten Zusammenhang wieder gegeben, so schildert Helmold von Bosau von den Ranen oder Rugianern, einem slawischen Stamm, von dem die Insel Rügen ihren Namen hat, dass sie von fremden Händlern, eine Reverenzerweisung vor ihrem Götterbild des Swantewit forderten. Einst konnte ein christlicher Priester namens Gottschalk, der sich weigerte, Swantewit anzubeten, über Nacht mit einigen fremden Heringsfischern, die dort wegen heftiger Novemberstürme festsaßen, nur knapp den aufgebrachten Ranen entkommen. Ob es im wagrischen Starigard genauso zuging, ist dagegen nicht belegt.

Im vorliegenden Roman habe ich immer wieder kurze Passagen oder Ausdrücke aus den oben genannten Quellen, aber auch aus der Bibel übernommen. Damit folge ich der Tradition der oben genannten Autoren, die oft Textpassagen von einander und aus der Bibel abschrieben. Weitere Quellen waren angelsächsische Heldengedichte und die wenigen sächsischsprachigen Quellen aus Norddeutschland (das Heliland, eine Evangelienharmonie, und ein Taufbekenntnis aus dem 9. Jh.), deren Sprache, Ausdrucksweise und Inhalt einen beschränkten Einblick in die Welt Wilfriths und seiner Gefährten erlauben. Schließlich fanden auch Sagas der isländischen Wikinger Verwendung: So schleuderte ein Krieger namens Tryggvi, der als Sohn eines Priesters verhöhnt wurde, wutentbrannt mit beiden Händen Speere auf seine Feinde und wurde so zur Vorlage für den Mönch Wilfrith.

Wilfriths ungewöhnliche Reisebekleidung dagegen findet in den Schriften des Mönchs Ekkehard IV., später dem Lehrer Ottos des II., eine historische Parallele. 925 forderte Abt Engelbert seine Brüder anlässlich eines Überfalls der Ungarn auf das Kloster St. Gallen auf, unter Kutte und Stola Kettenhemden zu tragen. Auch wenn dem geneigten Leser hier sicherlich Parallelen zu J.R.R. Tolkiens „Der Herr der Ringe" einfallen.

Auch viele der im Buch beschriebenen Stätten und Gegenstände wurden bei archäologischen Grabungen in Oldenburg Holstein, in Haithabu und an anderen Orten gefunden bzw. nachgewiesen. Beispielsweise die Spielfiguren für das als „Königstreffen" bezeichnete Spiel. Der wirkliche Name des Spiels wird in den nordischen Sagas als „hnefatafl" überliefert. Das Spiel wurde im 11. und 12. Jahrhundert vom Schachspiel verdrängt. In Lappland überlebte es bis ins 18. Jahrhundert, so dass Gelehrte die Regeln noch aufschreiben und uns überliefern konnten.

Am Ende muss ich noch zwei historische Fehler beichten, die ich bewusst eingebaut habe: In Sirksfelde stand um 880 keine steinerne Kirche, auch wenn der erwähnte Ringwall noch heute nachweisbar ist. Und die Tochter Eriks III. von Haithabu wurde im Jahre 881 erst elf, nicht, wie im Roman behauptet, 15 Jahre alt.

Medizinische Anmerkungen

Bei der Verletzung, die der Mönch Dietrich durch einen Pfeil erleidet, handelt es sich um einen sog. Pneumothorax. Die Brustwand einschließlich Rippenfell ist verletzt worden. Dadurch kann von außen Luft in den Spalt zwischen Brust- und Lungenfell strömen, und die Lunge kollabiert. Der dramatische Zustand ist dadurch zu erklären, dass ein Hautfetzen in dem Loch in der Brustwand wie ein Ventil wirkt und Luft beim Einatmen nun in den Brustkorb strömt, beim Ausatmen aber nicht mehr hinaus kann. Ein sog. Spannungspneumothorax, die gefangene Luft drückt auch auf die intakte Lunge der Gegenseite und die großen Gefäße im Brustkorb. Durch den Hustenanfall wurde die Luft wieder aus der verletzten Brustseite gedrückt, und ein Stück der Lunge klemmte sich in den Spalt und verschloß ihn weitgehend.

Einen ähnlichen Fall, der hier auch als Vorlage diente, schildert Ferdinand Sauerbruch in seinem Werk: „Das war mein Leben" (Bertelsmann Lesering, 1956, Seite 43 und 44).

Bei dem Blutadler, auf den der Wundarzt in Kapitel 13 anspielt, handelt es sich ebenfalls um die Lunge. Gefangenen Feinden, wie König Ella von Northumbrien im Jahre 867, wurde zuweilen der Brustkorb aufgebrochen und die Lunge herausgerissen. Diese flatterte dann einige Male als ‚Blutadler' bei den letzen Zuckungen des Opfers.

Alte Maßeinheiten

Die Einheiten unterschieden sich von Ort zu Ort und zu verschiedenen Zeiten. In etwa gilt jedoch:

Ein Fuß	28 cm
Eine Elle	60 cm
Ein Schritt	80 cm
Eine Wegstunde	5500 m

Zur Schreibweise der Ortsnamen

Im 9. Jahrhundert existierte keine Übereinkunft bezüglich der Schreibweise von Ortsnamen. Selbst mittelalterliche Autoren verwenden innerhalb eines Werkes manchmal unterschiedliche Varianten, so kommen in der Hamburgischen Kirchengeschichte von Adam von Bremen Heidiba, Hedibu, Sliaswig und Schleswig als Bezeichnungen für Haithabu vor. Die meisten Quellen sind zudem in Latein abgefasst und man kann daraus nicht immer auf die landläufig gebräuchliche Aussprache schließen. Die in diesem Buch benutzten Ortsnamen folgen Adam von Bremen und Helmold von Bosau, bzw., soweit überliefert, handelt es sich um die alten slawischen Ortsbezeichnungen. Zum besseren Verständnis folgt eine Liste einiger Namen, die von den heute Gebräuchlichen abweichen:

Gewässer

Alstra	Alster
Balthicus, Baltisches Meer, Scythensee	Ostsee
Bilena	Bille
Britannischer oder Friesischer Ozean	Nordsee
Egdora	Eider
Scaalsee	Schaalsee im Kreis Herzogtum Lauenburg
Slia	Schlei
Travenna	Trave
Wirraha	Werra/Weser
Wochnica	Wakenitz

Städte und Siedlungen

Bardewik	Bardowick
Hammaburg	Hamburg
Haithabu/Sliaswig	Haithabu/Schleswig
Liubice	(Alt-)Lübeck

Michilinburg	Mecklenburg
Racisburg	auch Razispurg, Razzisburg, meint das heutige Ratzeburg (nach einigen Quellen ist Ratzeburg nach einem Fürsten aus dem 11. Jh. benannt und würde dann zur Zeit des Romans einen anderen, nun vergessenen Namen getragen haben)
Starigard	die alte Burg, Aldinborg bei Adam von Bremen, heute Oldenburg in Holstein
Stralige	Sterley

Der Autor

Sven R. Kantelhardt, Jahrgang '76, wurde in Gießen geboren und studierte Medizin und Ökotrophologie. Derzeit arbeitet er in der Neurochirurgischen Universitätsklinik in Mainz.

Obwohl ihn eine ausgeprägte Reiselust in inzwischen mehr als 50 Länder auf den meisten Kontinenten trieb, kehrt er auch mit seinem neuen Roman in die Heimat der eigenen Vorfahren zurück. Die Recherchen für „Hengist und Horsa" führten ihn aber nicht nur an die heimische Nordseeküste, sondern auch rund um die britischen Inseln, oft mit dem Segelboot oder zu Pferde, und schließlich bis hinauf zu den winterlichen Shetlandinseln.

Nach „Mönchsblut" und „Hengist und Horsa" ist „Brand und Mord" sein dritter Roman.

Unser gesamtes Verlagsprogramm
finden Sie unter:

www.acabus-verlag.de
http://de-de.facebook.com/acabusverlag